D0325331

BESTSELLER

Jo Nesbø nació en Oslo en 1959. Graduado en economía, antes de dar el salto a la literatura fue cantante, compositor y agente de bolsa. Desde que en 1997 publicó la primera novela de la serie del policía Harry Hole, ha sido aclamado como el mejor autor de novela policíaca de Noruega, un referente de la última gran hornada de autores del género negro escandinavo. En la actualidad cuenta con más de 25 millones de ejemplares vendidos en todo el mundo. En 2011 se colocó por delante de Stieg Larsson en Inglaterra, donde se calculó que cada 57 segundos se vendía un libro suyo. También en Inglaterra ha llegado a tener de forma simultánea cuatro títulos entre los más vendidos, y en Italia, Noruega, Suecia, Alemania, Polonia y Estados Unidos se ha mantenido durante semanas en las listas de best sellers. Sus novelas se han traducido a cuarenta idiomas y los derechos cinematográficos se han vendido a los mejores productores.

Biblioteca
JO NESBØ

El murciélago

Traducción de
Bente Teigen Gundersen
y Mariano González Campo

DEBOLS!LLO

Esta traducción ha sido publicada con el apoyo económico de NORLA

Título original: *Flaggermusmannen*

Primera edición en Debolsillo: marzo, 2016
(Primera reimpreisón: abril, 2016)

© 1997, Jo Nesbø
Publicado por acuerdo con Salomonsson Agency
© 2015, Penguin Random House Grupo Editorial, S. A. U.
Travessera de Gràcia, 47-49. 08021 Barcelona
© 2015, Bente Teigen Gundersen y Mariano González Campo, por la traducción

Penguin Random House Grupo Editorial apoya la protección del *copyright*.
El *copyright* estimula la creatividad, defiende la diversidad en el ámbito de las ideas
y el conocimiento, promueve la libre expresión y favorece una cultura viva.
Gracias por comprar una edición autorizada de este libro y por respetar las leyes del *copyright*
al no reproducir, escanear ni distribuir ninguna parte de esta obra por ningún medio sin permiso.
Al hacerlo está respaldando a los autores y permitiendo que PRHGE continúe publicando libros
para todos los lectores. Diríjase a CEDRO (Centro Español de Derechos Reprográficos,
http://www.cedro.org) si necesita fotocopiar o escanear algún fragmento de esta obra.

Printed in Spain – Impreso en España

ISBN: 978-84-663-2978-1 (vol. 1556/1)
Depósito legal: B-754-2016

Compuesto en La Nueva Edimac, S. L.
Impreso en Novoprint
Sant Andreu de la Barca (Barcelona)

P 329781

Penguin
Random House
Grupo Editorial

R0447126702

WALLA

1

Sidney

Algo iba mal.

Al principio la mujer del control de pasaportes había preguntado con una amplia sonrisa:

—¿Cómo está, colega?

—Bien —le había mentido Harry Hole.

Hacía más de treinta horas que había salido de Oslo vía Londres, y desde el trasbordo en Baréin había permanecido en el mismo maldito asiento junto a la salida de emergencia. Por razones de seguridad apenas podía inclinarse hacia atrás, así que al llegar a Singapur tenía las lumbares hechas polvo.

Ahora la mujer apostada tras el mostrador no sonreía.

Había examinado su pasaporte con notorio interés. No era fácil saber si el motivo de su buen humor inicial era la fotografía o su nombre.

—¿Negocios?

Harry Hole suponía que en la mayoría de los lugares del mundo los funcionarios de pasaportes habrían añadido un «señor», pero, según había leído, ese tipo de fórmulas de cortesía no estaban muy extendidas en Australia. Tampoco le importó mucho. Harry no estaba demasiado acostumbrado a viajar al extranjero, ni era un esnob. Tan solo deseaba una habitación de hotel y una cama cuanto antes.

—Sí —contestó mientras repiqueteaba los dedos contra el mostrador.

Y en aquel instante la mujer frunció los labios, puso mala cara y dijo con voz estridente:

—¿Por qué no tiene visado en su pasaporte, señor?

El corazón le dio un vuelco, como hacía indefectiblemente cada vez que percibía que se aproximaba una catástrofe. ¿Quizá solo empleaban «señor» cuando la situación se ponía fea?

—Perdón, me olvidé —murmuró Harry mientras buscaba de modo febril en sus bolsillos interiores.

¿Por qué no habían grapado el visado especial al pasaporte al igual que hacen con los visados normales? De la cola detrás de él le llegó el débil zumbido de un walkman y no dudó de que se trataba de su compañero de asiento en el avión. Llevaba escuchando el mismo casete durante todo el viaje. ¿Y por qué narices nunca recordaba en qué bolsillo había metido las cosas? Encima hacía calor, aunque ya casi eran las diez de la noche. Harry notó que empezaba a picarle el cuero cabelludo.

Finalmente encontró el documento y, aliviado, lo puso sobre el mostrador.

—¿Es usted policía?

La funcionaria de pasaportes alzó la mirada del visado especial y le examinó detenidamente. Ya no tenía los labios fruncidos.

—Espero que no hayan asesinado a algunas noruegas rubias…

Se rió entre dientes y estampó el sello sobre el visado especial.

—Bueno, solo a una —respondió Harry Hole.

La zona de llegadas estaba repleta de representantes de turoperadores y chóferes de limusina que portaban carteles con nombres, pero en ninguno de ellos ponía Hole. Este se disponía a coger un taxi cuando un hombre de pelo negro y rizado y una nariz extraordinariamente ancha, que vestía vaqueros azul celeste y una camisa hawaiana, se abrió camino entre los carteles dando zancadas en dirección a él.

—¡El señor Holy, supongo! —afirmó de modo triunfal.

Harry Hole reflexionó un instante. Había decidido emplear el inicio de su estancia en Australia en corregir la pronunciación de su apellido y evitar ser relacionado con un *hole*, «agujero» Mr. Holy, señor Santo, quedaba mucho mejor.

—Andrew Kensington, ¿cómo está? —preguntó el hombre con una sonrisa a la vez que extendía una enorme mano.

Fue como si hubiese metido la mano en un exprimidor.

—Bienvenido a Sidney. Espero que haya disfrutado del vuelo —dijo el extraño con evidente sinceridad, como si se tratara del eco de las palabras que la azafata había pronunciado tan solo veinte minutos antes.

Agarró la maltrecha maleta de Hole y se dirigió hacia la salida sin mirar atrás. Harry le siguió pisándole los talones.

—¿Trabajas para la policía de Sidney? —comenzó a decir.

—Claro, colega. ¡Cuidado!

La puerta giratoria golpeó a Harry en la cara, en plena napia, y le saltaron las lágrimas. Una mala astracanada no habría empezado peor. Se frotó la nariz y se puso a decir palabrotas en noruego. Kensington le dirigió una mirada compasiva.

—Malditas puertas, ¿eh? —dijo él.

Harry no contestó. No sabía cómo se respondía a esa clase de comentarios en Australia.

En el aparcamiento, Kensington abrió el maletero de un Toyota pequeño y muy usado y metió la maleta en él.

—¿Quiere usted conducir, amigo? —le preguntó sorprendido.

Harry advirtió que se había acomodado en el asiento del conductor. ¡Qué fastidio…! Había olvidado que en Australia se circulaba por la izquierda. No obstante, el asiento del copiloto estaba tan lleno de papeles, cintas y porquería que Harry se sentó detrás.

—Usted debe de ser aborigen —dijo en cuanto tomaron la autopista.

—Veo que no hay quien le engañe, agente —repuso Kensington mirando por el retrovisor.

—En Noruega les llamamos negros australianos.

Kensington mantenía fija la mirada en el retrovisor.

—¿En serio?

Harry empezó a sentirse incómodo.

—Esto… solo quiero decir que, obviamente, sus antepasados no pertenecieron a los reclusos que Inglaterra envió aquí hace doscientos años —explicó Harry para demostrar que poseía unos mínimos conocimientos de la historia del país.

—Es verdad, Holy, mis antepasados llegaron algo antes. Hace cuarenta mil años, para ser exactos.

Kensington le sonrió por el retrovisor. Harry se prometió mantener la boca cerrada un buen rato.

—Entiendo. Llámeme Harry.

—De acuerdo, Harry. Yo soy Andrew.

Durante el resto del trayecto, Andrew se hizo cargo de la conversación. Condujo a Harry a King's Cross sin parar de hablar por el camino: ese era el centro de la prostitución y del tráfico de drogas y, en general, de todas las actividades clandestinas de la ciudad. Uno de cada dos escándalos parecían guardar relación con algún hotel o antro de striptease dentro de ese kilómetro cuadrado.

—Ya hemos llegado —dijo Andrew de repente.

Se detuvo junto al bordillo, bajó del coche y sacó el equipaje de Harry del maletero.

—Hasta mañana —dijo Andrew, y en un abrir y cerrar de ojos tanto él como el vehículo se esfumaron.

Con la espalda dolorida y los primeros síntomas del jet lag asomando, Harry y su maleta se encontraron solos en la acera de una ciudad cuyo número de habitantes casi equivalía a la población entera de Noruega y ante el ostentoso Crescent Hotel. Junto a la placa de la puerta había tres estrellas. El jefe de policía de Oslo no tenía fama de generoso en lo que se refería al alojamiento de sus empleados. Sin embargo, esta vez quizá no resultaría tan mal. A los funcionarios debían de hacerles descuentos, y seguramente le darían la habitación más pequeña del hotel, pensó Harry.

Y así fue.

2

Gap Park

Harry llamó con cuidado a la puerta del jefe de la brigada de investigación criminal de Surry Hills.

—¡Pase! —atronó una voz desde el interior.

Un hombre alto y ancho con una panza destinada a impresionar permanecía junto a la ventana, detrás de un escritorio de roble. Bajo una rala melena sobresalían unas cejas grises y pobladas, pero entre las arrugas que rodeaban sus ojos asomaba una sonrisa.

—Harry Hole de Oslo, Noruega, señor.

—Siéntese, Holy. Tiene un aspecto cojonudo para estas horas de la mañana. Espero que no haya visitado a ningún agente de la unidad de estupefacientes. —Neil McCormack soltó una carcajada.

—Es el jet lag. Llevo despierto desde las cuatro de la madrugada, señor —explicó Harry.

—Por supuesto. Era una broma que solemos gastar por aquí. Tuvimos un caso de corrupción muy sonado hace un par de años, ¿sabe? Condenaron a diez policías por, entre otras cosas, traficar con drogas; se las vendían los unos a los otros. Se comenzó a sospechar de un par de ellos porque estaban extrañamente despiertos... las veinticuatro horas del día. En realidad no es para tomárselo a broma. —Se rió entre dientes satisfecho mientras se colocaba las gafas y hojeaba los documentos que tenía delante—. A usted le han mandado para ayudarnos a resolver el caso del homicidio de Inger Holter, ciudadana noruega con visado de trabajo en

Australia. Una rubia guapa, a juzgar por las fotografías. Veintitrés años, ¿no?

Harry asintió con la cabeza. McCormack se puso serio.

—Fue hallada por los pescadores en Watson's Bay, en la parte que da al océano, concretamente en Gap Park. Semidesnuda. Las marcas indicaban que antes de estrangularla la violaron, pero no había restos de semen. A continuación la trasladaron a altas horas de la noche al parque, donde arrojaron el cuerpo por el acantilado.

Hizo una mueca.

—Si las condiciones meteorológicas hubiesen sido peores, las olas seguramente la habrían arrastrado lejos. Sin embargo, el cuerpo permaneció entre las rocas hasta que fue hallado a la mañana siguiente. Como ya he mencionado, no había semen, dado que tenía la vagina seccionada como un filete de pescado y el agua del mar había lavado a esta chica a fondo. Por tanto, tampoco disponemos de huellas dactilares, aunque tenemos la hora aproximada del fallecimiento… —McCormack se quitó las gafas y se frotó el rostro—. Pero carecemos de un asesino. ¿Qué coño piensa hacer usted al respecto, señor Holy?

Harry estaba a punto de contestar cuando fue interrumpido.

—Lo que usted piensa hacer es observar con atención cómo procesamos a ese cabrón, informar a la prensa noruega sobre el excelente trabajo que llevamos a cabo juntos, asegurándose de no ofender a la embajada noruega o a la familia, y, aparte de eso, disfrutar de unas vacaciones y enviar un par de postales a su querida jefa. Por cierto, ¿cómo está?

—Muy bien, que yo sepa.

—Una mujer estupenda. Le habrá explicado lo que se espera de usted…

—Más o menos. Debo participar en la investiga…

—Estupendo. Olvídelo. Estas son las nuevas reglas. Número uno: desde este instante me hace caso a mí, y solo a mí. Número dos: no participará en nada que yo no le haya encargado. Y número tres: a la mínima que se pase de la raya le meto en el primer vuelo de vuelta a casa.

Lo dijo con una sonrisa, pero el mensaje quedó claro: no debía meterse donde no le llamaran; se encontraba allí en calidad de observador. Incluso podría haberse traído el bañador y la cámara de fotos.

−Tengo entendido que, en cierta medida, Inger Holter era famosa en la televisión noruega, ¿no?

−Relativamente famosa, señor. Fue presentadora de un programa juvenil que se emitió hace un par de años. En realidad antes de que sucediera esto casi había caído en el olvido.

−Sí, me han informado de que los periódicos de Noruega están armando mucho alboroto con este asesinato. Un par de ellos ya han mandado a gente aquí. Les hemos dado lo que tenemos, que no es mucho, claro. Por tanto, imagino que pronto se cansarán y regresarán a casa. No saben que usted está aquí, tenemos niñeras para que cuiden de ellos, así que no hace falta que usted se preocupe.

−Muchas gracias, señor −dijo Harry de corazón.

La idea de tener pegados a los talones a unos entusiastas periodistas noruegos no era tentadora en absoluto.

−De acuerdo, Holy, le seré sincero y le contaré cuál es la situación. Mi jefe me ha comunicado a las claras que los dirigentes de la ciudad de Sidney prefieren que este caso se resuelva con la mayor rapidez posible. Como siempre, se trata de política y pasta.

−¿Pasta?

−Bueno, se calcula que el paro en Sidney llegará a más del diez por ciento este año y la ciudad necesita cada centavo que le proporciona el turismo. Tenemos unas olimpiadas a la vuelta de la esquina, en 2000, y cada vez vienen más turistas de Escandinavia. Los asesinatos, especialmente los que quedan sin resolver, son una pésima publicidad para la ciudad. Así que estamos haciendo todo lo que podemos: tenemos un equipo de cuatro investigadores trabajando en el caso con acceso prioritario a los recursos de la policía: las bases de datos, el personal técnico forense, la gente de laboratorio, etcétera.

McCormack sacó una hoja y se quedó mirándola con el ceño fruncido.

—En realidad usted debería trabajar con Watkins, pero ya que pidió expresamente a Kensington, no veo ningún motivo para oponerme a su deseo.

—Señor, por lo que yo sé, no he…

—Kensington es un buen hombre. No hay muchos agentes aborígenes que hayan ascendido tanto como él.

—¿No?

McCormack se encogió de hombros.

—Es lo que hay. Bueno, Holy, si necesita algo ya sabe dónde encontrarme. ¿Alguna pregunta?

—Tan solo una formalidad, señor. Quisiera saber si es correcto en este país el tratamiento de «señor» a un superior o si resulta un pelín demasiado…

—¿Formal? ¿Rígido? Supongo que sí. Pero a mí me gusta. Me recuerda que, de hecho, yo soy el jefe de este tinglado.

McCormack se rió a carcajadas y dio por concluida la reunión con un demoledor apretón de manos.

—El mes de enero es temporada alta en Australia —explicó Andrew mientras avanzaban dificultosamente entre el tráfico de los alrededores de Circular Quay—. Los turistas van a la ópera de Sidney, pasean en barco por el puerto y admiran a las chicas en Bondi Beach. Qué pena que tengas que currar.

Harry negó con la cabeza.

—Lo prefiero. De todas formas, los lugares turísticos me provocan sudores fríos.

Salieron a la New South Head Road, donde el Toyota aceleró en dirección al este y Watson's Bay.

—La zona este de Sidney no es precisamente como la de Londres —observó Andrew mientras pasaban por delante de casas a cual más elegante—. Esta zona se llama Double Bay. Nosotros la llamamos Double Pay.

—¿Es donde residía Inger Holter?

—Vivió un tiempo con su novio en Newtown, antes de que rompieran y ella se mudara a un estudio en Glebe.

—¿Su novio?

Andrew se encogió de hombros.

—Es australiano, ingeniero informático. Se conocieron hace dos años cuando ella vino aquí de vacaciones. Tiene coartada para la noche del homicidio y no me parece que encarne el prototipo del asesino. Pero nunca se sabe, ¿no?

Aparcaron debajo de Gap Park, una de las muchas zonas verdes de Sidney. Unas empinadas escaleras de piedra conducían a aquel parque barrido por el viento situado sobre Watson's Bay al norte y el Pacífico al este. Cuando abrieron las puertas del coche, el calor les golpeó. Andrew se puso unas gafas de sol enormes que a Harry le recordaron a un conocido rey del porno. Por alguna razón, aquel día su compañero australiano llevaba un traje muy ajustado, y a Harry ese hombretón negro le pareció cómico mientras subía contoneándose delante de él por el camino que llevaba al mirador.

Harry miró alrededor. Al oeste vio el centro de la ciudad con el puente Harbour; al norte la playa y los veleros de Watson's Bay y, más allá, el verde Manly, un suburbio ubicado en el extremo norte del estrecho. Al este el horizonte se arqueaba formando una variada gama de tonos azules. Los peñascos se precipitaban al vacío ante ellos y abajo las olas del mar terminaban su largo viaje formando un estrepitoso crescendo entre las rocas.

Harry sintió que una gota de sudor corría entre sus omóplatos. Aquel calor le causaba escalofríos.

—Desde aquí se ve el océano Pacífico, Harry. La siguiente escala es Nueva Zelanda, que está a unas mil doscientas millas marinas de aquí —dijo Andrew, y lanzó un espeso escupitajo por el borde del acantilado. Durante un rato, los dos observaron caer el escupitajo hasta que el viento lo disolvió—. Menos mal que cuando cayó ya estaba muerta —prosiguió—. Debió de chocar con las rocas, pues cuando la encontraron había trozos de carne arrancados de su cuerpo.

—¿Cuánto tiempo llevaba muerta cuando la encontraron?

Andrew torció el gesto.

—Según el médico de la policía cuarenta y ocho horas. Pero él...

Se llevó el pulgar varias veces a la boca. Harry asintió con la cabeza. El médico de la policía era un alma sedienta.

—Y usted desconfía cuando se dan números demasiado redondos...

—La encontraron un viernes por la mañana. Por tanto, digamos que murió en algún momento de la noche del miércoles.

—¿Han encontrado alguna pista aquí?

—Como ve, los coches pueden aparcar justo aquí abajo. La zona no está iluminada por la noche, cuando permanece prácticamente desértica. No tenemos informes de testigos y, francamente, tampoco creemos que vayamos a tenerlos.

—Entonces ¿qué hacemos ahora?

—Ahora haremos lo que me ha ordenado mi jefe: iremos a un restaurante y gastaremos un poco del presupuesto destinado al ocio de la policía. Después de todo, eres el máximo representante policial noruego en un radio de dos mil kilómetros... por lo menos.

Andrew y Harry estaban sentados a una mesa cubierta por un mantel blanco. La marisquería Doyle's se hallaba ubicada en la parte interior de Watson's Bay. Lo único que la separaba del mar era una pequeña playa.

—Ridículamente bonito, ¿verdad? —dijo Andrew.

—Como una postal.

Ante ellos, un niño y una niña construían un castillo de arena en la playa contra un fondo de mar azul intenso, unos frondosos cerros verdes y la espléndida silueta de Sidney a lo lejos.

Harry se decidió por unas vieiras y una trucha tasmana, y Andrew por un lenguado australiano del que Harry, lógicamente, jamás había oído hablar. Andrew pidió una botella de Chardonnay Rosemount, «totalmente inapropiado para acompañar esta comida, pero es blanco, está rico y se ajusta al presupuesto». Pareció ligeramente sorprendido cuando Harry le explicó que no bebía alcohol.

—¿Eres cuáquero?

—En absoluto —dijo Harry.

Doyle's era un antiguo restaurante familiar y tenía fama de ser uno de los mejores de Sidney, según le contó Andrew. Era temporada alta y el restaurante estaba a los topes. Harry supuso que por esa razón costaba tanto llamar la atención de los empleados.

—Aquí los camareros son como el planeta Plutón —dijo Andrew—. Orbitan en la periferia, aparecen solo cada veinte años e incluso entonces es imposible distinguirlos a simple vista.

Esas palabras no consiguieron enfurecer a Harry, que se reclinó en la silla con un suspiro de satisfacción.

—Pero se come muy bien —observó—. Lo que justifica el traje.

—Hasta cierto punto. Como ves este restaurante tampoco es muy formal. Pero para mí es mejor no ir con vaqueros y camiseta a lugares como este. He de hacer un esfuerzo debido a mi aspecto.

—¿A qué te refieres?

—Los aborígenes no tenemos mucho prestigio en este país, como ya te habrás percatado. Hace años los ingleses corrieron la voz de que los nativos tenían cierta debilidad por el alcohol y el robo.

Harry le escuchaba con atención.

—Según ellos era una cuestión genética. «Solo sirven para hacer música infernal soplando a través de unos largos trozos de madera huecos que denominan didgeridoo», escribió uno de ellos. Bueno, este país presume de haber conseguido integrar varias culturas en una sociedad cohesionada. Pero ¿cohesionada para quién? El problema, o la ventaja, según se mire, es que los nativos ya no son visibles.

»Los aborígenes están prácticamente ausentes de la vida pública en Australia, excepto del debate político que afecta a los intereses y la cultura indígenas. Los australianos se redimen colocando arte aborigen en las paredes de sus hogares. Por otro lado, los aborígenes están muy bien representados en las colas del paro, en las estadísticas sobre el suicidio y en las cárceles. Si eres aborigen, la posibilidad de acabar en prisión es veintiséis veces mayor que para cualquier otro australiano. Piénsalo, Harry Holy.

Andrew terminó el vino mientras Harry lo pensaba. Y también pensó que probablemente acababa de comerse el mejor plato de pescado de sus treinta y dos años de vida.

—Y, sin embargo, Australia no es un país más racista que cualquier otro. Somos una nación multicultural, aquí vive gente de todas las partes del mundo. Lo que significa que cuando uno va a un restaurante merece la pena llevar traje.

Harry volvió a asentir con la cabeza. No había más que decir sobre el asunto.

—Inger Holter trabajaba en un bar, ¿no?

—Pues sí. En el Albury, en Oxford Street, Paddington. Había pensado que podíamos pasarnos por allí esta noche.

—¿Por qué no vamos ahora mismo?

Harry empezaba a impacientarse con tanta pachorra.

—Porque primero vamos a saludar al casero de la chica.

Plutón apareció sin previo aviso en el cielo estrellado.

3

Un demonio de Tasmania

Glebe Point Road resultó ser una calle agradable, aunque no muy concurrida, donde abundaban los restaurantes pequeños y sencillos, en su mayoría de cocina étnica procedente de diferentes partes del mundo.

—Este era el barrio bohemio de Sidney —contó Andrew—. Yo vivía aquí cuando era estudiante en los años setenta. Todavía encuentras los típicos restaurantes vegetarianos para gente obsesionada con el medio ambiente y el estilo de vida alternativo, librerías para bolleras y cosas así. Sin embargo, han desaparecido los viejos hippies y los drogatas. Cuando Glebe se puso de moda, subieron los alquileres, y dudo que ahora pudiera vivir aquí, ni siquiera con mi sueldo de policía.

Giraron a la derecha, por Hereford Street, y cruzaron la verja del número 54. Un animalito negro y peludo se acercó a ellos gruñendo y mostrando una fila de dientes finos y afilados. El pequeño monstruo parecía muy cabreado y se asemejaba mucho al demonio de Tasmania del folleto turístico. En este se leía que era un animal muy agresivo y que, en general, resultaba incómodo tenerlo colgando de la garganta. La especie estaba prácticamente extinguida, algo que Harry esperaba que fuera cierto. En el momento en que ese espécimen se disponía a saltar sobre él con las fauces bien abiertas, Andrew levantó la pierna y le dio una patada al animal, que salió disparado hacia los arbustos que crecían junto a la valla gañendo ruidosamente.

Mientras subían por la escalera, un hombre barrigón, que parecía recién levantado, les lanzó una mirada avinagrada desde la puerta.

—¿Qué le ha pasado al perro?

—Está admirando los rosales —informó Andrew con una sonrisa—. Somos de la policía, de la unidad de homicidios. ¿El señor Robertson?

—Sí, sí. ¿Qué quieren esta vez? Ya les dije que les había dicho todo lo que sé.

—Y ahora nos ha dicho que nos dijo que ya nos había dicho... —Se hizo un largo silencio durante el cual Andrew continuó sonriendo y Harry cambió el peso de pierna—. Mis disculpas, señor Robertson, no pretendemos cautivarle con nuestros encantos, pero este es el hermano de Inger Holter y le gustaría ver su cuarto, si no es mucha molestia.

La actitud de Robertson cambió radicalmente.

—Lo siento, yo no sabía... ¡Pasen! —Abrió la puerta y empezó a subir las escaleras delante de ellos—. Bueno. De hecho yo ni siquiera sabía que Inger tenía un hermano. Pero ahora que lo dice, veo el parecido familiar.

Detrás de él, Harry se volvió hacia Andrew y puso los ojos en blanco.

—Inger era una chica maravillosa, una inquilina ejemplar, y, de hecho, un motivo de orgullo para la casa... y probablemente incluso para toda la vecindad.

Olía a cerveza y ya arrastraba un poco las palabras.

No habían intentado recoger el cuarto de Inger. Se veían prendas de ropa, revistas, ceniceros llenos de colillas y botellas de vino vacías por todas partes.

—Esto... la policía me pidió que de momento no tocara nada.

—Nos hacemos cargo.

—Una noche no volvió a casa. Así de simple. Como si se la hubiera tragado la tierra.

—Gracias, señor Robertson, ya hemos leído su testimonio.

—Le dije que no fuera por Bridge Road y el mercado de pescado cuando volvía por las noches. Está oscuro, y hay muchos negros y chinos. —Le lanzó una mirada horrorizada a Andrew Kensington—: Lo siento, no era mi intención…

—Está bien. Se puede ir, señor Robertson.

Robertson bajó lentamente por las escaleras y a continuación les llegó un tintineo de botellas de la cocina.

La habitación tenía una cama, algunas librerías y un escritorio. Harry miró a su alrededor e intentó hacerse una idea sobre Inger Holter. Victimología: el arte de ponerse en la situación de la víctima. Apenas recordaba a aquella chica picaruela de la televisión, con su bienintencionado compromiso juvenil y su mirada azul e inocente.

Sin duda, no era una mujer casera. No había cuadros en las paredes, tan solo un cartel de *Braveheart*, de Mel Gibson, que Harry solo recordaba porque por algún motivo incomprensible se había llevado el Oscar a la mejor película. Inger tenía mal gusto, pensó, al menos en cuanto a películas. Y en cuanto a hombres. Harry estaba entre los que se sintieron personalmente traicionados cuando Mad Max se convirtió en estrella de Hollywood.

Una fotografía mostraba a Inger sentada en un banco delante de unas casas de colores estilo occidental y con una panda de jóvenes barbudos y de pelo largo. Ella llevaba un amplio vestido morado. El rubio y lacio cabello le caía a ambos lados de su rostro serio y pálido. El joven al que cogía de la mano tenía un bebé en el regazo.

En la estantería había un paquete de tabaco de liar, algunos libros sobre astrología y una máscara de madera tallada rudamente cuya larga nariz se curvaba hacia abajo como un pico. Harry giró la máscara. «Made in Papua New Guinea», ponía en la etiqueta del precio.

Las prendas que no estaban sobre la cama o el suelo se encontraban en un pequeño guardarropa. No había muchas. Unas cuantas camisas de algodón, un abrigo desgastado y un enorme sombrero de paja encima del estante.

Andrew sacó un paquete de papel de fumar del cajón del escritorio.

–King Size Smoking Slim. Se liaba unos cigarrillos bastante grandes.

–¿Encontrasteis drogas? –preguntó Harry.

Andrew negó con la cabeza y apuntó al papel de fumar.

–Pero si hubiéramos aspirado los ceniceros, imagino que hubiéramos encontrado restos de hachís.

–¿Y por qué no se hizo? ¿No ha pasado por aquí la unidad de atestados?

–Para empezar, no tenemos ningún motivo que nos haga pensar que esta es la escena del crimen. Por otro lado, el consumo de marihuana no es inusual. Aquí en Nueva Gales del Sur tenemos una actitud mucho más pragmática en relación con la marihuana que los demás estados federales de Australia. No es que descarte que el homicidio pueda estar relacionado con las drogas, pero en este contexto algún porro que otro es irrelevante. No podemos saber a ciencia cierta si ella consumía otras sustancias. En el Albury circula un poco de coca y algunas drogas de diseño, pero las personas a las que preguntamos no mencionaron nada al respecto y tampoco se encontraron rastros de droga en los análisis de sangre. De todos modos, no consumía drogas duras. El cuerpo no mostraba ninguna marca de aguja y tenemos bastante controlados a los drogadictos más recalcitrantes.

Harry le miró. Andrew carraspeó.

–Al menos esa es la versión oficial. Por cierto, aquí tengo una cosa con la que se supone que usted podría ayudarnos.

Era una carta en noruego. Comenzaba diciendo «Querida Elisabeth» y era evidente que no había sido finalizada. Harry la leyó por encima.

Sí, estoy bien, y lo que es aún más importante: ¡estoy enamorada! Por supuesto es guapo como un dios griego; tiene el cabello castaño, largo y rizado, un culito respingón y una mirada que te dice lo que ya te ha susurrado al oído: que te quiere poseer ya, en este mismo instante, detrás de la esquina más cercana, en el baño, en la mesa, donde sea. Se llama Evans, tiene treinta y dos años y (sorpresa, sorpresa) ha estado casado y tiene un hijo precioso de un año y medio que se llama Tom-Tom. Actualmente no tiene trabajo, pero hace algunas cosas por su cuenta.

De acuerdo, ya sé que hueles problemas y te prometo no dejarme hundir. Al menos no de momento.

Eso es todo sobre Evans. Sigo trabajando en el Albury. «Mr. Bean» ha dejado de invitarme a salir desde que Evans se pasó por el bar una noche, y eso al menos es un progreso. Sin embargo, me sigue dirigiendo esa mirada babosa. ¡Qué ascoooo! La verdad es que estoy empezando a cansarme de este trabajo, pero he de aguantar hasta que me renueven el permiso de residencia. He hablado con la NRK y están preparando una nueva temporada de la serie para el próximo otoño y si quiero podré reincorporarme. ¡Decisiones, decisiones!

Así acababa la carta.

4

Un payaso

—¿Ahora adónde vamos? —preguntó Harry.

—¡Al circo! Prometí a un amigo que me pasaría un día de estos. Hoy es un día de estos, ¿verdad?

En el Powerhouse, una pequeña compañía circense había iniciado el espectáculo gratuito de la tarde ante un público poco numeroso, pero joven y entusiasta. Andrew explicó que el edificio había sido una central eléctrica y una cochera de tranvías en la época en que Sidney tenía tranvías. Ahora funcionaba como una especie de museo contemporáneo. Un par de chicas robustas acababa de concluir un número de trapecio no muy espectacular que, sin embargo, había cosechado grandes y benévolos aplausos.

Trajeron una enorme guillotina sobre ruedas al mismo tiempo que un payaso hacía su aparición en el escenario. Llevaba un traje colorido y un gorro a rayas claramente inspirado en la Revolución francesa. Se tropezaba y hacía las payasadas habituales para regocijo de los niños. A continuación entró otro payaso con una peluca blanca y larga. Harry comprendió que representaba a Luis XVI.

—Condenado a muerte por unanimidad —proclamó el payaso del gorro a rayas.

Acto seguido, el condenado fue llevado al patíbulo, donde, para regocijo de los niños y tras mucho griterío, colocó la cabeza bajo la cuchilla. Se oyó un breve redoble de tambor, la cuchilla cayó y, para sorpresa de todos, Harry incluido, segó la cabeza del monarca produciendo un sonido que recordaba un hachazo en el bosque una luminosa mañana de invierno. La cabeza, todavía con la peluca puesta, rebotó y entró rodando en una cesta. La luz se apagó y, cuando volvió a encenderse, el rey decapitado se hallaba bajo los focos con la cabeza bajo el brazo. Los aplausos de los niños no acababan nunca. La luz volvió a apagarse y, tras encenderse por segunda vez, los miembros de la troupe hicieron una reverencia al público. El espectáculo había terminado.

Mientras la gente se dirigía a la salida, Andrew y Harry fueron a la parte posterior del escenario. En un camerino provisional los artistas se estaban quitando los disfraces y el maquillaje.

—Otto, te presento a un amigo de Noruega —gritó Andrew.

Un rostro se volvió. Luis XVI parecía algo menos majestuoso sin peluca y con el maquillaje embadurnado por toda la cara.

—¡Vaya, hola, pero si es Tuka el indio!

—Harry, este es Otto Rechtnagel.

Otto alargó la mano con mucha elegancia y curvando debidamente su muñeca. Pareció indignarse cuando Harry, algo confuso, se limitó a apretarla levemente.

—¿No hay beso, guapito?

—Otto se cree que es una mujer. Una mujer de alta alcurnia —explicó Andrew.

—Bobadas, Tuka. Otto sabe muy bien que es un hombre. Usted parece confuso, guapo. ¿Tal vez quiera comprobarlo por sí mismo?

Otto soltó una risita aguda.

Harry sintió que le ardían las orejas. Un par de pestañas falsas se agitaron de modo acusador en dirección a Andrew.

—¿Tu amigo sabe hablar?

—Perdón. Me llamo Harry… eh… Holy. Me ha gustado mucho el espectáculo. Maravilloso vestuario. Muy… vivo. E inusual.

−¿Te refieres al número de Luis XVI? ¿Inusual? Al contrario, es un clásico. Fue representado por primera vez por la familia de payasos Jandaschewsky tan solo dos semanas después de la auténtica ejecución, en enero de 1793. Al público le encantó. A la gente siempre le han entusiasmado las decapitaciones públicas. ¿Sabes cuántas veces emiten el asesinato de Kennedy en la televisión americana todos los años?

Harry negó con la cabeza.

Otto alzó la vista al techo, pensativo.

−Bastantes.

−Otto se considera heredero del gran Jandy Jandaschewsky −explicó Andrew.

−¿Ah, sí?

Las familias de payasos no eran la especialidad de Harry.

−No creo que tu amigo sepa de lo que hablas, Tuka. La familia Jandaschewsky fue una troupe de payasos musicales itinerante que llegó a Australia a principios del siglo veinte y se quedó. Su circo duró hasta la muerte de Jandy en 1971. La primera vez que vi a Jandy yo tenía seis años. Desde entonces siempre supe lo que quería ser. Y ya lo soy.

A través del maquillaje, Otto esbozó una sonrisa triste de payaso.

−¿Cómo os conocisteis vosotros dos? −preguntó Harry.

Andrew y Otto intercambiaron una mirada. Harry vio que les temblaban los labios y comprendió que había metido la pata.

−Quiero decir… un policía y un payaso… No es algo muy…

−Es una larga historia −dijo Andrew−. Supongo que puede decirse que crecimos juntos. Sin duda, Otto habría vendido a su madre por conseguir un trozo de mi culo, pero yo desde muy pequeño sentí atracción por las chicas y los espantosos rollos heterosexuales. Debe de tener alguna relación con los genes y el entorno. ¿Tú qué opinas, Otto?

Andrew soltó una risita y esquivó el abanico con el que Otto trataba de pegarle.

−¡No tienes ni estilo ni dinero… y tu culo tampoco es para tanto! −gritó Otto.

Harry miró a los demás miembros del grupo, que no se habían inmutado por el incidente. Una de las fornidas trapecistas le dirigió un guiño de ánimo.

—Harry y yo vamos a tomar algo en el Albury esta noche. ¿Te apuntas?

—Tuka, sabes que ya no voy allí —dijo Otto malhumorado.

—Deberías haber olvidado aquello a estas alturas, Otto. La vida sigue, ya sabes.

—La vida de todo el mundo sigue, querrás decir. La mía se detiene aquí, justo aquí. Cuando muere el amor, yo muero.

—Como quieras.

—Además, tengo que volver a casa a darle de comer a Waldorf. Id vosotros y tal vez me anime más tarde.

—Nos vemos pronto —dijo Harry posando sus labios diligentemente sobre la extendida mano de Otto.

—Lo estoy deseando, guapo Harry.

5

Una sueca

El sol se había puesto cuando subieron por Oxford Street, en Paddington, y aparcaron el coche junto a un pequeño parque. «Green Park», rezaba el letrero, pero la hierba estaba agostada y amarilla, y lo único verde era una glorieta en medio del parque. Un hombre con sangre aborigen en sus venas yacía sobre la hierba entre los árboles. Su ropa era tan andrajosa y él estaba tan sucio que parecía más gris que negro. Cuando vio a Andrew alzó la mano a modo de saludo, pero Andrew le ignoró.

En el Albury había tanta gente que para cruzar las puertas de cristal tuvieron que abrirse paso a empujones. Harry se quedó unos segundos observando el espectáculo que se abría ante él. La clientela era una mezcla variopinta, en su mayoría hombres jóvenes: roqueros con tejanos desgastados, yuppies trajeados y engominados, «artistas» con perilla y copas de champán, surfistas rubios y guapos de radiante sonrisa y moteros —o *bikies*, como los llamaba Andrew— con cazadoras de cuero negro. En medio del local, junto a la barra, unas mujeres semidesnudas de piernas largas que llevaban unas camisetas moradas y muy escotadas ofrecían un espectáculo a los clientes. Se contoneaban de un lado para otro mientras fingían cantar «I Will Survive» de Gloria Gaynor moviendo sus bocas rojas y carnosas. Las chicas se iban turnando, y cuando no actuaban en el show servían a los clientes mientras les guiñaban el ojo y flirteaban sin tapujos.

Harry se abrió camino a codazos hacia la barra para pedir una copa.

—Enseguida estoy contigo, rubito —dijo con voz grave y sonrisa pícara la camarera que llevaba un casco de romano.

—Dime: ¿tú y yo somos los únicos heterosexuales de la ciudad? —preguntó Harry cuando volvió con una cerveza y un vaso de zumo.

—Después de San Francisco, Sidney es la ciudad con la mayor concentración de gays del mundo —explicó Andrew—. Las zonas rurales de Australia no se caracterizan precisamente por su tolerancia con la diversidad sexual, por lo que no es extraño que los jóvenes maricones campesinos de Australia quieran venir a Sidney. Por cierto, no solo vienen de Australia, sino que todos los días llegan a la ciudad gays de todo el mundo.

Se desplazaron a otra barra situada en la parte trasera del local, donde Andrew llamó a una chica apostada tras la barra. Ella estaba de espaldas y tenía el pelo más rojo que Harry había visto en su vida. Le llegaba hasta los bolsillos traseros de los prietos vaqueros azules, si bien no ocultaba el arco de la espalda y las armónicas y redondeadas caderas. Se dio la vuelta y al sonreír dejó ver una dentadura blanquísima; tenía un rostro fino y hermoso, los ojos azul intenso e innumerables pecas. Si no era una mujer sería un desperdicio, pensó Harry.

—¿Me recuerdas? —gritó Andrew a través del estruendo de la música disco de los setenta—. Estuve aquí preguntando por Inger. ¿Podemos hablar?

La pelirroja se puso seria. Asintió con la cabeza, avisó a las otras chicas y señaló el camino a un cuarto de fumadores que había detrás de la cocina.

—¿Alguna novedad? —preguntó.

Harry no necesitó nada más para constatar que probablemente hablase mejor el sueco que el inglés.

—Una vez conocí a un anciano... —dijo Harry en noruego. Ella le miró sorprendida—. Era capitán de un barco en el Amazonas.

31

Después de decir tres palabras en portugués, me di cuenta de que era sueco. Llevaba treinta años allí. Y yo no sé una palabra de portugués.

Al principio, la pelirroja pareció perpleja, pero enseguida comenzó a reírse. Una risa cristalina y alegre que le hizo a Harry pensar en un raro pájaro del bosque.

—¿De veras es tan evidente? —preguntó la joven en sueco; tenía una voz profunda y tranquila, con una erre fuerte y vibrante.

—La entonación —dijo Harry—. Jamás perdéis la entonación.

—¿Os conocéis?

Andrew les escrutó con desconfianza.

Harry miró a la pelirroja.

—No —dijo ella.

Es una pena, pensó Harry en su fuero interno.

La pelirroja se llamaba Birgitta Enquist. Llevaba cuatro años en Australia, y uno en el Albury.

—Como es lógico hablábamos en el trabajo, pero en realidad no tenía mucho contacto con Inger. Por lo general, se mantenía al margen. Solemos salir en grupo, y ella se apuntó alguna vez, pero la conocía poco. Cuando empezó a trabajar aquí acababa de romper con un tipo de Newtown. El detalle más íntimo que conozco sobre ella es que aquella relación se volvió demasiado intensa a la larga. Supongo que necesitaba empezar de nuevo.

—¿Sabes con quién se juntaba? —le preguntó Andrew.

—En realidad no. Como ya he dicho, hablábamos un poco, pero ella nunca me informó con pelos y señales sobre su vida. Tampoco yo se lo pedí. En octubre se fue al norte, a Queensland, y allí se supone que conoció a un grupo de gente de Sidney con los que después mantuvo el contacto. Creo que conoció a un tipo allí; él vino por aquí una noche. Pero todo esto ya te lo he contado, ¿no? —concluyó con gesto interrogativo.

—Lo sé, mi querida señorita Enquist, solo quería que mi compañero noruego lo oyera en vivo y en directo al tiempo que visita el lugar donde trabajó Inger. Harry Hole es considerado el mejor investigador de Noruega y puede fijarse en detalles que la policía de Sidney haya pasado por alto.

A Harry le dio un repentino ataque de tos.

—¿Quién es Mr. Bean? —preguntó con voz tímida y extraña.

—¿Mr. Bean? —Birgitta les miró con desconcierto.

—Sí, uno que se parece al humorista inglés, esto… Rowan Atkinson, ¿no se llama así?

—¡Ah! ¡Ese! —dijo Birgitta soltando su risa de pájaro del bosque.

Me gusta tu risa, pensó Harry.

—Es Alex, el encargado del bar. Llegará más tarde.

—¿Tenemos motivos para pensar que estuviera interesado en Inger?

—Sí, a Alex le gustaba Inger. Y no solo Inger: la mayoría de las chicas del bar han sufrido en algún momento los desesperados esfuerzos por conquistarlas de Mr. Bean. O Fiddler Ray «raya violinista», como lo llamamos las demás. Fue a Inger a quien se le ocurrió lo de Mr. Bean. El pobre no está muy allá. Tiene más de treinta años, sigue viviendo en casa de su madre y no parece ir hacia ninguna parte. Pero como jefe está bien. Y es completamente inofensivo, si eso es lo que insinuáis.

—¿Y cómo lo sabes?

Birgitta se tocó la nariz con el índice.

—No lo parece.

Harry fingía estar tomando notas en un cuaderno.

—¿Sabes si ella conocía o se topó con alguien que, eh… lo pareciera?

—Bueno, por aquí pasan tíos de todo tipo. No todos son gays y más de uno se fijó en Inger, dado que es muy guapa. Era. Sin embargo, no se me ocurre nadie en particular. Había…

—¿Sí?

—No, nada.

—He leído en el informe que Inger estuvo trabajando aquí la noche en que supuestamente fue asesinada. ¿Sabes si tenía alguna cita después del trabajo o si se fue directamente a casa?

–Se llevó algunos restos de comida de la cocina; dijo que era para el chucho. Yo sabía que no tenía perro y le pregunté adónde iba. Me dijo que se iba a casa. Es todo lo que sé.

–El demonio de Tasmania –murmuró Harry. Ella le dirigió una mirada de curiosidad–. Su casero tiene un perro –añadió–. Seguramente tenía que sobornarlo para poder entrar en casa.

Harry le agradeció a la joven haber hablado con ellos. En cuanto se disponían a marcharse, Birgitta dijo:

–Todos en el Albury estamos muy inquietos por lo sucedido. ¿Cómo se lo han tomado sus padres?

–Me temo que no lo están llevando muy bien –dijo Harry–. Los dos están en estado de shock. Y se culpan por haberla dejado venir aquí. Puedo conseguir la dirección de Oslo si queréis mandar flores para el entierro.

–Muchas gracias, te lo agradecería.

Harry quería hacerle una pregunta más, pero no encontró el momento en mitad de aquella conversación sobre la muerte y el entierro. Al salir, la sonrisa de despedida de la chica brillaba en su retina. Él sabía que iba a permanecer allí una buena temporada.

–¡Joder! –murmuró para sí–. Voy o no voy.

Dentro del local todos los travestis y un gran número de clientes se habían subido a la barra imitando a Katrina & The Waves. Desde los altavoces sonaba con gran estruendo «Walking on Sunshine».

–En un lugar como el Albury no hay mucho tiempo para el pesar y la reflexión –dijo Andrew.

–Supongo que así ha de ser –dijo Harry–. La vida sigue.

Pidió a Andrew que esperara un momento. Volvió a la barra e hizo un gesto para llamar la atención de Birgitta.

–Perdona, una última pregunta.

–¿Sí?

Harry inspiró profundamente. Ya estaba arrepentido, pero era tarde.

–¿Conoces un buen restaurante tailandés en esta ciudad?

Birgitta se quedó pensando.

—Bueno, hay uno en Bent Street, en el centro. ¿Sabes dónde es? Dicen que es muy bueno.

—¿Tan bueno que me acompañarías?

Aquello no sonó nada bien, pensó Harry. Además, era poco profesional. Nada profesional, en realidad. Birgitta soltó un suspiro de desesperación, pero no tan intenso como para que Harry no pensara que al menos tenía una posibilidad. Además, ella seguía esbozando su sonrisa.

—¿Emplea esa frase a menudo, agente?

—Muy a menudo.

—¿Y le funciona?

—Desde un punto de vista estadístico, no mucho.

Ella sonrió, ladeó la cabeza y observó a Harry con curiosidad. A continuación se encogió de hombros.

—¿Y por qué no? Yo libro el miércoles. A las nueve. Y tú invitas.

6

Un obispo

Harry puso la luz azul sobre el techo del automóvil y se sentó al volante. Cuando tomaba las curvas el viento sacudía con fuerza el coche. La voz de Stiansen. Después silencio. Un poste doblado. Una habitación de hospital, flores. Una fotografía en el pasillo, desvaneciéndose.

Harry se incorporó de golpe. Otra vez el mismo sueño. Solo eran las cuatro de la madrugada. Intentó volver a dormirse, pero sus pensamientos volvían al desconocido asesino de Inger Holter.

A las seis se dijo que era hora de levantarse. Después de una ducha tonificadora, salió en busca de un bar donde desayunar; en el cielo azul pálido asomaba un sol que no calentaba nada. Le llegaba un zumbido del centro de la ciudad, si bien la hora punta de la mañana todavía no había alcanzado las lámparas rojas y los ojos con rímel. King's Cross tenía cierto encanto descuidado, una belleza acogedora que le invitaba a canturrear mientras caminaba. Excepto unos noctámbulos tardíos que se tambaleaban levemente, una pareja durmiendo bajo una manta en unas escaleras y una puta pálida y desabrigada que hacía su turno de mañana, las calles estaban vacías de momento.

En el exterior de un restaurante con terraza, el propietario regaba la acera con una manguera; Harry le sonrió y consiguió que le sirviera un desayuno improvisado. Mientras comía su tostada con beicon, una brisa burlona trataba de llevarse su servilleta.

—¡Vaya madrugador que está usted hecho, Holy! —dijo McCormack—. Me parece fenomenal: el cerebro funciona mejor entre las seis y media y las once. En mi opinión, después solo se piensan bobadas. Además, por aquí todo está tranquilo por la mañana. Con el ruido que hay después de las nueve, yo apenas soy capaz de sumar dos más dos. ¿Y usted? Mi hijo asegura que necesita poner música cuando hace los deberes. Según él, el silencio le distrae. ¿Usted lo entiende?

—Eh…

—En fin, ayer me harté y le apagué la puñetera música. «¡La necesito para pensar!», gritó el muchacho. Le dije que se pusiera a estudiar como las personas normales. «No todo el mundo es igual, papá», dijo con un cabreo impresionante. Está en la edad del pavo, ya sabe.

McCormack se detuvo y miró una fotografía que había sobre el escritorio.

—¿Usted tiene hijos, Holy? ¿No? A veces me pregunto qué diablos he hecho. Por cierto, ¿en qué pocilga le han alojado?

—El Crescent de King's Cross, señor.

—King's Cross, vaya. Usted no es el primer noruego que se aloja allí. Hace un par de años recibimos una visita oficial del obispo de Noruega o algo por el estilo… no recuerdo cómo se llamaba. En cualquier caso, sus empleados de Oslo le habían reservado una habitación en el hotel King's Cross. Quizá el nombre del hotel tenía algún significado bíblico. Cuando el obispo y su séquito llegaron al hotel por la noche, una de las putas veteranas se fijó en el alzacuellos y le hizo unas cuantas proposiciones picantes. Me parece que el obispo abandonó el hotel antes de que les diera tiempo a subir las maletas…

A McCormack se le saltaban las lágrimas de la risa.

—Bueno, bueno, Holy. ¿Qué podemos hacer por usted hoy?

—Me preguntaba si podía ver el cuerpo de Inger Holter antes de que lo trasladen a Noruega, señor.

—Kensington puede llevarle al depósito de cadáveres cuando llegue. Pero le han dado una copia del informe forense, ¿no?

—Sí, claro, señor. Yo solo…

—¿Usted solo qué?

—Pienso mejor cuando tengo el cadáver delante, señor.

McCormack se giró hacia la ventana y murmuró algo que a Harry le hizo pensar que estaba de acuerdo.

La temperatura del sótano de la South Sydney Morgue era de ocho grados, lo cual contrastaba con los veintiocho grados que hacía en la calle.

—¿Has sacado algo en claro? —preguntó Andrew.

Estaba tiritando y se arrebujó en la chaqueta.

—No —dijo Harry mirando los restos mortales de Inger Holter.

El rostro había salido relativamente bien librado de la caída. Se había desgarrado una fosa nasal y tenía un boquete en uno de los pómulos, pero no cabía duda de que esa cara cerúlea pertenecía a la misma chica de amplia sonrisa de la fotografía incluida en el informe policial. Alrededor del cuello había diversos moratones. El resto del cuerpo estaba cubierto de cardenales, heridas y algunos cortes muy profundos. Uno de ellos dejaba al descubierto un hueso blanquecino.

—Los padres querían ver las fotografías. El embajador noruego lo desaconsejó, pero el abogado insistió. Una madre no debería ver a su hija así. —Andrew sacudió la cabeza.

Harry examinó los moratones del cuello con una lente de aumento.

—La persona que la estranguló solo usó las manos. Es difícil matar a una persona así. El asesino debe de ser muy fuerte o debía de tener una motivación muy potente.

—O haberlo hecho otras veces.

Harry miró a Andrew.

—¿A qué te refieres?

—El cadáver no tiene restos de piel debajo de las uñas, ni pelos del asesino en la ropa, ni marcas de golpes en los nudillos. Fue asesinada con tanta rapidez y eficacia que ni siquiera tuvo tiempo o posibilidad de ofrecer resistencia.

—¿Te recuerda a algo que hayáis visto antes?

Andrew se encogió de hombros.

—Si llevas tiempo trabajando aquí, todos los asesinatos te recuerdan algo que has visto anteriormente.

No, pensó Harry. Es todo lo contrario. Si llevas mucho tiempo trabajando, aprendes a observar las sutilezas de cada asesinato, los detalles que lo diferencian de otros y que lo hacen único.

Andrew miró el reloj.

—La reunión matutina comenzará dentro de media hora. Debemos darnos prisa.

El jefe del grupo de investigación era Larry Watkins, un detective con formación en derecho que estaba experimentando un rápido ascenso en la jerarquía policial. Tenía labios finos, cabello escaso y hablaba con rapidez y eficacia sin entonación ni adjetivos innecesarios.

—Tampoco tiene habilidades sociales —añadió Andrew con franqueza—. Es un investigador muy competente, pero no es la persona a quien pides que llame a los padres de una hija que han encontrado muerta. Además, cuando se estresa le da por soltar tacos —añadió.

La mano derecha de Watkins era Sergej Lebie, un yugoslavo calvo y con una perilla negra que siempre iba bien vestido; parecía un Mefisto trajeado. Andrew afirmó que, por lo general, desconfiaba de los hombres demasiado preocupados por su aspecto.

—Pero Lebie no es un pavo real, simplemente es muy meticuloso. Entre otras cosas, tiene la costumbre de examinarse las uñas cuando alguien le habla, pero no lo hace con la intención de parecer arrogante. Y, después del almuerzo, se abrillanta los zapatos. No esperes que hable mucho, ni sobre él mismo ni sobre algún otro tema.

El más joven del equipo era Yong Sue, un tipo bajito, flaco y agradable, con una permanente sonrisa sobre su fino cuello de pájaro. La familia de Yong Sue había llegado a Australia hacía treinta años procedente de China. Diez años atrás, cuando Sue tenía diecinueve, sus padres fueron a China de visita. Jamás volvieron. El abuelo sostenía que su hijo había estado involucrado en «algo político», pero no decía nada más. El joven Sue jamás descubrió qué había pasado. En la actualidad mantenía a sus abuelos y a dos hermanos menores, y sus jornadas laborales duraban doce horas de las cuales sonreía al menos diez. «Si tienes un chiste malo, cuéntaselo a Sue. Se ríe absolutamente de todo», le dijo Andrew. En ese momento, todos estaban reunidos en una habitación minúscula y estrecha donde un ventilador quejumbroso situado en una esquina supuestamente movía un poco el aire. Watkins se colocó junto a la pizarra y presentó a Harry a los demás.

—Nuestro compañero noruego ha traducido la carta que encontramos en el piso de Inger. ¿Tiene algo interesante que decirnos al respecto, Hole?

—Hoo-li.

—Perdón, Holy.

—Bueno, al parecer Inger había iniciado una relación con un tal Evans hacía poco. Según lo que pone en la carta, tenemos motivos para suponer que el hombre a quien coge de la mano en la fotografía que hay sobre el escritorio es él.

—Lo hemos comprobado —dijo Lebie—. Creemos que se trata de un tal Evans White.

—¿Ah, sí? —Watkins elevó una de sus finas cejas.

—No sabemos gran cosa sobre él. Sus padres vinieron desde Estados Unidos a finales de los años sesenta y obtuvieron permiso de residencia. Entonces no era un problema —aclaró Lebie—. En fin, el caso es que recorrieron el país en una furgoneta Volkswagen, y probablemente seguían la dieta a base de comida vegetariana, marihuana y LSD habitual de la época. Tuvieron un hijo, se divorciaron y, cuando Evans cumplió dieciocho años, su padre regresó a Estados Unidos. Su madre está metida en temas de sanación, cienciología y toda clase de misticismo espiritual. Tiene un negocio llamado Crystal Castle en un rancho cerca de Byron Bay. Allí vende piedras con karma y trastos importados de Tailandia a turistas y almas inquietas. Cuando Evans cumplió dieciocho años decidió hacer lo mismo que una parte cada vez mayor de la juventud australiana —dijo Lebie volviéndose hacia Harry—: nada.

Andrew se inclinó hacia él y murmuró en voz baja:

—Australia es el lugar perfecto para todos aquellos que deseen viajar, hacer surf y disfrutar de la vida a expensas de los contribuyentes. Poseemos una red social y un clima excelentes. Vivimos en un país maravilloso.

Volvió a reclinarse en su asiento.

—Actualmente no tiene ningún domicilio conocido —continuó Lebie—, pero creemos que hasta hace poco residía en una barraca a las afueras de la ciudad junto a la basura blanca de Sidney. Hemos hablado con algunos vecinos que sostienen que no lo han visto desde hace algún tiempo. Jamás ha sido detenido. Así que, lamentablemente, la única fotografía que tenemos de Evans es de cuando se sacó su primer pasaporte a los trece años.

—Estoy impresionado —dijo Harry con sinceridad—. ¿Cómo habéis logrado encontrar en tan poco tiempo a un tipo sin antecedentes a partir de una fotografía y un nombre de pila entre una población de dieciocho millones de habitantes?

Lebie señaló a Andrew con un gesto de la cabeza.

—Andrew reconoció el pueblo de la foto. Enviamos por fax una copia de la foto a la comisaría local y ellos nos proporcionaron el nombre. Dicen que es todo un personaje en el entorno local. Lo que significa que es uno de los reyes de la marihuana.

—Debe de ser una ciudad muy pequeña —dijo Harry.

—Es Nimbin. Tiene unos mil habitantes —intervino Andrew—. Prácticamente vivían de los productos lácteos hasta que en 1973 la Asociación Nacional de Estudiantes de Australia decidió organizar allí lo que dieron en llamar el Festival Aquarius.

En torno a la mesa surgieron unas risitas.

—En principio, el festival trataba sobre el idealismo, el estilo de vida alternativo, la vuelta a la naturaleza y todas esas cosas. Los periódicos se fijaron en aquellos jóvenes que se drogaban y practicaban sexo de un modo desenfrenado. El festival duró diez días, pero para algunos continúa todavía. Alrededor de Nimbin se dan buenas condiciones para el cultivo. De cualquier cosa. Dudo que los productos lácteos continúen siendo el sector económico más importante hoy día. En la calle principal, a cincuenta metros de la comisaría local, encuentras el mercado de marihuana más abierto al público de toda Australia. Y siento decirlo, pero también venden LSD.

—En todo caso —dijo Lebie—, la policía dice que le han visto en Nimbin recientemente.

—De hecho, el gobernador de Nueva Gales del Sur está realizando una importante campaña allí —añadió Watkins—. Al parecer, el gobierno federal le ha presionado para que haga algo con el floreciente narcotráfico.

—Así es —dijo Lebie—. La policía emplea avionetas y helicópteros para fotografiar los campos de cultivo de cáñamo.

—De acuerdo —dijo Watkins—. Debemos pillar a ese tipo. Kensington, al parecer conoce bien la zona, y usted, Holy, no tendrá nada en contra de visitar otras partes de Australia. Voy a pedir a McCormack que llame por teléfono a Nimbin para avisar de vuestra llegada.

7

Lithgow

Se mezclaron con los turistas y tomaron el ferrocarril de vía única hacia Darling Harbour, se bajaron en Harbourside y encontraron una mesa fuera con vistas al puerto.

Un par de piernas largas sobre unos tacones de aguja pasó cerca de ellos. Andrew puso los ojos en blanco y silbó haciendo gala de una gran incorrección política. Un par de clientes del local se volvieron y les lanzaron una mirada irritada. Harry sacudió la cabeza.

—¿Cómo está tu amigo Otto?

—Hecho polvo. Le abandonaron por una mujer. Según él, cuando sus amantes son bisexuales siempre terminan con mujeres. Pero supongo que esta vez también sobrevivirá.

Para su sorpresa, Harry notó unas gotas de lluvia, y, efectivamente, vio que una densa nubosidad se había aproximado desde el noroeste sin que él se diera cuenta.

—¿Cómo fuiste capaz de reconocer Nimbin solo con la ayuda de la foto de una fachada?

—¿Nimbin? ¿Se me ha olvidado contarte que soy un viejo hippy? —Andrew sonrió—. Se suele decir que quien es capaz de recordar el Festival Aquarius no estuvo allí. Bueno, yo al menos recuerdo los edificios de la calle principal. Parecía una ciudad sin ley sacada de una mala película del Oeste, con las casas pintadas de morado y amarillo psicodélicos. Si te digo la verdad, yo pensaba que el morado y el amarillo se debía a que había tomada ciertas sustancias. Hasta que vi esa foto en la habitación de Inger.

Cuando regresaron del almuerzo, Watkins les convocó a una nueva reunión en la sala de operaciones. Yong Sue había obtenido algunos datos interesantes en su ordenador.

—He examinado todos los asesinatos de mujer sin resolver perpetrados en Nueva Gales del Sur durante los últimos diez años y he encontrado cuatro que tienen características similares a este. Los cuerpos fueron hallados en lugares apartados: dos de ellos en vertederos, uno en una carretera que bordea un bosque y otro flotando en las aguas del Darling. Probablemente todas habían sido asesinadas y habían sufrido abusos sexuales en otros lugares antes de ser abandonadas. Y lo más importante, todas habían sido estranguladas y mostraban marcas de dedos en el cuello.

Yong Sue esbozó una sonrisa satisfecha.

Watkins carraspeó.

—No nos precipitemos. No hay que olvidar que el estrangulamiento no es un método de asesinato inusual después de una violación. ¿Cuál es la distribución geográfica, Sue? El río Darling está en la Australia profunda, a más de mil kilómetros de Sidney.

—No ha habido suerte, señor. No he conseguido encontrar un patrón geográfico. —Yong Sue parecía sinceramente apenado.

—Bueno, cuatro mujeres estranguladas y dispersas por todo el estado durante un período de diez años es muy poco para…

—Hay otra cosa, señor. Todas las mujeres eran rubias. Quiero decir, no es que tuvieran el pelo rubio, sino muy claro, casi blanco.

Lebie dio un silbido sordo. Se hizo el silencio en torno a la mesa.

Watkins seguía mostrando escepticismo.

—¿Puede calcularlo matemáticamente, Yong? Busque la relevancia estadística y esas cosas. Conviene asegurarse de que las probabilidades se hallan dentro de los límites de la razón antes de dar una falsa alarma. Por si acaso, sería conveniente realizar averiguaciones por toda Australia. Incluya también los casos de violación no resueltos. Quizá encontremos algo.

—Me puede llevar algún tiempo. Pero lo intentaré, señor. —Yong volvió a sonreír.

—De acuerdo. Kensington y Holy, ¿por qué no han salido todavía para Nimbin?

—Salimos mañana a primera hora —dijo Andrew—. Ha habido un caso de violación en Lithgow que me gustaría investigar primero. Tengo la sensación de que existe alguna relación. Justo salíamos para allá.

Watkins frunció el ceño.

—¿Lithgow? Estamos tratando de trabajar en equipo, Kensington. Eso significa que hablamos y coordinamos las acciones, no damos vueltas por ahí por cuenta propia. Que yo sepa jamás hemos hablado de ningún caso de violación en Lithgow.

—Es solo una corazonada, señor.

Watkins suspiró.

—Bueno, al parecer McCormack piensa que usted tiene una especie de sexto sentido…

—Los aborígenes tenemos una relación más íntima con el mundo espiritual que ustedes los blanquitos, señor.

—En mi departamento no basamos nuestro trabajo policial en esas cosas, Kensington.

—Era una broma, señor. En este caso concreto tengo algo más.

Watkins negó con la cabeza.

—Más vale que se suban a ese avión a primera hora de la mañana, ¿de acuerdo?

Tomaron la autopista desde Sidney. Lithgow es una ciudad industrial de entre diez y doce mil habitantes. Sin embargo, a Harry le parecía más un pueblo mediano. En el exterior de la comisaría las luces intermitentes de un coche de policía se proyectaban en la parte superior de un poste.

El jefe de policía les recibió efusivamente. Era un hombre jovial y con sobrepeso que tenía una doble papada. Se llamaba Larsen. Tenía familia lejana en Noruega.

—¿Conoce a alguno de los Larsen de Noruega, colega? —preguntó.

—Bueno, hay unos cuantos —replicó Harry.

—Sí, mi abuela dice que allí tenemos una gran familia.

—Eso seguro.

Larsen recordaba bien el caso de violación.

—Afortunadamente, las violaciones no son frecuentes en Lithgow. Fue a principios de noviembre. Un hombre la atacó en un callejón cuando volvía a casa del turno de noche en la fábrica donde trabaja, la metió en un coche y se la llevó. Él la amenazó con un cuchillo enorme, se la llevó a un camino forestal apartado que hay al pie de Blue Mountains y la violó en el asiento trasero. El violador le rodeó el cuello con las manos y ya había comenzado a estrangularla cuando un coche se acercó por detrás y tocó el claxon. El conductor volvía a su cabaña y pensó que había sorprendido a una pareja haciendo el amor en el desértico camino forestal, de modo que no quiso salir del coche. Cuando el violador se sentó en el asiento delantero para mover el vehículo, la mujer consiguió salir por la puerta trasera y correr hacia el otro coche. El violador comprendió que se había acabado el juego, así que apretó el acelerador y se esfumó.

—¿Anotaron el número de la matrícula?

—Pues no, era de noche y todo fue muy rápido.

—¿La mujer vio bien al hombre? ¿Consiguieron alguna descripción?

—Claro. Bueno, más o menos. Como ya le he dicho, era de noche.

—Hemos traído una fotografía. ¿Tiene la dirección de la mujer?

Larsen se acercó al archivador y empezó a buscar. Tenía la respiración pesada.

—Por cierto —empezó Harry—, ¿sabe si es rubia?

—¿Rubia?

—Sí. ¿Tiene el pelo claro… casi blanco?

La papada de Larsen comenzó a agitarse y se puso a respirar aún con más dificultad. Harry comprendió que se estaba riendo.

—No, no lo creo, colega. Es una *koori*.

Harry escudriñó a Andrew con la mirada.

Andrew tenía la vista clavada en el techo.

—Es negra —dijo.

—Como el carbón —añadió Larsen.

—O sea, que *koori* es una tribu… —dijo Harry cuando se alejaron en coche de la comisaría.

—Bueno, no exactamente —replicó Andrew.

—¿No exactamente?

—Es una larga historia, pero cuando los blancos llegaron a Australia había setecientos cincuenta mil aborígenes divididos en numerosas tribus. Hablaban unas doscientas cincuenta lenguas, algunas de ellas más diferentes entre sí que el inglés y el chino. Muchas tribus se han extinguido. Cuando la estructura tradicional de las tribus desapareció, los indígenas empezaron a emplear términos más generales. A los grupos aborígenes de esta zona del sudeste se les denomina *koori*.

—Pero ¿por qué diablos no comprobaste si antes era rubia?

—Un fallo. Debo de haber leído mal. ¿Las pantallas de ordenador en Noruega nunca titilan?

—Joder, Andrew, no tenemos tiempo para perder dando tiros a ciegas.

—Sí que lo tenemos. Y también tenemos tiempo para algo que te ponga de mejor humor —dijo Andrew, y de repente giró a la derecha.

—¿Adónde vamos?

—A una feria agraria australiana, auténtica.

—¿Feria agraria? Tengo una cita esta noche, Andrew.

—¿Ah, sí? Con Miss Suecia, supongo… Relájate, acabaremos enseguida. Por cierto, supongo que, como representante de la autoridad, conoces las consecuencias de iniciar una relación íntima con un testigo potencial.

—Lógicamente, la cena forma parte de la investigación. No hace falta decirlo. Surgirán preguntas importantes.

—Por supuesto.

8

Un boxeador

El recinto ferial estaba situado en una llanura extensa y abierta con algunas fábricas y garajes esparcidos como únicos vecinos. La última carrera de tractores acababa de concluir, y cuando aparcaron ante una enorme carpa, el humo todavía cubría densamente la llanura. El mercado bullía de actividad; se oían gritos y voces desde los diferentes puestos y al parecer todos llevaban una cerveza en la mano y una sonrisa en la boca.

—Una conjunción perfecta de fiesta y comercio —dijo Andrew—. Supongo que no tenéis nada parecido en Noruega.

—Bueno, tenemos mercados. Se llaman *markeder*.

—*Maaar…* —intentó Andrew.

—Da igual.

Junto a la tienda había unos grandes carteles. «The Jim Chivers Boxing-Team», se leía en letras gruesas y rojas. Debajo había fotos de los diez boxeadores que, al parecer, formaban parte del equipo. También figuraban datos como el nombre, la edad, el lugar de nacimiento y el peso. En el extremo inferior del cartel rezaba: «The Challenge. Are you up to it?».

Dentro unos hombres jóvenes hacían cola ante una mesa para firmar en una hoja de papel.

—¿Qué pasa aquí? —preguntó Harry.

—Son jóvenes de la zona que pretenden darles una paliza a algunos boxeadores de Jim Chivers. Si lo consiguen obtendrán grandes premios y, lo que es más importante, la fama y el honor locales. Ahora están firmando una declaración donde manifiestan que gozan de buena salud y que están informados de que el organizador se exime de toda responsabilidad ante cualquier empeoramiento repentino de su estado de salud –le explicó Andrew.

–¡Caramba! ¿Esto es legal?

–Bueno. –Andrew vaciló–. En 1971 se decretó una especie de prohibición, por lo que tuvieron que modificar un poco las normas. El Jimmy Chivers original lideró un equipo de boxeo que, tras la Segunda Guerra Mundial, viajaba por todo el país y participaba en diversas competiciones y ferias. Muchos de los que posteriormente fueron campeones procedían del equipo de boxeo de Jimmy. Había gente de todas las nacionalidades: chinos, italianos, griegos. Y aborígenes. Entonces las personas que se subían al ring podían elegir contra quién luchaban. Si por ejemplo eras un antisemita, podías elegir a un judío. Aunque las probabilidades de que un judío te diera una buena paliza eran bastante altas.

Harry soltó una risita.

–¿No avivaba el racismo?

Andrew se rascó la barbilla.

–Tal vez sí. Tal vez no. Los australianos estamos acostumbrados a convivir con varias culturas y razas, pero siempre hay desavenencias. Y entonces es mejor pelearse en un ring que en las calles. Cualquier aborigen del equipo de Jimmy que tuviera éxito se convertía en un héroe en su pueblo, y ello creaba cierto sentimiento de solidaridad y honor en medio de tanta humillación. Tampoco creo que aumentara la distancia entre las razas. Si un negro daba una paliza a unos chicos blancos, aquello ocasionaba más respeto que odio. En ese sentido, los australianos son gente con espíritu deportivo.

–Hablas como un auténtico pueblerino.

Andrew se rió.

–Bueno, es que soy un *ocker*. Un hombre sencillo del campo.

–¡Y qué más!

Andrew se rió aún más.

Comenzó el primer combate. Un tipo bajito, pelirrojo y robusto que traía sus propios guantes de boxeo y su propia hinchada peleaba contra un tipo todavía más bajito del equipo de Chivers.

–Irlandés contra irlandés –dijo Andrew con una expresión de entendido.

–¿Tu sexto sentido? –preguntó Harry.

–Mis ojos. Pelirrojos. O sea: irlandeses. Son tenaces, los jodidos. Será un combate reñido.

–*Go-go-Johnny-go-go-go!* –corearon los seguidores.

Tuvieron la oportunidad de repetir dos veces más su grito de animación antes de que el combate concluyera. Para entonces Johnny ya había recibido tres golpes en la nariz y no quería seguir boxeando.

–Los irlandeses ya no son lo que eran –suspiró Andrew.

Los altavoces crepitaban y Terry, el presentador de la velada, anunció por el micrófono a Robin «el Murri» Toowoomba, del equipo de Chivers, y a Bobby «el Lobby» Pain, un gigante local que soltó un bramido y entró al ring saltando sobre las cuerdas. Se arrancó la camiseta y dejó al descubierto un pecho peludo y fuerte y unos bíceps desmesurados. Una mujer vestida de blanco daba brincos junto al ring; Bobby le lanzó un beso antes de que sus dos ayudantes se dispusieran a colocarle los guantes. La carpa empezó a vibrar cuando Toowoomba se agachó para pasar por debajo de las cuerdas. Era un hombre alto, inusualmente negro y guapo.

–¿El Murri? –preguntó Harry.

–Un aborigen de Queensland.

Los seguidores de Johnny se animaron cuando descubrieron que podían emplear «Bobby» en su grito de animación. Sonó el gong y los dos boxeadores se acercaron el uno al otro. El blanco era más alto –le sacaba casi una cabeza a su contrincante negro–, pero incluso para una mirada inexperta era evidente que no se movía con la agilidad del Murri.

Bobby se embaló y lanzó un tremendo puñetazo en dirección a Toowoomba, quien lo esquivó fácilmente. El público gimió y la mujer vestida de blanco chilló con entusiasmo. Bobby asestó puñetazos al aire un par de veces más antes de que Toowoomba se deslizara hacia el Lobby y le plantara un tentativo y potente derechazo en la cara. Bobby retrocedió un par de pasos y pareció que iba a rendirse ya.

—Tendría que haber apostado doscientos —dijo Andrew.

Toowoomba daba vueltas alrededor de Bobby, y le propinó fácilmente otro par de puñetazos; y cuando Bobby intentaba golpearlo con sus brazos como troncos se escabullía con la misma facilidad. Bobby respiraba con dificultad y gemía de frustración mientras que Toowoomba nunca parecía estar en el sitio en que se encontraba unos segundos antes. El público comenzó a silbar. Toowoomba levantó una mano como para saludar y la descargó en el vientre de Bobby, que se dobló de dolor y se quedó encorvado en el rincón del ring. Toowoomba retrocedió dos pasos con cara de preocupación.

—¡Acaba con él, negro cabrón! —gritó Andrew.

Toowoomba se giró sorprendido, sonrió y les saludó con la mano por encima de la cabeza.

—No te quedes ahí con esa sonrisa boba… ¡Haz tu trabajo, imbécil! Hemos apostado por ti.

Toowoomba se dio la vuelta para rematar la faena, pero cuando se disponía a asestarle el golpe de gracia a Bobby, sonó el gong. Los dos boxeadores se fueron a su respectivo rincón mientras el presentador agarraba el micrófono. La mujer de blanco ya había subido al rincón de Bobby para echarle la bronca mientras uno de sus ayudantes le daba una cerveza.

Andrew estaba de mal humor.

—Me parece muy bien que Robin no quiera lesionar al blanquito. Pero esa bestia inútil debería respetar el hecho de que he apostado por él.

—¿Le conoces?

—Sí, conozco a Robin Toowoomba —dijo Andrew.

Volvió a sonar el gong y esta vez Bobby se quedó en su rincón esperando a Toowoomba, quien se aproximó con paso decidido. Bobby mantenía los brazos en alto para protegerse la cabeza y Toowoomba le asestó un ligero golpe en el cuerpo. Bobby se desplomó hacia atrás contra las cuerdas. Toowoomba se giró y suplicó con la mirada al presentador, que también ejercía de árbitro, que detuviese el combate.

Andrew volvió a gritar, pero demasiado tarde.

El puñetazo de Bobby mandó por los aires a Toowoomba, que golpeó el suelo del ring con un ruido sordo. Cuando aturdido consiguió levantarse, Bobby ya se le había echado encima como un huracán. A Toowoomba le llovieron golpes directos y contundentes, y la cabeza iba de un lado a otro como una pelota de pimpón. Un fino hilo de sangre brotaba de uno de sus orificios nasales.

—¡Joder! ¡Un fullero! —gritó Andrew—. Maldita sea, Robin, has caído en la trampa.

Con las manos delante de la cara Toowoomba retrocedía mientras Bobby lo perseguía propinándole golpes seguidos con el brazo izquierdo y luego contundentes ganchos y derechazos. El público estaba en éxtasis. La mujer de blanco se había vuelto a levantar y gritaba la primera sílaba del nombre manteniendo la vocal en un tono largo y estridente: «Booo…».

El presentador negó con la cabeza mientras que el grupo de seguidores rápidamente se inventó un nuevo estribillo: «Go-go-Bobby-go-go-go, Bobby be good!».

—Ya está. Se acabó —dijo Andrew desanimado.

—¿Va a perder Toowoomba?

—¿Estás loco? Toowoomba matará a ese tipo. Y yo que tenía la esperanza de que hoy el asunto no iba a ponerse tan feo…

Harry se concentró para intentar ver lo mismo que estaba viendo Andrew. Toowoomba estaba acorralado contra las cuerdas. Parecía casi relajado mientras Bobby le machacaba los abdominales. Durante un instante, Harry pensó que Toowoomba se iba a quedar dormido. La mujer vestida de blanco tiraba de las cuerdas detrás del Murri. Bobby cambió de táctica y fue a por su cabeza, pero Toowoomba evitó los golpes meneando el torso de un lado a otro con un movimiento lento, casi perezoso. Casi como una serpiente, pensó Harry, como una…

¡Cobra!

Bobby se quedó inmóvil en mitad de un puñetazo. Tenía la cabeza medio torcida hacia la izquierda y, a juzgar por su expresión, parecía que acabara de acordarse de algo. Acto seguido puso los ojos en blanco, se le escapó el protector dental y le comenzó a brotar un fino y constante chorro de sangre desde un diminuto agujero en el tabique nasal donde se le había roto el hueso. Toowoomba esperó a que Bobby cayera hacia delante para volver a golpearle. En la carpa se hizo un silencio sepulcral y Harry oyó el desagradable sonido provocado por el golpe que alcanzó la nariz de Bobby por segunda vez, y la voz femenina que gritaba el resto del nombre:

—... *bbyyy!*

Unas finas gotas de sudor y sangre brotaron de la cabeza de Bobby y tiñeron la esquina del ring.

El presentador se lanzó al cuadrilátero y declaró, innecesariamente, que el combate se había acabado. En la carpa todavía reinaba el silencio; tan solo se oía el traqueteo de los tacones de la mujer vestida de blanco mientras corría por el pasillo y salía de la carpa. Llevaba el vestido salpicado de sangre por delante y mostraba la misma expresión de sorpresa que Bobby.

Toowoomba intentó ayudar a levantar a Bobby, pero los dos ayudantes le apartaron. Hubo aplausos dispersos, pero se desvanecieron enseguida. Sin embargo, los abucheos fueron en aumento cuando el presentador se acercó a Toowoomba y le alzó la mano. Andrew meneó la cabeza.

—La mayoría debe de haber apostado por el campeón local —dijo Andrew—. ¡Idiotas! Vamos a recoger el dinero y a hablar seriamente con ese capullo del Murri.

—¡Eres un capullo, Robin! Deberían encerrarte... ¡Lo digo en serio!

La cara de Robin «el Murri» Toowoomba se iluminó con una gran sonrisa. Sostenía una toalla con hielo sobre uno de los ojos.

—¡Tuka! Ya te he oído allí dentro. ¿Otra vez apostando?

Toowoomba hablaba en voz baja. Es un hombre acostumbrado a que le escuchen, pensó Harry inmediatamente. Su voz era agradable y suave. A Harry no le parecía la de un hombre que acababa de romperle la nariz a otro de casi el doble de tamaño.

Andrew resopló.

—¿Apostando? En mis tiempos apostar dinero a los chicos de Chivers nunca se habría considerado apostar. Pero al parecer ya no hay nada seguro. Vaya manera de dejarse engañar por un maldito *yahoo* blanco. ¿Adónde iremos a parar?

Harry carraspeó.

—Ay, sí, Robin, te presento a un amigo mío. Este es Harry Holy. Harry, este es el peor matón y sádico de Queensland, Robin Toowoomba.

Se saludaron y Harry tuvo la sensación de haberse pillado la mano en una puerta. Gruñó un «¿Cómo está?», y acto seguido obtuvo un «Mejor que nunca, amigo. ¿Cómo está usted?, y una sonrisa radiante a modo de respuesta.

—Fenomenal —replicó a su vez Harry masajeándose la mano.

Los apretones de mano australianos acabarían por dejarle lisiado. Según Andrew, también era imprescindible hablar de lo increíblemente bien que te iban las cosas: un anodino «Estoy bien, gracias» se podría considerar demasiado frío.

Toowoomba señaló a Andrew con el pulgar.

—Hablando de matones, ¿le ha contado Tuka que él mismo fue unos de los boxeadores de Jim Chivers?

—Al parecer hay unas cuantas cosas que todavía desconozco acerca de, eh… Tuka. Es un tipo misterioso.

—¿Misterioso? —Toowoomba se rió—. Habla con circunloquios. Tuka le contará todo lo que necesita saber, siempre que sepa hacer las preguntas adecuadas. Por supuesto, no le habrá contado que le pidieron que dejara a los Chivers por ser considerado demasiado peligroso… ¿Cuántos pómulos, tabiques nasales y mandíbulas tienes sobre tu conciencia, Tuka? Fue considerado el boxeador joven con más talento de Nueva Gales del Sur. Pero hubo un problema.

No tenía autocontrol, ni disciplina. Al final noqueó al árbitro en un combate porque, en su opinión, lo había detenido demasiado pronto. ¡Y a favor de Tuka! Eso es lo que yo llamo sed de sangre. Tuka fue suspendido por dos años.

—¡Tres años y medio, por favor! —Andrew sonrió—. Era un auténtico capullo, se lo digo yo. Apenas le di un empujón al cabrón del árbitro, pero ¿puedes creerte que el tipo se cayó y se rompió la clavícula?

Toowoomba y Andrew chocaron las manos y se rieron a mandíbula batiente.

—Robin apenas había nacido cuando yo ya boxeaba. Menciona cosas que yo mismo le he contado —explicó Andrew a Harry—. Robin formaba parte de un grupo de jóvenes desfavorecidos con los que yo trabajaba en mis ratos libres. Practicábamos boxeo y para enseñar a los chicos la importancia del autocontrol les conté un par de verdades a medias sobre mí mismo. Como un ejemplo disuasorio. Robin, por lo visto, no entendió nada y empezó a imitarme.

Toowoomba se puso serio.

—Normalmente somos buenos chicos, Harry. Les dejamos brincar un poco antes de soltar algún golpe que otro para que entiendan quién manda, ¿comprendes? Después no suelen tardar mucho en rendirse. Pero este tipo sabía boxear y podría haber herido a alguien. A semejantes tipos les damos su merecido.

Abrieron la puerta.

—¡Que te den por culo, Toowoomba! Como si no tuviéramos suficientes problemas, tenías que romperle la nariz al yerno del jefe de policía local.

Terry parecía furioso, y para subrayar este hecho lanzó un sonoro escupitajo al suelo.

—Un acto reflejo, jefe —dijo Toowoomba mirando el escupitajo marrón—. No volverá a suceder.

Guiñó a Andrew un ojo a escondidas.

Se levantaron. Toowoomba y Andrew se dieron un abrazo y pronunciaron unas cuantas palabras a modo de despedida en una lengua que Harry no entendió. Él, por su parte, se apresuró a darle a Toowoomba una palmada en el hombro para que cualquier posible apretón de manos resultara innecesario.

—¿En qué idioma hablabais? —preguntó Harry tras subirse al coche.

—Ah, bueno. Es criollo, una mezcla de inglés y palabras de procedencia aborigen. Así hablan muchos aborígenes en todo el país. ¿Qué te ha parecido el combate?

Harry se tomó su tiempo antes de responder.

—Ha sido interesante verte ganar algún dinero, pero a estas horas ya podríamos estar en Nimbin.

—Si no hubiéramos venido aquí hoy, no podrías estar en Sidney esta noche —dijo Andrew—. Uno no queda con una mujer así para luego pirarse. Tal vez estemos hablando de tu futura esposa y la madre de los pequeños Holy, Harry.

Ambos sonrieron y pasaron por delante de árboles y casas bajas mientras el sol se ponía en el hemisferio oriental.

Antes de que llegaran a Sidney se hizo de noche, pero la torre de la televisión sobresalía en medio de la ciudad como una bombilla gigantesca que les mostrara el camino. Andrew se detuvo junto a Circular Quay, cerca de la ópera. Un murciélago aparecía y desaparecía ante los faros del coche a una velocidad vertiginosa. Andrew encendió un puro e indicó a Harry que permaneciera sentado en el coche.

—El murciélago es el símbolo de la muerte para los aborígenes, ¿lo sabías?

Harry no lo sabía.

—Imagínate un lugar donde la gente ha permanecido aislada durante cuarenta mil años. En otras palabras: no han oído hablar del judaísmo, ni mucho menos del cristianismo ni del islam, ya que un océano les separaba del continente más próximo. Aun así, concibieron su propia historia de la creación. El primer ser humano fue Ber-rook-boorn. Fue creado por Baiame, el increado, que constituyó el origen de todo y que amó y cuidó de todas las cosas. En otras palabras, ese tal Baime era un buen tipo… También le llaman el Gran Espíritu Paternal. Cuando Baime hubo proporcionado a Beer-rook-boorn y a su mujer un lugar relativamente cómodo donde vivir, dejó su señal en un árbol *yarran* donde había un enjambre de abejas.

»"Podréis buscar alimentos donde queráis por toda esta tierra que os he dado, pero este árbol me pertenece", advirtió a los dos humanos. "Si intentáis obtener comida de allí, os sucederán muchas desgracias tanto a vosotros como a vuestros descendientes." O algo así. En cualquier caso, un día que Beer-rook-boorn estaba recogiendo leña, su mujer se acercó al árbol *yarran*. Al principio, sintió miedo al ver el árbol sagrado erguirse sobre ella. Sin embargo, alrededor del mismo había tanta leña que decidió no seguir su primer instinto… que era salir corriendo lo más rápido posible. Además Baiame no había mencionado la leña. Mientras recogía la leña, notó un leve zumbido por encima de su cabeza y cuando alzó la mirada vio el enjambre. También vio la miel que fluía por el tronco del árbol. Ella solo había saboreado la miel en una ocasión, pero ahí había alimento para muchas comidas. El sol brillaba en aquellas gotas dulces y refulgentes y finalmente la mujer de Beer-rook-boorn no fue capaz de resistirse a la tentación y se subió al árbol.

»En ese instante descendió un viento frío y un ser tenebroso con enormes alas negras rodeó su cuerpo. Se trataba del murciélago Narahdarn, al que Baiame había puesto de guardián del árbol sagrado. La mujer cayó al suelo y volvió corriendo a su cueva, donde se escondió. Pero era demasiado tarde; había traído la muerte al mundo, simbolizada por el murciélago Narahdarn, y todos los descendientes de Beer-rook-boorn quedaron expuestos a su maldición. El árbol *yarran* lloró lágrimas amargas por lo que había sucedido. Las lágrimas cayeron por el tronco y se solidificaron. Por eso actualmente se encuentra caucho rojo en el tronco del árbol *yarran*.

Andrew chupó el puro con satisfacción.

—Le da mil vueltas a la historia de Adán y Eva, ¿verdad?

Harry asintió con la cabeza y admitió que había una serie de coincidencias.

—Tal vez el ser humano, sea cual sea el lugar de la tierra donde se encuentre, de una u otra manera comparte las mismas visiones o fantasías. Está en nuestra naturaleza, como si estuviera programado en nuestro disco duro. A pesar de todas nuestras diferencias, llegamos a las mismas respuestas antes o después.

—Eso espero —repuso Andrew entornando los ojos a través del humo—. Eso espero.

9

Una medusa melena de león

Harry bebía su segunda Coca-Cola cuando Birgitta apareció; eran las nueve y diez. Llevaba un vestido de algodón blanco sencillo y el cabello rojo recogido en una impresionante coleta.

—Empezaba a temerme que no vinieras —dijo Harry.

Lo dijo en tono de broma, pero iba en serio. Había comenzado a temerlo desde el momento en que quedaron en verse.

—¿De verdad? —preguntó ella en sueco.

Le dirigió una mirada traviesa a Harry, quien se dijo que esa noche iba a pasárselo en grande.

Pidieron cerdo al curry verde, pollo con anacardos al wok, un Chardonnay australiano y Perrier.

—He de decir que me sorprende encontrarme con suecos tan lejos de casa.

—No deberías. En Australia hay alrededor de noventa mil suecos.

—¿En serio?

—La mayoría emigraron antes de la Segunda Guerra Mundial, pero en los años ochenta, cuando el desempleo empezó a crecer en Suecia, vinieron muchos jóvenes.

—¡Y yo que pensaba que los suecos echaríais de menos las albóndigas y el baile del solsticio de verano en cuanto dejarais de ver la costa!

—Seguramente te refieres a los noruegos. ¡Estáis pirados! Los noruegos que he conocido aquí tienen morriña tras pocos días de llegar y a los dos meses todos ya han regresado. ¡A casita con la chaqueta de punto!

—Sin embargo, Inger no lo hizo.

Birgitta se calló.

—No, Inger no.

—¿Sabes por qué se quedó?

—Supongo que por el mismo motivo que la mayoría de nosotros. Uno viene aquí de vacaciones, se enamora del país, del clima, de la vida fácil o de algún tío. Solicita renovar el permiso de residencia… a las chicas escandinavas no les cuesta mucho encontrar curro en un bar de Australia. De repente, el hogar queda muy lejos y resulta tan fácil quedarse…

—¿Para ti también fue así?

—Más o menos.

Durante un rato comieron en silencio. El curry estaba espeso, picante y bueno.

—¿Qué sabes del último novio de Inger?

—Como te dije, vino al bar una noche. Ella le conoció en Queensland. En Fraser Island, creo. Era del tipo de hippy que yo creía que se había extinguido hacía mucho tiempo, pero que goza de perfecta salud aquí en Australia. Melena larga con trenzas, ropa colorida, sandalias. Parecía salido directamente de la playa de Woodstock.

—Woodstock está en el interior. En Nueva York.

—Pero ¿no había allí un lago donde se bañaban? Lo recuerdo muy bien.

Harry la observó más detenidamente. Estaba encorvada, concentrada en la comida. Las pecas casi se le juntaban en el puente de la nariz. A Harry le pareció preciosa.

—Se supone que no tienes que recordar esas cosas. Eres demasiado joven.

Ella se rió.

—¿Y tú qué eres? ¿Un vejete?

—¿Yo? Bueno, algunos días tal vez lo sea. Son gajes del oficio; en algún lugar dentro de ti envejeces con demasiada rapidez. Pero espero no estar aún tan desilusionado y desgastado como para no sentirme vivo de vez en cuando.

—Oh, pobrecito…

Harry tuvo que sonreír.

—Piensa lo que quieras, pero no lo digo para apelar a tu instinto maternal, aunque tal vez no sea mala idea; simplemente las cosas son así.

El camarero pasó junto a la mesa y Harry aprovechó la ocasión para pedir otra Perrier.

—Cada vez que resuelves un caso de asesinato te haces un poco de daño. Por desgracia, en general hay más miseria humana e historias tristes que móviles maliciosos de lo que cualquiera imaginaría al leer las novelas de Agatha Christie. Al principio me consideraba un caballero justiciero, en cambio ahora hay ocasiones en que me siento más como un basurero. Los asesinos suelen ser tipos miserables y resulta fácil encontrar al menos diez razones que les han llevado a ser como son. En general, el sentimiento que acaba embargándote es la frustración. Frustración por el hecho de que no se contentan con destruir su propia vida, sino que tienen que llevarse por delante a los demás en su caída. Seguramente esto siga sonando muy sentimental…

—Lo siento, no era mi intención parecer cínica. Entiendo lo que quieres decir —repuso Birgitta.

Una suave brisa proveniente de la calle hizo vacilar la llama de la vela que descansaba sobre la mesa.

Birgitta contó cómo hacía cuatro años ella y su novio habían preparado sus mochilas en Suecia, habían volado a Sidney, y de allí a Cairns en autobús y en autostop, durmiendo en tiendas de campaña y en hoteles baratos. Explicó que habían trabajado de recepcionistas y cocineros en los mismos hoteles, que habían buceado en la Gran Barrera de Coral nadando junto a tortugas y tiburones martillo gigantes, que habían hecho meditación en Uluru, y habían ahorrado para coger el tren desde Adelaida rumbo a Alice Springs, habían asistido a un concierto de Crowded House en Melbourne, y su relación había chocado con la realidad en un motel de Sidney.

—Es extraño como algo que funciona tan bien puede estar tan… equivocado.

—¿Equivocado?

Birgitta vaciló un poco. Tal vez pensara que ya le había contado suficientes cosas a ese noruego tan franco.

—No sé muy bien cómo explicarlo. Perdimos algo por el camino, algo que había existido y que habíamos dado por supuesto. Dejamos de mirarnos y pronto dejamos de tocarnos también. Nos convertimos en compañeros de viaje, ni más ni menos… cosa que nos venía bien, dado que las habitaciones dobles cuestan menos que las sencillas y, además, nos proporcionaba más seguridad cuando dormíamos en tienda de campaña. Él conoció a la hija de un magnate alemán en Noosa y yo me largué para que siguiera con su aventura tranquilamente. Me importó una mierda. Cuando él llegó a Sidney, le dije que me había enamorado de un capullo surfista americano que acababa de conocer. No sé si me creyó. Quizá pensara que le estaba dando un pretexto para romper. Intentamos discutir en aquella habitación de motel de Sidney, pero ya ni siquiera éramos capaces de discutir. Así que le pedí que volviera a Suecia, y le dije que yo le seguiría más adelante.

—Te lleva una buena ventaja ya.

—Estuvimos juntos seis años. ¿Me creerás si te digo que apenas recuerdo su cara?

—Sí.

Birgitta suspiró.

—Jamás pensé que algo así fuera posible. Yo estaba convencida de que nos casaríamos, tendríamos hijos y viviríamos a las afueras de Malmö en una casita con jardín, con el periódico *Sydsvenska Dagbladet* en la escalera de la entrada. Sin embargo, ahora apenas recuerdo su voz, cómo era hacer el amor con él o… —miró a Harry— que era demasiado educado para pedirme que me callara cuando me iba de la lengua tras beber un par de vasos de vino.

Harry sonrió. Birgitta no había hecho ningún comentario sobre el hecho de que él no bebiera vino.

—No soy educado, solo estoy interesado —dijo él.

—En ese caso tendrás que contarme algo más personal sobre ti aparte de que eres policía.

Birgitta se inclinó sobre la mesa. Harry desvió la mirada del escote de la chica. Sintió su suave fragancia, e inspiró con avidez. No debía dejarse embaucar. Esos cabrones de Karl Lagerfeld o Christian Dior sabían exactamente lo que se necesitaba para atrapar a un pobre hombre.

Birgitta olía maravillosamente.

—Bueno —comenzó Harry—. Tengo una hermana mayor. Mi madre falleció hace unos años, y vivo en un piso pequeño del que no consigo mudarme. Está en el barrio de Tøyen, en Oslo. No he tenido relaciones muy largas y tan solo una de ellas me ha dejado huella.

—¿De veras? ¿Y ahora no hay nadie en tu vida?

—En realidad, no. Mantengo relaciones absurdas con mujeres a quienes llamo cuando ellas no me llaman a mí.

Birgitta frunció el ceño.

—¿Te pasa algo? —preguntó Harry.

—No sé si me gusta ese tipo de hombre. O de mujer. En ese sentido soy un poco anticuada.

—Evidentemente, ya he dejado atrás todo eso —dijo Harry alzando su copa de Perrier.

—Tampoco sé si me satisfacen mucho tus complacientes respuestas —repuso Birgitta brindando con él.

—¿Y qué buscas en un hombre?

Ella apoyó la barbilla en una mano y miró al vacío mientras reflexionaba.

—No lo sé. Creo que tengo más claro lo que no me gusta que lo que me gusta.

—Pues ¿qué no te gusta? Aparte de las respuestas complacientes…

—Los hombres que intentan ligar conmigo.

—¿Te molestan mucho?

Ella sonrió.

—Déjame darte un consejo, Casanova. Si quieres encandilar a una mujer, debes hacer que se sienta única, especial, tratarla como no tratarías a nadie. Los hombres que intentan ligarse a una tía en un bar no lo entienden. Sin embargo, imagino que para un libertino como tú esto no significa nada.

Harry rió.

—Al hablar de mujeres me refería a dos. He dicho mujeres porque suena más salvaje, suena como… tres. Además, una de ellas está reconciliándose con su ex, al menos eso me comentó la última vez que la vi. Me agradeció que todo hubiera sido tan poco complicado y que nuestra relación fuera tan… absurda, imagino. La otra es una mujer con la que estaba iniciando una relación. Puesto que fui yo quien la dejé, ella insiste en que estoy obligado a procurarle una mínima vida sexual hasta que uno de los dos conozcamos a otra persona. Espera, ¿por qué me he puesto a la defensiva? Si soy un buen tipo que no hace daño ni a una mosca. ¿Estás insinuando que intento encandilar a alguien?

—Pues sí, estás intentando encandilarme a mí. ¡No lo niegues!

Harry no lo negó.

—De acuerdo. ¿Y qué tal lo hago?

Ella dio un largo sorbo a la copa de vino mientras pensaba.

—Creo que bien. Aceptable, en cualquier caso. No, creo que bien… lo haces bastante bien.

—Me suena a un aprobado por los pelos.

—Algo así.

Había anochecido en la zona portuaria, apenas había gente y soplaba una brisa fresca. En las escaleras que había delante de la ópera, una pareja de novios inusualmente gordos posaban ante un fotógrafo. Este les decía que se colocaran aquí y allá, y los recién casados parecían muy disgustados por tener que desplazar sus corpachones. Al final llegaron a un entendimiento y la sesión fotográfica nocturna delante de la ópera acabó en sonrisas, carcajadas y tal vez hasta alguna que otra lágrima.

—Esto es lo que llaman estar a punto de reventar de felicidad, ¿no? —dijo Harry—. ¿O en sueco no tenéis esta expresión?

—Sí, la tenemos. En sueco también puedes estar a punto de reventar de felicidad. —Birgitta se quitó la goma del pelo y para que le diera el viento se acercó a la barandilla del puerto de cara al edificio de la ópera—. Sí, a veces sucede —añadió en voz baja.

Volvió su pecoso rostro hacia el mar y el viento peinó hacia atrás su melena pelirroja.

Parecía una medusa melena de león. Él no sabía que las medusas podían ser tan hermosas.

10

Una ciudad llamada Nimbin

El reloj de Harry marcaba las once cuando el avión aterrizó en Brisbane. Sin embargo, la azafata insistía por el altavoz en que solo eran las diez.

—En Queensland no tienen horario de verano —le explicó Andrew—. El asunto se convirtió en un gran debate político que acabó en un referéndum en el que los granjeros votaron en contra.

—¡Caramba! O sea que estamos en el país de los carcas.

—Eso parece, colega. Hasta hace poco los hombres de pelo largo no podían entrar en este estado. Simplemente estaba prohibido.

—Bromeas.

—Queensland es diferente. Pronto prohibirán a los skinheads, ya lo verás.

Harry acarició satisfecho su cráneo rubio casi rapado.

—¿Hay algo más que deba saber sobre Queensland?

—Bueno, si llevas algo de marihuana en los bolsillos, será mejor que la dejes en el avión. La legislación relativa a las drogas es algo más severa aquí que en los demás estados federados. No fue ninguna casualidad que el Festival Aquarius se celebrara en Nimbin. La ciudad se encuentra justo al otro lado de la frontera con Nueva Gales del Sur.

Encontraron la oficina de Avis, donde supuestamente tenían un coche esperándoles.

—En cambio Queensland cuenta con lugares como Fraser Island, donde Inger Holter conoció a Evans White. En realidad la isla es un gran banco de arena, pero en el interior encuentras una selva y unos lagos que tienen el agua más pura del mundo y una arena tan blanca que parece que las playas estén hechas de mármol. La llaman arena de silicona, dado que contiene mucho más silicio que la arena normal. Es probable que puedas verterla directamente en el ordenador.

—La tierra de la abundancia, ¿eh? —dijo el tipo del mostrador cuando les entregó la llave del coche.

—¿Un Ford Escort? —Andrew arrugó la nariz, pero firmó el contrato—. ¿Aún existe?

—Tarifa especial, señor.

—No me extraña.

Hacía un sol abrasador en la Pacific Highway y el perfil de vidrio y piedra de Brisbane que se recortaba en el horizonte brillaba como los cristales de una lámpara de araña a medida que se acercaban.

Desde la autopista en dirección este se adentraron en un paisaje verde y ondulado donde el bosque alternaba con los campos de cultivo.

—Bienvenido a la Australia rural —dijo Andrew.

Dejaron atrás vacas que pastaban con ojos soñolientos.

Harry se rió entre dientes.

—¿De qué te ríes? —le preguntó Andrew.

—¿Has leído la historieta de Larson en que unas vacas están charlando en un prado, y una de ellas grita: «¡Un coche!»?

Silencio.

—¿Quién es Larson?

—Olvídalo.

Pasaron junto a unas casas de madera bajas con porche delantero, mosquiteras en las puertas y camionetas aparcadas en el exterior. Dejaron atrás caballos de carga que les miraban con ojos melancólicos, colmenas y cerdos de corral que se revolcaban alegremente en el fango. La carretera se estrechaba cada vez más. A la hora de comer llenaron el depósito en una pequeña ciudad que a juzgar por el letrero se llamaba Uki y había sido proclamada la ciudad más limpia de Australia durante dos años consecutivos. El cartel no decía cuál había ganado el año anterior.

—¡Santo cielo! —dijo Harry cuando llegaron a Nimbin.

El centro tenía unos cien metros de punta a punta, las casas estaban pintadas con todos los colores del arcoíris y poseía un elenco de personajes que parecían sacados de una de las películas de Cheech & Chong que Harry tenía en su colección de vídeos.

—¡Hemos retrocedido a 1970! —exclamó—. Quiero decir, mira, ahí está Peter Fonda morreándose con Janis Joplin.

Avanzaban despacio por la calle mientras unas miradas somnolientas seguían al vehículo.

—Es una maravilla. Jamás pensé que aún existían estos lugares. Es para morirse de risa.

—¿Por qué? —preguntó Andrew.

—¿A ti no te parece gracioso?

—Tanto como gracioso… —repuso Andrew—. Hoy día es fácil reírse de esos soñadores. Las nuevas generaciones piensan que los *flower power* fueron una panda de fumetas que no tenían nada que hacer excepto tocar la guitarra, recitar sus poemas y follar cuando les apetecía. Los organizadores del festival de Woodstock aparecen en las entrevistas con corbata y sonríen al recordar las ideas de entonces, que, por lo visto, les parecen muy ingenuas en la actualidad. Sin embargo, en mi opinión el mundo hubiera sido muy diferente sin los ideales que encarnó aquella generación. Puede que las consignas de paz y amor sean tópicos en la actualidad, pero en aquella época creíamos en ellos. Con toda nuestra alma.

—Andrew, ¿no eres un poco mayor para haber sido hippy?

—Sí. Era mayor. Fui un hippy veterano y taimado. —Andrew sonrió—. El tío Andrew dio sus primeras lecciones sobre los misterios de las relaciones sexuales a unas cuantas jovencitas.

Harry le dio una palmada en el hombro a Andrew.

—Pensé que hablabas de idealismo, viejo verde.

—Desde luego. Era idealismo —replicó Andrew indignado—. No podía dejar a aquellas frágiles florecillas en manos de cualquier adolescente torpe lleno de granos y correr el riesgo de que las chicas se traumatizaran para el resto de la década de los setenta.

Andrew miró por la ventana y se echó a reír. Un tipo con una barba larga y gris y una túnica les hacía la señal de la paz alzando dos dedos desde el banco donde estaba sentado. «The Marihuana Museum», se leía en un cartel con un dibujo de una antigua furgoneta Volkswagen amarilla. En la parte inferior unas letras más pequeñas rezaban: «Entrada: un dólar. Si no puedes pagar, entra igualmente».

—El museo de las drogas de Nimbin —explicó Andrew—. La mayoría de las cosas que expone son basura, pero creo que también había algunas fotografías originales interesantes de los viajes a México de Ken Kesey, Jack Kerouac y los demás pioneros que experimentaban con drogas para expandir la conciencia.

—¿De cuando el LSD no era peligroso?

—Y el sexo solo era saludable. Una época maravillosa, Harry Holy. Deberías haber estado allí, tío.

Aparcaron en el extremo superior de la calle principal y bajaron andando. Harry se quitó las Ray-Ban e intentó parecer un ciudadano más. Era un día tranquilo en Nimbin y Harry y Andrew no pasaron desapercibidos para los vendedores: «¡Hierba de la buena!», «La mejor hierba de Australia, tío», «Hierba de Papúa Nueva Guinea, el mejor colocón».

—Papúa Nueva Guinea —bufó Andrew—. Incluso aquí, en la capital de la hierba, la gente vive con la idea de que la mejor hierba proviene de los lugares más remotos. Compra productos australianos, digo yo.

Una chica embarazada, aunque flaca, les saludaba desde su silla delante del «museo». Podría tener entre veinte y cuarenta años y llevaba una indumentaria holgada y colorida, con la blusa desabotonada de forma que se le veía la piel de la barriga, estirada como el parche de una pandereta. A Harry la chica le resultó vagamente familiar. A juzgar por la dilatación de sus pupilas, no le cupo duda de que aquella mañana su desayuno había estado compuesto por sustancias más estimulantes que la marihuana.

—¿Buscan otra cosa? —preguntó la joven.

Había observado que los dos hombres no mostraban ningún interés por comprar marihuana.

—No… —empezó Harry.

—Ácido. Quieren LSD, ¿verdad? —La mujer se inclinó hacia ellos hablando de un modo atropellado.

—No, no queremos ácido —repuso Andrew en voz baja y con determinación—. Estamos buscando otra cosa. ¿Comprende?

La joven permaneció sentada mientras les miraba. Andrew hizo amago de continuar su camino, pero ella se levantó de un salto de la silla, sin ninguna dificultad pese a su enorme barriga, y agarró a Andrew del brazo.

—De acuerdo. Pero no podemos hacerlo aquí. Reúnanse conmigo en el pub que hay al otro lado de la calle en diez minutos.

Andrew asintió y ella se dio la vuelta y se alejó con su enorme barriga y un cachorro pequeño corriendo tras ella.

—Ya sé lo que piensas, Harry —dijo Andrew mientras se encendía un puro—. Que no ha sido muy bonito hacerle pensar a esta Entrañable Madre que venimos a pillar heroína. Que la comisaría está ubicada en esta misma calle a cien metros y que nos podrían dar la información que necesitamos sobre Evans White allí. No obstante, tengo la sensación de que iremos más rápido de este modo. Vamos a tomarnos una cerveza y a ver qué sucede.

Media hora más tarde, la Entrañable Madre entró en el pub, que estaba prácticamente vacío, junto con un tipo que parecía por lo menos igual de atormentado que ella. Recordaba al conde Drácula de Klaus Kinski: pálido, vestido de negro, enjuto y con ojeras oscuras.

—Vaya —susurró Andrew—. A ese no podemos acusarle de no haber probado las sustancias que vende.

La Entrañable Madre y el clon de Kinski se dirigieron hacia ellos. El hombre no tenía pinta de querer pasar más tiempo del estrictamente necesario a la luz del día, así que se saltó las fórmulas de cortesía.

—¿Cuánto queréis?

Andrew les daba la espalda a propósito.

—Prefiero que estén presentes las menos personas posibles antes de concretar, señor —dijo sin girarse.

Kinski hizo un gesto con la cabeza y la Entrañable Madre se picó y desapareció. Probablemente trabajaba a comisión y Harry supuso que la confianza que había entre ella y Kinski era la misma que había entre la mayoría de los yonquis: ninguna.

—No llevo nada encima, y si sois polis, os corto las pelotas. En-séñame la pasta primero y nos piramos de aquí.

Hablaba de modo rápido y nervioso mientras su mirada se desplazaba de un sitio a otro.

—¿Adónde? ¿Está lejos? —preguntó Andrew.

—Es un trecho corto, pero un laaargo viaje.

Algo que pretendía ser una sonrisa se convirtió en una fugaz ristra de dientes antes de desaparecer.

—Muy bueno, colega. Siéntate y cierra la boca —dijo Andrew, y le mostró la placa de policía.

Kinski se quedó estupefacto. Harry se levantó y se palmeó el cinturón por detrás. No había ningún motivo para comprobar si Harry realmente llevaba un arma.

—¿Qué rollo de aficionados es este? Yo no llevo nada encima, ya se lo he dicho.

Se dejó caer con gesto desafiante en una silla delante de An-drew.

—Imagino que conoce al sheriff local y sus ayudantes. Y supon-go que ellos le conocen a usted. Pero ¿saben ellos que ha empeza-do a traficar con caballo?

El tipo se encogió de hombros.

—¿Quién ha hablado de caballo? Yo pensé que era hierba lo que…

—Por supuesto. Nadie ha hablado de jaco y tal vez tampoco haga falta mencionarlo si usted nos proporciona cierta información.

—Están de coña, ¿verdad? Creen que voy a arriesgarme a que me cuelguen por soplón solo porque dos polis de fuera, que ni siquiera tienen nada contra mí, aparecen de pronto y…

—¿Soplón? Nos encontramos aquí dentro y, por desgracia, no llegamos a un acuerdo en cuanto al precio de la mercancía y ya está. Usted incluso tiene un testigo de que nos reunimos para hacer un negocio habitual. Si usted hace lo que decimos, nunca volverá a vernos y tampoco nos verá nadie más de por aquí.

Andrew encendió un puro y miró con los ojos entornados al pobre yonqui que había al otro lado de la mesa. Tras soplarle humo en la cara, prosiguió:

—En cambio, si no conseguimos lo que buscamos, es probable que nos pongamos las placas de policía al salir de este lugar y que se produzcan un par de detenciones en un futuro muy próximo, cosa que no contribuirá a aumentar su popularidad en el vecindario. Desconozco si por aquí se emplea el método de cortarles las pelotas a los soplones, los fumetas son gente pacífica por lo general. Sin embargo, ya tienen alguna que otra información y no me extrañaría que una buena noche el sheriff se tropezara con su almacén como quien no quiere la cosa. Ya sabes que a los fumetas no les gusta que les hagan la competencia con drogas más duras… y menos si los competidores son yonquis soplones. Y supongo que usted está familiarizado con las sanciones por traficar con grandes cantidades de heroína, ¿verdad?

Más humo azul de puro en la cara de Kinski. No todos los días se tiene la oportunidad de echar humo a la cara de un cerdo, pensó Harry.

—De acuerdo —dijo Andrew al ver que no obtenía respuesta—. Evans White. Usted va a decirnos dónde está, quién es y cómo le encontramos. ¡Ahora mismo!

Kinski miró alrededor. Su gran cabeza de mejillas hundidas giró sobre su delgado cuello cual un buitre apostado junto a la carroña que mirara con ansiedad en torno por si volvían los leones.

—¿Eso es todo? —preguntó—. ¿Nada más?

—Nada más —dijo Andrew.

—¿Y cómo puedo saber que no volverán a por más?

—No puede.

Asintió como si ya supiera que esa era la única respuesta que iba a recibir.

—De acuerdo. Todavía no es un pez gordo, pero por lo que sé está subiendo como la espuma. Ha trabajado para madame Rousseau, la reina de la hierba por estos pagos, pero ahora está montando su propio negocio. Hierba, ácido y probablemente algo de morfina. La hierba es la misma que venden los demás, de producción local. Pero al parecer tiene buenas conexiones en Sidney y hace entregas de hierba allí a cambio de ácido bueno y barato. El ácido es lo que se lleva ahora.

—¿Dónde podemos encontrar a Evans? —preguntó Andrew.

—Él viaja a menudo a Sidney, pero hace un par de días le vi por la ciudad. Tiene un hijo con una tía de Brisbane que antes venía por aquí. No sé por dónde para ella ahora, pero el niño está en el bloque de pisos donde él vive cuando vuelve a Nimbin.

Les explicó dónde estaba el bloque.

—¿Qué tipo de persona es el señor White? —quiso saber Andrew.

—¿Cómo expresarlo? —Se rascaba la barba inexistente—. Un cabrón encantador, ¿no se dice así?

Andrew y Harry no sabían cómo se decía, pero asintieron con la cabeza.

—Es fácil hacer negocios con él, pero no me gustaría ser su novia, si entendéis a lo que me refiero…

Ellos negaron con la cabeza indicando que no entendían lo que quería decir.

—Bueno, es un playboy y no suele conformarse con una sola hembra. Siempre está peleándose con sus novias… Ellas chillan y lloran, y no es extraño que alguna que otra aparezca con un ojo morado.

–Hum… ¿Conoces a una chica rubia noruega que se llama Inger Holter? La encontraron muerta en la zona de Watson's Bay en Sidney la semana pasada.

–¿En serio? No me suena.

Al parecer tampoco leía la prensa con asiduidad.

Andrew apagó el puro y él y Harry se levantaron.

–¿Seguro que puedo confiar en que tendrán la boca cerrada? –preguntó Kinski mirándoles con desconfianza.

–Por supuesto –dijo Andrew dando zancadas hacia la puerta.

–¿Qué tal fue la cena con nuestra testigo sueca? –preguntó Andrew después de pasar por la comisaria, un edificio que se parecía a cualquier casa de la calle salvo por un pequeño letrero en el césped que daba a conocer su función.

–Bien. Muy picante, pero rica –contestó Harry lacónico.

–Venga, Harry. ¿De qué hablasteis?

–De muchas cosas. Sobre Noruega y Suecia.

–Bien. ¿Y quién ganó?

–Ella.

–¿Qué tiene Suecia que no tengáis en Noruega? –preguntó Andrew.

–Para empezar un par de directores de cine. Bo Widerberg, Ingmar Bergman…

–¡Puaj! Directores de cine –Andrew arrugó la nariz–. También los tenemos nosotros. A Edvard Grieg, en cambio, solo lo tenéis vosotros.

–¡Caramba! –dijo Harry–. No sabía que también tuvieras conocimientos de música clásica.

–Grieg era un genio. Recordemos, por ejemplo, el segundo movimiento de su *Sinfonía en do menor*, donde…

–Lo siento, Andrew –dijo Harry–. Me he criado con el punk de dos acordes y lo más cerca que he estado de algo sinfónico es Yes y King Crimson. Yo no escucho música de siglos anteriores, ¿vale? Todo lo posterior a 1980 es de la edad de piedra. Tenemos un grupo llamado Dumdum Boys que…

—La *Sinfonía en do menor* se interpretó por primera vez en 1981 —dijo Andrew—. ¿Dumdum Boys? Vaya nombre más pretencioso.

Harry lo dejó estar y, durante todo el camino a la casa de White, Andrew estuvo hablándole sobre Grieg.

11

Un camello

Evans White les miró con los ojos entornados. Las greñas del pelo le caían sobre la cara. Se rascó la entrepierna y eructó sin disimulo. No parecía especialmente sorprendido de verles allí. No porque los estuviera esperando, sino tal vez porque no le sorprendía que la gente acudiese a él. Por algo tenía el mejor ácido de la comarca, y Nimbin era un lugar pequeño donde los rumores corrían muy rápido. Harry supuso que un hombre como White no trapicheaba con pequeñas cantidades, y menos desde su casa, pero eso no impediría que la gente apareciera de vez en cuando por su casa para intentar comprar al por mayor.

—Han venido al lugar equivocado. Prueben en la ciudad —dijo, y cerró la mosquitera.

—Somos de la policía, señor White. —Andrew sacó su placa—. Queremos hablar con usted.

Evans les dio la espalda.

—Hoy no. No me gusta la pasma. Vuelvan con una orden de detención, de registro o algo por el estilo y veremos qué se puede hacer. Hasta entonces, adiós muy buenas.

Cerró de un portazo.

Harry se inclinó hacia el marco de la puerta y gritó:

—¡Evans White! ¿Me oye? Queremos saber si el de esta foto es usted, señor. Y en ese caso, si conocía a la mujer rubia que está sentada a su lado. Se llamaba Inger Holter. Está muerta.

Silencio. Al poco las bisagras de la puerta chirriaron. Evans se asomó.

Harry colocó la fotografía contra la mosquitera.

—La muchacha no tenía buen aspecto cuando la encontró la policía de Sidney, señor White.

En el interior de la cocina había periódicos desperdigados por la encimera, la pila estaba repleta de platos y vasos sucios y el suelo no había sido fregado con detergente en varios meses. No obstante, Harry observó que el lugar no mostraba signos de verdadera decadencia: no parecía la casa de un yonqui hecho polvo. No había sobras de comida podrida y enmohecida, no olía a orines, y las cortinas no estaban cerradas. Además, en la habitación reinaba una especie de orden y Harry comprendió que Evans White aún mantenía el control.

Encontraron sillas para sentarse y Evans sacó una cerveza de la nevera que enseguida se llevó a la boca. En la cocina resonó un eructo seguido de una risita satisfecha de Evans.

—Háblenos de su relación con Inger Holter, señor White —dijo Harry mientras intentaba alejar con las manos el olor a eructo.

—Inger era una chica buena, guapa y muy estúpida que creía que ella y yo podíamos ser felices juntos. —Evans alzó la mirada al techo y volvió a soltar una risita satisfecha—. Creo que eso lo resume todo bastante bien.

—¿Tiene alguna idea sobre cómo la asesinaron y quién lo hizo?

—Sí, en Nimbin también tenemos periódicos y sé que la estrangularon. Pero ¿quién? Un estrangulador, supongo.

Inclinó la cabeza hacia atrás y sonrió. Sobre su frente cayó un mechón de pelo rizado, la blanca dentadura relució en su rostro bronceado por el sol y las arrugas se le extendieron hasta las orejas, de las que colgaban unos pendientes propios de un pirata.

Andrew carraspeó.

—Señor White, una mujer que usted conocía bien y con quien mantenía relaciones íntimas acaba de ser asesinada. No nos incumbe lo que usted sienta o no sienta a nivel personal. Como comprenderá, estamos buscando al asesino y, a no ser que procure ayudarnos, nos veremos en la obligación de llevarle a la comisaría de Sidney.

—De todos modos iba a viajar a Sidney, y si eso significa que me pagan el billete de avión iré encantado.

Harry no sabía qué pensar. ¿Era Evans White tan duro como intentaba hacer creer o era un deficiente mental?, se preguntó. ¿Tenía perturbadas las facultades del alma, una expresión típicamente noruega? ¿En otras partes del mundo los tribunales juzgaban la calidad del alma?

—Como quiera, señor White —dijo Andrew—. Pasaje de avión, alojamiento y comida gratis, abogado de oficio gratis y comunicado de prensa gratis como sospechoso de asesinato.

—*Big deal*. En cuarenta y ocho horas estaré fuera.

—También le podemos ofrecer vigilancia gratuita las veinticuatro horas del día, servicio despertador gratuito para comprobar si pasa las noches en casa, además de un par de redadas gratis de vez en cuando. ¿Y quién sabe lo que podemos encontrar entonces?

Evans bebió el resto de la cerveza y jugueteó con la etiqueta de la botella.

—¿Qué quieren saber los señores? —dijo taciturno—. Todo lo que sé es que un buen día la chica desapareció. Yo iba a Sidney e intenté llamarla, pero no la localicé ni en el trabajo ni en casa. El mismo día que llego a la ciudad, leo en el periódico que la han encontrado asesinada. Durante dos días estuve deambulando por allí como un zombi. Quiero decir: ¿a-s-e-s-i-n-a-d-a? ¿Cuántas probabilidades existen de morir estrangulado?

—No muchas. Pero ¿tiene usted coartada para el momento del asesinato? Estaría bien que… —dijo Andrew mientras tomaba notas.

Evans dio un respingo.

—¿Coartada? ¿A qué se refiere? Joder, ¿no estará sospechando de mí? ¿Acaso me están diciendo que la poli lleva más de una semana con el caso y sigue sin encontrar ninguna pista?

—Estamos comprobando todas las pruebas, señor White. ¿Me puede decir dónde se encontraba los dos días anteriores a su llegada a Sidney?

—Estuve aquí, por supuesto.

—¿Solo?

—No del todo.

Evans sonrió y lanzó por el aire la botella de cerveza vacía, que describió una elegante parábola hasta que cayó sin hacer ruido en el cubo de basura que había junto a la encimera.

Harry meneó la cabeza en señal de reconocimiento.

—¿Le puedo preguntar quién estaba con usted?

—Ya me lo está preguntando. Bien, no tengo nada que esconder. Fue una mujer llamada Angeline Hutchinson. Vive en esta ciudad.

Harry tomó nota.

—¿Una amante? —preguntó Andrew.

—Algo así —respondió Evans.

—¿Qué nos puede decir de Inger Holter? ¿Quién era ella?

—Pues no hacía mucho que nos conocíamos. La conocí en Fraser Island. Me dijo que se dirigía a Byron Bay. No está lejos de aquí, así que le di mi número de teléfono de Nimbin. Unos días más tarde me llamó para preguntarme si podía quedarse a dormir una noche. Se quedó más de una semana. Luego nos veíamos en Sidney cuando yo iba allí. Fueron unas dos o tres veces, supongo. Como comprenderá, no llegamos a convertirnos en un matrimonio de toda la vida. Y además empezaba a ponerse un poco pesada.

—¿Pesada?

—Sí, le estaba cogiendo mucho cariño a mi hijo, Tom-Tom, y empezó a fantasear con la idea de tener una familia y una casa en el campo. A mí no me interesaba, pero la dejé seguir con su rollo.

—¿Con su rollo de qué?

Evans pareció avergonzarse.

—Era el tipo de mujer que se hace la dura al principio, pero que se derrite como la mantequilla cuando le acaricias un poco la barbilla y le dices que la quieres. Entonces se desvive por ti.

—O sea, que era una chica considerada… —comentó Harry.

Estaba claro que a Evans no le gustaba el cariz que había tomado la conversación.

—Tal vez lo fuera. Como les he dicho, no la conocía mucho. Hacía tiempo que no veía a su familia noruega y quizá estaba falta de afecto, necesitaba a alguien que estuviera por ella, ¿me entiende? Yo qué coño sé. Como les he dicho era una chica estúpida y romántica, no tenía malicia…

La voz de Evans se quebró un poco. Se hizo el silencio. O era buen actor o después de todo tenía sentimientos humanos, pensó Harry.

—Si usted no veía ningún futuro en la relación, ¿por qué no la dejó?

—Supongo que estaba a punto de dejarla. Era como si ya estuviera en la puerta para despedirme. Pero se marchó antes de que pudiera hacerlo. Tal que así… —Evans chasqueó los dedos.

Sin duda se le había empañado la voz, pensó Harry.

Evans bajó los ojos y se miró las manos.

—Vaya manera de largarse.

12

Una araña bastante grande

Tomaron unas empinadas carreteras de montaña. Una señal indicaba el camino a Crystal Castle.

—La cuestión es: ¿Evans White dice la verdad? —preguntó Harry.

Andrew maniobró para evitar a un tractor que venía en el sentido contrario.

—Déjame compartir una pizca de mi experiencia contigo, Harry. Durante más de veinte años he hablado con gente que ha tenido diversos motivos para mentir o decir la verdad. Culpables e inocentes, asesinos, carteristas, histéricos y cínicos, caras aniñadas con ojos azules, caras de villanos llenas de cicatrices, sociópatas, psicópatas, filántropos…

Andrew buscaba más ejemplos.

—Ya lo he pillado, Andrew.

—… aborígenes y blancos. Todos contaban su historia con un único objetivo: ser creídos. ¿Y sabes lo que he aprendido?

—Que es imposible determinar quién miente y quién no.

—¡Exacto, Harry! —Andrew se excitó—. En la novela policíaca tradicional cualquier detective digno tiene un olfato infalible para descubrir la mentira. ¡Eso son chorradas! La naturaleza humana es un bosque enorme y complejo que nadie puede conocer a la perfección. Ni siquiera una madre conoce los secretos más profundos de su hijo.

Entraron en el aparcamiento que había frente a un jardín grande y verde con una estrecha senda de gravilla que serpenteaba entre fuentes, parterres y árboles exóticos. Tras el jardín se erguía una gran casa que, al parecer, era el Crystal Castle que el sheriff de Nimbin les había señalado en el mapa.

Una campanita sobre la puerta anunció su llegada. Evidentemente se trataba de un lugar popular pues la tienda estaba llena de turistas. Una mujer rolliza les recibió con una sonrisa radiante y les dio la bienvenida como si fueran los primeros seres humanos que hubiera visto en meses.

—¿Es la primera vez que vienen? —les preguntó, como si su tienda de cristales fuera un lugar adictivo donde la gente peregrinaba regularmente una vez que se enganchaban.

Y, por lo que ellos sabían, así podía haber sido.

—Les envidio —dijo ella cuando respondieron que sí—. ¡Están a punto de experimentar el Crystal Castle por primera vez! Entren por ese pasillo. A la derecha encontrarán nuestra excelente cafetería vegetariana con los platos más maravillosos del mundo. Cuando terminen, giren a la izquierda y entren en la sala de cristales y minerales. ¡Ahí es donde está lo bueno! ¡Venga, vayan, vayan!

Les hizo señas con la mano para que se fueran. Sin duda, tras semejante introducción les supuso una decepción comprobar que la cafetería en realidad era una cafetería corriente que vendía té, ensaladas con yogur y bocadillos de ensalada. En la llamada sala de cristales y minerales se exponían piedras de cristal brillantes, figuras de Buda con las piernas cruzadas, cuarzos azules y verdes y piedras naturales, todo ello bajo un intrincado sistema de iluminación. Y en el ambiente flotaba una suave fragancia de incienso, y se oía música de flauta india y el sonido de corrientes de agua. A Harry la tienda le pareció más o menos bonita, pero todo resultaba un poco afectado y era poco probable que pudiera cortarle a alguien el aliento. Lo único que podía producir ciertas dificultades respiratorias eran los precios.

—Ja, ja. —Andrew se rió al ver un par de etiquetas con el precio—. Esta tía es genial. —Señaló a los clientes de la tienda, en su mayoría de mediana edad y aspecto acomodado, diciendo—: La generación del *flower power* se ha hecho mayor. Tienen trabajos adultos, ingresos adultos, pero su corazón sigue en algún lugar del plano astral.

Volvieron al mostrador. La mujer rolliza seguía con la misma sonrisa radiante. Cogió la mano de Harry y presionó una piedra de color azul verdoso contra la palma de su mano.

—Eres Capricornio, ¿verdad? Coloca esta piedra debajo de tu almohada. Elimina toda la energía negativa que hay en la habitación. En realidad cuesta sesenta y cinco dólares, pero creo que realmente la necesitas, así que te la dejo por cincuenta.

Se giró hacia Andrew.

—Y tú debes de ser Leo.

—Eh, no, señora, yo soy policía.

Sacó su placa discretamente.

Ella palideció y le miró aterrorizada.

—¡Qué horror! Espero no haber hecho nada malo.

—Que yo sepa, no, señora. Imagino que es usted Margaret Dawson, antes apellidada White. Si es así, nos gustaría hablar con usted un momento en privado.

Margaret Dawson enseguida volvió en sí y llamó a una de las chicas para que se hiciera cargo de la caja. A continuación acompañó a Harry y Andrew al jardín, donde se sentaron en torno a una mesa de madera blanca. Había una red entre dos árboles que Harry al principio tomó por una red de pesca, aunque tras una comprobación más detenida resultó ser una gigantesca telaraña.

—Parece que va a llover —dijo ella frotándose las manos.

Andrew carraspeó.

Ella se mordió el labio inferior.

—Lo siento, agente. Esto me pone muy nerviosa.

—Está bien, señora. Vaya telaraña que tiene usted allí.

—Ah, eso. Es la telaraña de Billy, nuestra araña ratón. Probablemente esté durmiendo en alguna parte.

Harry subió las piernas de modo instintivo.

—¿Araña ratón? ¿Eso quiere decir que come… ratones? —preguntó.

Andrew sonrió.

—Harry es de Noruega. Allí no están acostumbrados a las arañas.

—Vaya. Entonces espero que le consuele saber que las grandes no son las peligrosas —dijo Margaret Dawson—. En cambio, tenemos un pequeña criatura mortal llamada araña de espalda roja. Pero se encuentra más cómoda en las ciudades, donde puede esconderse entre la multitud, por así decirlo. En sótanos oscuros y en rincones húmedos.

—Se parece a alguien que yo me sé —dijo Andrew—. Volviendo al asunto, señora. Se trata de su hijo.

Ahora la señora Dawson se puso pálida de verdad.

—¿Evans?

Andrew miró a Harry.

—Que sepamos no ha tenido anteriormente problemas con la policía, señora Dawson —dijo Harry.

—No. No, al parecer no. Gracias a Dios.

—En realidad, hemos parado aquí porque cuando regresábamos a Brisbane hemos visto que su tienda prácticamente nos venía de camino. Nos preguntábamos si usted conoce a una tal Inger Holter.

Intentó recordar el nombre. A continuación negó con la cabeza.

—Evans no conoce a muchas chicas. Trae aquí a las pocas con que se relaciona para que las conozca. Después de tener un hijo con… con aquella terrible niñata de cuyo nombre no sé si quiero acordarme, le prohibí… le dije que esperara un poco. Hasta que conociera a la mujer de su vida.

—¿Por qué debía esperar? —preguntó Harry.

—Porque yo se lo dije.

—¿Por qué se lo dijo, señora?

—Porque no es buen momento.—Lanzó una mirada hacia la tienda para indicar que su tiempo era precioso—. Y porque Evans es un chico sensible a quien resulta fácil herir. Ha habido mucha energía negativa en su vida y necesita una mujer en quien pueda confiar plenamente. No esas… zorras que solo le dan quebraderos de cabeza.

Una nube gris pareció ensombrecer sus pupilas.

—¿Ve a menudo a su hijo? —preguntó Andrew.

—Evans viene por aquí siempre que puede. Necesita paz. Trabaja tanto, pobrecito mío. ¿Ha probado usted algunas de las hierbas que vende? A veces me trae algunas que empleo en el té que vendemos en la cafetería.

Andrew carraspeó de nuevo. Con el rabillo del ojo Harry pudo ver un movimiento entre los árboles.

—Debemos irnos, señora. Solo una última pregunta.

—¿Sí?

Al parecer a Andrew se le había quedado atascado algo en la garganta, carraspeaba sin cesar. La telaraña había empezado a moverse.

—¿Usted siempre ha sido tan rubia, señora Dawson?

13

Bubbur

Aterrizaron en Sidney a altas horas de la noche. Harry estaba agotado y lo único que deseaba era su cama del hotel.

—¿Una copa? —propuso Andrew.

—¿No tienes que volver a casa? —preguntó Harry.

Andrew negó con la cabeza.

—Últimamente, allí solo me encuentro a mí mismo.

—¿Últimamente?

—Bueno, los últimos diez años. Estoy divorciado. Mi mujer vive en Newcastle con las niñas. Trato de verlas con la mayor frecuencia posible, pero están lejos y las niñas pronto serán tan mayores que tendrán sus propios planes para el fin de semana. Entonces descubriré que no soy el único hombre en sus vidas. Son unas chicas preciosas, ¿sabes? De catorce y quince años. Coño, yo ahuyentaría a todos los pretendientes que se acercasen a la puerta.

Andrew sonrió. Harry no podía evitar que le cayese bien su insólito compañero.

—Bueno, así son las cosas, Andrew.

—Es verdad, colega. ¿Y tú qué?

—Bueno. Ni mujer ni hijos. Ni siquiera un perro. Lo único que tengo es un jefe, una hermana, un padre y un par de tipos a quienes sigo considerando colegas aunque me llaman o les llamo de uvas a peras.

—¿En ese orden?

—En ese orden.

Se echaron a reír.

—¿Tomamos una copa en el Albury?

—Eso es casi como seguir trabajando... —dijo Harry.

—Precisamente.

Birgitta sonrió cuando los vio entrar. En cuanto terminó de despachar a un cliente se acercó a ellos. Miró fijamente a Harry.

—Hola —saludó en sueco.

Lo único que deseaba Harry en ese momento era acurrucarse en su regazo y quedarse dormido.

—Dos gin-tonics dobles, en nombre de la ley —pidió Andrew.

—Yo prefiero zumo de pomelo —dijo Harry.

Ella les sirvió las copas y se inclinó sobre la barra.

—Gracias por la cena de ayer —le susurró a Harry, que se vio reflejado con una sonrisa boba en el espejo que había detrás de la chica.

—Eh, eh... Nada de arrullos escandinavos, por favor. Mientras yo pague las copas, la conversación será en inglés. —Andrew les dirigió una mirada hosca—. Y ahora voy a contarles un par de cosas, jovencitos. El amor es un misterio mayor que la muerte. —Hizo una pausa dramática—. El tío Andrew les va a contar una antiquísima leyenda australiana: la historia de la gigantesca serpiente Bubbur y Walla.

Ambos se acercaron a Andrew, que se lamió los labios con satisfacción y encendió un puro.

—Érase una vez un joven guerrero llamado Walla que estaba muy enamorado de una bella joven llamada Moora. Y ella también lo amaba. Walla había pasado la ceremonia de iniciación, se había convertido en un hombre y, por tanto, se podía casar con la mujer de la tribu que quisiera, siempre que no estuviera casada y le correspondiera. Y Moora cumplía los dos requisitos. Walla no soportaba la idea de dejar a su amada sola, pero la tradición exigía que marchara a una expedición de caza, cuyos frutos debía ofrecer a los padres de la novia antes de poder celebrar la boda. Una hermosa mañana, cuando el rocío espejeaba aún en las hojas, Walla se marchó. Moora le dio una pluma blanca de cacatúa, que él se puso en el cabello.

»Durante la ausencia de Walla, Moora se fue a buscar miel para el banquete. Sin embargo, no era fácil encontrarla y tuvo que alejarse más de lo habitual del poblado. Llegó hasta un valle de grandes piedras sobre el que reinaba un extraño silencio: no se oía ni un pájaro, ni un insecto. Estaba a punto de marcharse cuando vio un nido con unos enormes huevos blancos, los más grandes que hubiera visto jamás. "Me los llevaré para el festín", pensó, y extendió una mano para alcanzar los huevos.

»En ese preciso instante, oyó que algo grande se deslizaba sobre las piedras y, antes de que tuviera ocasión de escapar o abrir la boca, una enorme serpiente marrón y amarilla se había enroscado alrededor de su cintura. Ofreció resistencia, pero no lograba escapar y la serpiente la atenazó. Moora miró hacia el cielo azul que se extendía sobre el valle e intentó gritar el nombre de Walla, pero no le quedaba aire en los pulmones para emitir sonido alguno. La serpiente la apretaba cada vez con más fuerza y, finalmente, extinguió toda la vida que quedaba en Moora y fracturó todos los huesos de su cuerpo. A continuación, la serpiente regresó a las sombras de donde procedía y donde era imposible que la descubrieran, pues sus colores se fundían con las luces que moteaban los árboles y las piedras del valle.

»Pasaron dos días hasta que encontraron su cuerpo destrozado entre las rocas. Sus padres quedaron desconsolados. Su madre no cesaba de llorar y le preguntaba a su esposo qué le iban a decir a Walla cuando este regresase a casa.

Andrew miró a Harry y Birgitta con ojos brillantes.

—La hoguera del campamento se estaba extinguiendo cuando Walla regresó de la caza al amanecer del día siguiente. Aunque había sido un viaje extenuante, sus pasos eran ligeros y sus ojos irradiaban felicidad. Se dirigió a los padres de Moora, quienes permanecían en silencio junto al fuego. «Aquí tienen mis obsequios», dijo él. La caza había resultado abundante: un canguro, un uómbat y los muslos de un emú.

»"Has llegado a tiempo para el funeral, Walla, tú que habrías sido nuestro hijo", dijo el padre de Moora. Walla se sintió como si alguien le hubiera golpeado y apenas fue capaz de ocultar su pena y su dolor. Sin embargo, como era un guerrero fuerte, consiguió retener las lágrimas y preguntó con frialdad: "¿Por qué no la habéis enterrado ya?" "Porque no la hemos encontrado hasta hoy", dijo el padre. "Entonces la acompañaré y exigiré su espíritu. Nuestro *wirinun* puede curar sus huesos fracturados y yo restauraré su espíritu y la reanimaré." "Es demasiado tarde", dijo el padre. "Su espíritu ya se ha marchado al lugar donde van todos los espíritus femeninos. No obstante, el que la mató sigue vivo. Hijo, ¿conoces tu deber?"

»Walla se marchó sin decir una palabra. Vivía en una gruta junto con otros hombres solteros de la tribu. Tampoco habló con ellos. Pasaron varios meses sin que Walla participara en los cantos y bailes. Algunos opinaban que había endurecido su corazón intentando olvidar a Moora. Otros pensaban que tenía intención de seguir a Moora al reino de los muertos. "Jamás lo conseguirá", comentaban. "Hay un lugar para las mujeres y otro para los hombres."

»Entonces apareció una mujer y se sentó junto a la hoguera. "Os equivocáis", dijo. "Él está planeando cómo vengar a su mujer. ¿Acaso creéis que uno puede presentarse simplemente con una lanza y pretender matar a Bubbur, la enorme serpiente marrón y amarilla? Vosotros no la habéis visto, pero yo la vi una vez cuando era joven. Y de aquel día provienen mis canas. Fue la visión más terrible que nadie pueda imaginar. Creedme: Bubbur solo puede ser vencida de una manera: con coraje y astucia. Y creo que este joven guerrero posee ambos."

»Al día siguiente, Walla se acercó a la hoguera. Sus ojos brillaban. Cuando preguntó quiénes querían acompañarle a buscar caucho, parecía excitado. "Tenemos caucho", dijeron sorprendidos del buen humor de Walla. "Te lo regalamos." "Quiero caucho fresco", repuso él. Al ver el asombro de sus compañeros, les dijo: "Acompañadme y os mostraré para qué quiero usar el caucho". Le acompañaron llenos de curiosidad y, al terminar de recoger el caucho,

Walla les llevó al valle de las grandes piedras. Allí construyó una plataforma en el árbol más alto que había y ordenó a los otros que se retiraran a la salida del valle. Se llevó a su mejor amigo al árbol y desde allí llamaron a Bubbur mientras el eco retumbaba por todo el valle y el sol salía por el horizonte.

»Apareció de repente: una cabeza enorme, marrón y amarilla que se balanceaba intentando averiguar de dónde provenía el sonido. A su alrededor pululaban unas serpientes marrones y amarillas de menor tamaño, seguramente surgidas de los huevos que había visto Moora. Walla y su amigo amasaron el caucho hasta convertirlo en bolas grandes. Cuando Bubbur descubrió que estaban en el árbol, abrió la boca, sacó la lengua y se estiró para intentar alcanzarles. El sol había llegado a su punto más alto y la boca abierta, blanca y roja de Bubbur brillaba con intensidad. En el momento en que se disponía a atacar, Walla arrojó la bola de caucho más grande al interior de su boca abierta y, de modo instintivo, la serpiente mordió la bola hasta hundir los dientes profundamente en el caucho.

»Bubbur se retorcía en el suelo, incapaz de liberarse del caucho que se había enganchado a su boca. Walla y su amigo emplearon el mismo truco con las serpientes más pequeñas y pronto todas se convirtieron en seres inofensivos con sus bocas selladas. Entonces Walla llamó a los demás hombres. No mostraron piedad alguna a la hora de matar a todas las serpientes. Al fin y al cabo, Bubbur le había quitado la vida a la muchacha más bella de la tribu y la prole de Bubbur habría podido crecer y alcanzar el mismo tamaño que su madre. Desde aquel día, rara vez se ha visto en Australia a la temida serpiente marrón y amarilla. Sin embargo, cada año que pasa nuestro temor la hace más larga y grande.

Andrew terminó su gin-tonic.

—¿Y cuál es la moraleja? —preguntó Birgitta.

—Que el amor es un misterio mayor que la muerte. Y que uno debe tener cuidado con las serpientes.

Andrew pagó las copas, le dio a Harry una palmada alentadora en la espalda y se marchó.

MOORA

14

Una bata

Abrió los ojos. Mientras despertaba la gran ciudad zumbaba y reverberaba y la cortina se sacudía como saludándole con pereza. Permaneció contemplando la absurda fotografía que colgaba de la pared en el otro extremo de la amplia habitación: una imagen de los reyes de Suecia. La reina mostraba la sonrisa serena y segura que la caracterizaba y el rey parecía alguien que llevara un cuchillo clavado en la espalda. Harry comprendía cómo se sentía: en el colegio le habían convencido para interpretar el papel principal de *El príncipe rana*.

Desde algún lugar se oía el sonido de agua corriendo y Harry se cambió al otro lado de la cama para oler la almohada de ella. Sobre la sábana había un tentáculo de una medusa melena de león, ¿o se trataba de un largo cabello de color rojo? Recordó un titular de las páginas deportivas del *Dagbladet*: ERLAND JOHNSEN, CLUB DE FÚTBOL DE MOSS, CONOCIDO POR SU CABELLO PELIRROJO Y SUS LANZAMIENTOS LARGOS.

Analizó cómo se sentía. Se sentía ligero. Ligero como una pluma. Tan ligero que temía que el revoloteo de las cortinas le elevara de la cama y le sacara por la ventana, de tal modo que mientras volara sobre Sidney a plena luz del día se diera cuenta de que iba desnudo. Llegó a la conclusión de que aquella sensación de ligereza se debía a la profusión de variados fluidos corporales que había expulsado durante la noche, y seguramente debía de haber perdido unos cuantos kilos.

–Harry Hole, jefatura de policía de Oslo, conocido por sus extrañas ocurrencias y sus pelotas vacías –murmuró.

–¿Cómo?

Birgitta estaba de pie y llevaba una bata horrorosa y una toalla blanca alrededor de la cabeza a modo de enorme turbante.

–Buenos días, bella, serena y libre mujer de las montañas del norte. Solo estaba mirando la fotografía del rey rebelde de la pared. ¿No crees que hubiese preferido ser agricultor y dedicarse a cavar la tierra? Es lo que parece.

Ella contempló la fotografía.

–No todos tienen la suerte de acabar en el lugar adecuado en esta vida. Por ejemplo, ¿qué me dices de ti?

Ella se dejó caer en la cama junto a él.

–Es una pregunta incómoda a estas horas de la mañana. Antes de contestar, exijo que te quites esa bata. No quiero ser negativo, pero así, de buenas a primeras, creo que esa prenda merece un puesto en mi «lista de las diez prendas más feas que he visto jamás».

Birgitta se rió.

–Yo la denomino «la matapasiones». Cumple su función cuando los pelmas desconocidos se vuelven demasiado impetuosos.

–¿Has comprobado si ese color tiene nombre? Es probable que poseas un tono desconocido hasta ahora, un eslabón perdido en la gama de colores entre el verde y el marrón.

–¡No cambies de tema, noruego testarudo!

Birgitta le golpeó en la cabeza con una almohada, pero tras un breve forcejeo la chica acabó debajo de él. Harry le sujetaba las manos con fuerza mientras se inclinaba intentando desabrocharle la bata con la boca. Birgitta gritó al percatarse de su propósito y logró liberar una de sus rodillas, que colocó firmemente contra la barbilla de él. Harry gimió y rodó hacia su lado de la cama. Rápidamente, ella le puso las rodillas en los brazos y se sentó sobre Harry.

–¡Contéstame!

–De acuerdo, de acuerdo, me rindo. Sí, he acabado en el lugar adecuado. Soy el mejor poli que te puedas imaginar. Sí, prefiero pillar a los tipos malos antes que cavar la tierra, o asistir a cenas de gala y asomarme a un balcón para saludar a las masas. Y sí; sé que es perverso.

Birgitta le besó en la boca.

—Podrías haberte lavado los dientes —dijo Harry con los labios apretados.

Cuando ella inclinó la cabeza hacia atrás y se rió, Harry aprovechó la oportunidad. Levantó la cabeza con rapidez, mordió el cinturón de la bata y tiró de él con fuerza. La bata quedó abierta y él rodó y se puso encima de Birgitta. Tenía la piel caliente y húmeda de la ducha.

—¡Policía! —gritó ella rodeándole con las piernas.

Harry se notó el pulso en todo el cuerpo.

—Socorro… —susurró ella mordiéndole la oreja.

Luego se quedaron tumbados mirando al techo.

—Me gustaría… —comenzó Birgitta.

—¿Qué?

—No, nada.

Se levantaron y se vistieron. Harry miró el reloj y comprendió que llegaría tarde a la reunión de la mañana. La abrazó junto a la puerta.

—Creo que sé lo que te gustaría —dijo Harry—. Te gustaría que te contara algo sobre mí.

Birgitta le apoyó la cabeza en el hombro.

—Ya sé que no te gusta hablar de ti —dijo ella—. Tengo la sensación de que todo lo que sé de ti te lo he sacado a la fuerza. Que tu madre era una mujer buena y sabia, medio lapona, y que la echas de menos. Que tu padre es profesor de instituto y que no le gusta tu profesión, aunque no lo diga. Y que la persona que más amas en el mundo, tu hermana, tiene una «pizca» de síndrome de Down. Me gusta saber estas cosas de ti. Pero prefiero que me las cuentes tú mismo voluntariamente.

Harry le acarició la nuca.

—¿Quieres saber algo de verdad? ¿Un secreto?

Ella asintió.

—Compartir secretos ata a la gente… —susurró Harry rozándole el cabello con los labios—. Y eso no siempre es deseable.

Permanecieron en el pasillo en silencio. Harry respiró hondo.

—Durante toda mi vida he estado rodeado de gente que me quiere. Siempre he tenido todo lo que he deseado. En definitiva, no puedo explicar por qué acabé como acabé. —Un soplo de aire acarició el cabello de Harry, tan suave y ligero que tuvo que cerrar los ojos—. Por qué terminé convirtiéndome en un alcohólico.

Sus palabras sonaron ásperas y bruscas. Birgitta permanecía inmóvil abrazada a él.

—Es muy difícil despedir a un funcionario público en Noruega. La incompetencia no es suficiente, el concepto de pereza no existe y puedes insultar a tu jefe todo lo que quieras, sin problema. En realidad puedes hacer lo que te venga en gana, ya que en la mayoría de los casos la legislación te protege. Excepto cuando se trata de abuso de alcohol. Si eres policía y acudes al trabajo en estado de embriaguez más de dos veces, hay motivo de despido inmediato. En mi caso hubo un tiempo en que resultaba más fácil contar los días que iba sobrio al trabajo.

Se separó un poco de Birgitta y la miró a la cara. Quería ver su reacción. Luego volvió a abrazarla.

—No obstante, todo seguía igual, y si alguien sospechaba algo hacía la vista gorda. Tal vez deberían haber dado la señal de alarma, pero en la policía priman la lealtad y la solidaridad. Una noche un compañero y yo nos dirigimos a Holmenkollåsen para hacer un par de preguntas a un tipo sobre un asesinato relacionado con drogas. Ni siquiera era sospechoso del caso. Sin embargo, cuando llegamos a su casa y llamamos a la puerta, le vimos salir del garaje a todo gas. Rápidamente, pusimos la sirena y bajamos por Sørkedalsveien a ciento diez por hora. La carretera describía curvas a derecha e izquierda, el coche dio contra el bordillo un par de veces, y mi compañero me preguntó si quería que él condujera. Yo estaba tan concentrado en no perder a nuestro hombre que le dije que no.

Lo que pasó a continuación él solo lo sabía porque se lo habían contado. Al llegar a Vinderen salió un vehículo de la gasolinera. El conductor era un chico que acababa de sacarse el carnet y había ido a la gasolinera para comprar tabaco a su padre. Los policías se llevaron su coche por delante, atravesaron la valla contigua a las vías del tren y arrastraron la marquesina del andén donde hacía tan solo dos minutos estaban esperando unas cinco o seis personas. Al final se detuvieron ante la plataforma situada al otro extremo de las vías. El compañero de Harry salió disparado por el parabrisas delantero y fue encontrado en la vía a unos veinte metros de distancia. Se había dado de cabeza contra un poste. La fuerza del impacto había sido tal que el poste quedó doblado por la parte superior. Fue necesario sacarle las huellas dactilares para determinar su identidad. El muchacho que conducía el otro vehículo quedó paralítico de cintura para abajo.

—Fui a visitarle a un lugar llamado Sunnås —dijo Harry—. Sigue soñando con volver a conducir algún día. A mí me encontraron en el interior del vehículo con fractura craneal y hemorragia interna. Permanecí unos días con respiración artificial.

Todos los días le visitaban su padre y su hermana. Se sentaban a sendos lados de la cama y le cogían de la mano. Como la conmoción cerebral le había causado alteraciones visuales, no le dejaban leer ni ver la tele. Su padre se sentaba junto a la cama y le susurraba al oído para no cansarle obras de escritores como Sigurd Hoel y Kjartan Fløgstad, los autores favoritos de su padre.

—Yo había matado a un hombre y había destrozado la vida de otro. Sin embargo, me encontraba entre algodones y recibía amor y atenciones. Y lo primero que se me ocurrió cuando me trasladaron a una habitación compartida fue sobornar al paciente que había en la cama de al lado para que su hermano me comprara una botella de whisky.

Harry calló. Birgitta respiraba de forma regular y tranquila.

—¿Estás escandalizada?

—Supe que eras alcohólico la primera vez que te vi —dijo Birgitta—. Mi padre también lo es.

Harry no supo qué decir.

—Continúa —dijo ella.

—Lo demás es… lo demás es un asunto relacionado con la policía noruega. Tal vez sea mejor no conocer los detalles.

—Ahora estamos lejos de Noruega.

Harry la abrazó rápidamente.

—Por hoy es suficiente. Continuará. Tengo que irme. ¿Te parece bien que me pase por el Albury y vuelva a pegarme a ti una noche más?

La sonrisa de Birgitta fue un poco triste y Harry se dio cuenta de que estaba a punto de enredarse algo más de lo que debía.

15

Relevancia estadística

—Llega tarde —constató Watkins cuando Harry apareció por la oficina.

Dejó un juego de fotocopias encima de su escritorio.

—Es el jet lag. ¿Alguna novedad? —preguntó Harry.

—Aquí te dejo algunas lecturas. Yong Sue ha desenterrado unos casos antiguos de violaciones. Él y Kensington los están estudiando.

Yong colocó una transparencia en el proyector.

—Cada año hay más de cinco mil denuncias por violación en este país. Como es obvio, ponerse a buscar alguna pauta en una selección así es inútil si no se emplean las estadísticas. Las estadísticas frías y concisas. La palabra clave número uno es la relevancia estadística. En otras palabras, buscamos un patrón que no se puede explicar con casualidades estadísticas. La palabra clave número dos es la demografía.

»En primer lugar busqué las denuncias relacionadas con los asesinatos no resueltos y las violaciones de los últimos cinco años que contenían las palabras «intento de estrangulamiento» o simplemente «estrangulamiento». Me salieron doce homicidios y varios cientos de violaciones. A continuación, afiné la selección añadiendo que las víctimas debían ser chicas rubias entre dieciséis y treinta y cinco años y residentes en la costa este. Las estadísticas oficiales y los datos relativos al color del cabello de nuestra propia oficina de pasaportes muestran que este grupo está constituido por menos del cinco por ciento de la población femenina. No obstante, me quedé con siete asesinatos y más de cuarenta violaciones.

Yong colocó una nueva transparencia con porcentajes y un gráfico de barras. Dejó que los demás los leyeran sin hacer comentarios. Siguió un largo silencio. Watkins fue el primero en hablar:

—Eso quiere decir…

—No —dijo Yong—. No quiere decir que sepamos nada que no supiéramos antes. Los números son demasiado imprecisos.

—Pero podemos conjeturar —dijo Andrew—. Por ejemplo, podemos conjeturar que hay una persona ahí fuera que viola mujeres rubias de modo sistemático y las asesina de modo menos sistemático. Y que obtiene placer apretando el cuello de las mujeres con sus manos.

De repente todos querían hablar a la vez y Watkins tuvo que ordenar que se callaran. Cedió la palabra a Harry en primer lugar.

—¿Por qué no se ha descubierto esta relación antes? Hablamos de siete asesinatos y de entre cuarenta y cincuenta violaciones donde puede existir una relación.

Yong Sue se encogió de hombros.

—Por desgracia, las violaciones son algo habitual también en Australia y quizá no siempre se les dé la prioridad que deseamos.

Harry asintió con la cabeza. En ese sentido Noruega tampoco le hacía sacar pecho.

—Además, la mayoría de los violadores actúan en la ciudad o en el lugar donde viven y no se dan a la fuga después. Por tanto no existe una cooperación sistemática entre los diferentes estados en materia de violación. Y el problema en los casos que aparecen en mis estadísticas es la dispersión geográfica.

Yong señaló la lista de los lugares y las fechas.

—Un día en Melbourne, un mes más tarde en Cairns y la semana siguiente en Newcastle. Violaciones en tres estados federales diferentes en menos de dos meses. Algunas veces con pasamontañas, otras con una careta y al menos una vez con una media de nailon. Otras veces las víctimas ni siquiera pudieron ver al violador. Los lugares del delito van desde callejones oscuros hasta parques públicos. Las metía en coches o forzaba la puerta de sus casas por la noche. En definitiva; no hay ninguna pauta salvo que las víctimas son rubias, fueron estranguladas y ninguna de ellas fue capaz de describir al individuo. Sí, es verdad, hay una cosa más. Cuando asesina, lo hace de un modo muy limpio. Por desgracia. Es probable que lave a sus víctimas, eliminando así cualquier rastro suyo: huellas dactilares, semen, fibras de la ropa, pelos, piel bajo las uñas de la víctima, etcétera. Pero aparte de eso no hay nada más de lo que solemos asociar con los asesinos en serie: no hay rastro de actos grotescos o rituales, ni tarjetas de visita para los policías donde ponga «Yo estuve aquí». Después de tres violaciones en dos meses no vuelve a suceder nada en un año entero… A menos que esté detrás de otras violaciones cometidas ese mismo año. Pero eso no podemos saberlo.

—¿Y qué pasa con los asesinatos? —preguntó Harry—. ¿No debería haber alguna pista?

Yong negó con la cabeza.

—Hay dispersión geográfica. Cuando la policía de Brisbane encuentra un cadáver que ha sido violado, Sidney no es el primer lugar donde se ponen a buscar. Además, los asesinatos están tan espaciados en el tiempo que ha sido muy difícil establecer una conexión clara. Después de todo, el estrangulamiento no es un método inusual de asesinato en casos de violación.

—¿En Australia no hay una policía federal que funcione? —preguntó Harry.

Los demás sonrieron. Harry cambió de tema.

—Si es un asesino en serie… —comenzó Harry.

—… suele tener una pauta, un tema —continuó Andrew—. Pero este no lo tiene, ¿verdad?

Yong asintió con la cabeza.

—Seguramente, algún policía habrá pensado a lo largo de estos años que puede tratarse de un asesino en serie. Ese agente en cuestión probablemente haya buscado casos antiguos en los archivos para establecer comparaciones, pero las diferencias han resultado ser demasiado grandes para apoyar esa hipótesis.

—Si se tratara de un asesino en serie, ¿no tendría un deseo más o menos consciente de que lo cogieran? —preguntó Lebie.

Watkins carraspeó. Esa era su especialidad.

—En las novelas policíacas suelen presentarse de ese modo. Los actos del asesino se interpretan como un grito de socorro; el hecho de que deje mensajes en clave y huellas responde a un deseo inconsciente de que alguien le detenga. Y algunas veces es así. Sin embargo, me temo que no es tan sencillo. En su mayoría los asesinos en serie son como todo el mundo: no quieren que los pillen. Y si estamos ante un asesino en serie, realmente no nos ha proporcionado mucho material con el que trabajar. Hay varias cosas que no me gustan…

Abrió la boca y dejó al descubierto unos dientes amarillos.

—En primer lugar, los asesinatos no parecen seguir ninguna pauta, salvo que las víctimas son rubias y que el violador las estrangula. Ese hecho puede significar que considera cada asesinato como un suceso aislado, como una obra de arte que ha de distinguirse de lo que haya realizado anteriormente, cosa que dificulta nuestro trabajo. O quizá haya una pauta oculta que nosotros no vemos todavía. No obstante, también puede ser que, en principio, no tenga la intención de matar, sino que en algunos casos ello resulte necesario: por ejemplo, porque las víctimas de la violación han visto su rostro o han ofrecido resistencia, han pedido ayuda o ha sucedido cualquier otra cosa con la que no contaba.

—Tal vez asesina solo cuando no se le levanta… —sugirió Lebie.

—Quizá deberíamos dejar que los psicólogos estudien estos casos más detenidamente —dijo Harry—. Podrían esbozar un perfil psicológico que nos sirva de ayuda.

—Quizá —dijo Watkins, que parecía estar reflexionando sobre otro tema.

—¿Cuál es la segunda posibilidad, señor? —preguntó Yong.

—¿Cómo? —Watkins se despertó.

—Usted ha dicho: en primer lugar. ¿Qué otra cosa no le gusta?

—Que de repente deje de actuar —dijo Watkins—. Como es lógico puede deberse simplemente a causas prácticas como, por ejemplo, encontrarse de viaje o estar enfermo. No obstante, también podría tener la sensación de que tarde o temprano alguien descubrirá la conexión. Por tanto, se quita de en medio una temporada. ¡Así, sin más! —Chasqueó los dedos y siguió—: En ese caso hablamos de un hombre realmente peligroso. Es disciplinado y cruel y no actúa impulsado por la creciente pasión autodestructiva que acaba por desenmascarar a la mayoría de los asesinos en serie. En ese caso estaríamos ante un asesino calculador y astuto a quien probablemente no logremos coger hasta que termine por cometer una auténtica masacre. Si es que lo conseguimos…

—¿Ahora qué hacemos? —preguntó Andrew—. ¿Pedimos a todas las mujeres rubias en edad de trabajar que permanezcan en sus casas por las noches?

—Entonces correremos el riesgo de que se meta bajo tierra y nunca le encontremos —dijo Lebie, y sacó una navaja con la que empezó a limpiarse las uñas minuciosamente.

—Por otro lado, ¿vamos a permitir que todas las rubias de Australia sean la carnada de este tipo? —inquirió Yong.

—Es imposible pedirle a la gente que se quede en casa —dijo Watkins—. Si busca una víctima, la encontrará. Además, ¿no entró en la casa de un par de víctimas? Olvídalo. Tenemos que fumigar hasta que aparezca.

—¿Cómo? Está actuando en todo el maldito país y nadie sabe cuándo atacará de nuevo. El tipo viola y asesina al azar. —Lebie hablaba con sus uñas.

—Eso no es del todo exacto —dijo Andrew—. Si ha sobrevivido durante tanto tiempo es porque no ha dejado nada al azar. Hay una pauta. Siempre hay una pauta. No porque sea algo planeado, sino porque los seres humanos somos animales de costumbres. No hay ninguna diferencia entre tú, yo y el violador. Es cuestión de descubrir cuál es la costumbre de este animal en particular.

—Ese hombre está loco —dijo Lebie—. ¿No son esquizofrénicos casi todos los asesinos en serie? ¿Oyen voces que les ordenan matar y cosas así…? Yo estoy de acuerdo con Harry. Contratemos a un loquero.

Watkins se rascó el cuello. Parecía un poco confuso.

—Puede que un psicólogo nos diga muchas cosas sobre un asesino en serie, pero no estoy seguro de que sea eso lo que buscamos en este caso —dijo Andrew.

—Siete asesinatos. A eso yo lo llamo un asesino en serie.

—Escuchad. —Andrew se inclinó sobre la mesa y levantó sus dos enormes manos negras—. Para un asesino en serie el acto sexual está subordinado al homicidio. No tiene sentido violar a alguien sin matarle después. Pero para nuestro hombre la violación es lo principal. Por tanto, quizá haya un motivo práctico en las ocasiones en que mata, tal y como afirma Watkins. Por ejemplo, porque la víctima le podría delatar al haber visto su rostro. —Andrew se detuvo—. O porque le conozca. —Bajó las manos.

El ventilador chirriaba en una esquina, aunque la atmósfera era más sofocante que nunca.

—Las estadísticas están bien —dijo Harry—, pero no debemos permitir que nos aparten de nuestro camino. El asesinato de Inger Holter puede ser un suceso aislado. Algunas personas también murieron de una vulgar neumonía durante la peste negra, ¿verdad? Supongamos que Evans White no es un asesino en serie. Que haya otro tío suelto por ahí matando a rubias no significa que Evans White no haya acabado con la vida de Inger Holter.

—Entiendo lo que quiere decir, Holy, pese a que su explicación ha sido un poco complicada —dijo Watkins, y concluyó—: De acuerdo, chicos. Buscamos a un violador y presunto, repito, presunto asesino en serie. McCormack decidirá si debe reforzarse la investigación. Mientras tanto, los que estamos aquí debemos seguir trabajando con lo que tenemos. Kensington, ¿tiene algo nuevo que aportar?

—Como Holy no ha estado en la reunión de esta mañana, repetiré que hablé con Robertson, el magnífico casero de Inger Holter, y le pregunté si el nombre de Evans White le sonaba de algo. Se le debió de despejar un poco la neblina de su mente porque resulta que sí que le sonaba. Iremos a verle esta tarde. Por otro lado, ha llamado nuestro amigo el sheriff de Nimbin. La tal Angeline Hutchinson ha confirmado que estuvo con Evans White durante los dos días previos al hallazgo de Inger Holter.

Harry soltó un taco.

Watkins dio unas palmadas.

—De acuerdo, vuelvan al trabajo, señores. Vamos a pillar a ese cabrón.

Las últimas palabras no sonaron muy convincentes.

16

Un pez

Harry había oído que los perros tienen una memoria a corto plazo de unos tres segundos que, sin embargo, puede ampliarse de manera significativa con la ayuda de repeticiones constantes. La expresión «el perro de Pávlov» procede de los experimentos que el médico ruso Iván Pávlov practicó con canes en los que estudió los llamados reflejos condicionados del sistema nervioso. Durante un período de tiempo determinado, se emitía una señal cada vez que se ponía comida a los perros. Un día se emitía la señal sin poner comida. Sin embargo, el páncreas y el estómago del perro comenzaban a segregar saliva a fin de poder digerir la comida. Tal vez no fue un descubrimiento muy sorprendente, pero al menos le valió el premio Nobel a Pávlov. Había comprobado que el cuerpo «recuerda» a base de repeticiones constantes.

Así que cuando Andrew, por segunda vez en pocos días, envió al seto al demonio de Tasmania de Robertson con una patada certera, había motivos para pensar que aquella perduraría más en su memoria que la primera patada. Cabía la posibilidad de que la siguiente vez que el perro de Robertson oyera los pasos de algún desconocido en el exterior sintiera un dolor en las costillas en vez de dejar que su pequeño y malicioso cerebro se desbocara.

Robertson los recibió en la cocina y les ofreció una cerveza. Andrew la aceptó, pero Harry pidió un vaso de agua mineral. Sin embargo, el agua mineral era algo inexistente en casa de

Robertson y, por tanto, Harry tuvo que conformarse con un cigarro.

—Mejor no —dijo Robertson cuando Harry sacó el paquete de tabaco—. No se puede fumar en mi casa. Perjudica la salud —dijo mientras se tragaba media botella de cerveza.

—O sea que usted se preocupa por su salud… —dijo Harry.

—Claro que sí —dijo Robertson sin percatarse de su tono sarcástico—. En esta casa no se fuma ni se come carne ni pescado. Respiramos aire puro y comemos lo que nos brinda la naturaleza.

—¿Eso también afecta al chucho?

—Mi perro no ha probado carne ni pescado desde que era un cachorro. Es un auténtico lactovegetariano —repuso el hombre con manifiesto orgullo.

—Eso explica la mala leche que tiene —murmuró Andrew.

—Según tenemos entendido usted conoce a Evans White, señor Robertson. ¿Qué nos puede contar? —preguntó Harry sacando una libreta de notas.

No tenía intención de apuntar nada pero, según su experiencia, la gente tenía la sensación de que sus declaraciones eran más valiosas si sacaba una libreta de notas. De modo inconsciente ofrecían más detalles, se tomaban su tiempo para que todo fuera correcto y ponían más esmero en facilitar datos como hora, nombre y lugar.

—El agente Kensington me llamó para saber quiénes habían visitado a Inger Holter durante el tiempo en que ella vivió aquí. Le dije que, cuando subí a su cuarto y miré la foto que tenía en la pared, recordé que había visto a ese chico con el niño en el regazo.

—¿En serio?

—Sí, que yo sepa, ese chico estuvo aquí dos veces. En una se encerraron en su habitación y estuvieron dale que te pego durante casi cuarenta y ocho horas. Ella era muy, eh… escandalosa. Yo pensaba en los vecinos y puse música a todo volumen para que no se avergonzaran. Me refiero a Inger y ese tipo. Sin embargo, no pareció afectarles lo más mínimo. La segunda vez estuvo muy poco rato, y salió de la casa hecho una furia.

—¿Discutieron?

—Supongo que se puede decir que sí. Ella le gritó que le iba a contar a aquella zorra la clase de cabrón que era. También dijo que le explicaría sus planes a cierto hombre.

—¿A cierto hombre?

—Dijo un nombre, pero no recuerdo cuál.

—¿Y la zorra? ¿Quién puede ser? —preguntó Andrew.

—Agente, yo trato de mantenerme al margen de la vida privada de mis inquilinos.

—Una cerveza excelente, señor Robertson. ¿Quién es la zorra? —Andrew fingió que no había oído su comentario.

—Bueno. ¿Quién sabe? —Robertson vacilaba mientras su mirada iba nerviosa de Andrew a Harry. Intentó sonreír—. Esa mujer debe de ser importante para el caso, ¿no?

Su pregunta quedó en suspenso, pero no por mucho tiempo. Andrew puso de golpe la botella en la mesa y se acercó a la cara de Robertson.

—Usted ha visto demasiada televisión, Robertson. En el mundo real nadie va a ponerle discretamente un billete de cien dólares encima de la mesa, usted no susurrará un nombre y no seguiremos cada uno por su lado sin mediar una palabra más. En el mundo real llamaremos a un coche de policía que vendrá aquí con la sirena a todo meter, le esposaremos y le meteremos, por muy avergonzado que se sienta, en el coche delante de todos los vecinos. A continuación le llevaremos a la comisaría y le encerraremos toda la noche como «posible sospechoso», a menos que haya desembuchado el nombre o haya aparecido su abogado. En el peor de los casos, en el mundo real será acusado de retener información y encubrir un asesinato. Lo cual automáticamente le convertiría en cómplice con una sentencia mínima de seis años. Usted mismo, señor Robertson.

Robertson había palidecido y había abierto la boca un par de veces sin emitir sonido alguno. Parecía un pez de acuario que acabara de comprender que no iban a darle de comer, sino que él mismo era la comida.

—Yo… yo no tenía intención de sugerir que…

—Por última vez, ¿quién es la zorra?

—Creo que es la de la foto… La que vino aquí…

—¿Qué foto?

—En la foto de la habitación está detrás de Inger y el tipo. Esa chica menuda y morena con una cinta en la cabeza. La reconocí porque hace unas semanas vino por aquí preguntando por Inger. Yo avisé a Inger y se quedaron hablando en la escalera. A medida que avanzaba la conversación empezaron a gritar, y acabaron peleándose de verdad. Luego oí un portazo e Inger subió a su habitación llorando. Desde entonces no he vuelto a verla.

—Por favor, vaya a buscar la foto, señor Robertson. Me he dejado la copia en la oficina.

Robertson se había convertido en un ser servicial. Subió corriendo al cuarto de Inger. Cuando volvió, a Harry le bastó echar un vistazo a la foto para constatar a cuál de las mujeres se refería el señor Robertson.

—Ya me parecía a mí que su cara me resultaba familiar cuando nos encontramos con ella —dijo Harry.

—¡Pero si es la Entrañable Madre! —exclamó Andrew sorprendido.

—Apuesto a que su verdadero nombre es Angeline Hutchinson.

Cuando se marcharon, no vieron al demonio de Tasmania por ninguna parte.

—¿Alguna vez te has preguntado por qué todo el mundo te llama «agente», como si fueras un simple poli que hace la ronda? —preguntó Harry al subir al coche.

—Supongo que tendrá que ver con mi carácter, que inspira mucha confianza. «Agente»… suena a tío bonachón, ¿verdad? —dijo Andrew satisfecho—. Y, bueno, me da pena corregirles.

—Vaya, eres un auténtico osito de peluche —dijo Harry riéndose.

—Un koala —dijo Andrew.

—Una sentencia mínima de seis años —dijo Harry—. ¡Mentiroso!

—Fue lo primero que se me ocurrió —dijo Andrew.

17

Terra Nullius

En Sidney estaba lloviendo. El agua martilleaba el asfalto, salpicaba las paredes de los edificios y, en un instante, formó arroyos que fluían junto a los bordillos. La gente buscaba refugio chapoteando en los charcos. Al parecer, algunos habían hecho caso de la previsión meteorológica de la mañana y llevaban paraguas. Estos se desplegaban cual enormes hongos de colores en el paisaje urbano. Andrew y Harry estaban parados en un semáforo en rojo en William Street, cerca de Hyde Park.

—¿Te acuerdas del aborigen que vimos en el parque junto al Albury aquella noche? —preguntó Harry.

—¿En Green Park?

—Intentó saludarte, pero tú no le devolviste el saludo. ¿Por qué no?

—No le conocía.

El semáforo se puso en verde y Andrew apretó a fondo el acelerador.

El Albury estaba casi vacío cuando entró Harry.

—Has venido pronto —dijo Birgitta mientras colocaba los vasos limpios en los estantes.

—Pensé que el servicio sería mejor antes de que llegase la avalancha de gente.

—Aquí servimos a todos por igual —replicó Birgitta pellizcándole la mejilla—. ¿Qué quieres tomar?

—Solo un café.

—Invita la casa.

—Gracias, tesoro.

Birgitta se rió.

—¿Tesoro? Así llama mi padre a mi madre. —Se sentó en un taburete y se inclinó sobre la barra en dirección a Harry—. En realidad, debería ponerme un poco nerviosa cuando un tipo al que conozco hace menos de una semana empieza a usar apelativos cariñosos.

Harry inspiró su fragancia. Los científicos saben muy poco aún sobre cómo el cerebro transforma los impulsos nerviosos de las células olfativas en sensaciones conscientes. Sin embargo, Harry no se detuvo a pensar el porqué, sólo se dijo que cuando la olía una serie de extraños fenómenos se activaban en su cabeza y en su cuerpo. Sus parpados, por ejemplo, se entornaban, la boca esbozaba una amplia sonrisa, y él se ponía de buen humor.

—Relájate —dijo él—. «Tesoro» es uno de los apelativos más inofensivos.

—Ni siquiera sabía que existían apelativos inofensivos.

—Claro que sí. Tienes, por ejemplo, «querida». «Cariño.» O «amorcito».

—¿Y cuáles son los peligrosos?

—Bueno. «Churri» es bastante peligroso —dijo Harry.

—¿Cómo?

—«Churri», «puchi»… ya sabes, palabras propias de ositos de peluche. Lo importante es que son apelativos que no resultan comunes e impersonales. Suenan como palabras íntimas, hechas a medida. Se pronuncian con un tono nasal, como cuando se habla a los niños. Si oyes algo así te entra claustrofobia.

—¿Tienes otros ejemplos?

—¿Qué pasa con el café?

Birgitta hacía como que limpiaba con el trapo. A continuación le sirvió un café en una taza grande. Ella estaba de espaldas y a Harry le dieron ganas de alargar la mano y acariciarle el pelo.

Birgitta le sirvió el café y se fue a atender a otro cliente. El sonido de un televisor que había encima de los estantes de detrás de la barra llamó la atención de Harry. Se emitía un programa de noticias y, tras un rato, Harry comprendió que se trataba de un grupo de aborígenes que reclamaba los derechos sobre cierto territorio.

–… según la nueva ley sobre los títulos de propiedad de los nativos –dijo el locutor.

–O sea, que la justicia prevalece… –dijo una voz a su espalda.

Harry se giró. Al principio no reconoció a aquella mujer de piernas largas y facciones bastas; iba muy maquillada y llevaba una peluca rubia. Pero luego se fijó en la nariz gruesa y el espacio que había entre los dientes delanteros.

–¡El payaso! –exclamó–. Otto…

–Su «alteza» Otto Rechtnagel en persona, Handsome Harry. Esa es la desventaja de estos taconazos. La verdad es que prefiero que mis hombres sean más altos que yo. ¿Puedo?

Se sentó en el taburete que había junto a Harry.

–¿Qué veneno tomas? –preguntó Harry intentando captar la atención de Birgitta.

–Tranquilo, ella lo sabe –dijo Otto.

Harry le ofreció un cigarrillo que él aceptó sin darle las gracias y encajó en una boquilla rosa. Harry le tendió una cerilla encendida y, mientras chupaba el pitillo, Otto volvió su cara de mejillas hundidas y le lanzó una mirada provocativa. El corto vestido se le pegaba a sus delgados muslos enfundados en medias. Harry tenía que admitir que el disfraz era una auténtica obra de arte. En su versión drag queen, Otto era más femenina que la mayoría de las mujeres que había conocido. Harry apartó la mirada de él y señaló la pantalla del televisor.

–¿Qué quieres decir con que la justicia prevalece?

–¿No has oído hablar de Terra Nullius? ¿Eddy Mabo?

Harry negó con la cabeza dos veces. Otto frunció los labios y expulsó dos anillos de humo que ascendieron lentamente por el aire.

—Terra Nullius es un concepto gracioso, ¿sabes? Fue algo que los ingleses se inventaron cuando llegaron aquí y vieron que en Australia no había muchos campos de cultivo. De hecho, los aborígenes eran un pueblo seminómada que vivía de la caza y la pesca y de todo lo que crecía de modo natural. Puesto que no se pasaban la vida agachados sobre un campo de patatas, los ingleses los consideraron una raza inferior. Sin embargo, los aborígenes conocían la naturaleza en todas sus facetas, iban a los lugares donde había comida en cada estación y aparentemente vivían en la abundancia. No obstante, como no tenían residencia fija, los ingleses determinaron que la tierra no era de nadie. Era Terra Nullius. Y según el principio de Terra Nullius, los ingleses podían expedir escrituras de propiedad a los colonos sin tener en cuenta la opinión de los aborígenes. Estos no habían reclamado su tierra.

Birgitta puso una enorme copa de margarita delante de Otto.

—Hace algunos años un tío llamado Eddy Mabo, de las islas Torres Strait, desafió al statu quo cuestionando el principio de Terra Nullius; sostenía que en el pasado se había arrebatado la tierra de los aborígenes de modo ilícito. En 1992, el Tribunal Supremo le dio la razón a Eddy Mabo y declaró que Australia había pertenecido a los aborígenes. El fallo del tribunal determinó que podían reivindicar el territorio donde la población indígena había obtenido sus alimentos o había habitado desde antes de la llegada de los blancos hasta la actualidad. Naturalmente, el hecho provocó un gran alboroto entre los blancos, quienes temían perder sus tierras.

—¿Y cuál es la situación hoy día?

Otto dio un gran sorbo del vaso de cóctel con los bordes cubiertos de sal e hizo una mueca como si le hubieran servido vinagre. Se limpió cuidadosamente la boca con la servilleta con gesto desairado.

—Bueno, el fallo sigue vigente. Y la ley sobre títulos de propiedad de los nativos ha sido aprobada. Sin embargo, en la práctica se aplica de un modo que no parece ser del todo despótico. No es que un pobre granjero corra de repente peligro de que le confisquen su propiedad. Con el tiempo se han ido calmando los ánimos y el pánico iniciales.

Y aquí estoy yo, pensó Harry, en un bar escuchando a un travesti que me da una charla sobre política australiana. De repente se sintió a gusto, como Harrison Ford en la escena de la cantina de *La guerra de las galaxias*.

Las noticias fueron interrumpidas por un anuncio de sonrientes hombres australianos que llevaban camisas de franela y sombreros de cuero. Se trataba de un anuncio de una cerveza cuya principal característica, al parecer, consistía en que era «orgullosamente australiana».

–Bueno. Brindemos por Terra Nullius –dijo Harry.

–Salud, guapo. Uy, casi se me olvida. La semana que viene estrenamos espectáculo en el teatro de St. George en Bondi Beach. Os recomiendo a Andrew y a ti que vengáis a verlo. Si queréis podéis traer a un amigo. Os agradecería que reservarais los aplausos para mis intervenciones.

Harry inclinó la cabeza y agradeció las tres invitaciones que Otto sostenía con el dedo meñique extendido.

18

Un chulo

Cuando al salir del Albury Harry pasó por Green Park en dirección a King's Cross, buscó instintivamente al aborigen gris, pero esa noche solo había un par de borrachos blancos en el banco situado bajo la deslumbrante luz de las farolas del parque. Las nubes se habían retirado y el cielo estaba claro y estrellado. En el camino se cruzó con dos hombres peleándose; se gritaban, apostados a ambos lados de la acera y Harry tuvo que pasar por en medio. «¡No dijiste nada de que ibas a salir toda la noche!», exclamó uno de ellos con voz débil y llorosa.

En el exterior de un restaurante vietnamita un camarero fumaba apoyado en la pared. Parecía haber tenido un largo día. En King's Cross la cola de coches y de gente avanzaba lentamente por Darlinghurst Road.

En la esquina con Bayswater Road vio a Andrew engullendo una salchicha.

—Aquí estás —dijo él—. Muy puntual. Como un auténtico alemán.

—Alemania se encuentra...

—Los alemanes son teutones. Tú eres un alemán del norte. Incluso tienes aspecto germano. ¿Acaso reniegas de tu propia raza?

Harry se sentía tentado a devolverle la pregunta, pero se frenó. Andrew estaba de un humor excelente.

—Empezaremos con alguien que conozco —dijo.

Habían acordado comenzar la búsqueda de la famosa aguja en el lugar más céntrico del pajar: entre las putas de Darlinghurst Road. No era difícil encontrarlas. Harry reconoció a unas cuantas.

—Mongabi, amigo mío, ¿cómo va el negocio?

Andrew se detuvo para saludar cordialmente a un hombre moreno que llevaba un traje ajustado y joyas de gran tamaño. Al abrir la boca le brilló un diente de oro.

—¡Tuka, semental cachondo! No me puedo quejar, ya sabes.

Al menos tiene pinta de chulo, pensó Harry.

—Harry, te presento a Teddy Mongabi, el peor chulo de Sidney. Lleva más de veinte años en el oficio y aún sigue en la calle con sus chicas. Teddy, ¿no eres ya un poco mayor para esto?

Teddy extendió los brazos y sonrió ampliamente.

—Estoy a gusto aquí, Tuka. Aquí estoy al tanto de todo, ya sabes. Si te metes en una oficina no tardas en perder la perspectiva y el control. El control lo es todo en este negocio, ¿sabes? Hay que controlar a las chicas y a los clientes. Una perra a la que no controlas es una perra infeliz. Y las perras infelices muerden, ya sabes.

—Si tú lo dices, Teddy. Escucha, me gustaría hablar con un par de tus chicas. Estamos buscando a un mal tipo. Puede que haya venido por aquí a jugar un poco.

—Por supuesto, ¿con quién quieres hablar?

—¿Está Sandra por aquí?

—Sandra llegará en cualquier momento. ¿Estás seguro de que no quieres nada más? Me refiero a otra cosa que no sea hablar.

—No, gracias, Teddy. Estaremos en el Palladium. ¿Le podrías pedir a Sandra que se pase a vernos?

En el exterior del Palladium había un portero que animaba al público a entrar chillando obscenidades. Su cara se iluminó cuando vio a Andrew; tras intercambiar dos palabras con él hizo un gesto en dirección a la taquilla para que dejaran pasar a los dos policías. Una escalera estrecha conducía a un sótano poco iluminado donde un puñado de hombres sentados en mesas esperaban el siguiente espectáculo de striptease. Encontraron una mesa en la parte posterior del local.

—Parece que todo el mundo te conoce por aquí —dijo Harry.

—Todos los que necesitan conocerme. Y que yo necesito conocer. Imagino que en Oslo también existirá esta extraña simbiosis entre la policía y los bajos fondos.

—Por supuesto. Pero al parecer tu relación con tus contactos es algo más cordial de la que tenemos nosotros.

Andrew se rió.

—Imagino que siento cierta afinidad. Si no perteneciera a la policía, es probable que estuviera en el negocio, quién sabe.

Un minúsculo vestido negro bajó tambaleándose por las escaleras acompañado por unos altos tacones de aguja. Bajo un flequillo negro asomaba una mirada turbia. Se dirigió a su mesa. Andrew le acercó una silla.

—Sandra, te presento a Harry Holy.

—¿En serio? —dijo ella sonriendo con una boca torcida y amplia pintada de rojo.

Le faltaba un colmillo. Harry estrechó su mano, fría y blanca como la de un cadáver. Le resultaba familiar: debía de haberla visto en Darlinghurst Road alguna que otra noche. ¿Tal vez iba maquillada de forma distinta o llevaba ropa diferente?

—¿De qué se trata? ¿Estáis buscando a unos maleantes, Kensington?

—Estamos buscado a un maleante en concreto, Sandra. Le gusta estrangular a las chicas. Con las manos. ¿Te suena de algo?

—¿Si me suena? Podría ser el cincuenta por ciento de nuestros clientes. ¿Ha hecho daño a alguien?

—Probablemente solo a quienes habrían podido identificarle —dijo Harry—. ¿Ha visto a este tipo? —Le mostró la foto de Evans White.

—No —contestó ella sin mirar la foto y se giró hacia Andrew—. ¿De dónde has sacado a este tío, Kensington?

—Es de Noruega —dijo Andrew—. Es policía y su hermana trabajaba en el Albury. Fue violada y asesinada la semana pasada. Solo tenía veintitrés años. Harry ha pedido una excedencia y ha venido hasta aquí para encontrar al hombre que lo hizo.

—Lo siento —dijo Sandra mirando la fotografía—. Sí —dijo, y se calló.

Harry se entusiasmó.

—¿Qué quiere decir?

—Quiero decir: sí, le he visto.

—¿Has, eh… estado con él?

—No, pero ha estado en Darlinghurst Road varias veces. No tengo ni idea de lo que estaba haciendo aquí, pero su cara me resulta familiar. Puedo preguntar un poco por ahí…

—Muchas gracias…, Sandra —dijo Harry.

Ella le sonrió brevemente.

—Ahora tengo que ir a currar, chicos. Nos vemos, espero.

Acto seguido la minifalda se marchó por donde había venido.

—¡Sí! —exclamó Harry.

—¿Sí? ¿Solo porque alguien ha visto a ese tío en King's Cross? No está prohibido aparecer por Darlinghurst Road. Ni tampoco follarse a las putas, si es eso lo que ha hecho. Al menos no está muy prohibido.

—¿No lo presientes, Andrew? Hay cuatro millones de habitantes en Sidney y ella ha visto al único que estamos buscando. Lógicamente, no prueba nada de nada, pero es una señal, ¿verdad? ¿No te parece que la cosa se está poniendo caliente?

Se interrumpió el hilo musical y se atenuaron las luces. Los clientes del establecimiento dirigieron su atención al escenario.

—Estás muy seguro con respecto al tal Evans White, ¿no?

Harry asintió con la cabeza.

—Cada fibra de mi ser grita Evans White. Tengo un pálpito, es verdad.

—¿Un pálpito?

—Si lo piensas bien, Andrew, la intuición no es ninguna tontería.

—Lo estoy pensando ahora, Harry. Y no siento ningún pálpito. Explícame cómo funciona tu corazón, por favor.

—A ver… —Harry miró a Andrew para asegurarse de que no le estaba tomando el pelo. Andrew le devolvió la mirada con un interés genuino–. La intuición tan solo es la suma de todas tus experiencias. Así es como yo lo veo: todo lo que has vivido, todos los conocimientos que tienes, tanto los que crees que tienes como los que no sabes que tienes, están latentes en el subconsciente. Normalmente, no notas el animal dormido, solo está ahí, roncando y absorbiendo nuevas cosas. Pero a veces parpadea, se estira y te dice: ¡Eh!, ese cuadro ya lo he visto antes. Y te dice en qué lugar del cuadro encajan las cosas.

–Muy bonito, Holy. Pero ¿estás seguro de que ese animal dormido ve todos los detalles de tu cuadro? Lo que ves depende del lugar donde estás y del ángulo desde el que miras.

–¿A qué te refieres?

–Pongamos por ejemplo el cielo. El cielo estrellado que ves en Noruega es exactamente el mismo que el que ves en Australia. Pero como ahora estás *down under*, boca abajo con respecto a tu país, ves las constelaciones al revés. Si no sabes que estás boca abajo, te confundes y cometes errores.

Harry miró a Andrew.

–Al revés, ¿eh?

–Exacto. –Andrew chupó el puro.

–En el colegio aprendí que el cielo estrellado que vosotros veis es completamente diferente al que vemos nosotros. Cuando estás en Australia, la tierra oculta la vista de las estrellas que vemos por la noche en Noruega.

–Estamos de acuerdo entonces –continuó Andrew imperturbable–. En todo caso, la cuestión es desde dónde se contemplan las cosas. Y la conclusión es que todo es relativo, ¿no? Y por eso las cosas son tan jodidamente complicadas.

Del escenario salía un humo blanco que en un instante se volvió rojo. Por los altavoces se oyó una música de violines. Una mujer ataviada con un vestido sencillo y un hombre con pantalón y camisa blanca aparecieron en medio del humo.

Harry había escuchado la música antes. Era la misma que sonaba por los auriculares de su vecino en el avión durante todo el vuelo desde Londres. Sin embargo, esta fue la primera vez que entendió la letra. Una voz femenina cantaba que la llamaban la rosa salvaje y que ella no sabía por qué.

Había un gran contraste entre la voz femenina y juvenil y la profunda voz masculina:

> *Then I kissed her goodbye,*
> *said all beauty must die,*
> *I bent down and planted a rose between her teeth...*

Harry estaba soñando con estrellas y serpientes de color marrón y amarillo cuando le despertaron unos ligeros golpes en la puerta de su habitación del hotel. Durante un momento permaneció quieto, disfrutando del sentimiento de satisfacción que le embargaba. Estaba lloviendo de nuevo y parecía que los desagües del exterior estaban cantando. Se levantó desnudo y abrió la puerta de par en par con la esperanza de que se notara su incipiente erección. Birgitta rió sorprendida y se arrojó en sus brazos. Tenía el pelo chorreando.

—Pensé que habías dicho a las tres —dijo Harry fingiendo que estaba ofendido.

—Los clientes no se iban nunca —dijo ella alzando su pecoso rostro hacia él.

—Estoy perdidamente enamorado de ti —susurró él agarrando su cabeza con las dos manos.

—Ya lo sé.

Harry estaba junto a la ventana bebiendo zumo de naranja del minibar mientras contemplaba el cielo. Las nubes se habían alejado de nuevo y parecía que alguien hubiera pinchado con un tenedor aquel cielo de terciopelo a fin de que la luz divina se filtrara por los agujeros.

—¿Qué te parecen los travestis? —preguntó Birgitta desde la cama.

—¿Quieres decir qué me parece Otto?

—Eso.

Harry reflexionó.

—Creo que me gusta su estilo arrogante. Los párpados hundidos, la permanente expresión de disgusto. Su cansancio de vivir. ¿Cómo denominarlo? Como si estuviera en un cabaret melancólico donde flirtea con todo y con todos. Un coqueteo superficial y autoparódico.

—¿Y eso te gusta?

—Su actitud de que le importa un comino todo. El hecho de que represente todo lo que odia la mayoría.

—¿Y qué es lo que odia la mayoría?

—La debilidad. La vulnerabilidad. Los australianos se jactan de ser un pueblo liberal. Tal vez lo sean. Sin embargo, entiendo que el ideal es el australiano honesto, sencillo y trabajador, con buen humor y un poco de patriotismo.

—*True blue*.

—¿Qué?

—Ellos lo llaman «true blue». O «dinkum». Significa algo así como que una persona o una cosa es genuina, o campechana.

—Y detrás de esa fachada de jovial sencillez es fácil ocultar todo tipo de mierda. Otto, en cambio, con ese aspecto emperifollado que representa la seducción, la ilusión y la falsedad, me parece la persona más auténtica que he conocido aquí. Desnudo, vulnerable y auténtico.

—Eso me suena muy políticamente correcto, si quieres saber mi opinión. Harry Holy, el mejor amigo de los gays —se burló Birgitta.

—Pero he defendido bien mis argumentos, ¿no?

Él se tumbó en la cama, parpadeó y la miró con sus azules e inocentes ojos.

—Menos mal que no tengo ganas de tener otra sesión contigo, señorita. Me refiero a que nos tenemos que levantar muy temprano.

—Solo dices esas cosas para ponerme —dijo Birgitta antes de que se abalanzaran el uno sobre el otro.

19

Una puta agradable

Harry encontró a Sandra ante el Dez Go-Go. Se hallaba junto al bordillo vigilando su pequeño reino de King's Cross, las cansadas piernas haciendo equilibrio sobre sus altos tacones, los brazos cruzados, un cigarrillo entre los dedos y aquella mirada somnolienta de Bella Durmiente que resultaba atractiva y repugnante a la vez. En resumen, parecía una puta cualquiera de cualquier parte del mundo.

—Buenos días —dijo Harry. Sandra le miró sin mostrar ninguna señal de reconocimiento—. ¿Te acuerdas de mí?

Ella elevó las comisuras de los labios. Tal vez pensaba que aquello era una sonrisa.

—Claro, cielo. Vamos.

—Soy Holy, el policía.

Sandra lo escudriñó con la mirada.

—Coño, ahora. A estas horas de la madrugada me fallan las lentes de contacto. Debe de ser por la contaminación.

—¿Me permite invitarla a un café? —preguntó Harry con educación.

Ella se encogió de hombros.

—Aquí ya no queda nadie, así que mejor me voy recogiendo.

De pronto, Teddy Mongabi apareció en la entrada del club de striptease masticando una cerilla. Saludó brevemente a Harry con la cabeza.

—¿Cómo se lo tomaron tus padres? —preguntó Sandra cuando trajeron el café.

Habían entrado en la cafetería donde Harry solía desayunar, Bourbon & Beef, y el camarero recordaba el pedido habitual de Harry: huevos Benedict, patatas *hash brown* y café con leche *flat white*. Sandra había pedido un café solo.

—¿Perdón?

—Lo de tu hermana…

—Sí, claro. —Levantó la taza de café y se la llevó a la boca para ganar tiempo—. Mmmm, bien, dentro de lo que cabe, supongo. Gracias por preguntar.

—Vivimos en un mundo muy jodido.

El sol todavía no se había alzado sobre los tejados de Darlinghurst Road, pero el cielo ya era de un azul intenso y estaba salpicado por unas pequeñas nubes blancas y redondeadas. Parecía papel pintado para un dormitorio infantil. Pero de nada servía, porque el mundo era muy jodido.

—He hablado con algunas de las chicas —dijo Sandra—. El tío de la foto se llama White. Es un camello. Anfetas y ácido. Algunas chicas le compran, pero ninguna de ellas lo ha tenido como cliente.

—Tal vez no necesite pagar para satisfacer sus necesidades —dijo Harry.

Sandra resopló.

—La necesidad de sexo es una cosa. La necesidad de comprar sexo es otra. Para muchos el chute consiste en eso. Hay muchas cosas que podemos hacer por usted que no consigue en casa. Créame.

Harry levantó la vista. Sandra le miró directamente y, durante un instante, su mirada se despejó.

Él la creyó.

—¿Pudiste comprobar las fechas que mencionamos?

—Una de las chicas dice que le compró ácido el día anterior a que encontraran muerta a su hermana.

Harry colocó torpemente la taza en la mesa y se derramó el café. Hablaba en voz baja y deprisa.

—¿Puedo hablar con ella? ¿Podemos confiar en ella?

Sandra esbozó una sonrisa con su ancha boca pintada de rojo. En el lugar donde le faltaba un colmillo había un agujero negro.

—Como le he dicho, ella compró ácido. El ácido es ilegal en Australia. ¿Que si podemos confiar en ella? Es una adicta al ácido. —Sandra se encogió de hombros—. Solo le repito lo que ella me contó. Pero no suele tener una idea clara de cuándo es miércoles y cuándo es jueves, por así decirlo.

En la sala de reuniones imperaba una atmósfera de irritación. Incluso el ventilador gruñía de un modo más fuerte de lo habitual.

—Lo siento, Holy. Vamos a descartar a White. No hay ningún móvil y su chica dice que estaba en Nimbin en el momento del homicidio —dijo Watkins.

Harry elevó la voz:

—Pero ¿es que no me escuchan? Angeline Hutchinson se mete anfetas y sabe Dios qué más. Está embarazada, probablemente de Evans White. Por Dios, ¡si el tipo es su camello, señores! ¡Para ella es Dios y Jesucristo en la misma persona! Diría cualquier cosa. Hemos hablado con el casero y la tía odiaba a Inger Holter, y con razón, puesto que la noruega intentó quitarle a su gallina de los huevos de oro.

—Tal vez deberíamos echar un vistazo más detallado a la Hutchinson —afirmó Lebie en voz baja—. Al menos ella tiene un móvil claro. Tal vez sea ella quien necesite a White de coartada y no al revés.

—¡Pero si White está mintiendo! Lo vieron en Sidney el día antes de que encontraran a Inger Holter.

Harry se levantó y se puso a dar los dos pasos que permitía el tamaño de la sala en una dirección y en otra.

—Lo vio una prostituta que consume LSD y que ni siquiera sabemos si declarará —puntualizó Watkins, y se giró hacia Yong—: ¿Qué han dicho las compañías áreas?

—Hasta la policía de Nimbin vio a White en la calle principal tres días antes del asesinato. Ni Ansett ni Qantas tienen a White en sus listas de pasajeros entre ese momento y el día del asesinato.

—Eso no quiere decir nada —gruñó Lebie—. Un camello no viaja utilizando su verdadero nombre, joder. Además, puede haber llegado en tren. O en coche si tenía tiempo.

Harry se había calentado.

—Repito: las estadísticas americanas muestran que en el setenta por ciento de los casos de asesinato la víctima conoce al asesino. Aun así, estamos centrando la investigación en un presunto asesino en serie a quien, como todos sabemos, tenemos las mismas posibilidades de encontrar que de ganar la lotería. ¿Por qué no apostamos por algo más probable? Al fin y al cabo, tenemos a un tipo que tiene unos cuantos indicios que le apuntan. Lo que quiero decir es que tenemos que azuzarle un poco. Actuar mientras las huellas están frescas. Traerle hasta aquí y plantarle una imputación en la cara. Empujarle a cometer algún error. En este momento, él nos tiene justo donde quiere tenernos; es decir… —Intentó en vano buscar una palabra inglesa equivalente a «estancados».

—Humm… —dijo Watkins pensando en voz alta—. Evidentemente, no quedaría muy bien que tuviéramos al culpable delante de nuestras narices y no hiciéramos nada.

En ese mismo instante se abrió la puerta y entró Andrew.

—Buenos días, señores, lamento el retraso, pero alguien tiene que velar por la seguridad de las calles. ¿Qué sucede, jefe? En la frente tiene unas arrugas tan profundas como el valle de Jamison.

Watkins suspiró.

—Nos preguntábamos si sería conveniente redistribuir un poco nuestros recursos. Dejar reposar la teoría del asesino en serie y concentrar nuestras fuerzas en Evans White. O en Angeline Hutchinson. Holy parece opinar que su coartada no vale mucho.

Andrew se rió y sacó una manzana del bolsillo.

—Ya me gustaría ver cómo una chica embarazada de cuarenta y cinco kilos acaba con la vida de una recia tiarrona escandinava… y se la folla después.

—Es solo una idea —murmuró Watkins.

—Y en lo que respecta a Evans White, olvídenlo.

Andrew limpió la manzana con la manga de su chaqueta.

—¿Ah, sí?

—He hablado con un contacto mío. El día del asesinato estaba en Nimbin para conseguir una partida de hierba y le hablaron sobre el excelente material que vende Evans White.

—¿Y…?

—Nadie le informó de que White no vendía en su casa. Por tanto se presentó en su piso, de donde lo echó a patadas un loco con una escopeta bajo el brazo. Le enseñé la foto. Lo siento, pero no hay ninguna duda de que Evans White estaba en Nimbin el día del asesinato.

Se hizo el silencio en la sala. Tan solo se oía el sonido del ventilador y el crujido que hacía Andrew al morder la manzana.

—Volvamos a la mesa de dibujo —dijo Watkins.

Harry había acordado encontrarse con Birgitta en la ópera a las cinco para tomar un café antes de que ella se fuera a trabajar. Cuando llegaron, la cafetería estaba cerrada. Un cartel informaba de que el cierre tenía algo que ver con una representación de ballet.

—Siempre pasa algo —dijo Birgitta. Se colocaron junto a la baranda y contemplaron el puerto de Kirribilli al otro lado—. Cuéntame el resto de la historia.

—Mi compañero se llamaba Stiansen. Ronny. En Noruega es el típico nombre de gamberro, pero él no tenía nada de gamberro. Era un muchacho bueno y servicial, a quien le encantaba ser policía. La mayor parte del tiempo, al menos. El funeral se celebró cuando yo estaba en el hospital. Mi superior vino a visitarme más tarde. Traía un mensaje del jefe de policía de Oslo y tal vez debería haberme olido algo ya en aquel momento. No obstante, yo estaba sobrio y de un humor pésimo. La enfermera había descubierto que conseguía alcohol de contrabando y trasladó al paciente de la cama contigua a otra habitación. «Sé lo que estás pensando», dijo mi jefe. «Quítatelo de la cabeza, tienes trabajo que hacer.» Pensaba que yo quería suicidarme. Se equivocaba. Yo solo pensaba en cómo podía conseguir algo de beber.

»Mi jefe es un hombre que no se anda con rodeos. "Stiansen ha muerto. No puedes hacer nada para ayudarle", dijo. "Solo puedes ayudarte a ti mismo y a tu familia. Y a nosotros. ¿Has leído los periódicos?" Contesté que no había leído nada en absoluto, que mi padre me había leído algunos libros, pero que le había pedido que no me hablara sobre el accidente. Mi jefe dijo que estaba bien, que eso lo simplificaba todo muchísimo. "El caso es que no eras tú quien conducía el coche", dijo él. "O dicho de otra manera: el hombre que iba al volante no era un policía ebrio de la jefatura de policía de Oslo." Me preguntó si lo había entendido. Stiansen era el que conducía. De los dos él era el único cuyo análisis de sangre había dado que estaba completamente sobrio.

»Me mostró los periódicos de unas semanas atrás y, con la vista todavía borrosa, pude constatar que decían que el conductor había fallecido en el acto mientras que el compañero sentado en el asiento del copiloto había resultado herido gravemente. "Pero si yo estaba en el asiento del conductor", protesté. "Lo dudo. Te encontraron en el asiento trasero", respondió mi jefe. "Recuerda que has sufrido una grave conmoción cerebral. E imagino que no recuerdas nada de aquel viaje en coche." Lógicamente, entendí adónde quería llegar. Lo único que les interesaba a los medios de comunicación era el análisis de sangre del conductor y mientras este estuviera limpio a nadie le preocupaba el mío. El asunto ya era lo bastante feo para el cuerpo.

Birgitta tenía una profunda arruga entre los ojos; parecía preocupada.

—Pero ¿cómo fueron capaces de contar a los padres de Stiansen que él llevaba el coche? ¡Esa gente no tiene sentimientos! ¿Cómo…?

—Como ya te he dicho, la lealtad dentro del cuerpo es muy fuerte. En algunos casos se tiene en consideración antes a la policía que a los familiares. Pero en este caso la versión de los hechos que dieron a la familia de Stiansen era más fácil de digerir. En la versión del jefe, Stiansen había realizado una arriesgada maniobra al perseguir a un narcotraficante y a un asesino, y el hecho de sufrir un accidente estando de servicio entra dentro de lo normal. Después de todo, el chico del otro coche era un novato; otro conductor en la misma situación habría reaccionado más rápido y no se habría puesto en medio de la carretera. Recuerda que llevábamos la sirena.

—Ibais a ciento diez kilómetros por hora.

—En una zona de cincuenta. Es cierto y, por tanto, no se podía culpar al chico. El problema era cómo se presentaba el accidente. ¿Por qué la familia debía saber que su hijo iba de pasajero? ¿Qué ganaban los padres pensando que su hijo había permitido conducir a un compañero borracho? El jefe repasó todos los argumentos una y otra vez. Mi cabeza estaba a punto de estallar de dolor. Al final me incliné sobre el borde de la cama y me puse a vomitar, y la enfermera entró corriendo. Al día siguiente vino la familia de Stiansen a verme. Sus padres y una hermana menor. Trajeron flores y me desearon una pronta recuperación. El padre me contó que se reprochaba no haber reprendido nunca a su hijo por conducir demasiado deprisa. Yo lloraba como un niño. Los segundos transcurrían a cámara lenta. Estuvieron conmigo más de una hora.

—Dios mío, ¿qué les dijiste?

—Nada. Solo hablaron ellos. De Ronny. De los planes de futuro que había tenido, de lo que iba a ser y de lo que iba a hacer. De su novia, que estudiaba en Estados Unidos. Que Ronny les había hablado de mí, diciendo que yo era un policía competente y un buen amigo. Alguien en quien podía confiar.

—¿Qué pasó luego?

—Estuve dos meses en el hospital. Mi jefe se pasó a verme otras veces. En una ocasión repitió lo que ya había dicho antes. «Sé lo que piensas. Quítate esa idea de la cabeza.» Y esta vez tenía razón. Solo quería morirme. Es posible que hubiera algo de altruismo en ocultar la verdad; la mentira en sí no era lo peor. Lo peor era que yo había salvado el pellejo. Tal vez te suene extraño, pero he reflexionado mucho sobre ello, así que deja que te explique.

»En los años cincuenta un joven profesor universitario llamado Charles Van Doren se hizo famoso en Estados Unidos como participante en un concurso de televisión. Semana tras semana derrotó a sus oponentes. Algunas de las preguntas eran increíblemente difíciles y todos se quedaban mudos de admiración ante ese hombre que, al parecer, era capaz de contestarlas todas. Le llegaron ofertas de matrimonio por correo, tuvo su propio club de fans y, lógicamente, sus clases en la universidad estaban siempre de bote en bote. Al final admitió públicamente que los productores del programa le habían facilitado todas las preguntas de antemano.

»Cuando le preguntaron por qué había revelado el fraude contó la historia de un tío suyo que había admitido ante su esposa, la tía de Van Doren, que le había sido infiel. El hecho causó cierto revuelo en la familia y, posteriormente, Van Doren preguntó a su tío por qué había confesado su infidelidad. Después de todo, la aventura había tenido lugar hacía varios años y él no había seguido en contacto con la mujer posteriormente. El tío le había contado que lo peor no había sido la infidelidad. Lo que no podía soportar era el haberse salido con la suya. A Van Doren le pasó lo mismo.

»Creo que las personas necesitan una especie de castigo cuando ya no son capaces de aceptar sus propias acciones. Yo, por lo menos, lo echaba en falta; quería que me castigaran, que me flagelasen, que me torturasen, que me humillaran. Cualquier cosa con tal de sentir que pagaba mi falta. Sin embargo, nadie me imponía ningún castigo. Ni siquiera podían despedirme; oficialmente aquella noche había estado sobrio. Es más, hasta recibí reconocimiento público por haber resultado gravemente herido en acto de servicio. Así que me castigué a mí mismo. Me impuse el peor castigo que fui capaz de imaginar: decidí seguir viviendo y dejar de beber.

–¿Y luego?

–Me puse en pie y empecé a trabajar. Mis días eran más largos que los de los demás. Empecé a hacer ejercicio. Daba largos paseos. Leía libros. Algunos de derecho. Dejé de ver a los malos amigos.

En realidad también a los buenos. A los pocos que me quedaron tras dejar que el alcohol me dominara. En realidad no sé por qué; fue como una limpieza general. Todo lo de mi vida anterior tenía que desaparecer, lo bueno y lo malo. Un día me puse a llamar a todas las personas que había conocido en mi vida anterior y les dije: «Hola, no nos volveremos a ver. Encantado de haberte conocido». La mayoría lo aceptó. Un par de ellos se sintieron aliviados, seguramente. Otros me dijeron que me estaba aislando. Es probable que tuvieran razón. Los últimos tres años he pasado más tiempo con mi hermana que con cualquier otra persona.

—¿Y las mujeres de tu vida?

—Esa es otra historia y al menos igual de larga. Y antigua. Tras el accidente no ha habido ninguna digna de mencionar. Supongo que me he convertido en un lobo solitario atormentado por sus propios fantasmas. ¿Quién sabe? Tal vez era más encantador cuando estaba borracho.

—¿Por qué te mandaron aquí?

—Alguien de las altas esferas debe de pensar que sirvo para algo. Probablemente es una prueba de fuego para ver cómo respondo bajo presión. Si soy capaz de llevar a cabo esta misión sin cagarla, se me abrirán ciertas oportunidades, según tengo entendido.

—¿Y eso te parece importante?

Harry se encogió de hombros.

—No hay muchas cosas importantes.

Un barco feo y oxidado con bandera rusa se alejaba en el horizonte, y más allá, en Port Jackson, vieron unas velas blancas ladeadas que no obstante parecían inmóviles.

—¿Qué vas a hacer ahora? —preguntó Birgitta.

—Aquí no me queda mucho por hacer. El féretro de Inger Holter ya ha sido enviado a casa. Me han llamado esta mañana de la funeraria de Oslo. Me explicaron que la embajada se ha hecho cargo del transporte aéreo. Hablaban de «los despojos». «Muchos apodos tiene el niño amado», dice el refrán, pero es extraño que un difunto tenga tantos.

—Entonces ¿cuándo te marchas?

—En cuanto haya descartado a todas las personas con las que sabemos que Inger Holter tuvo relación. Mañana voy a hablar con McCormack. Probablemente me vaya antes del fin de semana si no aparece una nueva pista. En caso contrario, esto puede convertirse en un asunto tedioso y, por tanto, hemos acordado que la embajada seguirá en contacto con nosotros.

Birgitta asintió con la cabeza. Un grupo de turistas japoneses se acercaron a ellos, y el zumbido de sus cámaras de vídeo se mezcló con la cacofonía del japonés, el graznido de las gaviotas y el rumor de los motores de los barcos que pasaban por allí.

—¿Sabías que el arquitecto que diseñó la ópera lo dejó todo? —preguntó Birgitta de repente—. Mientras los problemas causados por los sobrecostes de la Sidney Opera House alcanzaban su punto álgido, el arquitecto danés Jørn Utzon dejó tirado el proyecto y se largó en señal de protesta. Imagínate dejar algo que acabas de empezar de esa manera. Algo que crees que realmente va a salir muy bien. Yo no sería capaz de hacerlo.

Ya habían decidido que Harry acompañaría a Birgitta en vez de que esta cogiera el autobús para ir al Albury. Sin embargo, no tenían mucho de que hablar y subieron por Oxford Street hacia Paddington en silencio. Un trueno retumbó en la lejanía y Harry miró estupefacto al cielo, aún limpio y azul. En una esquina había un señor distinguido de pelo gris e impecablemente trajeado, que llevaba un cartel en el pecho donde ponía: «La policía secreta me ha quitado mi trabajo y mi casa. Me ha arruinado la vida. Oficialmente no existen, no tienen dirección ni número de teléfono, ni tampoco constan en los presupuestos del Estado. Creen ser impunes. Ayúdeme a encontrar a esos bandidos para que los condenen por sus delitos. Firme la petición o haga una donación». En la mano sostenía un cuaderno lleno de firmas.

Pasaron por delante de una tienda de música y, siguiendo un impulso, Harry se detuvo y entró. Tras el mostrador había un tipo con gafas de sol. Harry preguntó si tenía algún disco de Nick Cave.

—Por supuesto, es un músico australiano —dijo el tipo quitándose las gafas. En la frente tenía tatuada un águila.

—Un dueto. Algo sobre «wild rose»… —comenzó Harry.

—Sí, sí, ya se cuál me dice. «Where the Wild Roses Grow» de *Murder Ballads*. Una canción de mierda. Un disco de mierda. Compra mejor uno de sus discos buenos.

El tipo volvió a ponerse las gafas y desapareció tras el mostrador.

Harry se quedó parpadeando de asombro en la penumbra.

—¿Qué tiene de especial esa canción? —preguntó Birgitta cuando salieron a la calle.

—Aparentemente nada. —Harry se rió. El tipo de la tienda le había puesto de buen humor—. Cave y la mujer cantan sobre un asesinato. Y logran que suene hermoso, como si fuera una declaración de amor. Pero por lo visto es una canción de mierda. —Volvió a reírse—. Creo que esta ciudad empieza a gustarme.

Continuaron andando. Harry miraba a ambos lados de la calle. Eran prácticamente la única pareja mixta de Oxford Street. Birgitta le cogió de la mano.

—Deberías estar aquí en Mardi Gras para ver el desfile gay —dijo Birgitta—. Van por Oxford Street. Dicen que el año pasado hubo más de medio millón de personas de toda Australia que vinieron a mirar y participar. Fue una locura.

La calle de los gays. La calle de las lesbianas. Hasta ese momento no se había dado cuenta de la clase de ropa que exponían los escaparates. Látex. Cuero. Corpiños superajustados y braguitas de seda. Cremalleras y clavos. No obstante, todos eran artículos exclusivos y poseían estilo: no tenían nada que ver con el sudor y la vulgaridad que impregnaban los clubes de striptease de King's Cross.

—Cuando era niño había un gay en el barrio —contó Harry—. Tendría unos cuarenta años, vivía solo y todos sabíamos que era gay. En invierno le tirábamos bolas de nieve y le llamábamos «follaculos» y luego echábamos a correr como locos, convencidos de que si nos pillaba nos iba a dar por detrás. Pero nunca nos persiguió, solo se encasquetaba bien la gorra y se marchaba a casa. Un buen día se mudó. Jamás me hizo nada y siempre me he preguntado por qué le odiaba tanto.

—El ser humano teme lo que no conoce. Y odia lo que teme.

—¡Qué sabia eres! —dijo Harry.

Birgitta le dio un golpe en la barriga. Él se tiró al suelo gritando y ella se echó a reír y le rogó en voz baja que no montara ninguna escena. Él se levantó y la siguió por Oxford Street.

—Espero que se viniera a vivir aquí —dijo Harry después.

Tras despedirse de Birgitta (le preocupaba que había empezado a pensar que cada separación de ella, ya fuera por mucho o poco tiempo, podía ser para siempre), se detuvo en una parada de autobús. Delante de él había un chico que llevaba la bandera de Noruega en la mochila. Harry se preguntaba si debería decirle algo cuando llegó el autobús.

El conductor suspiró cuando Harry le entregó un billete de veinte dólares.

—Supongo que no tendrá uno de cincuenta, ¿no? —preguntó con sarcasmo.

—Si lo tuviera, te lo daría, gilipollas —dijo vocalizando en noruego al tiempo que sonreía con inocencia.

El conductor le lanzó una mirada de furia cuando le dio el cambio.

Había decidido seguir el itinerario que Inger había tomado al volver a casa la noche del asesinato. No porque otros no lo hubieran hecho antes: Lebie y Yong habían pasado por los bares y restaurantes de aquel trayecto mostrando la fotografía de Inger Holter, obviamente sin resultado. Él había intentado convencer a Andrew para que le acompañara, pero este se había negado en rotundo aduciendo que sería una pérdida de tiempo y que prefería aprovecharlo viendo la televisión.

—En serio, Harry. La tele da autoconfianza. Cuando ves lo estúpida que es la gente que sale en la tele, te sientes inteligente.

Y los estudios científicos muestran que la gente que se siente inteligente rinde más que la que se siente estúpida.

Harry no sabía qué decir para rebatir ese tipo de lógica, pero al menos Andrew le había proporcionado el nombre de un bar de Bridge Road donde podría saludar al propietario de parte de Andrew.

—Dudo que tenga nada que contarte, pero tal vez te sirva una Coca-Cola a mitad de precio —le había dicho Andrew con una sonrisa de satisfacción.

Harry se apeó del autobús cerca del Ayuntamiento y se dirigió hacia Pyrmont. Miraba los edificios altos y a los transeúntes que se apresuraban como suele hacerlo la gente de una gran ciudad, pero nada le proporcionaba información sobre cómo Inger Holter había encontrado su fin aquella noche. Entró en una cafetería cercana al mercado del pescado y pidió un montadito con salmón y alcaparras. Desde la ventana pudo ver el puente sobre Blackwattle Bay y Glebe en el otro lado. Habían empezado a montar un escenario en la plaza, y al ver los carteles Harry supuso que era por el día nacional, que se celebraría el siguiente domingo. Pidió un café al camarero y empezó a pelearse con el *Sydney Morning Herald*, un periódico con el que pueden envolverse cargamentos enteros de pescado y cuya lectura exige un enorme esfuerzo, aunque solo se miren las fotografías. Sin embargo, todavía quedaba una hora de luz natural y Harry quería averiguar qué clase de criaturas aparecían en Glebe al caer la noche.

20

El Cricket

El dueño del Cricket también era el orgulloso propietario de la camiseta que Allan Border vestía cuando Australia ganó a Inglaterra cuatro veces en la temporada de 1989. Estaba dentro de un marco acristalado colgado encima de la máquina tragaperras. En la otra pared colgaban dos bates y una pelota empleados en 1979 cuando Australia empató con Pakistán. Después de que le robaran unos palos del partido contra Sudáfrica que colgaban sobre la salida, el propietario se había visto obligado a clavar sus tesoros a la pared (por ello las espinilleras del legendario Don Bradman quedaron destrozadas una noche que un cliente disparó sobre ellas al ver que no podía arrancarlas de la pared).

Cuando Harry entró por la puerta y observó la serie de tesoros que colgaban de las paredes y a los aficionados al críquet que formaban la clientela del Cricket, lo primero que se le ocurrió fue que tal vez debía reconsiderar su idea del críquet como un deporte de esnobs. Los clientes no iban especialmente acicalados ni perfumados, y el señor Borroughs, que atendía la barra, tampoco.

—Buenas —saludó, y su voz sonó como una guadaña roma que rechinara contra una piedra de afilar.

—Tónica, sin ginebra —dijo Harry indicándole que podía quedarse el cambio del billete de diez dólares.

—Es mucho para una propina y poco para un soborno —dijo Borroughs mientras sacudía el billete—. ¿Es usted policía?

—¿Tanto se me nota? —preguntó Harry con cara de resignación.

—Pues sí, si no fuera porque habla como un maldito turista.

Borroughs dejó el cambio en la barra y se giró.

—Soy amigo de Andrew Kensington —dijo Harry.

Borroughs se volvió con rapidez y recogió el cambio.

—¿Por qué no lo ha dicho antes? —murmuró.

Borroughs no recordaba haber visto u oído hablar de Inger Holter; algo que Harry ya sabía dado que Andrew se lo había contado. No obstante, como solía decir su antiguo maestro en la policía de Oslo, «Lumbago» Simonsen: «Es mejor preguntar muchas veces que pocas».

Harry miró alrededor.

—¿Qué tienen aquí?

—Brochetas con ensalada griega —contestó Borroughs—. El plato del día, a siete dólares.

—Disculpe, me he expresado mal —dijo Harry—. Quería decir: ¿qué tipo de clientela tienen?

—Supongo que lo que suele llamarse gente marginada —dijo, y sonrió con desánimo.

Su sonrisa hablaba de la vida laboral de Borroughs y de su sueño de convertir el bar en algo que no era aquello.

—¿Son clientes habituales? —preguntó Harry señalando con la cabeza un rincón oscuro del local donde había cinco hombres sentados alrededor de una mesa bebiendo cerveza.

—Sí. La mayoría lo son. No es un bar de turistas.

—¿Le importaría que les haga unas preguntas? —dijo Harry.

Borroughs vaciló.

—Esos tipos no son angelitos. No sé de dónde sacan el dinero para la cerveza ni tampoco tengo intención de preguntárselo. Digamos que no trabajan de nueve a cinco.

—A nadie le gusta que violen y estrangulen a chicas inocentes en su barrio, ¿no? Ni siquiera a la gente que vive a ambos lados de la frontera de la legalidad. Esos sucesos ahuyentan a la gente y no son buenos para ningún negocio, vendas lo que vendas.

Borroughs frotaba una copa sin parar.

—En cualquier caso, si yo fuera usted iría con cuidado.

Harry asintió con la cabeza y se dirigió lentamente hacia la mesa del rincón para que los parroquianos tuvieran tiempo de verle. Antes de llegar, uno de ellos se levantó, cruzó los brazos y dejó al descubierto un puñal tatuado en su abultado antebrazo.

—Este rincón está ocupado, rubito —dijo con voz ronca.

—Querría hacerles una pregun… —empezó a decir Harry, pero el tipo de la voz ronca se puso a negar con la cabeza—. Solo una. ¿Alguno de ustedes conoce a este hombre, Evans White?

Harry mostró la fotografía.

Hasta ese momento, los dos tipos que estaban de cara a él le habían mirado con desinterés más que con actitud hostil. En cuanto mencionó el nombre de Evans White, le miraron con renovado interés, y Harry se percató de que la nuca de los dos hombres que le daban la espalda se había tensado.

—Jamás he oído hablar de él —dijo el de la voz ronca—. Ahora mismo teníamos una conversación… privada, colega. ¿Sabe?

—Y su conversación no tenía nada que ver con la compraventa de sustancias ilegales según la legislación australiana, ¿verdad? —preguntó Harry.

Se hizo un largo silencio. Había elegido una táctica sumamente peligrosa. Uno podía recurrir a la simple provocación cuando tenía un respaldo adecuado o buenas posibilidades de retirada. Harry no tenía ninguna de las dos cosas. Tan solo tenía ganas de que sucediera algo.

Uno de los tipos de la nuca tensa se levantó, y cuando se volvió y mostró su rostro lleno de cicatrices y marcas de la viruela, la cabeza casi le tocaba el techo. El lacio bigote enmarcaba sus rasgos orientales.

—¡Gengis Kan! ¡Cómo me alegro de verle! Pensé que había muerto… —exclamó Harry al tiempo que le tendía la mano.

Kan abrió la boca.

—¿Quién es usted?

Su voz sonó como un ronquido gutural. Cualquier banda de death metal se moriría por tenerlo de vocalista.

—Soy policía y no creo…

—Identificación. —Kan miró a Harry desde las alturas.

—¿Cómo?

—La placa.

Harry era consciente de que la ocasión exigía algo más que su tarjeta plastificada con una foto de pasaporte expedida por la jefatura de policía de Oslo.

—¿Le han dicho alguna vez que su voz es idéntica a la del vocalista de Sepultura? ¿Cómo se llamaba…?

Harry se puso el índice en la barbilla en actitud pensativa. El de la voz ronca ya estaba rodeando la mesa. Harry le señaló con el dedo.

—Y usted es Rod Stewart, ¿verdad? Ajá, están aquí planificando el *Live Aid II* y…

El puñetazo le dio a Harry en los dientes. Se tocó la boca tambaleándose.

—¿Debo interpretar que no me espera un gran futuro como cómico? —dijo Harry mirándose los dedos.

Tenían sangre, saliva y algo blando y blanco que solo podía tratarse de pulpa dentaria.

—¿No se supone que la pulpa es roja? —preguntó a Rod alargando los dedos.

Rod miró a Harry con desconfianza antes de inclinarse sobre sus dedos para echar un vistazo.

—Eso es dentina, lo que hay en el interior del esmalte —opinó—. Mi viejo es dentista —les explicó a los demás.

A continuación dio un paso atrás y volvió a golpearle. Durante un instante Harry quedó inconsciente. No obstante seguía de pie cuando volvió en sí.

—A ver si ahora encuentras algo de pulpa —dijo Rod con curiosidad.

Harry sabía que era una estupidez, la suma de su experiencia y su sentido común le indicaban que era una estupidez, su boca dolorida decía que era una estupidez, pero por desgracia a su mano derecha le pareció una excelente idea y en aquel momento era la que mandaba. Golpeó a Rod en la punta de la barbilla y Harry oyó cómo la boca se cerraba de golpe antes de que Rod se tambaleara dos pasos hacia atrás, el inevitable efecto de un puñetazo contundente y perfectamente asestado.

Los golpes así se propagan directamente desde la mandíbula al cerebelo (o pequeño cerebro, expresión muy adecuada para la ocasión, pensó Harry), donde un movimiento ondulatorio crea una serie de cortocircuitos menores pero también, si hay suerte, un desmayo inmediato y/o lesiones cerebrales permanentes. Al parecer, en el caso de Rod su cerebro parecía dudar sobre lo que iba a ser, si una pérdida de conciencia completa o una conmoción pasajera.

Gengis Kan no tenía intención de esperar el resultado. Agarró a Harry por el cuello de la camisa, lo levantó a la altura de sus hombros y lo arrojó como si se tratara de un saco de harina. A la pareja que acababa de comerse el menú de siete dólares les cayó, literalmente, un hombre en el plato, y se levantaron de la mesa. ¡Dios mío, espero desmayarme pronto!, pensó Harry al sentir el dolor y ver que se acercaba Kan.

La clavícula es un hueso frágil y muy expuesto. Harry apuntó e intentó darle una patada, pero los golpes de Rod debían de haber afectado su visión tridimensional, pues daba patadas al aire.

—*Smertzen!* —le prometió Kan levantando los brazos sobre la cabeza.

No necesitó ningún mazo. El golpe alcanzó a Harry en el pecho y paralizó de inmediato todas sus funciones cardíacas y respiratorias. Así las cosas, no pudo ver ni oír al hombre de piel oscura que entró y cogió la pelota con la que Australia había jugado contra Pakistán en 1979; una cosa pequeña y dura de 7,6 centímetros de diámetro y 160 gramos de peso. El recién llegado estiró el brazo hacia atrás y con una fuerza tremenda lanzó la pelota directamente a su objetivo.

Al contrario del cerebelo de Rod, el de Kan no dudó un instante cuando la pelota le alcanzó la frente justo por debajo del nacimiento del cabello. Lo noqueó al instante. Kan empezó a desplomarse, parecía un rascacielos que cae después de una explosión.

En ese momento se levantaron de la mesa los otros tres tipos; se les veía cabreados. El recién llegado dio un paso adelante con los brazos en posición de guardia. Uno de los hombres embistió y Harry –que creyó reconocer al nuevo contendiente a pesar de su visión borrosa– descubrió que estaba en lo cierto: el hombre de piel oscura retrocedió, luego avanzó y le propinó dos ligeros golpes con el puño izquierdo como para medir la distancia, antes de que la diestra se abalanzara sobre él con un gancho devastador. Afortunadamente, el espacio al fondo del local era tan reducido que no pudieron atacarle todos al mismo tiempo. Mientras el primero se ponía en posición, el segundo iniciaba su ataque con más cautela, con los brazos ante él en un gesto que indicaba que en alguna pared de su casa colgaba un cinturón de arte marcial. Su primera tentativa se encontró con la guardia del moreno, y en cuanto se giró para efectuar la obligatoria patada de kárate, el moreno ya se había apartado. Dio la patada al aire.

En cambio, una rápida combinación de izquierda-derecha-izquierda estampó al karateka contra la pared. El hombre de piel oscura se acercó con movimiento danzarín y le asestó un izquierdazo tal que la cabeza se le fue hacia atrás y acabó impactando contra la pared con un desagradable crujido. Se desplomó como si fuera unos restos de comida que alguien hubiera estampado contra la pared. El lanzador de críquet le golpeó una vez más mientras caía: probablemente fue un golpe harto innecesario.

Rod se había sentado en una silla y seguía los acontecimientos con ojos vidriosos.

Se oyó un clic suave al abrirse la navaja del tercer hombre. Cuando se deslizaba hacia el de piel oscura con la espalda arqueada y los brazos despegados del cuerpo, Rod vomitó sobre sus propios zapatos, un síntoma seguro de conmoción cerebral, pensó Harry con satisfacción. De hecho, él también tenía cierta sensación de náusea, especialmente al ver que el primer hombre había conseguido arrancar uno de los bates de la pared y se aproximaba al boxeador por detrás. El navajero se encontraba junto a Harry, pero no le prestaba ninguna atención.

—¡A tu espalda, Andrew! —gritó Harry abalanzándose sobre la mano con la que el tercer hombre sostenía la navaja.

Oyó el golpe seco y sordo del bate y el ruido de las mesas y las sillas al caer, pero tenía que concentrarse en el navajero que se había soltado y daba vueltas a su alrededor haciendo teatrales movimientos con una mano y esbozando una sonrisa demente.

Con la mirada fija en el navajero, buscó a tientas en la mesa que tenía detrás algún objeto que le sirviera para golpear. A su espalda, cerca de la barra, seguía oyendo el sonido del bate de críquet en plena faena.

El navajero se reía mientras se acercaba a él a la vez que hacía juegos malabares pasándose la navaja de una mano a otra.

Harry saltó hacia delante, dio un golpe y retrocedió. El brazo derecho del navajero cayó contra su propio costado y el cuchillo fue a parar al suelo. Se miró confuso el hombro, en el cual sobresalía la punta de una brocheta con un trozo de champiñón. El brazo derecho parecía estar totalmente paralizado y, con gesto de sorpresa en el rostro, tanteó la brocheta con la mano izquierda como para comprobar que seguía allí. Debo de haberle dado en algún tendón o en algún nervio, pensó Harry mientras le propinaba otro puñetazo.

Sintió que le había dado a algo duro, pues un dolor intenso se le propagó por el brazo desde la mano. El navajero dio un paso hacia atrás mientras observaba a Harry con los ojos transidos de dolor. De una de sus fosas nasales brotaba un chorro de sangre oscura. Harry levantó el puño derecho para asestar un golpe, pero cambió de idea.

—Pegar duele mucho. ¿Por qué no se rinde y ya está? —le preguntó.

El navajero asintió con la cabeza y se sentó junto a Rod, que seguía con la cabeza entre las rodillas.

Cuando Harry se dio la vuelta, vio que Borroughs se encontraba en medio del local con una pistola apuntando al primer adversario de Andrew, y que este yacía inconsciente entre las mesas volcadas. Gran parte de los clientes se habían marchado, aunque algunos observaban el incidente con curiosidad. Sin embargo, la mayoría seguían en la barra viendo la tele. Había un partido de críquet entre Inglaterra y Australia.

Cuando llegaron las ambulancias para recoger a los heridos, Harry se aseguró de que se llevaran a Andrew en la primera. Le sacaron en una camilla mientras Harry caminaba a su lado. Andrew seguía sangrando por un oído y emitía un pitido muy desagradable al respirar, pero por fin había recuperado la conciencia.

—No sabía que jugaras al críquet, Andrew. Menudo lanzamiento, pero ¿era necesario actuar con tanta dureza?

—Tienes razón. Me equivoqué por completo al evaluar la situación. Tú lo tenías todo controlado.

—No —dijo Harry—. Para serte sincero, no lo tenía.

—De acuerdo —dijo Andrew—. Para serte sincero, te diré que tengo una jaqueca de la hostia y que me arrepiento de haber venido. Sería más justo que fueras tú el que estuviese en la camilla. Lo digo en serio.

Las ambulancias venían y se marchaban. Finalmente, solo quedaron Harry y Borroughs en el bar.

—Espero que no hayamos destrozado demasiado el local —dijo Harry.

—No ha sido para tanto. Además mis clientes aprecian algún espectáculo en vivo de vez en cuando. Pero a partir de ahora deberás estar alerta. El jefe de estos tipos no se va a poner muy contento cuando se entere de esto —dijo Borroughs.

—¿En serio? —dijo Harry. Intuía que Borroughs intentaba contarle algo—. ¿Quién es el jefe?

—Yo no he dicho nada, pero el tipo de la foto que no paras de enseñar no se diferencia mucho de él.

Harry asintió pausadamente con la cabeza.

—En ese caso he de estar alerta. E ir armado. ¿Le importa que me lleve otra brocheta?

21

Un borracho

Harry acudió a un dentista en King's Cross que le echó un vistazo y le informó de la necesidad de realizar un trabajo de reconstrucción de un incisivo que estaba partido por la mitad. Llevó a cabo un arreglo provisional por el que cobró unos honorarios que Harry esperaba que el jefe de policía de Oslo estuviera dispuesto a reembolsarle más tarde.

En la oficina le dijeron que el bate le había roto a Andrew tres costillas y le había causado una fuerte conmoción cerebral. Era poco probable que saliera del hospital esa semana.

Después del almuerzo, Harry le pidió a Lebie que le acompañara a realizar un par de visitas hospitalarias. Se dirigieron al hospital St. Etienne, donde tuvieron que firmar en el registro de visitas, un enorme libro abierto situado delante de una monja más enorme aún que se erguía tras la ventanilla con los brazos cruzados. Cuando Harry le preguntó adónde debían dirigirse, la monja negó con la cabeza y apuntó con el dedo hacia el interior del hospital.

—No habla inglés —le explicó Lebie.

Entraron en una sala donde un joven sonriente enseguida tecleó sus nombres en un ordenador y les proporcionó los números de habitación y las explicaciones correspondientes.

—Hemos pasado de la Edad Media a la Edad Tecnológica en diez segundos —susurró Harry.

Intercambiaron unas palabras con un Andrew morado y amarillo, pero estaba de muy mal humor y al cabo de cinco minutos les dijo que se fueran al carajo. En la planta de arriba encontraron al navajero en una habitación individual. Estaba recostado con el brazo en un cabestrillo, tenía la cara hinchada y miraba a Harry con los mismos ojos transidos de dolor de la noche anterior.

—¿Qué quiere, poli cabrón?

Harry se sentó en una silla que había junto a la cama.

—Quiero saber si Evans White mandó a alguien que matara a Inger Holter, quién recibió la orden y por qué.

El navajero intentó reírse, pero enseguida le sobrevino la tos.

—No sé de qué me está hablando, madero, y tampoco creo que lo sepa usted.

—¿Cómo tiene el hombro? —preguntó Harry.

El navajero abrió los ojos de par en par.

—No se atrev…

Harry sacó la brocheta del bolsillo. Una gruesa vena azul asomó en la frente del navajero.

—Está de coña.

Harry no dijo nada.

—¡Está como una puta cabra! ¡No se crea que se saldrá con la suya! Si encuentran un rasguño en mi cuerpo cuando usted se vaya de aquí, despídase de su trabajo de mierda, jodido poli.

El navajero hablaba con voz de falsete.

Harry se puso el dedo índice sobre los labios.

—¡Chsss…!, por favor. ¿Ve a aquel tipo enorme y calvo junto a la puerta? No es fácil apreciar el parecido, pero de hecho es el primo del tipo al que le partieron el cráneo con el bate ayer. Hoy se ha ofrecido encarecidamente a acompañarme hasta aquí. Él se ocupará de taparte la bocaza y sujetarte los brazos mientras yo te quito la venda y clavo esta cosa en el único sitio donde no se va a notar. Porque ya hay un agujero, ¿no?

Apretó levemente el hombro del navajero, a quien se le saltaron las lágrimas mientras el pecho respiraba agitadamente. Su mirada oscilaba entre Harry y Lebie. La naturaleza humana es un bosque salvaje e impenetrable, pero a Harry le pareció ver un cortafuego en cuanto el navajero abrió la boca. Sin duda, decía la verdad.

—Ustedes no pueden hacerme nada que no haría Evans White diez veces peor si se entera de que le he delatado. Pero dejen que les diga algo: no van por buen camino. Lo digo en serio.

Harry miró a Lebie. Meneó débilmente la cabeza. Harry reflexionó un instante. A continuación se levantó y dejó la brocheta sobre la mesilla de noche.

—¡Que se mejore!

—Hasta la vista —dijo el navajero apuntándole con el dedo índice.

En la recepción del hotel había un mensaje para Harry. Enseguida reconoció el número de teléfono de la comisaría y devolvió inmediatamente la llamada desde su habitación. Yong Sue le contestó.

—Hemos vuelto a examinar todos los historiales —dijo—. Y esta vez de manera más minuciosa. Algunas infracciones se borran del historial oficial pasados tres años. Es la ley. No nos permiten registrar delitos menores prescritos. Pero si es de carácter sexual, entonces… bueno, digamos que los tenemos anotados en un archivo de seguridad sumamente extraoficial. Encontré algo interesante.

—¿Sí?

—El historial oficial del casero de Inger Holter, Hunter Robertson, era intachable. No obstante, al estudiarlo más detenidamente descubrimos que ha sido multado dos veces por exhibicionismo grave.

Harry intentó imaginarse en qué consistiría.

—¿Exhibicionismo grave?

—Tocamiento de los propios genitales en lugar público. Lógicamente, eso no tiene por qué significar nada, pero hay más. Lebie se pasó por allí en coche, pero no había nadie en casa, tan solo un perro cabreadísimo ladrando junto a la puerta. Mientras estaba allí apareció el vecino. Por lo visto tiene acordado con Robertson sacar y dar de comer al perro el miércoles por la noche, y tiene llave. Así que Lebie le preguntó, naturalmente, si había entrado en casa para sacar al perro la noche del miércoles anterior al hallazgo del cuerpo de Inger Holter. En efecto, así lo hizo.

—¿Y qué?

—En su declaración Robertson afirma que la noche previa al hallazgo del cuerpo estaba solo en casa. Pensé que querrías saberlo de inmediato.

Harry notó que el pulso le latía más fuerte.

—¿Qué haréis ahora?

—Un coche de policía irá a buscarlo a su casa antes de que se vaya a trabajar por la mañana.

—Hummm. ¿Dónde y cuándo cometió sus fechorías?

—Veamos. Creo que fue en un parque. Aquí está. Pone Green Park, es un pequeño…

—Lo conozco. —Se puso a pensar con rapidez—. Creo que me daré una vuelta. Parece que el parque tiene clientela fija. Tal vez sepan algo.

Harry apuntó también las fechas en que Robertson había cometido exhibicionismo en su pequeña agenda negra de la caja de ahorros Nor que su padre le regalaba todos los años por Navidad.

—Una pregunta, Yong: ¿en qué consiste el exhibicionismo leve?

—En tener dieciocho años, emborracharse y mostrarle el trasero a una patrulla de policía el día de la fiesta nacional de Noruega.

Harry se quedó mudo.

Yong reprimía la risa al otro lado del teléfono.

—¿Cómo…? —preguntó Harry.

—Es increíble de lo que uno se entera con un par de palabras clave y un compañero danés en el despacho de al lado.

Yong se echó a reír a carcajadas.

Harry estaba a punto de explotar.

—Espero que no te importe. —De pronto, Yong parecía preocupado de haberse pasado de la raya—. No se lo he contado a nadie.

Parecía tan arrepentido que Harry no fue capaz de cabrearse con él.

—Uno de los policías de la patrulla era una mujer —dijo Harry—. Después me piropeó por mi duro trasero.

Yong se rió aliviado.

Las células fotoeléctricas del parque decidieron que ya había oscurecido lo suficiente, de modo que las farolas se encendieron en el momento en que Harry se dirigía al banco. Enseguida reconoció al hombre gris que estaba sentado allí.

—Buenas noches.

La cabeza que descansaba sobre el pecho se alzó lentamente y un par de ojos marrones miraron a Harry, o mejor dicho, a través de Harry, para ir a fijarse en un punto muy lejano.

—¿Pito? —preguntó con voz oxidada.

—¿Disculpe?

—Pito, pito —repitió agitando dos dedos en el aire.

—Ah, pitillo. ¿Quiere un pitillo?

Harry sacó dos cigarrillos del paquete. Permanecieron en silencio durante un momento saboreando el humo. Estaban sentados en uno de los pulmones verdes de la ciudad, pero Harry tenía la sensación de encontrarse en un lugar desierto y remoto. Tal vez porque había oscurecido y se oía el sonido eléctrico que hacían los invisibles saltamontes al frotarse las patas. O tal vez fuera la sensación de algo ritual y atemporal; el hecho de fumar juntos un policía blanco y un hombre negro con aquel rostro ancho y exótico, un descendiente de la población indígena de aquel enorme continente.

—¿Quiere comprar mi chaqueta?

Echó un vistazo a la chaqueta del hombre. Era una especie de anorak hecho de una tela fina de colores rojo vivo y negro.

—Es la bandera de los aborígenes —le explicó mostrándole la espalda de la prenda—. Las hace mi primo.

Harry le dijo que no educadamente.

—¿Cómo se llama usted? —preguntó el aborigen—. ¿Harry? Es un nombre inglés. Yo también tengo un nombre inglés. Me llamo

Joseph. Con «p» y «h». En realidad es un nombre judío. El padre de Jesús, *dig*? Joseph Walter Roderigue. Mi nombre de tribu es Ngardagha. N-gar-dag-ha.

—Joseph, ¿usted pasa mucho tiempo en este parque?

—Sí, mucho.

Joseph volvió a sumirse en su mirada de larga distancia y se quedó como ausente. Sacó una botella grande de zumo de su chaqueta, le ofreció a Harry y dio un trago antes de volver a cerrarla con cuidado. Su chaqueta se abrió un poco y Harry pudo ver los tatuajes que llevaba en el pecho. Ponía «Jerry» sobre una cruz grande.

—Bonito tatuaje el que lleva, Joseph. ¿Le puedo preguntar quién es Jerry?

—Jerry es mi hijo. Mi hijo. Tiene cuatro años.

Joseph fue separando los dedos para contar hasta cuatro.

—Cuatro. Entiendo. ¿Dónde está Jerry ahora?

—En casa. —Joseph agitó la mano para señalar en qué dirección quedaba—. En casa de su madre.

—Escúcheme, Joseph. Estoy buscando a un hombre. Se llama Hunter Robertson. Es blanco, bastante bajito y tiene poco pelo. A veces viene a este parque. Algunas veces se… exhibe. ¿Sabe a quién me refiero? ¿Usted le ha visto, Joseph?

—Sí, sí. Vendrá —dijo Joseph haciendo un gesto de disgusto con la nariz, como si considerara que Harry se estaba poniendo ya un tanto pesado con obviedades—. Espere un poco. Ya vendrá.

22

Dos exhibicionistas

En el momento en que Harry encendía su octavo cigarrillo e inhalaba profundamente se oyó una campana a lo lejos. La última vez que llevó a su hermana al cine, esta le dijo que debería dejar de fumar. Habían visto *Robin Hood, príncipe de los ladrones*, con el peor reparto que había visto Harry desde el *Plan 9 del espacio exterior*. Sin embargo, a Søs no le molestaba lo más mínimo que el Robin Hood de Kevin Costner contestara al sheriff de Nottingham con acento típico americano. En general había pocas cosas que molestaran a Søs: cuando Costner pone orden en el bosque de Sherwood, la joven había gritado de alegría, y cuando Marian y Robin acaban juntos al final, había lloriqueado.

Después fueron a una cafetería, donde él le pidió un chocolate caliente. Ella le contó lo bonito que era su nuevo apartamento en la residencia de Sogn, aunque un par de vecinos de su pasillo fueran tontos de remate. Y luego pidió a Harry que dejara de fumar.

−Ernst dice que es peligroso. Puedes morirte.

−¿Quién es Ernst? −preguntó Harry, pero a ella le entró la risa tonta.

A continuación volvió a ponerse seria.

−No fumes, Harald. No te mueras, ¿me oyes?

Lo de «Harald» y lo de «¿me oyes?» lo había heredado de su madre.

El nombre de pila, Harry, había sido una imposición de su padre. Normalmente Olav Hole complacía a su esposa en todo. Sin embargo, en esa ocasión levantó la voz e insistió en que su hijo se llamaría como su abuelo, un marinero muy apuesto. Su madre cedió en un momento de debilidad, según sus propias palabras, y más tarde se arrepintió con amargura.

–¿Alguien ha sabido de alguien llamado Harry que haya llegado a alguna parte? –preguntaba. (Cuando su padre estaba de buen humor, se reía citando aquella frase tan repetitiva.)

En cualquier caso, su madre le acabó llamando Harald, como su propio tío, pero todo el mundo le llamaba Harry. Y cuando la madre murió, su hermana empezó a su vez a llamarle Harald. Tal vez fuera su manera de llenar el vacío que aquella había dejado. Harry no lo sabía; la chica tenía siempre tantas cosas en la cabeza. Por ejemplo, cuando él le prometió que iba a dejar de fumar, no de golpe, pero sí poco a poco, Søs había sonreído con los ojos llenos de lágrimas y un poco de nata en la punta de la nariz

Ahora él imaginaba cómo el humo se iba enroscando en el interior de su cuerpo como una gran serpiente. Bubbur.

Joseph dio un respingo. Se había quedado dormido.

–Mis antepasados eran del pueblo de los cuervos –dijo sin preámbulos mientras se enderezaba–. Sabían volar. –Parecía que el sueño le había animado. Se frotó el rostro con ambas manos–. Volar es maravilloso. ¿Tiene un billete de diez?

Harry solo tenía uno de veinte dólares.

–Está bien –dijo Joseph cogiéndolo.

Como si la tormenta solo hubiera escampado temporalmente, el aturdido cerebro de Joseph volvió a nublarse, y se puso a murmurar en un lenguaje incomprensible que le recordó al que Andrew había hablado con Toowoomba. ¿Lo había llamado Andrew «criollo»? Al final, el aborigen borracho volvió a dejar caer la barbilla sobre su pecho.

Harry había decidido terminar el cigarrillo e irse, cuando de pronto apareció Robertson. Harry casi esperaba que llevara gabardina, a su entender la típica vestimenta de un exhibicionista. Sin embargo, Robertson solo llevaba una camiseta blanca y vaqueros. Miró a derecha e izquierda mientras caminaba con un extraño balanceo, como si estuviera cantando para sí y se moviera al compás. No reconoció a Harry hasta que se acercó al banco, y su rostro no reflejó un ápice de alegría por el encuentro.

—Buenas noches, Robertson. Le hemos estado buscando. Siéntese.

Robertson miró alrededor y cambió el peso de una pierna a la otra. Parecía que quisiera echar a correr, pero finalmente se sentó con un suspiro de resignación.

—Ya le he contado todo lo que sé —dijo—. ¿Por qué me siguen molestando?

—Porque hemos descubierto que tiene un pasado en el que es usted quien molesta a los demás.

—¿Que molesto a los demás? ¡Joder, yo no he molestado a nadie!

Harry lo observó. Robertson no era un hombre agradable, pero por mucho que se esforzara no podía imaginar que se encontraba ante un asesino en serie. Cosa que realmente le cabreaba porque significaba que estaba perdiendo el tiempo.

—¿Sabe usted a cuántas chicas les ha quitado el sueño? —preguntó Harry intentando expresar con su voz el mayor desdén posible—. ¿Cuántas tendrán que vivir el resto de su vida con la imagen de un cerdo que las ha violado mentalmente? ¿O de cómo se ha metido en su cabeza, cómo por su culpa se sienten inseguras y tienen miedo a salir de noche, cómo las ha humillado y se sienten utilizadas?

Robertson comenzó a reír.

—¿No tiene nada más, agente? ¿Qué me dice de todas las vidas sexuales que he arruinado? ¿De los miedos que sufren esas mujeres y que les obligan a tomar tranquilizantes? Por cierto, tengo que decirle que su colega debe andarse con cuidado. El que me dijo que me condenarían a seis años por complicidad si no me ponía a declarar como un colegial ante matones como ustedes. He hablado con mi abogado y se lo va a plantear a su jefe, que lo sepan. Y no me venga con más milongas.

—De acuerdo, podemos hacerlo de dos formas, Robertson —dijo Harry, aunque sintió que no tenía la misma autoridad que Andrew en el papel de poli malo—. Me puede contar ahora mismo lo que quiero saber o…

—… o podemos continuar hablando en comisaría. Gracias, ya me conozco ese rollo. Adelante, arrésteme y llamamos a mi abogado para que me recoja en una hora, y encima usted y su colega se llevarán una denuncia por acoso. ¡Adelante!

—Eso no era exactamente lo que había pensado —dijo Harry en voz baja—. Más bien me imaginaba una filtración discreta, imposible de rastrear, por supuesto, a uno de los periódicos dominicales sedientos de noticias, de esos a los que no les desagrada precisamente el sensacionalismo. ¿Se lo imagina? «El casero de Inger Holter, véase la foto, anteriormente condenado por exhibicionismo, se ha convertido en el foco de interés de la policía…»

—¡Condenado! ¡Solo me hicieron pagar una multa! ¡Cuarenta dólares! —Hunter Robertson se puso histérico.

—Sí, lo sé, Robertson. Fue un delito menor —dijo Harry fingiendo ser comprensivo—. Tan menor que seguramente hasta ahora no le ha supuesto ningún problema ocultarlo a su entorno más próximo. Es una pena que en su vecindad lean los periódicos dominicales, ¿verdad? Y en su trabajo… ¿Qué tal sus padres? ¿Saben leer?

Robertson se vino abajo. El aire salía de su interior como una pelota de playa pinchada; Harry pensó en un puf y se dijo que al mencionar a sus padres probablemente había metido el dedo en la llaga.

—Cabrón desalmado —susurró Robertson con voz ronca y angustiada—. ¿Dónde fabrican a las personas como ustedes? —Y tras una pausa—: ¿Qué quiere saber?

—Ante todo quiero saber dónde se encontraba usted la noche anterior al hallazgo del cuerpo de Inger.

—Ya le he contado a la policía que estuve solo en casa y que…

—Se acabó la conversación. Espero que la redacción del periódico encuentre una foto bonita.

Se levantó.

—Vale, vale. ¡No estuve en casa! —casi gritó Robertson.

Inclinó la cabeza hacia atrás y cerró los ojos. Harry volvió a sentarse.

—Cuando yo era estudiante y vivía en un apartamento de uno de los mejores barrios de la ciudad, había una viuda que vivía enfrente —dijo Harry—. El viernes a las siete, a las siete en punto de la noche, abría las cortinas. Yo vivía en la misma planta y podía ver directamente el interior de su salón. Especialmente los viernes, cuando ella encendía su enorme lámpara de araña. Si uno la veía entre semana, la viuda no era más que una mujer de canas incipientes con gafas y chaquetita de lana: esa clase de mujeres que uno suele ver constantemente en el tranvía o en la cola de la farmacia.

»No obstante, el viernes a las siete, cuando daba comienzo la función, te imaginabas de todo menos ancianas amargadas con bastón y tos. Se ponía una bata de seda con dibujo japonés y zapatos negros de tacón. A las siete y media recibía visita masculina. A las ocho menos cuarto se quitaba la bata y mostraba su corsé negro. A las ocho estaba a punto de quitarse el corsé y de dirigirse al sofá tipo Chesterfield. A las ocho y media la visita ya se había marchado, las cortinas estaban cerradas y la función había acabado.

—Interesante —dijo Robertson con sarcasmo.

—En primer lugar, lo interesante era que nunca pasó nada. Si uno vivía en mi lado de la calle era imposible evitar ver lo que sucedía. Seguramente, la mayoría de los habitantes del edificio seguían la función con regularidad. Sin embargo, nunca se habló del asunto y, que yo sepa, tampoco hubo quejas ni denuncias a la policía. En segundo lugar, también resultaba interesante la regularidad de las funciones. Al principio pensé que tenía que ver con la pareja, con su disponibilidad, tal vez trabajaba, o estaba casado, etcétera. Sin embargo, observé que ella cambiaba de pareja, pero no el horario. Entonces me di cuenta de que ella había descubierto lo que sabe cualquier canal de televisión; que cuando uno ha conseguido cierta cantidad de público para un programa determinado es muy perjudicial cambiar el horario de emisión. Y el público era la sal y la pimienta de su vida sexual. ¿Me entiende?

—Entiendo —dijo Robertson.

—Por supuesto, mi pregunta sobraba. Bueno, ¿y por qué le cuento esta historia? Me extrañó que nuestro amigo grogui, Joseph, estuviera tan seguro de que usted vendría esta noche. Entonces eché un vistazo a mi agenda y todo cuadraba. Hoy es miércoles, la noche que Inger Holter desapareció era miércoles y las dos veces que a usted le pillaron por exhibicionismo también era miércoles. Usted tiene funciones fijas, ¿verdad?

Robertson no contestó.

—Por tanto, mi siguiente pregunta es: ¿por qué no le han denunciado en más ocasiones? Después de todo, han pasado cuatro años desde la última vez. Por lo general, exhibirse en el parque delante de las muchachas no es una actividad que la gente aprecie.

—¿Quién ha dicho que son muchachas? —preguntó Robertson arisco—. ¿Y quién le ha dicho que no se aprecie?

Si Harry supiera silbar, habría silbado en voz baja. Pensó en la pareja que había visto discutiendo la noche anterior.

—O sea, ¿que se exhibe para los hombres? —se preguntó casi a sí mismo—. Es decir, para los gays de la vecindad. Eso explica que le dejen hacerlo tranquilamente. ¿Tiene un público fijo también?

Robertson se encogió de hombros.

—Vienen y van. Pero al menos saben cuándo y dónde me pueden ver.

—¿Y por qué le denunciaron?

—Unos extraños que pasaban por casualidad. Ahora tenemos más cuidado.

—Entonces ¿podré encontrar esta noche algún testigo que diga que usted estuvo aquí la noche que Inger desapareció?

Robertson asintió con la cabeza.

Se quedaron en silencio escuchando los débiles ronquidos de Joseph.

—Hay otra cosa que no me cuadra del todo —dijo Harry al rato—. Algo que me ha estado rondando por la cabeza, pero que no fui capaz de concretar hasta que me enteré de que su vecino saca de paseo a su perro y le da de comer todos los miércoles.

Un par de hombres pasaron lentamente junto a ellos y se detuvieron en la penumbra junto a una farola.

—Entonces me pregunté: ¿por qué su vecino tenía que darle de comer si Inger volvía del Albury con sobras de carne? Al principio pensé que tal vez habíais decidido que la comida fuera para el día siguiente o algo así. Pero luego recordé lo que no tenía que haber olvidado nunca; que su perro no come... bueno, al menos no le está permitido comer carne. En ese caso, ¿para qué quería Inger las sobras? En el bar dijo que eran para el perro; ¿qué motivo tendría para mentir al respecto?

—No lo sé —dijo Robertson.

Harry se percató de que Robertson estaba mirando el reloj. La función estaba a punto de empezar.

—Solo una última cosa, señor Robertson. ¿Qué sabe usted de Evans White?

Robertson se giró y le miró con unos ojos azules claros y llorosos. ¿Había un minúsculo destello de temor en su mirada?

—Más bien poco —dijo Robertson.

Harry se rindió. No había llegado prácticamente a ninguna parte. En su interior bullía un deseo de cazar, perseguir y capturar, pero tenía la sensación de que todo se le escurría de entre las manos. Maldita sea, en pocos días se marcharía de allí, pero sorprendentemente esa idea no le hacía sentirse mejor en absoluto.

—Lo que ha dicho sobre los testigos... —dijo Robertson—. Le agradecería que no...

—No le voy a arruinar su espectáculo, Robertson. Sé que a los que vienen les aportará algún beneficio. —Sacó un cigarrillo del paquete y metió este con el resto del tabaco en el bolsillo de Joseph. Luego se levantó para irse—. Al menos yo disfrutaba de la función de la viuda.

23

La serpiente negra

Como siempre, había muy buen ambiente en el Albury. «It's Raining Men» sonaba a tope y en el escenario tres de los chicos llevaban botas de caña alta sin prácticamente nada más. El público gritaba y cantaba al son de la música. Harry contempló un momento el espectáculo antes de acercarse a la barra donde estaba Birgitta.

—¿Por qué no cantas, guapo? —preguntó una voz familiar.

Harry se giró. Esa noche Otto no iba de drag. Sin embargo, la camisa rosa y escotada, así como el leve toque de rímel y pintalabios, mostraban que se había acicalado con esmero.

—Supongo que no tengo voz, Otto. Lo siento.

—¡Bah! Los escandinavos sois todos iguales. Sois incapaces de relajaros hasta que habéis bebido tanto que ya no servís para… ya sabes lo que quiero decir.

Harry sonrió cuando Otto entornó los párpados teatralmente.

—No flirtees conmigo, Otto. Soy un caso perdido.

—Heterosexual sin remedio, ¿no?

Harry asintió con la cabeza.

—Al menos déjame invitarte a una copa, guapo. ¿Qué bebes?

Pidió un zumo de pomelo para Harry y un bloody mary para él. Brindaron y Otto se bebió la mitad de su copa de un trago.

—Es lo único que funciona contra el mal de amores —dijo bebiendo lo que quedaba. Se estremeció, pidió otra copa y clavó sus ojos en los de Harry—: O sea, ¿jamás has tenido relaciones sexuales con un hombre? Algún día quizá tendremos que ponerle remedio a eso.

Harry notó que se ruborizaba. En su interior maldecía a aquel payaso gay que era capaz de abochornarle a él, un hombre hecho y derecho, hasta el punto de parecerse a un inglés después de seis horas en una playa española.

—Hagamos una apuesta vulgar y de muy mal gusto —dijo Otto con ojos chispeantes—. Me apuesto cien dólares a que tu mano suave y fina palpará mi partes nobles antes de que te vuelvas a Noruega. ¿Qué me dices?

Otto dio unas palmaditas al ver la cara roja que se le había puesto a Harry.

—Si insistes en derrochar tu dinero, me parece muy bien —dijo Harry—. Pero yo tenía entendido que padecías mal de amores, Otto. ¿No deberías quedarte en casa y pensar en otra cosa en vez de dedicarte a tentar a los heterosexuales?

En cuanto acabó de pronunciarlas se arrepintió de sus palabras. Siempre había llevado mal que le tomaran el pelo.

Otto retiró la mano que le había tendido y le miró dolido.

—Disculpa, ha sido una tontería, no quería decir eso —dijo Harry.

Otto se encogió de hombros.

—¿Alguna novedad en el caso? —preguntó.

—No —dijo Harry aliviado por cambiar de tema—. Al parecer tenemos que buscar fuera de su círculo de conocidos. Por cierto, ¿tú la conocías?

—Todos los que frecuentaban este lugar la conocían.

—¿Alguna vez hablaste con ella?

—Bueno… intercambié algunas palabras con ella. Para mi gusto era demasiado complicada.

—¿Complicada?

—Volvía locos a algunos clientes heterosexuales. Se vestía de modo provocativo, echaba miraditas a unos y otros, y sonreía en exceso para conseguir más propinas. Esas cosas pueden ser peligrosas.

−¿Quieres decir que algunos clientes podrían…?

−Solo quiero decir que igual no hay que buscar tan lejos, agente.

−¿A qué te refieres?

Otto miró a su alrededor y apuró su copa.

−Solo hablo por hablar, guapito. −Se dispuso a marcharse−. Voy a hacer lo que me has dicho. Me iré a casa y pensaré en otras cosas. ¿No es eso lo que me prescribió el médico?

Saludó con la mano a uno de los chicos con estola que había detrás de la barra, que se acercó para darle una bolsa de papel.

−¡No te olvides del espectáculo! −exclamó Otto por encima del hombro al marcharse.

Harry se sentó discretamente en la barra para poder mirar a Birgitta mientras trabajaba. Seguía los rápidos movimientos de sus manos mientras servía las cervezas, devolvía el cambio y preparaba combinados; observaba la seguridad y precisión con que se movía detrás de la barra debido a que tenía las distancias grabadas en la mente: del grifo del barril al mostrador y de ahí a la caja. Contemplaba el cabello que le caía sobre el rostro, la rápida sacudida para apartárselo y la mirada ocasional que dirigía a los clientes para atender a sus pedidos… y entonces vio a Harry.

Su cara pecosa se iluminó y él sintió cómo el corazón le latía con fuerza.

−Acaba de llegar un amigo de Andrew −dijo Birgitta−. Fue a visitarle al hospital y ha venido para saludar. Ha preguntado por ti. Creo que aún no se ha ido. Sí, ahí está.

Señaló una mesa y Harry reconoció enseguida a ese hombre negro y elegante. Era Toowoomba, el boxeador. Se dirigió a su mesa.

−¿Le molesto? −preguntó, y como respuesta obtuvo una amplia sonrisa.

−Para nada. Siéntese. Estoy esperando a ver si aparece un viejo amigo.

Harry se sentó.

Robin «el Murri» Toowoomba seguía sonriendo. Por alguna razón se produjo uno de esos silencios embarazosos que nadie admite que incomodan, aunque lo hacen. Harry se apresuró a decir algo:

—Hoy he conocido a alguien del pueblo de los cuervos. ¿A qué tribu pertenece usted?

Toowoomba le miró extrañado.

—¿Qué quiere decir, Harry? Yo soy de Queensland.

Harry se dio cuenta de la estupidez de su pregunta.

—Disculpe, he dicho una tontería. Hoy mi lengua va más rápida que mi cerebro. No era mi intención... No conozco muy bien su cultura. Me preguntaba si pertenecía a una determinada tribu... o algo así.

Toowoomba dio un golpe a Harry en el hombro.

—Le estoy tomando el pelo, Harry. Relájese. —Soltó una risita y Harry se sintió aún más estúpido—. Ha reaccionado como la mayoría de los blancos —dijo Toowoomba—. ¿Qué más se puede esperar? Eso sin mencionar que está lleno de prejuicios.

—¿Prejuicios? —Harry notó que estaba a punto de cabrearse—. ¿He dicho algo...?

—No es lo que dice —dijo Toowoomba—. Son las cosas que inconscientemente usted espera de mí. Cree que ha dicho algo inconveniente y no se le pasa por la cabeza que soy lo suficientemente inteligente para tener en cuenta que usted es extranjero. Supongo que usted no se ofende personalmente cuando los turistas japoneses que visitan Noruega no lo saben todo sobre su país... como, por ejemplo, que su rey se llama Harald. —Toowoomba le guiñó un ojo—. No es usted el único, Harry. Incluso los australianos blancos son unos histéricos que se cuidan mucho de no decir nada inconveniente. Esa es la paradoja. Primero arrebatan a nuestro pueblo su orgullo y cuando ya se lo han quitado tienen miedo de pisarlo.

Emitió un suspiro y volvió las palmas blancas de sus enormes manos. Es como darle la vuelta a un lenguado, pensó Harry.

La voz profunda y cálida de Toowoomba parecía vibrar en su propia frecuencia, por lo que no le era necesario hablar en voz alta para hacerse oír por encima del ruido del bar.

—Pero cuénteme mejor cosas de Noruega, Harry. He leído que es muy bonita. Y fría.

Harry se puso a hablar. Sobre los fiordos y las montañas y la gente que vivía entre ambos. Sobre las uniones, las represiones, Ibsen, Nansen y Grieg. Sobre aquel país del norte que se consideraba un pueblo dinámico y previsor, pero que en el fondo se asemejaba a una república bananera. Que tenía bosques y puertos cuando los holandeses y los ingleses necesitaban madera, que tenía cataratas cuando se inventó la electricidad y que, sobre todo, encontró petróleo a tiro de piedra.

—No hemos creado los coches Volvo ni la cerveza Tuborg —dijo Harry—. Nos hemos limitado a exportar nuestros recursos naturales y hemos evitado pensar. Hemos nacido con una flor en el culo —concluyó Harry sin intentar hallar una correspondencia inglesa para esa frase hecha.

A continuación le habló de Åndalsnes, una pequeña ciudad en la región de Romsdalen rodeada de altas montañas, tan bella que su madre siempre decía que cuando creó el mundo Dios había empezado por allí, y que había empleado tanto tiempo en esculpir la naturaleza del lugar que tuvo que crear el resto del mundo a toda prisa para poder descansar el domingo.

Le contó que en julio salía a pescar con su padre al fiordo con las primeras luces, y que se tendía en la playa a oler el mar, mientras las gaviotas gritaban y las montañas se erigían como inmóviles y silenciosos guardianes reales alrededor de su pequeño reino.

—Mi padre es de Lesjaskog, un pequeño pueblo más al norte del valle. Mi madre y él se conocieron en una verbena en Åndalsnes. Siempre hablaban de volver a Romsdalen cuando se jubilasen.

Toowoomba asintió con la cabeza y bebió cerveza. Harry se tomó otro zumo de pomelo a pequeños sorbos. Estaba empezando a tener acidez en el estómago.

—Ojalá pudiera contarte de dónde vengo, Harry. El caso es que la gente como yo no tenemos ningún nexo concreto con ningún lugar ni ninguna tribu. Yo me crié en una cabaña debajo de una autopista a las afueras de Brisbane. Nadie sabe a qué tribu pertenecía mi padre. Venía y se iba tan rápido que a nadie le daba tiempo a preguntárselo. Y a mi madre le importa un bledo de dónde venga mientras consiga reunir suficiente dinero para una botella de vino. Me conformo con ser un murri.

—¿Y Andrew?

—¿No se lo ha contado?

—¿El qué?

Toowoomba apartó las manos. Una profunda arruga asomó entre sus ojos.

—Andrew Kensington es un hombre aún más desarraigado que yo.

Harry no le hizo ninguna pregunta más al respecto, pero Toowoomba volvió al asunto después de tomarse otra cerveza.

—Quizá debería dejar que él mismo se lo contara, porque Andrew ha tenido una infancia muy especial. Pertenece a la generación de aborígenes sin familia.

—¿A qué se refiere?

—Es una larga historia. Tiene que ver con una cuestión de mala conciencia. Desde finales del siglo diecinueve, la política en relación con los pueblos indígenas se ha guiado por la mala conciencia de las autoridades a causa del mal trato que recibimos en el pasado. Es una pena que las buenas intenciones no siempre lleven a algo bueno. Si vas a gobernar un pueblo, tienes que entender a ese pueblo.

—¿Y no se ha entendido a los aborígenes?

—Ha habido épocas diferentes, y políticas distintas. Yo pertenezco a la generación urbanizada a la fuerza. Tras la Segunda Guerra Mundial, las autoridades creyeron que era preciso modificar las políticas anteriores e intentaron asimilar a los aborígenes en vez de aislarlos. Y lo intentaron controlando nuestros lugares de residencia y hasta con quién nos casábamos. A muchos los trasladaron a las ciudades para que se adaptaran a la cultura urbana europea. Los resultados fueron catastróficos. En poco tiempo encabezábamos todas las estadísticas negativas: alcoholismo, desempleo, divorcios, prostitución, delincuencia, violencia, drogadicción... lo que quieras: nosotros los primeros. Los aborígenes eran y continuaron siendo los perdedores sociales de Australia.

—¿Y Andrew?

—Andrew nació antes de la guerra, cuando la política de las autoridades consistía en «protegernos» como si fuésemos una especie animal en peligro de extinción. En consecuencia teníamos menos oportunidades de poseer tierras y buscar empleo. Pero la ley más estrambótica era la que permitía a las autoridades quitarle su hijo a una madre aborigen si existía la sospecha de que el padre no era aborigen. Puede que la historia sobre mis orígenes no sea maravillosa, pero al menos tengo una. Andrew no tiene ninguna. Jamás ha conocido a sus padres. Cuando nació las autoridades lo recogieron y lo metieron en un orfanato. Lo único que sabe es que, después de que le quitaran al niño, su madre fue encontrada muerta en una parada de autobús en Bankstown, a cincuenta kilómetros al norte del orfanato, y que nadie supo cómo había llegado hasta allí ni cuál había sido la causa de su muerte. A Andrew le ocultaron la identidad de su padre blanco hasta que ya no tuvo ningún interés en conocerlo.

Harry intentaba asimilar todo aquello.

—¿Eso era legal? ¿De verdad? ¿Y la ONU y la Declaración Universal de los Derechos Humanos?

—Todo eso no llegó hasta después de la guerra. Recuerda que las políticas relativas a los aborígenes tenían las mejores intenciones: el objetivo era conservar una cultura, no destruirla.

—¿Qué le pasó luego a Andrew?

—Descubrieron que era un chico aplicado y le enviaron a un colegio privado en Inglaterra.

—Yo pensaba que Australia era un país demasiado igualitario como para mandar gente a colegios privados.

—Todo fue orquestado y financiado por las autoridades. Supongo que pretendían que la historia de Andrew constituyera el broche de oro de un experimento político que por lo demás había ocasionado un gran dolor y muchas tragedias humanas. Al volver, fue a la Universidad de Sidney. Entonces empezaron a perder el control sobre él. Se metió en bastantes líos; adquirió fama de violento y sus notas empeoraron. Tengo entendido que también sufrió una decepción amorosa; una mujer blanca que le traicionó porque su familia estaba en contra de su relación. Pero Andrew nunca ha querido hablar mucho de eso. En cualquier caso, fue una etapa oscura de su vida y fácilmente podría haber acabado peor. Mientras estuvo en Inglaterra, aprendió boxeo; decía que fue lo que le ayudó a sobrevivir en el internado. Volvió a boxear en la universidad, y cuando le ofrecieron ir de gira con los Chivers dejó los estudios y se marchó de Sidney durante una temporada.

—Lo vi boxear —dijo Harry—. No se le ha olvidado del todo.

—En realidad, había pensado en el boxeo como un paréntesis antes de retomar los estudios, pero con los Chivers tuvo éxito, y atrajo la atención de los medios de comunicación, así que siguió adelante. Cuando llegó a la final del campeonato australiano de boxeo, incluso vinieron de Estados Unidos unos agentes profesionales para verle. Sin embargo, la noche anterior a la final le ocurrió algo en Melbourne. Estaban en un restaurante y hay quien afirma que Andrew intentó ligar con la novia del otro finalista. Se llamaba Campbell y salía con una guapa chica del norte de Sidney que, posteriormente, se convirtió en Miss Nueva Gales del Sur. Hubo una pelea en la cocina y se dice que Andrew, el entrenador de Campbell, el agente y otro tipo destrozaron prácticamente todo lo que había allí.

»Encontraron a Andrew apoyado en el fregadero con los labios reventados, un corte en la frente y una muñeca dislocada. No hubo denuncias y seguramente por eso surgió el rumor de que había intentado ligarse a la novia de Campbell. Andrew tuvo que retirarse de la final y después su carrera empezó a desinflarse. En honor a la verdad, ganó a un par de boxeadores excelentes en ciertos campeonatos, pero los medios de comunicación habían perdido el interés en él y los agentes no volvieron a aparecer.

»A medida que iba dejando de boxear en campeonatos, empezó a correr el rumor de que bebía y, después de una gira por la costa oeste, le pidieron que abandonara a los Chivers, al parecer por haber ocasionado graves lesiones a algunos aficionados. Después de eso Andrew desapareció. Es difícil sonsacarle a qué se dedicaba exactamente, pero en cualquier caso deambuló por Australia un par de años antes de volver a la universidad.

—O sea, que se acabó el boxeo —dijo Harry.

—Efectivamente —dijo Toowoomba.

—Y después, ¿qué pasó?

—Bueno. —Toowoomba indicó a uno de los camareros que le trajera la cuenta—. Cuando retomó los estudios Andrew seguramente se sintió más motivado y al parecer le fue bien durante una temporada. Pero era a principios de los años setenta, la época hippy, mucha fiesta y amor libre, y es probable que consumiera sustancias que no le ayudaran con los estudios y que sus notas se resintieran.

Se rió entre dientes.

—Un día, Andrew se despertó, se miró al espejo y recapituló. Tenía una fuerte resaca y un moratón en el ojo cuyo origen no atinaba a recordar, sufría una incipiente adicción a ciertos compuestos químicos, y había pasado de los treinta años y no había conseguido ningún título. Detrás de él tenía una carrera de boxeo fallida y por delante le aguardaba un futuro cuando menos inseguro. ¿Qué haces en una situación así? Solicitas el ingreso en la academia de policía.

Harry se rió.

—Estoy citando a Andrew —dijo Toowoomba—. Por increíble que parezca, a pesar de sus antecedentes y su avanzada edad, fue admitido. Tal vez porque las autoridades querían contar con más aborígenes en la policía. Andrew se cortó el pelo, se quitó el pendiente que llevaba en la oreja y dejó las drogas. El resto ya lo conoce. Por supuesto, no tiene ni la más remota posibilidad de ascender en el escalafón, pero le consideran uno de los mejores investigadores de la policía de Sidney.

—¿Sigue citando a Andrew?

Toowoomba se rió.

—Por supuesto.

En el fondo del bar el espectáculo drag de la noche estaba llegando al final con «Y.M.C.A.» en versión de Village People, un éxito asegurado.

—Sabe muchas cosas sobre Andrew —dijo Harry.

—Es casi un padre para mí —dijo Toowoomba—. Cuando me mudé a Sidney, no tenía más plan que procurar largarme tan lejos de casa como fuera posible. Literalmente, Andrew me recogió de la calle y empezó a entrenarme a mí y a un par de chicos más que también estaban perdidos. Fue Andrew quien me animó a ir a la universidad también.

—¡Caramba! ¿Otro boxeador universitario?

—Estudié inglés e historia. Mi sueño es enseñar algún día a mi pueblo. —Lo dijo con orgullo y convicción.

—Y mientras tanto te dedicas a darles unas monumentales palizas a los marineros borrachos y a los pueblerinos.

Toowoomba sonrió.

—Para salir adelante en este mundo uno necesita un capital inicial, y yo no tengo ilusiones de ganar mucho como profesor. Pero no boxeo solo contra aficionados. Este año me he inscrito en el campeonato de Australia.

—¿Para ganar el título que Andrew no consiguió?

Toowoomba alzó la copa para hacer un brindis.

—Tal vez.

Después del espectáculo, la gente empezó a marcharse. Birgitta había dicho que esa noche tenía una sorpresa para Harry y él esperaba impaciente que llegara la hora del cierre.

Toowoomba seguía sentado a la mesa. Había pagado su consumición y daba vueltas a la jarra de cerveza. De repente Harry tuvo la vaga sensación de que Toowoomba había venido a otra cosa, no solo a contar viejas historias.

—¿Han descubierto algo nuevo sobre el caso que le hizo venir aquí, Harry?

—No lo sé —contestó Harry con sinceridad—. A veces uno tiene la sensación de estar buscando con prismáticos y la solución se encuentra tan cerca que no se ve más que como algo borroso en la lente.

—O puede que uno esté boca abajo.

Harry le miró mientras vaciaba la jarra de un trago.

—Tengo que marcharme, Harry, pero déjeme contarle una historia que probablemente remedie su ignorancia sobre nuestra cultura. ¿Ha oído hablar sobre la serpiente negra?

Harry asintió con la cabeza. Antes de viajar a Australia, había leído sobre ciertos reptiles con los que había que andarse con cuidado. Si no recordaba mal, la serpiente negra no era demasiado grande, pero era muy venenosa.

—Tiene razón, pero según la fábula no siempre fue así. Hace mucho tiempo, en la edad del sueño, la serpiente negra era un animal inofensivo. En cambio, la iguana era venenosa y mucho más grande de lo que es hoy. Comía animales y seres humanos y, un buen día, el canguro convocó a todos los animales a una reunión para averiguar cómo podían acabar con esa voraz asesina, Mungoongali, la gran jefa de las iguanas. Ouyouboolooey, la serpiente negra, la pequeña e intrépida serpiente, asumió la tarea de inmediato.

Toowoomba prosiguió contando la historia un poco reclinado en la silla y con los ojos clavados en Harry.

—Los demás animales se reían de la pequeña serpiente y decían que haría falta alguien mayor y más fuerte para vencer a Mungoongali. «Esperad y veréis», dijo Ouyouboolooey, y reptó en dirección al campamento de la jefa de las iguanas. Al llegar saludó a aquella bestia enorme y le dijo que tan solo era una modesta serpiente, no particularmente sabrosa, que estaba buscando un lugar donde resguardarse de todos los animales que se burlaban de ella y la atormentaban. «Intenta no meterte en mi camino, o aún será peor para ti», repuso Mungoongali sin al parecer prestarle demasiada atención a la serpiente negra.

»A la mañana siguiente, Mungoongali se fue a cazar y Ouyouboolooey la siguió sigilosamente. Había un hombre sentado junto a una hoguera. Ni siquiera le dio tiempo a pestañear antes de que Mungoongali se acercara y le destrozara la cabeza con un tremendo y certero golpe. La iguana cargó al viajero sobre sus hombros y se lo llevó a su campamento, donde dejó su bolsa de veneno antes de disponerse a engullir la fresca carne humana. Rápida como un relámpago, Ouyoubooloooey dio un salto para coger la bolsa de veneno antes de desaparecer entre los matorrales. Mungoongali fue detrás de ella, pero no encontró a la pequeña serpiente. Cuando Ouyoubooloooey regresó, los animales seguían reunidos en asamblea.

»"¡Mirad!", gritó abriendo la boca para que todos pudieran ver la bolsa de veneno. Todos los animales se reunieron a su alrededor y la felicitaron por haberles librado de Mungoongali. Cuando los demás se hubieron marchado, el canguro se acercó a Ouyoubooloooey para decirle que ya podía escupir el veneno al río para que todos pudieran dormir tranquilos en el futuro. Sin embargo, Ouyoubooloooey respondió mordiendo al canguro hasta que este cayó paralizado al suelo.

»"Siempre me habéis despreciado, pero ahora me toca a mí", le dijo Ouyoubooloooey al canguro moribundo. "Mientras tenga este veneno en mi poder, jamás volveréis a acercaros a mí. Los demás animales no sabrán que tengo el veneno y creerán que yo, Ouyoubooloooey, soy su salvadora y protectora. Así podré vengarme de cada uno de vosotros tranquilamente." Y entonces empujó al canguro al río, donde desapareció. Ella regresó a los matorrales reptando. Y allí se encuentra actualmente. Entre los matorrales.

Toowoomba se llevó la jarra a los labios, pero ya estaba vacía; se levantó.

—Se ha hecho tarde.

Harry también se levantó.

—Gracias por la historia, Toowoomba. Me marcharé en breve y, por si no le vuelvo a ver, le deseo suerte con el campeonato. Y con sus planes de futuro.

Cuando Toowoomba le estrechó la mano tendida, Harry se preguntó cuándo iba a aprender. Se la dejó como un trozo de carne machacado.

—Espero que averigües por qué está borrosa la lente —dijo Toowoomba.

Ya se había marchado cuando Harry comprendió a lo que se refería.

24

El gran tiburón blanco

El vigilante le dio una linterna a Birgitta.

—Ya sabe dónde encontrarme, Birgitta. Tengan cuidado de que no se les coman —dijo, y volvió cojeando a su oficina.

Birgitta y Harry se adentraron en los pasillos oscuros y sinuosos del enorme edificio que alberga el acuario de Sidney. Eran casi las dos de la madrugada y Ben, el vigilante nocturno, les había dejado entrar.

La pregunta casual de Harry sobre por qué estaban apagadas todas las luces había dado pie a una detallada explicación por parte del anciano vigilante.

—Lógicamente, así se ahorra electricidad, pero eso no es lo más importante; lo más importante es que les hacemos saber a los peces que es de noche. Al menos esa es mi opinión. Antes apagábamos la luz con un interruptor normal y se podía sentir el shock cuando de repente todo se quedaba en la más completa oscuridad. Una especie de susurro atravesaba todo el acuario; el sonido de cientos de peces buscando un lugar donde esconderse o nadando a ciegas y con pánico.

Ben bajó la voz de modo teatral e imitó el zigzag de los peces con las manos.

—Durante varios minutos se oían chapoteos y había olas en el agua. Y algunas especies, como la caballa, se volvían locas cuando se iba la luz, chocaban contra los cristales y se morían. Así que empezamos a usar potenciómetros, que bajan la luz de manera gradual, como ocurre en la naturaleza. Con el tiempo las enfermedades de los peces disminuyeron. La luz indica al cuerpo cuándo es de día y cuándo es de noche y, personalmente, creo que los peces necesitan llevar un ritmo natural para no estresarse. Al igual que nosotros cuentan con un reloj biológico y no debe interferirse en él. Sé que algunos criadores del barramundi en Tasmania, por ejemplo, les ponen más luz a los peces en otoño. Los engañan para que piensen que el verano continúa y así pongan más huevas.

—Ben se enrolla como una persiana cuando la conversación gira en torno a determinados temas —explicó Birgitta—. Casi le gusta tanto hablar con la gente como con sus peces.

Ella había trabajado en el acuario a tiempo parcial durante los últimos dos veranos y había entablado una buena amistad con Ben, el cual afirmaba llevar en el acuario desde su apertura.

—Por la noche aquí hay un silencio sepulcral —dijo Birgitta—. ¡Qué calma! ¡Mira! —Alumbró la pared de cristal donde una morena amarilla y negra se deslizaba fuera de su cueva mostrando una fila de dientes pequeños y afilados. Casi al fondo del pasillo iluminó a dos rayas que nadaban como a cámara lenta tras el verde cristal—. ¿No es precioso? —susurró con ojos brillantes—. Es como un ballet sin música.

Harry tenía la sensación de estar andando de puntillas en un dormitorio. Los únicos sonidos eran sus pasos y el regular borboteo de los acuarios.

Birgitta se detuvo junto a un gran panel de vidrio.

—Aquí tenemos a Matilda de Queensland, la *saltie* del acuario —dijo apuntando el cono de luz hacia el cristal.

Había un tronco reseco en una orilla artificial. Un trozo de madera flotaba en la piscina.

—¿Qué es un *saltie*? —preguntó Harry mientras intentaba echarle el ojo a algo con vida.

En ese preciso instante, el trozo de madera abrió un par de ojos verdes brillantes. Alumbraban como reflejos en la oscuridad.

–Es un cocodrilo que vive en aguas saladas, a diferencia del *freshie*. Los cocodrilos de agua dulce se alimentan de peces y no hay que temerlos.

–¿Y los *salties*?

–Debes temerlos, sin duda. Muchos de los predadores supuestamente peligrosos atacan a los seres humanos solo cuando se sienten amenazados, se asustan o invades su territorio. Un *saltie*, en cambio, es un animal muy poco complicado. Solo quiere tu carne. En las zonas pantanosas del norte, los cocodrilos matan a varios australianos todos los años.

Harry se inclinó hacia el panel de vidrio.

–¿Esas cosas no despiertan… eh… cierta antipatía? En ciertas partes de la India exterminaron a los tigres con la excusa de que se comían a los bebés. ¿Por qué no han exterminado a esos antropófagos?

–La mayoría de la gente tiene una actitud tan relajada con los cocodrilos como con los accidentes de tráfico. Bueno, más o menos. Si quieres carreteras tienes que contar con que alguien morirá en ellas, ¿no? Bien, si quieres cocodrilos, es lo mismo. Esos bichos se comen a la gente. Es así y punto.

Harry se estremeció. Matilda había vuelto a cerrar los ojos de un modo parecido a las tapas de los faros de un Porsche. Ni la más mínima onda en el agua indicaba que aquel trozo de madera que había tras el cristal a medio metro de él en realidad se componía de dos toneladas de músculos, dientes y mal humor.

–Sigamos –dijo Harry.

–Aquí tenemos a Mr. Bean –dijo Birgitta iluminando un pequeño lenguado de color marrón claro–. Es una *fiddler ray*, es decir, una raya violinista, que es como llamamos a Alex, el del bar. Inger le llamaba Mr. Bean.

–¿Por qué Fiddler Ray?

–No sé. Le llamaban así antes de que yo empezara a currar allí.

–Es un nombre gracioso. ¿Se supone que le gusta quedarse quieta en el fondo del mar?

—Sí, y por eso debes tener mucho cuidado cuando te bañas. Es venenosa y te pica si la pisas.

Bajaron por una escalera sinuosa hasta uno de los grandes depósitos.

—Estos depósitos no son un acuario propiamente dicho; lo que hicieron fue cerrar una parte de Port Jackson —dijo Birgitta mientras entraban.

Una luz tenue y verdosa procedente del techo creaba unos haces ondulantes y a Harry le dio la sensación de encontrarse bajo la típica bola de cristal de las discotecas. Solo cuando Birgitta enfocó hacia arriba con la linterna, él se percató de que estaban rodeados de agua por todas partes. Se encontraban, literalmente, en un túnel de cristal que pasaba por debajo del mar, y la luz que el agua filtraba provenía del exterior. Una gran sombra se deslizó junto a ellos y él se encogió de modo instintivo.

—*Mobulidae* —dijo ella—. La raya diablo.

—¡Dios mío, es enorme! —susurró Harry.

Toda ella formaba un único movimiento ondulante, como una descomunal cama de agua, y a Harry le entró sueño de solo mirarla. Acto seguido la raya se giró de costado, les saludó y se alejó flotando por el oscuro mundo acuático como un fantasma negro.

Se sentaron en el suelo y Birgitta sacó de la mochila una manta, dos copas, una vela y una botella de vino tinto sin etiqueta. Un regalo de un amigo que trabajaba en una bodega de Hunter Valley, explicó ella mientras la abría. Se tumbaron juntos sobre la manta y contemplaron el agua.

Era como yacer en un mundo del revés; como mirar el interior de un cielo inverso con peces de todos los colores y extrañas criaturas que algún individuo de imaginación demasiado viva se hubiera inventado. Un pez azul brillante con una inquisitiva cara de luna permanecía quieto justo por encima de ellos mientras sus aletas abdominales vibraban.

—¿No es maravilloso observar el tiempo que se toman y la aparente falta de sentido de sus actividades? —susurró Birgitta—. ¿Puedes sentir cómo frenan el tiempo? —Colocó una mano fría en la garganta de Harry y apretó levemente–. ¿Sientes cómo tu pulso casi deja de latir?

Harry tragó saliva.

–No tengo ningún inconveniente en que el tiempo pase lentamente. Y menos en este momento –dijo él–. Y los próximos días.

Birgitta presionó con más fuerza.

–No hablemos de eso –dijo ella.

–A veces pienso: «Harry, en realidad no eres tan estúpido». Por ejemplo, me doy cuenta de que Andrew siempre habla de los aborígenes como «ellos» y que se refiere a su pueblo en tercera persona. Por tanto, yo ya había entendido gran parte de su historia antes de que Toowoomba me proporcionase los detalles. Más o menos imaginaba que Andrew no se había criado entre los suyos; que, en realidad, él no pertenece a ningún lugar, sino que flota en la superficie y observa las cosas desde allí. Igual que ahora nosotros observamos un mundo del que no podemos formar parte. Tras la conversación con Toowoomba entendí algo más. Al nacer, Andrew no recibió el don del orgullo natural de pertenecer a un pueblo y, por tanto, tuvo que crearse uno. Al principio pensé que se avergonzaba de sus hermanos, pero ahora entiendo que está lidiando contra su propia vergüenza.

Birgitta suspiró. Harry continuó:

–A veces pienso que entiendo algo, y un instante después vuelvo a estar sumido en un mar de confusiones. No me gusta estar confuso, no tolero la confusión. Por eso habría preferido no tener la habilidad de observar los detalles o poseer la habilidad de componer un cuadro que tenga sentido.

Se giró hacia Birgitta y sepultó su cara en el cabello de la joven.

–Es una faena por parte de Dios el que le haya dado a un hombre tan poco inteligente esa capacidad de observación tan grande –concluyó Harry mientras intentaba acordarse de algo que olía igual que el pelo de Birgitta. Pero hacía tanto tiempo que debía de haberlo olvidado.

—¿Y qué ves? —preguntó ella.

—Que todos intentan llamar mi atención sobre algo que no entiendo.

—¿Como qué?

—No lo sé. Son como las mujeres. Me cuentan historias que significan otra cosa. Probablemente resulte muy evidente lo que hay entre líneas, pero como ya te he dicho no poseo la habilidad de leerlo. ¿Por qué las mujeres no llamáis a las cosas por su nombre? Sobrevaloráis la capacidad de interpretación de los hombres.

—¿Y yo tengo la culpa de eso? —dijo ella riéndose y haciendo como si fuera a pegarle.

El eco se propagó por el túnel subacuático.

—¡Chsss! No vayas a despertar al gran tiburón blanco.

Birgitta tardó un poco en percatarse de que Harry no había tocado su copa de vino.

—Una copita no hace ningún daño, ¿no? —dijo ella.

—Sí —dijo Harry—. Puede hacer daño. —La abrazó con una sonrisa—. Pero no hablemos de eso.

La besó y ella emitió un largo y entrecortado suspiro, como si llevara una eternidad esperando aquel beso.

Harry se despertó de golpe. No sabía de dónde había venido la luz verdosa del agua, si era la luna que brillaba en el cielo de Sidney o los grandes focos de la orilla, pero se había apagado. Aun así, tenía la sensación de que le observaban. Cogió la linterna que había al lado de Birgitta y la encendió; la joven estaba desnuda y tapada por parte de la manta y tenía cara de satisfacción. Él dirigió la luz hacia la pared de vidrio.

Al principio pensó que veía su propio reflejo. Sin embargo, sus ojos se fueron acostumbrando a la claridad y notó cómo su corazón empezaba a latir con fuerza. El tiburón blanco estaba a su lado y lo miraba con unos ojos fríos y sin vida. Harry exhaló y el vidrio se empañó delante del rostro pálido y acuoso; el espectro de un hombre ahogado, tan grande que parecía llenar todo el depósito. Sus dientes sobresalían de la boca y parecían dibujados por un niño: blancos puñales dispuestos en zigzag en dos hileras sin encías.

A continuación se elevó flotando, con sus ojos mortecinos fijos en él, clavándole su mirada de odio; un espectro blanco que se alejó del cono de luz con movimientos lentos y ondulantes que parecían interminables.

25

Mr. Bean

—O sea que se irá pronto...

—Pues sí.

Harry colocó la taza de café en su regazo pues no sabía muy bien dónde ponerla.

McCormack se levantó del escritorio y empezó a dar vueltas delante de la ventana.

—¿Cree que aún estamos lejos de la solución? ¿Cree que se trata de un psicópata que se esconde entre la multitud, un asesino sin rostro que mata por impulso sin dejar huellas? ¿Que solo nos cabe esperar y desear que cometa algún error la próxima vez que ataque?

—Yo no he dicho eso, señor. Simplemente pienso que no puedo aportar nada más en este caso. Además me han llamado de Oslo para decirme que me necesitan allí.

—De acuerdo. Les informaré de su buen comportamiento, Holy. Tengo entendido que están considerando ascenderle en su país.

—Todavía nadie me ha dicho nada, señor.

—Tómese el resto del día libre para hacer un poco de turismo por Sidney antes de marcharse, Holy.

—Antes haré las comprobaciones pertinentes con Alex Tomaros, señor.

McCormack se quedó mirando por la ventana una Sidney nublada y sofocante de calor.

—A veces añoro mi casa, Holy. Al otro lado del hermoso mar.

—¿Señor?

—Kiwi. Soy un kiwi, Holy. Así llaman a la gente de Nueva Zelanda por aquí. Mis padres vinieron a Australia cuando yo tenía diez años. Allá la gente se trata de forma más amable. Al menos, así es como lo recuerdo.

—Todavía faltan varias horas para abrir —dijo una mujer gruñona con la fregona en la mano.

—Está bien. Tengo una cita con el señor Tomaros —dijo Harry preguntándose si la mujer se dejaría convencer por una placa de la policía noruega.

No fue necesario. Ella abrió la puerta lo suficiente para que Harry pudiera entrar. Olía a cerveza rancia y a detergente. Extrañamente, el Albury, vacío y a plena luz del día, parecía más pequeño.

Encontró a Alex Tomaros, alias Mr. Bean, alias Fiddler Ray, en el despacho que había detrás de la barra. Harry se presentó.

—¿En qué puedo ayudarle, señor Holy?

Hablaba rápido y con un acento inconfundible, característico de los extranjeros aunque lleven muchos años en un país.

—Gracias por recibirme aunque le avisara con tan poca antelación, señor Tomaros. Sé que han venido otros a hacerle muchas preguntas y, por tanto, no le voy a quitar mucho tiempo, solo…

—Está bien. Como puede ver, tengo bastantes cosas que hacer. La contabilidad, sabe usted…

—Comprendo. Veo en su declaración que la noche en que Inger Holter desapareció usted estuvo aquí haciendo la caja. ¿Había alguien más con usted?

—Si hubiera leído los papeles con más detalle, estoy seguro de que habría visto que estaba solo. Yo siempre estoy solo… —Harry examinó el arrogante rostro de Alex Tomaros y su boca babeante; te creo, pensó— haciendo la caja. Completamente solo. Si me diera la gana, podría haber defraudado varios cientos de miles de dólares sin que nadie se diera cuenta.

—Por tanto, técnicamente hablando, usted no tiene coartada.

Tomaros se quitó las gafas.

—Técnicamente hablando, llamé a mi madre a las dos de la madrugada para decirle que ya había acabado y que iba de camino a casa.

—Técnicamente hablando, le habría dado tiempo a hacer muchas cosas entre la una, cuando cerró el bar, y las dos, señor Tomaros. No le estoy diciendo que sea sospechoso de nada…

Tomaros le miró sin pestañear.

Harry hojeó su cuaderno de notas fingiendo que buscaba algo.

—Por cierto, ¿por qué llamó usted a su madre? ¿No es un poco raro llamar a alguien a las dos de la mañana para darle un mensaje así?

—A mi madre le gusta saber dónde estoy. La policía ha hablado con ella, así que no entiendo por qué tenemos que volver a pasar por esto otra vez.

—Usted es griego, ¿no?

—Soy australiano y llevo viviendo aquí veinte años. Ahora mi madre es ciudadana australiana. ¿Algo más? —Mantenía bien el control.

—Usted mostraba un interés personal por Inger Holter. ¿Cómo reaccionó cuando ella le rechazó?

Tomaros se lamió los labios y estuvo a punto de decir algo, pero desistió. Volvió a sacar la lengua. Como la de una serpiente, pensó Harry. Una serpiente negra y pequeña que todos desprecian y consideran inofensiva.

—La señorita Holter y yo hablamos de salir a cenar, si se refiere a eso. Ella no fue la única a quien invité a cenar. Puede usted preguntar a cualquiera. A Cathrine y Birgitta, por ejemplo. Para mí es importante tener una buena relación con mis empleados.

—¿«Sus» empleados?

—Bueno, técnicamente hablando soy…

—El encargado del bar. Bueno, señor encargado del bar, ¿qué le pareció que viniera por aquí el novio de la señorita Holter?

Las gafas de Tomaros empezaron a empañarse.

—Inger tenía una buena relación con muchos de sus clientes, así que me resultaba imposible saber cuál de ellos era su novio. ¿O sea que tenía novio? Mejor para ella…

Harry no necesitaba ser psicólogo para notar que su indiferencia era fingida.

—¿Quiere decir que usted no tenía ni idea de con quién mantenía ella una estrecha relación, Tomaros?

Él se encogió de hombros.

—Con el payaso, por supuesto, pero los intereses de ese van en otra dirección…

—¿El payaso?

—Otto Rechtnagel, un cliente habitual. Ella solía darle comida para…

—¡El perro! —gritó Harry.

Tomaros dio un salto en la silla. Harry se levantó y golpeó la mesa con el puño.

—¡Ahora lo entiendo! Ayer le dieron una bolsa a Otto. ¡Eran restos de comida para el perro! Ahora recuerdo que dijo que tenía un perro. La noche que se fue a casa Inger dijo a Birgitta que llevaba restos de comida para el perro, y todo el tiempo hemos supuesto que eran para el perro de su casero. Sin embargo, el demonio de Tasmania es vegetariano. ¿Sabe de qué eran los restos? ¿Sabe dónde vive Rechtnagel?

—Por Dios, ¿cómo lo voy a saber? —preguntó horrorizado Tomaros, que había retrocedido con la silla hasta la librería que tenía detrás.

—De acuerdo, escúcheme. Mantenga la boca cerrada sobre esta conversación, ni siquiera se la mencione a su querida madre. Si no, volveré y le cortaré la cabeza. ¿Comprendido, Mr. Be… señor Tomaros?

Alex Tomaros se limitó a asentir con la cabeza.

—Y ahora quiero que me preste un teléfono.

El ventilador de la sala chirriaba desagradablemente, pero nadie parecía notarlo. La atención de todo el mundo estaba dirigida a

Yong, que había colocado en el proyector una transparencia con un mapa de Australia. En el mapa Yong había puesto puntos rojos rodeados de datos.

—Estos son los lugares y el momento de las violaciones y los asesinatos que con seguridad ha perpetrado nuestro hombre —dijo él—. Hemos intentado encontrar una pauta geográfica o temporal sin éxito. Ahora parece que Harry la ha encontrado.

Yong colocó otra transparencia sobre la primera con el mismo mapa. Esta tenía unos puntos azules que cubrían casi todos los rojos de la transparencia anterior.

—¿Qué es esto? —preguntó Watkins impaciente.

—Está sacado de la lista de espectáculos de la feria Australian Travelling Showpark y muestra dónde se encontraban en las fechas en cuestión.

El ventilador proseguía con sus lamentos, pero por lo demás reinaba un silencio sepulcral en la sala de reuniones.

—¡Dios mío, lo tenemos! —exclamó Lebie.

—La probabilidad de que se trate de una casualidad es, estadísticamente, de uno entre cuatro millones. —Yong sonrió.

—Espera, espera, ¿a quién estamos buscando? —interrumpió Watkins.

—Estamos buscando a este hombre —dijo Yong colocando la tercera transparencia. Desde la pantalla les miraban un par de ojos tristes enmarcados en un rostro fofo y pálido con una cauta sonrisa—. Harry les puede contar quién es.

Harry se levantó.

—Este es Otto Rechtnagel, un payaso profesional de cuarenta y dos años que ha viajado con la Australian Travelling Showpark durante los últimos diez años. Cuando no viaja con la feria, vive solo en Sidney y trabaja por su cuenta. Ahora ha puesto en marcha un pequeño grupo circense que actúa en la ciudad. Al parecer no tiene antecedentes; hasta la fecha no ha estado bajo sospecha por delitos sexuales y es considerado un tipo jovial y tranquilo, aunque algo excéntrico. El quid de la cuestión está en que él conocía a la fallecida. Era un cliente habitual en el bar donde trabajaba Inger

Holter y con el tiempo se habían hecho buenos amigos. La noche en que fue asesinada, ella probablemente se dirigía a la casa de Otto Rechtnagel con comida para su perro.

—¿Comida para el perro? —Lebie se rió—. ¿A la una y media de la madrugada? Le tocaría también algo a nuestro payaso, imagino.

—Acabas de señalar el punto extravagante del asunto —dijo Harry—. Otto Rechtnagel ha mostrado la apariencia de un perfecto homosexual desde que tenía diez años.

El dato provocó murmullos en torno a la mesa.

Watkins resopló.

—¿Está afirmando que un homosexual como ese puede haber matado a siete mujeres y violado a un número seis veces mayor?

McCormack entró en la sala de reuniones. Ya le habían informado de los nuevos descubrimientos.

—Si toda tu vida has sido un gay feliz con solo amigos gays, tal vez no sea extraño que la aparición de un par de tetas bien puestas haga que tu nabo se sobresalte un poco. Joder, vivimos en Sidney, la única ciudad del mundo donde son los heterosexuales quienes están en el armario.

La risa estruendosa de McCormack ahogó las carcajadas de Yong, que reía de tal modo que sus ojos se habían convertido en dos finas líneas.

No obstante, Watkins no se dejó llevar por el buen humor. Se rascó la cabeza.

—En todo caso aquí hay un par de cosas que no cuadran. ¿Por qué alguien que se ha mostrado tan frío y calculador todo el tiempo de repente se pone al descubierto? Invitar a una víctima a su casa de esta manera… quiero decir, él no podía saber si Inger le contaría a alguien adónde iba. En ese caso, ella nos conduciría directamente a él. Además, todas las demás víctimas parecen escogidas al azar. ¿Por qué iba a alterar esa pauta y elegir a una chica que conoce?

—Lo único que sabemos de ese cabrón es que no tiene ninguna pauta clara —dijo Lebie soplando sobre uno de sus anillos—. Al contrario, parece que le gusta la variación. Con la excepción de que las víctimas son chicas rubias —añadió a la vez que se limpiaba el anillo con la manga de la camisa—, y a menudo son estranguladas después.

—Uno entre cuatro millones —repitió Yong.

Watkins suspiró.

—De acuerdo, me rindo. Tal vez nuestras plegarias han sido escuchadas. Tal vez él haya cometido un error garrafal.

—¿Qué van a hacer ahora? —preguntó McCormack.

Harry tomó la palabra

—Dudo que Otto Rechtnagel esté en casa. Esta noche estrena un nuevo espectáculo con su compañía circense en Bondi Beach. Propongo que vayamos a verle actuar y le detengamos inmediatamente después de la función.

—Veo que a nuestro colega noruego le gusta un poco de drama —dijo McCormack.

—Si interrumpimos la función, enseguida tendremos encima a los medios de comunicación, señor.

McCormack asintió lentamente con la cabeza.

—¿Watkins?

—Estoy conforme, señor.

—Vale. Deténganlo, chicos.

26

Otro paciente

Andrew se había tapado con el edredón hasta la barbilla y parecía que yacía en la capilla ardiente. La hinchazón de los costados de la cara había adquirido un interesante espectro de colores y su rostro se retorció de dolor al intentar sonreír a Harry.

—¡Caray! ¿Tanto te duele sonreír? —preguntó Harry.

—Me duele todo. Me duele hasta el simple hecho de pensar.

En su mesilla había un ramo de flores.

—¿De una admiradora secreta?

—Llámalo como quieras. Se llama Otto. Mañana viene a visitarme Toowoomba y hoy estás tú aquí. Es agradable sentirse querido.

—También te he traído un regalo. Disfrútalo cuando nadie te vea.

Harry le mostró un puro enorme y negro.

—Ah, Maduro. Por supuesto. De parte de mi querido *rubio* noruego.

A Andrew se le iluminó el rostro y se rió con todo el cuidado que pudo.

—Andrew, ¿cuánto tiempo hace que nos conocemos?

Andrew acarició el puro como si fuera un gatito.

—Debe de hacer una semana, colega. Pronto seremos como hermanos.

—¿Y cuánto tiempo hace falta para conocer a alguien de verdad?

–Bueno, Harry, no se tarda necesariamente mucho en conocer los senderos más transitados del gran bosque oscuro. Algunas personas tienen caminos rectos y bonitos con farolas y señales de tráfico. Parece que te lo cuentan todo. Pero en esos casos nunca des nada por supuesto. Porque los animales del bosque no los encuentras en los caminos iluminados, sino en la periferia, entre los matorrales y los zarzales.

–¿Y cuánto tiempo tardas en conocerlos?

–Depende de quién. Y del bosque. Algunos bosques son más oscuros que otros.

–¿Y cómo es tu bosque? –preguntó Harry.

Andrew escondió el puro en el cajón de la mesilla de noche.

–Oscuro. Como un puro Maduro. –Miró a Harry–. Pero está claro que eso ya lo has averiguado…

–Pues sí, he hablado con un amigo tuyo que ha arrojado algo de luz sobre quién es Andrew Kensington.

–Entonces sabes de qué hablo. De no dejarse engañar por los caminos iluminados. No obstante, tú también tienes algunas zonas oscuras, así que no será necesario que te lo explique.

–¿A qué te refieres?

–Digamos que puedo reconocer a un hombre que ha dejado de hacer cosas. Como, por ejemplo, beber.

–Todo el mundo puede hacer eso –murmuró Harry.

–Todo lo que haces deja huellas, ¿verdad? La vida que has vivido la llevas escrita para quienes sepan leer.

–¿Y tú sabes leer?

Andrew puso su enorme mano sobre el hombro de Harry. A Harry le pareció que se había reanimado con una rapidez asombrosa.

–Me caes bien, Harry. Eres mi amigo. Creo que sabes de qué va el asunto, así que no busques en el lugar equivocado. Tan solo soy uno de muchos millones de almas solitarias que intentan vivir en este mundo. Intento sobrevivir sin cometer demasiados errores. A veces incluso me siento lo bastante a gusto como para intentar hacer el bien. Eso es todo. No soy importante aquí, Harry. Entenderme a mí no lleva a ninguna parte. Joder, ni siquiera yo tengo especial interés en averiguar demasiado sobre mí mismo.

—¿Por qué no?

—Cuando tu bosque es tan oscuro que ni tú mismo lo conoces bien, quizá sea mejor no explorar demasiado. Es fácil caerse por un precipicio.

Harry asintió y se quedó mirando las flores del jarrón.

—¿Crees en la casualidades?

—Bueno —dijo Andrew—. La vida consiste en una serie continua de casualidades completamente improbables. Cuando compras un número de lotería y tienes por ejemplo el 822531, la probabilidad de que gane justo ese número es de una entre un millón.

Harry asintió.

—Lo que me mortifica —dijo— es que a mí me ha tocado ese número demasiadas veces seguidas.

—¿En serio? —Andrew se incorporó en la cama con un gemido—. Cuéntaselo al tío Andrew.

—Lo primero que sucede cuando llego a Sidney es que me dicen que, en realidad, no iban a asignarte este caso, pero que tú insististe en investigar el asesinato de Inger Holter y que, además, pediste expresamente trabajar conmigo, el extranjero. Ya entonces debería haberme hecho unas cuantas preguntas. Lo siguiente que haces es presentarme a uno de tus amigos con la excusa de ver una función de circo más o menos divertida para matar el tiempo. De los cuatro millones de habitantes de Sidney, mi primera noche aquí conozco a un tipo. ¡Un tipo! Cuatro millones contra uno. El mismo tipo además vuelve a aparecer; incluso hacemos una apuesta muy personal de cien dólares, pero lo que quiero decir es que aparece en el bar donde trabajaba Inger Holter y resulta que la conoce. ¡También cuatro millones contra uno! Y mientras estrechamos el cerco sobre un probable asesino, Evans White, me sales con un contacto que vio a White, uno de los dieciocho millones de seres humanos de este continente, ¡un contacto que casualmente se encontraba en Nimbin la misma noche del asesinato!

Andrew parecía absorto en sus pensamientos. Harry continuó:

—Por tanto, también tiene lógica que me proporciones la dirección del pub del que casualmente los miembros de la panda de Evans White son clientes habituales, para que bajo presión puedan corroborar la historia que, al parecer, todos quieren que crea: que White no tiene nada que ver.

Entraron dos enfermeras y una de ellas sujetó la parte inferior de la cama. La otra dijo, de modo amable pero decidido:

—Lo lamento, pero la hora de visitas ya ha concluido. El señor Kensington tiene que hacerse un electroencefalograma y le están esperando los médicos.

Harry se inclinó sobre el oído de Andrew.

—En el mejor de los casos soy un hombre de inteligencia media, Andrew. No obstante, entiendo que hay algo que intentas decirme. Simplemente no comprendo por qué no me lo puedes decir a la cara, ni para qué me necesitas. ¿Alguien te tiene pillado, Andrew?

Caminaba a toda prisa junto a la cama mientras las enfermeras la introducían por el vano de la puerta y enfilaban el pasillo. Andrew había dejado caer la cabeza en la almohada y tenía los ojos cerrados.

—Harry, dijiste que los blancos y los aborígenes habían llegado, más o menos, a la misma historia acerca del origen de los primeros seres humanos en la tierra porque sacamos las mismas conclusiones de las cosas que desconocemos, que nuestro razonamiento es prácticamente congénito. Por un lado, es probable que sea la mayor estupidez que he oído jamás, pero por otro espero que tengas razón. Y en ese caso solo hace falta cerrar los ojos y ver…

—¡Andrew!

Harry le hablaba en voz baja al oído. Se habían detenido ante un ascensor y una de las enfermeras abrió la puerta.

—¡No me jodas, Andrew! ¿Me oyes? ¿Es Otto? ¿Otto es Bubbur?

Andrew abrió los ojos.

—¿Cómo…?

—Le detendremos esta noche, Andrew. Después de la función.

—¡No!

Andrew se incorporó, pero una de las enfermeras le empujó con cuidado, pero con determinación, para que volviera a tenderse sobre la cama.

—El médico le ha dicho que tiene que guardar reposo absoluto, señor Kensington. Recuerde que ha sufrido una conmoción cerebral muy grave. —Se volvió hacia Harry—: A partir de aquí no puede acompañarnos.

Andrew hizo un esfuerzo para levantarse otra vez.

—¡Todavía no, Harry! Dame dos días. Todavía no. ¡Prométeme que vais a esperar dos días! Váyase a la mierda, enfermera.

Golpeó la mano que intentaba recostarlo a la fuerza.

Harry asía la cama desde la cabecera. Se inclinó y susurró de modo rápido e intenso, casi escupiendo las palabras:

—De momento, aparte de mí nadie sabe que Otto te conoce, pero lógicamente es cuestión de tiempo que salga a la luz. Se preguntarán cuál es tu papel en todo esto, Andrew. Yo no puedo impedir esta detención a menos que me des una razón jodidamente buena.

Andrew agarró a Harry del cuello de la camisa.

—¡Fíjate bien, Harry! ¡Utiliza los ojos! Mira… —comenzó a decir, pero desistió y su cabeza volvió a caer sobre la almohada.

—¿Que mire qué? —preguntó Harry, pero Andrew ya había cerrado los ojos y le indicaba que se fuera con una mano.

De repente parece muy viejo y pequeño, pensó Harry. Viejo, pequeño y negro en una cama grande y blanca.

Una de las enfermeras apartó a Harry de modo brusco y lo último que vio antes de que se cerraran las puertas del ascensor fue la mano grande y negra de Andrew aún despidiéndose.

27

Una ejecución

Una fina capa de nubes había cubierto el sol vespertino por encima de la colina que había detrás de Bondi Beach. La playa se estaba quedando vacía y hacia ellos fluía una multitud de surfistas con los labios y la nariz blancos por la crema solar, culturistas que se contoneaban al andar, chicas con los vaqueros recortados montadas en patines, famosos de segunda clase quemados por el sol y bellezas playeras con implantes de silicona; en resumidas cuentas, la *beautiful people*, los guapos y al menos en apariencia exitosos jóvenes que frecuentaban la playa más glamurosa y famosa de Australia. Campbell Parade, el bulevar donde las tiendas de moda, los pequeños y atractivos hoteles y los sencillos pero desorbitadamente caros restaurantes se erigían uno junto al otro, se convertía en ese momento en un lugar bullicioso. Los deportivos descapotables avanzaban lentamente en fila, y aceleraban el motor con rugidos de impaciencia mientras sus conductores observaban las aceras a través de los oscuros espejos de sus gafas de sol.

Harry pensó en Kristin.

Recordó la ocasión en que Kristin y él viajaban con Interrail y se apearon del tren en Cannes. Estaban en temporada alta y no había una sola habitación a un precio razonable en toda la ciudad. Llevaban mucho tiempo viajando y prácticamente se les había acabado el dinero. No tenían presupuesto para pasar una noche en uno de los muchos hoteles de lujo. Por tanto, averiguaron cuál era el siguiente tren a París, guardaron sus mochilas en una taquilla de la estación y se fueron andando a La Croisette. Recorrieron el paseo arriba y abajo observando a la gente y a los animales –todos igual de guapos y ricos–, y a los yates impresionantes con tripulación propia, los botes enganchados a la popa y las plataformas de aterrizaje para helicópteros situadas en cubierta; después de aquello juraron votar a los socialistas el resto de su vida.

El paseo les dio tanto calor que decidieron darse un baño. Tenían los bañadores y las toallas en las mochilas, así que hubieron de bañarse en ropa interior. A Kristin no le quedaban bragas limpias y llevaba uno de los resistentes calzoncillos de Harry. Se lanzaron al mar Mediterráneo entre tangas caros y joyas aparatosas, riendo felizmente con sus blancos calzoncillos.

Harry recordó que después se tumbó en la arena boca arriba y se puso a mirar a Kristin, que llevaba una camiseta atada por la cintura mientras se quitaba el mojado y pesado calzoncillo. Le gustaba la visión de su piel luminosa, las gotas de agua que brillaban al sol, la camiseta que, al subirse, descubría un muslo largo y bronceado, los contornos suaves de sus caderas; le divertían las miradas de los franceses, cómo ella le había mirado y le había pillado in fraganti, cómo le había sonreído mientras se ponía los vaqueros, con una mano debajo de la camiseta fingiendo subir la cremallera, pero la había dejado allí, quieta, y había levantado la cabeza y cerrado los ojos... mientras se pasaba la lengua por los labios de modo provocativo, y luego se había abalanzado sobre él sin parar de reírse a carcajadas.

Luego cenaron en la terraza de un restaurante muy caro con vistas al mar. Tras ponerse el sol, permanecieron en la playa abrazados mientras Kristin lloraba de lo bonito que era. Decidieron alojarse en el hotel Carlton e irse sin pagar la cuenta. Tal vez se saltarían los dos días que tenían pensado pasar en París.

Siempre que pensaba en Kristin, lo primero que le venía a la cabeza era aquel verano. Había sido muy intenso y, visto con perspectiva, era fácil afirmar que se debía a la sensación de inminente separación que flotaba en el aire. Pero Harry no recordaba haber pensado en eso en aquel momento.

Ese mismo otoño Harry se fue a la mili y, antes de Navidad, Kristin conoció a un músico con el que se marchó a Londres.

Harry, Lebie y Watkins estaban en una terraza situada en la esquina de Campbell Parade con Lamrock Avenue. A esas horas de la tarde su mesa se hallaba a la sombra, aun así no era tan tarde como para que resultase llamativo llevar gafas de sol. Las americanas parecían bastante más fuera de lugar debido al calor que hacía, pero la alternativa era llevar camisa de manga corta y dejar la pistolera a la vista. No hablaron mucho, se limitaban a esperar.

En el paseo marítimo que había entre la playa y Campbell Parade se ubicaba el teatro St. George, un bonito edificio amarillo donde Otto Rechtnagel actuaría en breve.

—¿Ha usado antes un Browning Hi-Power? —preguntó Watkins.

Harry negó con la cabeza. Cuando le habían dado el arma en el depósito, le habían enseñado cómo cargarla y ponerle el seguro. Eso había sido todo. No habría problemas. Harry tampoco se imaginaba que Otto fuera a sacar una ametralladora para coserlos a balazos.

Lebie miró el reloj.

—Es hora de ponerse en marcha —dijo.

Las gotas de sudor rodeaban su cabeza como una corona.

—Bien, último repaso: después del número final, cuando todos salgan al escenario a saludar al público, Harry y yo entramos por la puerta que hay junto al escenario. He pedido al conserje que la deje abierta. También ha puesto un gran letrero en la puerta del camerino de Rechtnagel. Nos quedamos fuera hasta que llegue Rechtnagel y le detenemos allí mismo. Le ponemos las esposas y no sacamos ningún arma a menos que se produzca algún incidente. Salimos por la puerta trasera, donde habrá un vehículo de la policía esperándonos. Lebie se quedará en la sala y cuando salga Rechtnagel nos dará una señal por walkie-talkie. También nos avisará si Rechtnagel se huele algo e intenta huir por la sala hacia la entrada principal. Dirijámonos a nuestras posiciones y recemos para que haya aire acondicionado.

La pequeña e íntima sala del teatro St. George estaba atestada y al levantarse el telón se creó un gran ambiente. En realidad el telón no se levantó, sino que cayó al suelo. Los payasos se quedaron mirando confusos al techo desde donde, sin previo aviso, el telón se había desprendido. Discutieron con muchos aspavientos antes de apresurarse a quitar el telón del escenario mientras se tropezaban entre sí y saludaban al público con el sombrero pidiendo disculpas. Se oyeron risas y clamores cariñosos. Parecía que en la sala había bastantes amigos y conocidos de los actores. Despejaron el escenario, lo convirtieron en un patíbulo y, acompañado por una marcha fúnebre y monótona interpretada por un único tambor, Otto hizo su entrada en el escenario.

Al ver la guillotina, Harry entendió de inmediato que se trataba de una variante del mismo número que había visto en el Powerhouse. Al parecer, esa noche le tocaba el turno a la reina, pues Otto llevaba un vestido de gala rojo con una peluca blanca larguísima y el rostro empolvado. El verdugo también había cambiado de vestuario: llevaba un traje negro ajustado con unas enormes orejas y una suerte de membrana bajo los brazos que le hacían parecer un demonio.

O un murciélago, pensó Harry.

Alzaron la cuchilla de la guillotina y colocaron una calabaza antes de soltar la afilada hoja. Con un golpe seco, esta se precipitó hasta la base de la guillotina como si no hubiera calabaza alguna. El verdugo levantó triunfal las dos piezas de la enorme hortaliza mientras el público voceaba y silbaba. Tras unas escenas desgarradoras en que la reina lloraba y pedía clemencia mientras intentaba en vano insinuarse al hombre de negro, la mujer fue arrastrada hasta la guillotina mientras pataleaba con las piernas asomando por debajo del vestido para gozo del público.

Alzaron la cuchilla de nuevo y el tambor empezó a tocar un redoble que aumentó en intensidad a la vez que se atenuaban las luces del escenario.

Watkins se inclinó hacia delante.

—Vaya, ¿también se carga a las rubias en el escenario?

El redoble prosiguió. Harry miró alrededor: la gente estaba en ascuas; algunos se inclinaban hacia delante con la boca abierta, mientras que otros se tapaban los ojos. Durante generaciones la gente se había dejado encantar y horrorizar por la misma escena. Como respuesta a sus pensamientos, Watkins se volvió a acercar a él:

—La violencia es como la Coca-Cola y la Biblia. Un clásico.

El redoble continuaba y Harry se dio cuenta de que tardaban demasiado. La primera vez que vio el espectáculo habían soltado antes la cuchilla. El verdugo estaba inquieto, daba saltos hacia delante mirando la parte superior de la guillotina, como si algo no fuera bien. De repente, sin que al parecer nadie hubiera hecho nada, la cuchilla bajó a toda velocidad. Harry se quedó paralizado instintivamente y un suspiro atravesó la sala cuando la cuchilla alcanzó el cuello. El tambor se detuvo de repente y la cabeza cayó al suelo haciendo un ruido sordo. Reinó un silencio ensordecedor hasta que alguien emitió un grito desde algún lugar delante de Watkins y Harry. La conmoción se extendió por toda la sala y Harry frunció los ojos para intentar ver a través de la penumbra qué estaba sucediendo. Lo único que vio fue cómo el verdugo retrocedía.

—Dios mío —susurró Watkins.

Del escenario surgió el sonido de unas palmas. Entonces Harry lo vio. Del cuello del vestido del decapitado sobresalía su columna vertebral como una culebra blanca que movía lentamente la cabeza. De aquel agujero abierto brotaba sangre de modo intermitente que iba a parar al suelo del escenario.

—¡Él sabía que veníamos de camino! —susurró Watkins—. ¡Él sabía que vendríamos! ¡Incluso se ha vestido como una de sus jodidas víctimas de violación! —Se inclinó sobre la cara de Harry—. ¡Joder, Holy! ¡Joder!

Harry no sabía por qué razón de pronto le invadieron las náuseas. ¿Por la sangre, por el mal gusto de haber usado «jodidas» delante de «víctimas de violación» o simplemente por el mal aliento de aquel hombre?

En unos instantes se formó un charco rojo sobre el que el verdugo resbaló cuando, en un aparente estado de shock, se acercó a recoger la cabeza. Cayó al suelo con un ruido seco y dos payasos acudieron al escenario mientras gritaban al unísono:

—¡Enciendan la luz!

—¡Suban el telón!

Otros dos payasos aparecieron corriendo con el telón y los cuatro se quedaron mirándose entre sí y luego al techo. Se oyó un grito entre bastidores. El panel de las luces empezó a echar chispas y se oyó un estruendo antes de que la sala se oscureciese por completo.

—Esto huele mal, Holy. ¡Venga conmigo!

Watkins agarró el brazo de Harry y se puso en pie para abrirse camino.

—Siéntese —susurró Harry tirando de él hacia la butaca.

—¿Cómo?

Se encendió la luz y el escenario, que segundos antes era un completo caos de sangre, cabezas, guillotinas, payasos y telones, ya estaba despejado, a excepción del verdugo y de Otto Rechtnagel, quien permanecía al borde del escenario con la rubia cabeza de la reina bajo el brazo. Fueron acogidos con un grito de júbilo desde la sala que ellos agradecieron con profundas reverencias.

—Vaya, que me aspen —dijo Watkins.

28

El cazador

Durante la pausa, Watkins se permitió tomarse una cerveza.

—Ese primer número casi me mata —dijo—. No paro de temblar. Tal vez deberíamos detener a ese cabrón ahora mismo. Me está poniendo nervioso tanta espera.

Harry se encogió de hombros.

—¿Por qué? No irá a ninguna parte y no sospecha nada. Sigamos adelante con el plan.

Watkins pulsó de modo discreto el walkie-talkie para comprobar que seguía manteniendo el contacto con Lebie, que se había quedado sentado en la sala por si acaso. El coche de policía ya se encontraba junto a la puerta trasera.

Harry tuvo que admitir que los nuevos detalles técnicos incorporados al espectáculo eran eficaces. Sin embargo, seguía cavilando sobre el motivo que habría llevado a Otto a sustituir a Luis XVI por aquella mujer rubia que nadie podía identificar con precisión. Seguramente contaba con que Harry utilizaría las entradas gratis y estaría presente en la sala. ¿Tal vez era su manera de jugar con la policía? Harry había leído que no era inusual que los asesinos en serie adquiriesen más seguridad a medida que pasaba el tiempo y no los pillaban. ¿O tal vez se tratase de una forma de suplicar que alguien le detuviese? Lógicamente, también cabía la posibilidad de que tan solo fuera una función de circo que se había modificado un poco.

Sonó una campana.

—Vamos allá —dijo Watkins—. Espero que no tengan previsto matar a nadie más esta noche.

Durante el segundo acto, Otto salió a escena con paso ligero y disfrazado de cazador; llevaba una pistola en la mano y miraba entre unos árboles que habían arrastrado al escenario sobre ruedas. Se oía un trino de pájaros, que Otto intentó imitar a la vez que apuntaba a las ramas de los árboles. Sonó un disparo seco y un aro de humo salió de la pistola mientras algo negro caía del árbol e impactaba contra el suelo del escenario con un golpe suave. El cazador se agachó y, sorprendido, levantó ¡un gato negro! Otto hizo una profunda reverencia y abandonó el escenario entre algunos aplausos aislados.

—No lo he pillado —susurró Watkins.

Probablemente Harry habría disfrutado de la función si no se hubiera sentido tan tenso. Estaba más atento al reloj que a lo que sucedía en el escenario. Además, algunos números contenían sátiras políticas del país y Harry no las captaba, mientras que por lo visto al público le encantaban. Al fin sonó la música, las luces parpadearon y todos los actores salieron al escenario.

Harry y Watkins pidieron disculpas a las personas de su fila que tuvieron que levantarse para que ellos pudieran salir al pasillo y correr hacia la puerta contigua al escenario. Estaba abierta y accedieron a un pasillo semicircular de detrás del escenario. Al fondo del pasillo encontraron la puerta con el cartel «Otto Rechtnagel, payaso» y se detuvieron a esperar. La música y la ovación con pataleo del público hacían temblar las paredes. En ese instante se oyó el susurro del walkie-talkie de Watkins. Lo sacó del bolsillo.

—¿Ya? —preguntó—. Todavía hay música en el escenario. Cambio. —Abrió los ojos de par en par—. ¡¿Cómo?! ¡Repita! Cambio.

Harry se percató de que algo iba mal.

—Permanezca sentado mirando y no pierda de vista la puerta del escenario. ¡Cambio y corto!

Watkins volvió a meter el walkie-talkie en el bolsillo interior y sacó el arma de la pistolera que llevaba colgada del hombro.

—¡Lebie no ve a Rechtnagel en el escenario!

—Tal vez no le reconozca. Es que utilizan muchísimo maquillaje cuando…

—Ese cerdo no está en el escenario —repitió él a la vez que tiraba del picaporte de la puerta del camerino, pero estaba cerrada—. Maldita sea, Holy, me huelo lo peor. ¡Joder!

El pasillo era estrecho, así que Watkins apoyó la espalda contra la pared al tiempo que le daba una patada a la puerta. Después de tres patadas la puerta cedió al punto que salieron volando varias astillas. En el camerino no había nadie y flotaba un vapor blanco. El suelo estaba mojado. El agua y el vapor procedían de una puerta entreabierta que, al parecer, daba al cuarto de baño. Se colocaron a ambos lados de la puerta. Harry también había sacado su pistola e intentaba encontrar el seguro con el dedo.

—¡Rechtnagel! —gritó Watkins—. ¡Rechtnagel!

No hubo respuesta.

—Esto no me gusta —susurró entre dientes.

Harry había visto tantas series de detectives que a él tampoco le gustaba el asunto. Los grifos abiertos y los gritos a los que nadie contestaba presagiaban espectáculos muy edificantes.

Watkins señaló a Harry con el dedo índice y a la ducha con el pulgar. A Harry le apetecía mucho responderle con el dedo corazón, pero comprendió que no le quedaba más remedio que entrar. Abrió la puerta de una patada, dio dos pasos hacia el calor achicharrante y en un momento estaba empapado. Ante él vislumbró una cortina de ducha. La abrió bruscamente con la pistola.

Nada.

Al cerrar el grifo se quemó el brazo y soltó un par de tacos en noruego. Cuando retrocedió para ver mejor a través del vapor que empezaba a disiparse, sus zapatos chapotearon en el agua.

—¡Aquí no hay nada! —gritó.

—Maldita sea, ¿por qué hay tanta agua?

—El desagüe está atascado. Un momento.

Harry metió la mano donde le pareció que debía de estar el desagüe. Al hurgar en el agujero dio con un objeto suave y liso que lo bloqueaba. Lo agarró y lo sacó. Notó cómo las arcadas le subían por la garganta. Tragó saliva e intentó respirar con normalidad, pero de pronto tuvo la sensación de que el vapor que había inhalado iba a asfixiarle.

—¿Qué pasa? —preguntó Watkins.

Miraba desde la puerta a Harry, que estaba agachado dentro de la ducha.

—Creo que he perdido una apuesta y que le debo cien dólares a Otto Rechtnagel —dijo Harry en voz baja—. Al menos a lo que queda de él.

Más tarde Harry recordaría el resto de los sucesos del teatro St. George como a través de una neblina, como si el vapor de la ducha de Otto se hubiese extendido y colado por todas partes: en el pasillo, desdibujando la silueta del conserje mientras intentaba abrir el cuarto de atrezos; a través del ojo de la cerradura, creando un filtro rojizo sobre el espectáculo que les esperaba tras forcejear con la puerta y ver la guillotina que goteaba sangre; metiéndose en los conductos auditivos, donde el sonido de los gritos se volvió extrañamente confuso y sordo cuando no pudieron evitar que los otros actores entraran y vieran a Otto Rechtnagel esparcido por toda la habitación.

Habían arrojado sus extremidades por todas partes como si se tratara de los brazos y las piernas de una muñeca. Las paredes y el suelo estaban salpicados de sangre viscosa y real que, con el tiempo, se coagularía tornándose negra. Sobre el banco de la guillotina yacía un cuerpo sin miembros, un torso de carne y sangre con los ojos abiertos de par en par, una nariz de payaso y la boca y las mejillas embadurnadas de pintalabios.

A Harry el vapor se le había pegado a la piel, así como a la boca y al paladar. Vio salir de la niebla a Lebie, que se dirigía hacia él como a cámara lenta y le susurró en voz baja al oído:

—Andrew ha desaparecido del hospital.

29

Birgitta desnuda

Alguien debía de haber engrasado por fin el ventilador, puesto que giraba con regularidad y casi no hacía ruido.

—La única persona a la que los policías del coche vieron salir por la puerta trasera fue el actor de negro que hacía de verdugo, ¿lo he entendido bien?

McCormack había convocado a todos a una reunión en su despacho.

Watkins asintió con la cabeza.

—Sí, señor. Tendremos que esperar a ver qué dicen los demás actores y los conserjes. Están prestando declaración en estos momentos. El asesino o bien entró por la puerta del escenario abierta, o se coló por la puerta trasera antes de que llegase el coche de la policía.

Dio un suspiro.

—El conserje dice que durante la función la puerta trasera estaba cerrada. Por tanto, el asesino debía de tener llave, o alguien le dejó entrar, o bien se coló con los actores sin que nadie se diera cuenta y se escondió en algún sitio. Luego debió de llamar a la puerta del camerino justo después de la escena con el gato, cuando Otto se estaba preparando para el final. Es probable que lo anestesiara (el equipo forense ha encontrado rastros de éter dietílico), al menos eso esperamos, o en el camerino o después, en el cuarto de atrezos —añadió Watkins—. Fuera como fuere, debe de ser un cabrón despiadado. Tras descuartizarlo se llevó su órgano sexual cortado, volvió al camerino y abrió los grifos para que la gente que fuera a buscar a Otto creyese que se estaba duchando.

McCormack carraspeó.

—¿A qué se debe la guillotina? Hay maneras más sencillas de matar a un hombre…

—Bueno, señor, supongo que se le ocurrió usar la guillotina sobre la marcha. Dudo que supiera que iban a meterla en el cuarto de atrezos durante la pausa.

—El tío está enfermo, muy enfermo. —Lebie parecía hablarles a sus uñas.

—¿Y las puertas? Se supone que todas estaban cerradas. ¿Cómo entraron en el cuarto de atrezos?

—Hablé con el conserje —dijo Harry—. Como era el jefe de la compañía, Otto tenía en su camerino un juego de llaves. Ha desaparecido.

—¿Y qué hay de su traje de… diablo?

—Estaba en una caja al lado de la guillotina, con la cabeza suelta y la peluca, señor. El asesino se lo puso como disfraz después del homicidio. También fue muy astuto por su parte. Y difícilmente había sido planeado de antemano.

McCormack apoyó la cabeza en sus manos.

—¿Usted qué dice, Yong?

Yong había estado dándoles a las teclas del ordenador mientras los demás hablaban.

—Olvidemos por un momento al diablo vestido de negro —dijo—. La lógica indica que el asesino es uno de los actores.

Watkins resopló sonoramente.

—Déjeme acabar, señor —dijo Yong—. Estamos buscando a alguien que conoce el espectáculo, de modo que sabía que Otto no actuaría más después del gato y que, por tanto, no le echarían en falta en el escenario hasta el final, unos veinte minutos más tarde. Un actor tampoco habría tenido que entrar a escondidas. Dudo que una persona ajena hubiera conseguido pasar inadvertida. Es muy probable que al menos uno de vosotros lo hubiera visto al entrar por la puerta contigua al escenario.

Los demás no pudieron sino asentir con la cabeza.

—Además he hecho algunas comprobaciones y he averiguado que tres de los actores de la compañía también formaron parte de la Australian Travelling Showpark. Eso significa que esta noche había tres personas más que también estuvieron en los lugares de los crímenes en las fechas correspondientes. Tal vez Otto solo fuera un hombre inocente que sabía demasiado. Así pues busquemos donde existen posibilidades de encontrar algo. Propongo que empecemos con los actores en vez de buscar a un fantasma de la ópera que en estos momentos ya debe de estar en el quinto pino.

Watkins meneó la cabeza.

—No podemos obviar lo evidente: un desconocido que abandona el lugar de los hechos con un disfraz que se guardaba junto al arma del crimen. Es imposible que no tenga nada que ver con el asesinato.

Harry asintió.

—Creo que podemos olvidarnos del resto de los actores. Primero porque nada cambia el hecho de que Otto haya podido violar y matar a todas aquellas chicas. Existen muchas causas por las que alguien quiera matar a un asesino en serie. Por ejemplo, la persona en cuestión puede estar involucrada de una u otra forma. Quizá supiera que Otto estaba a punto de ser detenido por la policía y no se quiso arriesgar a que confesara y le implicara. En segundo lugar, no es seguro que el asesino supiera de antemano de cuánto tiempo disponía, pudo haber obligado a Otto a que le dijera cuándo volvía a salir al escenario. Y en tercer lugar: ¡escuchad a vuestra intuición! —Cerró los ojos—. Lo veis, ¿no? El tío con el traje de murciélago es nuestro hombre. ¡Narahdarn!

—¿Cómo? —dijo Watkins.

McCormack se rió entre dientes.

—Al parecer nuestro amigo noruego ha ocupado el vacío que ha dejado nuestro querido detective Kensington —observó.

—Narahdarn —repitió Yong—. El símbolo de la muerte de los aborígenes, el murciélago.

—Hay otro tema que me inquieta —continuó McCormack—. El tipo se esfuma por la puerta trasera en medio de la función sin que nadie se dé cuenta y en diez pasos se planta en una de las calles más frecuentadas de Sidney donde, sin duda, desaparece en pocos segundos. Aun así se toma su tiempo para ponerse un disfraz que no hará otra cosa que llamar la atención. Pero también evitará que tengamos una descripción de él. Parece que supiera que había un coche de la policía junto a la puerta trasera. Pero ¿cómo es posible?

Se hizo el silencio.

—Por cierto, ¿cómo le va a Kensington en el hospital? —preguntó McCormack, cogiendo un caramelo que comenzó a masticar pausadamente.

La habitación continuó en silencio. Tan solo se oía el ventilador.

—Ya no está allí —dijo Lebie por fin.

—¡Caramba! Ha tenido lo que se dice una convalecencia breve —dijo McCormack—. Bueno, mejor así. Necesitaremos todos los efectivos posibles cuanto antes, porque les aseguro una cosa: los payasos descuartizados provocan mayores titulares que las chicas violadas. Y como siempre les digo, los que creen que podemos pasar de los periódicos se equivocan. En este país los periódicos ya han causado el despido de varios jefes de policía. O sea, que si no quieren que me echen a patadas de aquí, ya saben lo que hay que hacer. Pero antes váyanse a casa a descansar un poco. ¿Sí, Harry?

—Nada, señor.

—De acuerdo. Buenas noches.

Esa noche era diferente. Las cortinas de la habitación del hotel no estaban corridas. Birgitta se desnudó delante de él en la penumbra de las luces de neón de King's Cross.

Él estaba tumbado en la cama mientras ella dejaba caer una prenda tras otra en medio de la habitación al tiempo que le miraba fijamente con ojos serios, casi melancólicos. Birgitta tenía los brazos y las piernas largos, y se veía delgada y blanca como la nieve bajo la luz pálida. La ventana entornada dejaba pasar el zumbido de una vida nocturna intensa, los coches, las motos, las máquinas tragaperras con sonidos de organillo y la contundente música disco. Y como ruido de fondo, como grillos humanos, el sonido de conversaciones a voces, gritos indignados y risas bulliciosas.

Birgitta se desabrochó la blusa, no de modo consciente ni sensual, pero sí con lentitud. Solo se desnudaba.

Para mí, pensó Harry.

Ya la había visto desnuda antes, pero esa noche era diferente. Estaba tan guapa que a Harry se le formó un nudo en la garganta. Antes no entendía su pudor; por qué no se quitaba la camiseta y las bragas hasta estar debajo de las mantas, ni por qué se tapaba con una toalla cuando se levantaba de la cama para ir al cuarto de baño. Poco a poco fue entendiendo que no se trataba de que fuera tímida o de que sintiera vergüenza de su cuerpo, sino de ponerse en evidencia. Se trataba de construir algo con tiempo y emociones, de construir un pequeño nido de seguridad: eso era lo único que a él le proporcionaría derechos. Por eso, esa noche era diferente. Había algo de ritual en su desnudo, como si ella quisiera mostrar con su desnudez lo vulnerable que era. Mostrar que se atrevía a desnudarse porque confiaba en él.

Harry sintió cómo le latía el corazón: por una parte, porque se sentía orgulloso y feliz de que aquella mujer fuerte y bella le diera esa prueba de confianza, y por otra, porque sentía pavor de no mostrarse digno de su confianza. Pero ante todo, porque tenía la sensación de que todo lo que pensaba y sentía era transparente y que todo el mundo lo veía iluminado por el letrero de neón rojo, luego azul y después verde. Que al desnudarse ella también le desnudaba a él.

Después de desprenderse de la ropa, Birgitta se quedó de pie y su piel blanca pareció iluminar la habitación.

—Ven —dijo él con una voz más ronca de lo que esperaba, y apartó la sábana, pero ella no se movió.

—Mira —susurró—. Mira.

30

Gengis Kan

Eran las ocho de la mañana y Gengis Kan seguía durmiendo cuando la enfermera accedió a que Harry entrara en su habitación del hospital. Él abrió los ojos cuando Harry hizo ruido con la silla a fin de acercarla a la cama.

–Buenos días –dijo Harry–. Espero que haya dormido bien. ¿Se acuerda de mí? Soy el que estaba sobre la mesa con dificultades respiratorias.

Gengis Kan emitió un gemido. Tenía una venda grande y blanca alrededor de la cabeza y parecía bastante menos agresivo que cuando se había inclinado sobre Harry en el Cricket.

Harry sacó una pelota de críquet del bolsillo.

–Acabo de hablar con su abogado. Me ha dicho que no piensa denunciar a mi compañero.

Harry se pasó la pelota de una mano a otra.

–Considerando que usted estaba a punto de matarme, es lógico que me hubiera sentado mal que encima denunciara al tipo que me salvó. Sin embargo, su abogado al parecer piensa que tiene argumentos para apoyar su defensa. En primer lugar, afirma que usted no me atacó, sino que me separó de su amigo, al quse yo estaba a punto de causar graves lesiones. En segundo lugar, afirma que usted tuvo mucha suerte al acabar solo con una fractura craneal en vez de muerto por el impacto de esta bola de críquet.

Lanzó la bola al aire y la atrapó justo delante de la cara del pálido príncipe guerrero.

—¿Y sabe qué? Estoy de acuerdo. Una bola arrojada directamente a la cara desde unos cuatro metros de distancia... fue un verdadero milagro que sobreviviera usted. El abogado me ha llamado hoy al trabajo para saber exactamente cuál fue el curso de los acontecimientos. Opina que hay razones para exigir una indemnización, al menos si usted sufre daños prolongados. Su abogado pertenece a esa variedad de buitres que se adjudican una tercera parte de la indemnización, pero me imagino que ya se lo habrá contado. Le pregunté por qué no había podido convencerle para que presentara la demanda. Él piensa que es una cuestión de tiempo. Así que ahora me pregunto: ¿es solo una cuestión de tiempo, Gengis?

Gengis negó suavemente con la cabeza.

—No. Por favor, váyase —gorgoteó débilmente.

—Pero ¿por qué no? ¿Qué puede perder? Si se queda inválido, un caso así supone mucho dinero. Recuerde que no demandaría a un pobre individuo sin recursos, sino al mismísimo Estado. He averiguado que hasta ahora incluso ha logrado mantenerse más o menos limpio. ¿Quién sabe? Un jurado tal vez le dé la razón y le convierta en millonario. ¿Ni siquiera va a intentarlo?

Gengis no contestó; se limitó a mirar a Harry con unos ojos achinados y melancólicos bajo las vendas blancas.

—Me estoy cansando de venir a este hospital, Gengis, y seré breve. Su ataque me causó dos costillas rotas y un pulmón dañado. Puesto que no llevaba uniforme, no mostré la placa ni estaba llevando a cabo una misión que me hubiera encargado el departamento de policía y, además, como Australia está un tanto fuera de mi jurisdicción, la fiscalía ha llegado a la conclusión de que desde un punto de vista jurídico actué en calidad de individuo particular y no como funcionario público. Eso implica que yo puedo decidir si le denuncio por ataque violento o no, lo cual nos lleva de nuevo a sus relativamente limpios antecedentes. Resulta que usted tiene pendiente una sentencia de seis meses por agresión física, ¿no? Si añadimos seis meses por esto, hablamos de un año. Un año a cambio de contarme... —se inclinó hacia el oído que sobresalía como una seta roja de la cabeza vendada de Gengis Kan y gritó—: ¡QUÉ COJONES ESTÁ PASANDO!

Harry se volvió a sentar en la silla.

—Entonces ¿qué me dice?

31

Una señora gorda

De espaldas a Harry, McCormack miraba por la ventana con los brazos cruzados y una mano apoyada en la barbilla. La densa niebla del exterior había borrado los colores y paralizado los movimientos de tal modo que la vista parecía una foto borrosa de la ciudad en blanco y negro. El silencio fue interrumpido por un repiqueteo. Al cabo de unos segundos Harry advirtió que McCormack tamborileaba con las uñas sobre sus dientes.

—Así que Kensington conocía a Otto Rechtnagel. ¿Y usted lo ha sabido todo el tiempo?

Harry se encogió de hombros.

—Sé que debería haber avisado antes, señor. Pero no me parecía…

—… que fuera asunto suyo contar a quién conoce o no conoce Andrew Kensington. Está bien. No obstante, Kensington se ha largado del hospital, nadie sabe dónde está y usted empieza a tener sospechas…

Harry asintió en dirección a la espalda de McCormack.

Este observaba a Harry a través del reflejo en el cristal. Luego se dio media vuelta para encararlo.

—Usted parece un poco… —completó el giro y de nuevo le dio la espalda— nervioso, Holy. ¿Hay algo que le inquiete? ¿Tiene algo más que decirme?

Harry negó con la cabeza.

El piso de Otto Rechtnagel estaba situado en Surry Hills; exactamente en el camino que va del Albury al piso de Inger Holter en Glebe. Una mujer enorme obstruía la escalera cuando ellos llegaron.

—He visto el coche. ¿Son de la policía? —preguntó con una voz estridente y gruñona, y añadió sin esperar respuesta—: Ya oyen ustedes al perro. Lleva así desde esta mañana.

Oyeron unos ladridos roncos procedentes de detrás de la puerta en que se leía «Otto Rechtnagel».

—Ha sido muy triste lo del señor Rechtnagel, desde luego, pero ahora tendrán que llevarse a ese perro. No para de ladrar y nos va a volver locos a todos. No debería estar permitido tener perro aquí. Si ustedes no hacen nada, tendremos que… bueno, ya saben a lo que me refiero.

La mujer puso los ojos en blanco y gesticuló con sus dos gruesos brazos. Les llegó el olor a sudor agrio disimulado por perfume. Harry sintió una profunda antipatía hacia ella.

—Los perros saben —dijo Lebie deslizando dos dedos sobre la barandilla y examinando con desaprobación su dedo índice.

—¿A qué se refiere, joven? —preguntó la gorda con los brazos en jarras y sin mostrar intención de moverse.

—Sabe que su amo ha muerto, señora —dijo Harry—. Los perros tienen un sexto sentido para estas cosas. Llora la pérdida de su amo.

—¿Que llora la pérdida? —Les lanzó una mirada desconfiada—. ¿Un perro? ¡Vaya chorrada!

—¿Cómo reaccionaría usted si le cortaran los brazos y las piernas a su amo, señora? —Lebie miró a la mujer.

Ella se quedó con la boca abierta.

Cuando la casera se hubo quitado de en medio, probaron una por una las llaves que habían encontrado en el bolsillo del pantalón de Otto en el camerino. En el interior del piso los ladridos se habían convertido en gruñidos; el perro de Otto Rechtnagel seguramente notaba la presencia de extraños.

Cuando la puerta se abrió el bull terrier les esperaba en el vestíbulo, con las piernas en posición de ataque. Lebie y Harry se quedaron inmóviles, como para indicarle al gracioso perrito blanco que le correspondía a él dar el siguiente paso. Los gruñidos se transformaron en ladridos débiles antes de renunciar por completo a sus planes y retirarse discretamente al salón. Harry lo siguió.

La luz del día entraba a raudales por los amplios ventanales del salón, que a diferencia del resto del piso estaba amueblado de manera ostentosa: había un sofá rojo y sólido repleto de grandes cojines coloridos, enormes pinturas en las paredes y una mesa de cristal verde y baja, pero llamativa, en el centro. En las esquinas había dos leopardos de porcelana.

Sobre la mesa descansaba una pantalla de lámpara fuera de lugar.

El perro estaba metiendo el hocico en un charco situado en medio del salón. Sobre él había dos zapatos de caballero suspendidos en el aire. Olía a orina y excrementos. Harry siguió con la mirada el zapato y el calcetín y vio la piel negra entre este y el pantalón. Dejó vagar su mirada más allá del pantalón, vio las enormes manos que colgaban sin vida y tuvo que hacer un esfuerzo para fijar la vista en la camisa blanca. No porque nunca hubiera visto a un hombre ahorcado, sino porque había reconocido los zapatos.

La cabeza descansaba sobre un hombro y el final del cable pendía sobre el pecho con una bombilla gris. El cable eléctrico estaba sujeto a un enorme gancho que había en el techo –del que probablemente antes colgaba una gran lámpara de araña– y enrollado tres veces alrededor del cuello de Andrew. Su cabeza casi tocaba el techo. Los ojos empañados y soñadores miraban al vacío y por la boca asomaba una lengua azulada como si se burlase de la muerte. O de la vida. En el suelo había una silla volcada.

–Joder –susurró Harry–. Joder, joder, joder.

Se dejó caer impotente sobre un sillón.

Lebie entró y lanzó un breve grito.

–Busque un cuchillo –dijo Harry–, y llame a una ambulancia. O a lo que se suela llamar en estos casos.

Desde donde Harry se hallaba sentado, el cuerpo suspendido de Andrew estaba a contraluz y constituía una silueta extraña y oscura contra la ventana. Harry rogó al Creador que colocase a otro hombre en el extremo del cable antes de que se levantara del sofá. Prometió que no le contaría el milagro a nadie. Hasta estaba dispuesto a rezar, si servía de algo.

Oyó unos pasos en el pasillo y a Lebie gritando en la cocina.

—¡Fuera de aquí, gorda asquerosa!

Después del funeral de su madre, Harry había pasado cinco días sin sentir nada, excepto el sentimiento de que debía sentir algo. Por eso se sorprendió cuando se hundió entre los cojines del sofá y notó que se le llenaban los ojos de lágrimas y que el llanto se abría paso por su garganta.

Tampoco era la primera vez que lloraba. Había sentido aquel nudo en la garganta cuando a solas en el cuarto de la base militar de Bardufoss leyó aquella carta de Kristin que decía «... es lo mejor que me ha pasado en toda la vida...». Por el contexto no se entendía si se refería al hecho de dejarlo a él o a haber conocido al músico inglés con quien se iba a marchar. Solo sabía que esa era una de las peores cosas que le habían pasado en la vida. No obstante, el llanto se le había quedado en algún punto de la garganta. Era como tener náuseas y estar a punto de vomitar.

Se levantó y alzó la mirada. Andrew no había sido sustituido por otro. Harry pensó en levantarse, dar unos pasos y poner en pie la silla para tener donde subirse cuando cortaran el cable, pero no fue capaz de moverse. Se quedó inmóvil hasta que Lebie entró con un cuchillo de cocina. Cuando Lebie le miró extrañado, Harry notó que unas cálidas lágrimas le caían por las mejillas.

Caramba, no es para tanto, pensó Harry extrañado.

Sin mediar palabra cortaron el cable, tumbaron a Andrew en el suelo y examinaron sus bolsillos. Llevaba dos manojos de llaves, uno pequeño y otro grande, así como una llave suelta que Lebie inmediatamente comprobó que correspondía a la cerradura de la puerta de entrada.

—No hay señales de violencia externa —dijo Lebie tras una breve inspección.

Harry desabrochó la camisa de Andrew. Llevaba un cocodrilo tatuado en el pecho. Luego le subió los pantalones y examinó sus piernas.

—Nada —dijo—. Nada de nada.

—Esperemos a ver qué dice el médico —dijo Lebie.

Harry volvió a notar las lágrimas y apenas consiguió encogerse de hombros.

32

Chatwick

Tal y como Harry había previsto, la actividad en la oficina era febril.

–Sale en Reuters –dijo Yong–. Associated Press ha enviado un fotógrafo. Además han llamado de la oficina del alcalde informando de que la NBC llevará un equipo de televisión para cubrirlo.

Watkins meneó la cabeza.

–Seis mil personas mueren en un tsunami en la India y las mencionan en una nota breve. Le cortan unos cuantos miembros a un payaso gay y se convierte en noticia mundial.

Harry les pidió que entraran a la sala de reuniones. Cerró la puerta.

–Andrew Kensington está muerto.

Watkins y Yong le miraron incrédulos. De modo breve y sin preámbulos, Harry les contó cómo habían encontrado a Andrew colgando del techo en el piso de Otto Rechtnagel.

Les miró a los ojos y les habló con voz firme.

–No os hemos llamado por teléfono para asegurarnos de que no hubiera filtraciones. Quizá de momento deberíamos mantener este asunto tapado.

Le sorprendió que le resultara más fácil hablar de eso como un asunto policial. Podía ser objetivo y sabía cómo tratarlo. Un cadáver, una causa de la muerte y una cadena de acontecimientos que ellos debían descubrir. Todo ello mantenía a la Muerte –aquella extraña a la que no sabía cómo afrontar– alejada, al menos por un tiempo.

–De acuerdo –dijo Watkins confuso–. Un poco de calma. No lleguemos a conclusiones precipitadas. –Se secó el sudor del labio superior–. Déjeme avisar a McCormack. ¡Joder, joder! ¿Qué has hecho, Kensington? Si la prensa se entera de esto…

Watkins desapareció por la puerta.

Los tres hombres que quedaban en la habitación permanecieron escuchando los lamentos del ventilador.

–Iba un poco a su bola, a veces colaboraba con la unidad de homicidios –dijo Lebie–. No es que fuera uno de los nuestros, pero aun así…

–Era un buen hombre –dijo Yong mirando al suelo–. Un buen hombre. Cuando empecé aquí, me ayudó. Era… un buen hombre.

McCormack estuvo de acuerdo en guardar silencio sobre lo sucedido. No parecía nada contento mientras andaba de un lado a otro de la habitación, los pasos más pesados que de costumbre y el ceño fruncido formando una V gris sobre su nariz.

Después de la reunión, Harry se sentó en la silla de Andrew y repasó sus notas. No eran gran cosa, tan solo algunas direcciones, un par de números de teléfono que resultaron ser de talleres de coches y algunos garabatos incomprensibles sobre un trozo de papel. Los cajones estaban prácticamente vacíos: tan solo había algunos artículos de oficina. A continuación, Harry examinó los dos manojos de llaves que habían encontrado en sus bolsillos. Uno de ellos llevaba las iniciales de Andrew en cuero, por lo que dedujo que se trataba de sus llaves particulares.

Cogió el teléfono y llamó a Birgitta. La joven se quedó muy impresionada e hizo un par de preguntas, pero luego dejó hablar a Harry.

–No lo entiendo –dijo Harry–. Se muere un tipo que solo hace una semana que conozco y me pongo a llorar como un niño. En cambio no fui capaz de derramar ni una lágrima por mi madre durante cinco días. Mi madre, ¡la mujer más maravillosa del mundo! ¿Dónde está la lógica?

—¿La lógica? —dijo Birgitta—. Dudo que tenga mucho que ver con la lógica.

—Bueno, solo quería que lo supieras. Por favor, no digas nada a nadie. ¿Vendrás a verme cuando salgas del trabajo?

Ella vaciló. Esperaba una llamada telefónica de Suecia esa noche. De sus padres.

—Es mi cumpleaños —dijo ella.

—Felicidades.

Harry colgó. Notaba una antigua sensación en el estómago.

Lebie y Harry se dirigieron a la casa de Andrew Kensington en Chatwick.

—La escena donde el hombre caza al pájaro… —empezó a decir Harry.

La oración quedó en suspenso mientras pasaban por dos semáforos.

—¿Decías…? —dijo Lebie.

—Nada. Estaba pensando en el espectáculo. La escena del pájaro me desconcierta. No tenía ningún sentido. Un cazador que cree estar cazando un pájaro y de repente se da cuenta de que la presa es un gato, es decir, un cazador cazado. Vale, ¿y qué?

Tras media hora en coche, llegaron a Sydney Road, una calle acogedora en un barrio agradable.

—¡Caray! ¿Seguro que no nos hemos equivocado? —dijo Harry cuando llegaron a la dirección que les había proporcionado el departamento de personal.

Era una gran casa de ladrillo con garaje doble y un cuidado césped con una fuente delante. Un sendero de gravilla llevaba a una enorme puerta de caoba. Cuando llamaron, abrió la puerta un chico. Este asintió con la cabeza cuando preguntaron por Andrew, y se señaló a sí mismo mientras se colocaba una mano sobre la boca para darles a entender que era mudo. A continuación, el chico les llevó a la parte trasera de la casa y les señaló una pequeña construcción de ladrillo que se alzaba en un extremo del enorme jardín. Si hubieran estado en una mansión inglesa, esa habría sido la casa del guarda.

—Nos gustaría entrar —dijo Harry percatándose de que articulaba en exceso, como si al chico también le pasara algo en los oídos—. Somos… éramos compañeros de Andrew. Andrew ha muerto.

Harry mostró el llavero de cuello de Andrew. El chico lo miró un momento confuso y resolló.

—Murió repentinamente la noche pasada —dijo Harry.

El chico permaneció quieto frente a ellos con los brazos colgando mientras sus ojos se empañaban lentamente. Harry pensó que debía de conocer mucho a Andrew. Le habían dicho que Andrew llevaba veinte años viviendo allí y, de repente, cayó en la cuenta de que el chico debía de haber crecido en la casa grande. Sin querer, Harry se los imaginó jugando a la pelota en el jardín, el hombre negro le daba dinero al niño para que se fuera a comprar un helado. Tal vez el policía de la casita le había prodigado consejos bienintencionados e historias más o menos verdaderas, y, cuando tuvo edad suficiente, habría descubierto cómo tratar a las chicas y cómo propinar un buen directo con la izquierda sin bajar la guardia.

—En realidad no es verdad. Éramos más que compañeros. Éramos sus amigos. Nosotros también —añadió Harry—. ¿Te parece bien que entremos?

El niño parpadeó, apretó la boca y asintió.

Lo primero que le llamó la atención cuando entraron en aquella pequeña vivienda de soltero fue lo limpia y ordenada que estaba. En el salón espartanamente amueblado no había ningún periódico tirado delante del televisor portátil, y en la cocina no había platos sucios esperando ser fregados. En el pasillo, los zapatos y las botas estaban colocados en fila con los cordones en el interior. Aquel orden tan estricto le recordaba algo.

En el dormitorio, la cama estaba impecablemente hecha, las sábanas blancas tan remetidas debajo del colchón que había que hacer verdaderas acrobacias para meterse en la cama. Harry había maldecido esa absurda manera de hacer la cama en su habitación de hotel. Echó un vistazo al cuarto de baño. En el estante sobre el lavamanos, dispuestos en perfecto orden, había una navaja de afeitar y jabón, aftershave, pasta dentífrica, cepillo de dientes y champú. Eso era todo. Ningún artículo extravagante, observó Harry, y de pronto cayó en la cuenta de que ese orden minucioso le recordaba a su propio piso desde que había dejado de beber.

De hecho, la nueva vida de Harry había empezado allí, con un sencillo ejercicio de disciplina consistente en que todo tenía su sitio, su estantería o su cajón, y que debía volver allí después de usarse. No había ni un bolígrafo fuera de lugar, ni un plomo gastado en la caja de fusibles. Además de resultar práctico, tenía un significado simbólico; para bien o para mal, utilizaba el nivel de caos de su piso como termómetro para medir el estado general de su vida.

Harry pidió a Lebie que revisara el armario y la cómoda del dormitorio y esperó a que saliera del baño para abrir el armarito contiguo al espejo. En los dos estantes superiores había apiladas en orden, como un almacén de cabezas de misil en miniatura, un par de docenas de jeringuillas desechables y estériles.

Gengis Kan no mentía al decir que Andrew era yonqui. En realidad Harry no había tenido dudas al respecto después de haberlo encontrado en el piso de Otto. Él sabía que en un clima que en general requiere camisas de manga corta o camisetas, un policía no puede ir por ahí con el antebrazo lleno de pinchazos. Por tanto, ha de pincharse en un lugar que no sea muy visible, por ejemplo en la pantorrilla. Y Andrew tenía acribilladas las pantorrillas y las corvas.

Que Gengis recordara Andrew siempre había sido cliente del hombre que tenía la voz como Rod Stewart. Según él, Andrew era la clase de persona que podía consumir heroína y seguir más o menos funcionando tanto profesional como socialmente.

—Tampoco es tan raro como la gente piensa —había dicho Gengis—. Pero cuando Speedy se enteró de que el tipo era policía, se volvió paranoico y quería pegarle un tiro. Pensaba que era un espía. Sin embargo, le quitamos la idea de la cabeza. El tío había sido uno de los mejores clientes de Speedy durante años. Jamás regateaba, pagaba al instante, era puntual, no hablaba, nunca mareaba. Jamás he visto ningún aborigen llevar tan bien una adicción. ¡Joder, jamás he visto a nadie llevar tan bien el jaco!

Nunca había visto, ni le habían dicho, que Andrew tratara con Evans White.

—White no tiene nada que ver con los clientes. Él es mayorista y punto. Aunque traficó algo en la zona de King's Cross durante una época, según me dijeron. No tengo ni idea de por qué, ya gana lo suficiente con lo otro. Al parecer lo dejó, por lo visto tuvo problemas con un par de putas.

Gengis había hablado sin rodeos. Más abiertamente de lo necesario a fin de salvar el pellejo. Incluso parecía que el asunto le divertía. Evidentemente, no temía que Harry fuera a por ellos, al menos mientras ellos contaran con uno de sus compañeros entre sus clientes.

—Salude a ese tío y dígale que si vuelve será bienvenido. No somos rencorosos —dijo Gengis con una sonrisa burlona—. Sean quienes sean, siempre acaban volviendo, ¿sabe? Siempre.

33

Un médico forense

El conserje del teatro St. George's se encontraba en la cantina y recordó a Harry de la noche anterior. Parecía aliviado.

—P-por fin alguien que no me va a dar la vara preguntando sobre cómo fue. No han parado de venir periodistas d-durante todo el día —dijo—. Aparte de sus compañeros del equipo forense, claro. Pero ellos hacen su trabajo y no nos m-molestan.

—Sí, tienen mucho trabajo.

—Pues sí. Apenas he dormido esta noche. Al final mi mujer me tuvo que dar una de sus p-pastillas para dormir. Nadie tendría que pasar por algo así. Pero supongo que ustedes ya están acostumbrados…

—Bueno, esta vez ha sido algo más fuerte de lo habitual.

—No sé si seré capaz de entrar en aquella habitación otra vez.

—Bueno, ya se le pasará.

—¡Qué va! Ni siquiera soy capaz de llamarlo el maldito cuarto de a-atrezos, digo ese cuarto. —El conserje movía la cabeza con desesperación.

—El tiempo lo cura todo —repuso Harry—. Créame, sé lo que me digo.

—Ojalá tenga razón, agente.

—Llámeme Harry.

—¿Un café, Harry?

Harry aceptó y colocó un manojo de llaves en la mesa que había entre ellos.

—¡Ah! ¡Aquí están! —dijo el conserje—. Es el manojo de llaves que Rechtnagel pidió prestado. Y-yo temía que no volviera a aparecer y que tuviéramos que cambiar todas las cerraduras. ¿Dónde lo encontró?

—En casa de Otto Rechtnagel.

—¿Cómo? ¡Si utilizó las llaves ayer por la noche! La puerta de su camerino…

—Usted no se preocupe de eso. Me pregunto si ayer había alguien más aparte de los actores entre bastidores.

—Pues sí. Veamos. El t-técnico de iluminación, los dos ayudantes de escenario y el técnico de sonido estaban allí. No había ningún ayudante de camerino ni maquilladores. No es una producción g-grande. Creo que ya está. Durante la función solo estaban los ayudantes de escenario. Y yo mismo, claro.

—¿Y no vio a nadie más?

—No —contestó el conserje con total seguridad.

—¿Alguien podría entrar de otro modo que no fuera por la puerta trasera o la puerta que hay junto al escenario?

—Bueno, hay un pasillo lateral en la galería. Pero ayer la galería estaba cerrada, aunque la puerta estaba abierta dado que el técnico de iluminación se coloca ahí. Hable con él.

Los ojos saltones del técnico de iluminación destacaban como los de un pez abisal que acabara de ser capturado.

—Sí, espere un momento. Antes de la pausa había un hombre allí. Si vemos que no se va a llenar el teatro vendemos entradas solo para el patio de butacas, pero tampoco era extraño que él se sentara allí. Aunque las entradas sean para la platea no se cierra la galería. Estaba solo en la última fila. Recuerdo que me sorprendió que quisiera sentarse allí, tan lejos del escenario. No había mucha luz, aun así le vi. Cuando regresé después de la pausa, se había ido, como ya he dicho.

—¿Es posible que fuera detrás del escenario por la misma puerta que usted?

–Bueno. –El técnico de iluminación se rascó la cabeza–. Supongo que sí. Si entró directamente al cuarto de atrezos incluso es posible que nadie le viera. De hecho, si lo pienso bien, el tipo no tenía muy buena pinta. Sí. Ahora me doy cuenta de que pasaba algo, algo que ha estado dándome vueltas en la cabeza, algo que no me cuadraba…

–Escúcheme –dijo Harry–. Le voy a mostrar una fotografía…

–Además había otra cosa relacionada con ese hombre…

–Vale, muy bien –le interrumpió Harry–, quisiera que imaginara al hombre que vio anoche, y cuando vea la foto no piense, solo diga lo primero que se le ocurra. Luego le daré algo más de tiempo y podrá cambiar de idea, pero ahora solo quiero comprobar su primera reacción. ¿De acuerdo?

–De acuerdo –dijo el técnico de iluminación abriendo de par en par sus ojos saltones; parecía una rana–. Estoy preparado.

Harry le enseñó la foto.

–¡Es él! –dijo rápido como una flecha.

–Tómese algo más de tiempo y dígame lo que piensa –dijo Harry.

–No hay duda. Eso era lo que intentaba decirle, agente, que el hombre era negro… un aborigen. ¡Ahí tiene a su hombre!

Harry estaba agotado. Hasta ese momento el día había sido muy largo y trataba de no pensar en lo que quedaba. Cuando un ayudante le condujo a la sala de autopsias, la pequeña y gruesa figura del doctor Engelsohn se hallaba inclinada sobre un cuerpo femenino grande y gordo que yacía en una especie de mesa de operaciones iluminada por grandes focos. Harry se dijo que ya había tenido bastantes gordas por ese día.

El malhumorado doctor Engelsohn parecía el típico científico loco. El escaso cabello que conservaba se le erizaba en todas las direcciones y su rubia barba crecía sin orden ni concierto.

–¿Sí?

Harry advirtió que Engelsohn se había olvidado de la conversación telefónica que habían mantenido unas horas antes.

—Me llamo Harry Holy. Le telefoneé para pedirle los primeros resultados de la autopsia de Andrew Kensington.

Incluso en aquella habitación, repleta de aromas extraños y de disolventes, Harry detectó el inconfundible aliento a ginebra.

—Ah, sí. Es verdad. Kensington. Un asunto lamentable. Hablé con él varias veces. Cuando estaba vivo, claro. Ahora no dice ni mu en ese cajón de ahí. —Engelsohn señaló hacia atrás con el pulgar.

—No lo dudo, doctor. ¿Y qué ha averiguado?

—Escúcheme, señor… ¿cómo se llamaba…? ¡Holy, es verdad! Aquí estamos ya un tanto saturados de cadáveres y todos quieren ser los primeros. No los cadáveres, claro, sino los investigadores. Pero deben respetar su turno. Esas son las reglas que tenemos, nada de colarse, ¿me entiende? Esta mañana, cuando llamó el gran jefe McCormack diciendo que hay que dar prioridad a un suicidio, me quedé perplejo. No llegué a preguntárselo a él, pero tal vez usted, señor Horgan, pueda decirme qué diablos tiene este Kensington para ser considerado tan especial…

Meneó la cabeza en señal de desprecio y le echó el aliento con olor a ginebra a Harry.

—Bueno, eso es lo que nos gustaría que usted nos dijera, doctor. ¿Es especial?

—¿Especial? ¿Qué quiere decir con «especial»? ¿Si tiene tres piernas, cuatro pulmones o pezones en la espalda?

Harry estaba exhausto. Lo que menos necesitaba en esos momentos era un médico forense alcoholizado poniendo trabas porque se sentía menospreciado. La gente con títulos universitarios superiores suelen ser más susceptibles que el resto de las personas.

—¿Había algo… inusual? —Harry formuló su pregunta de otro modo.

Engelsohn le examinó con los ojos un poco empañados.

—No. No había nada inusual. En absoluto.

El doctor siguió mirándolo sin dejar de balancear la cabeza y Harry comprendió que aún no había terminado de hablar. Tan solo había realizado una pausa retórica que a su cerebro ralentizado por el alcohol no le parecería tan exageradamente larga como a Harry.

—Para nosotros no es inusual —continuó diciendo el médico por fin— que los cadáveres estén hasta los topes de drogas. O de heroína, como en este caso. Lo inusual es que se trate de un policía, pero dado que pocas veces tenemos a alguno de sus colegas sobre la mesa, no me atrevo a decir hasta qué punto es inusual.

—¿Causa del fallecimiento?

—¿No ha dicho que fue usted quien lo encontró? ¿De qué cree usted que se muere uno cuando está colgando del techo con un cable alrededor del cuello? ¿De la tos ferina?

La sangre de Harry había empezado a hervir levemente, pero de momento mantenía la calma.

—¿Quiere decir que murió por falta de oxígeno, no de sobredosis?

—Bingo, Horgan.

—De acuerdo. La siguiente pregunta es a qué hora falleció.

—Digamos que en algún momento entre la medianoche y las dos de la madrugada.

—¿No puede ser más preciso?

—¿Le haría feliz si le dijera la una y cuatro minutos? —La cara colorada del doctor estaba enrojeciendo aún más—. Bueno, digamos la una y cinco minutos.

Harry respiró hondo un par de veces.

—Lamento si a veces me expreso… si le parezco maleducado, doctor, mi inglés no es siempre…

—… como debiera ser —concluyó Engelsohn.

—Exacto. Sin duda es usted un hombre ocupado, doctor; no quiero robarle más tiempo. Solo deseo asegurarme de que ha entendido lo que le dijo McCormack: que el informe de esta autopsia no seguirá los procedimientos habituales, sino que irá directo a él.

—Me temo que eso es imposible. Tengo instrucciones claras al respecto, Horgan. Se lo puede comunicar al señor McCormack de mi parte.

El pequeño y loco profesor encaró a Harry con las piernas abiertas y los brazos cruzados, mostrando una gran seguridad en sí mismo. En su mirada asomaba cierto ardor guerrero.

—¿Instrucciones? Desconozco la importancia de las instrucciones para la policía de Sidney, pero en mi país las instrucciones existen para decirle a la gente lo que tiene que hacer —dijo Harry.

—Olvídelo, Horgan. Al parecer, no está familiarizado con la idea de la ética profesional, por tanto dudo que podamos mantener una conversación fructífera al respecto. ¿Qué le parece? ¿Lo dejamos aquí y nos deseamos los buenos días, señor Horgan?

Harry no se movió. Estaba ante un hombre que creía que no tenía nada que perder. Un médico forense mediocre y alcoholizado de mediana edad que ya no tenía ninguna perspectiva de ascenso ni una carrera por delante y que, por consiguiente, no temía nada ni a nadie. ¿Qué le podían hacer? Para Harry había sido uno de los días más largos y peores de su vida. Y ya había tenido suficiente. Agarró al médico por el cuello de su bata blanca y lo levantó.

Las costuras de la bata empezaron a rajarse un poco.

—¿Que qué me parece? Me parece que le vamos a hacer a usted un análisis de sangre y luego hablaremos de ética profesional, doctor Engelsohn. Me parece que podemos hablar de cuántas personas pueden testificar que usted estaba borracho perdido cuando le practicó la autopsia a Inger Holter. Y luego me parece que podemos hablar con alguien que le puede despedir, no solo de aquí, sino de cualquier trabajo que requiera licencia médica. ¿Qué le parece, doctor Engelsohn? ¿Qué le parece mi inglés ahora?

Al doctor Engelsohn le parecía excelente el inglés de Harry y, después de pensarlo un poco, llegó a la conclusión de que, por una vez, el informe forense podía saltarse los procedimientos habituales.

34

El trampolín de la piscina del Frogner

Otra vez McCormack estaba sentado de espaldas a Harry y miraba por la ventana. El sol estaba a punto de ponerse, pero todavía se distinguía el mar azul y tentador entre los rascacielos y el verdor de los Royal Botanic Gardens. Harry tenía la boca seca y una incipiente jaqueca. Llevaba tres cuartos de hora de monólogo razonado e ininterrumpido. Sobre Otto Rechtnagel, Andrew Kensington, la heroína, el Cricket, el técnico de iluminación, Engelsohn; en definitiva, sobre cuanto había sucedido.

McCormack juntó las puntas de los dedos. No había dicho esta boca es mía durante un largo rato.

—¿Sabía usted que allá a lo lejos, en Nueva Zelanda, vive el pueblo más estúpido del mundo? Viven solos en una isla, sin vecinos alrededor que les molesten, rodeados por mucha agua. No obstante, los habitantes de esa isla han participado en todas las grandes guerras del siglo veinte. Ningún otro país, ni siquiera la Unión Soviética durante la Segunda Guerra Mundial, ha perdido a tantos jóvenes en combate en proporción al número de habitantes. El superávit de mujeres en Nueva Zelanda es legendario. ¿Y por qué han librado tantas guerras? Para ayudar. Para apoyar a los demás. Esos mentecatos ni siquiera luchaban en sus campos de batalla… ¡Qué va! Se subían a barcos y aviones para irse lo más lejos posible a morir. Ayudaron a los aliados contra los alemanes y los italianos, a los surcoreanos contra los norcoreanos y a los americanos contra los japoneses y los norvietnamitas. Mi padre fue uno de esos mentecatos.

Se volvió y miró a Harry.

—Mi padre me contó una historia sobre un artillero de su barco durante la batalla de Okinawa contra los japoneses en 1945. Los japoneses habían movilizado a pilotos kamikazes, quienes atacaban en formación usando una táctica que describían como «caer como hojas de amapola sobre el agua». Eso era exactamente lo que hacían. Primero llegaba un avión, y si era derribado, le seguían dos más, luego cuatro, etcétera, hasta formar una aparentemente interminable pirámide de aviones que descendían en picado. Todos los que se encontraban a bordo del buque de mi padre estaban aterrorizados. Era una completa locura; pilotos dispuestos a morir para asegurarse de que las bombas alcanzaban su objetivo. La única forma de detenerlos era emprender un intenso contraataque; un muro de misiles de defensa antiaérea. El más mínimo agujero en el muro y ya tenían a los japoneses encima. Se calculaba que si un avión no era derribado en veinte segundos tras ponerse a tiro, ya era demasiado tarde; se saldría con la suya e impactaría contra el buque. Los artilleros sabían que tenían que dar en el blanco continuamente y, en algunas ocasiones, los ataques aéreos no cesaban en todo el día. Mi padre me describía el pom-pom-pom de los cañones y el ruido agudo y creciente de los aviones que caían en picado. Me contaba que desde entonces los oía todas las noches.

»El último día de la batalla, él estaba en el puente de mando cuando a través de la barrera de fuego vieron un avión dirigiéndose directamente hacia el buque. Los cañones disparaban sin cesar mientras el avión se acercaba lentamente; a cada segundo que pasaba aumentaba un poco de tamaño. Al fin pudieron ver claramente la cabina del avión y la silueta del piloto. Las bombas que lanzaba el avión empezaron a impactar contra la cubierta del buque. De pronto los misiles de la artillería antiaérea alcanzaron el avión y le destrozaron las alas y el fuselaje. La cola del avión saltó por los aires y, poco a poco, como a cámara lenta, el avión se fue desintegrando en sus partes. Al final tan solo quedó un pequeño trozo de hélice que cayó en cubierta arrastrando una estela de fuego y de humo negro. Los demás artilleros estaban en plena actividad apuntando a sus nuevos objetivos cuando un hombre, a quien mi padre conocía puesto que ambos procedían de Wellington, salió, saludó a mi padre con una sonrisa y dijo: «Hoy hace calor». Acto seguido se tiró por la borda y desapareció.

Tal vez fuera la luz, pero de repente Harry tuvo la impresión de que McCormack era muy mayor.

–Hoy hace calor –repitió McCormack.

–La naturaleza humana es un bosque vasto y oscuro, señor.

McCormack asintió.

–Eso dicen, Holy, y quizá sea verdad. Según tengo entendido, Kensington y usted llegaron a conocerse bien. También me han dicho que ha de investigarse la implicación de Kensington en este caso. ¿Usted qué opina, Holy?

–No sé qué quiere decir, señor.

McCormack se levantó y empezó a dar vueltas delante de la ventana, cosa que a Harry ya le resultaba familiar.

–Llevo toda la vida siendo policía, Holy. Sin embargo, sigo mirando a mis compañeros y me pregunto por qué lo hacen, por qué luchan en las guerras de los demás. ¿Quién querría pasar tantas penalidades solo para que los demás obtengan aquello que consideran justo? Solo los estúpidos, Holy. Nosotros. Tenemos la suerte de ser tan estúpidos que pensamos que podemos conseguir algo.

»Nos disparan y nos hacen papilla, nos destruyen, y un buen día nos tiramos al mar, pero mientras tanto, en nuestra infinita estupidez, creemos que alguien nos necesita. Y si un día descubres el engaño, ya es tarde porque ya nos hemos convertido en policías, ya estamos en las trincheras y no hay vuelta atrás. Nos preguntamos qué diablos pasó, en qué momento exacto nos equivocamos. Estamos condenados a ser bienhechores durante el resto de nuestra vida y condenados a fracasar. Pero afortunadamente la verdad es bastante relativa. Además de flexible. La torcemos y retorcemos para que quepa en nuestra vida. Al menos una parte. A veces basta con pillar a un maleante para alcanzar un poco de paz interior.

Pero todos sabemos que no es sano dedicarse a fumigar durante mucho tiempo. Uno termina probando su propio veneno.

»Entonces ¿qué sentido tiene, Holy? El hombre se ha pasado la vida al pie del cañón y ahora está muerto. ¿Hay algo más que decir? La verdad es relativa. Para los que nunca lo han vivido en sus propias carnes no es fácil entender lo que hace el estrés intenso con una persona. Tenemos psiquiatras forenses que intentan trazar una línea entre los que están enfermos y los que son criminales y tuercen y retuercen la verdad para que quepa en su mundo de modelos teóricos. Tenemos un sistema judicial que, en el mejor de los casos, esperamos que pueda quitar de nuestras calles a algún que otro ser humano destructivo, y a periodistas que desearían que les considerasen idealistas porque se hacen un nombre poniendo en evidencia otros en la creencia de que salvaguardan una especie de justicia. Pero… ¿la verdad?

»La verdad es que nadie vive de la verdad y, por ello, a nadie le importa la verdad. La verdad que nos inventamos simplemente es la suma de lo que le conviene a la gente, sopesado con el poder que ostentan.

Miró a Harry a los ojos.

—Por tanto, ¿a quién le interesa la verdad sobre Andrew Kensington? ¿Quién se beneficiará de que esculpamos una verdad fea y torcida con pinchos afilados y peligrosos que no encajará en ninguna parte? El jefe de policía, no. Los políticos del gobierno municipal, tampoco. Los que luchan por los derechos de los aborígenes, menos todavía. Tampoco el sindicato de policía, ni las embajadas. Nadie. ¿Verdad?

A Harry le dieron ganas de contestar: los familiares de Inger Holter, pero se calló. McCormack se detuvo ante el retrato de una joven reina Isabel II.

—Yo preferiría que lo que usted me ha contado se quede entre nosotros, Holy. Usted entenderá que es mejor así.

Harry se quitó un cabello pelirrojo del pantalón.

—He hablado con el alcalde —dijo McCormack—. Para no llamar la atención, el caso de Inger Holter seguirá siendo prioritario durante un tiempo. Si no encontramos nada más, la gente acabará aceptando que fue el payaso quien mató a la noruega. Será más difícil aclarar quién mató al payaso, pero hay indicios de que fue un crimen pasional, por celos, posiblemente perpetrado por algún amante secreto despechado, ¿quién sabe? En estos casos la gente acepta que el culpable se escape. Jamás se confirmará nada, por supuesto, pero los indicios son muy claros y, después de unos años, el caso caerá en el olvido. La del asesino en serie fue una teoría de la policía durante un tiempo… que luego fue desechada.

Harry se dispuso a marcharse. McCormack carraspeó.

—Estoy redactando su informe, Holy. Cuando se haya ido se lo enviaré al jefe de policía de Oslo. Se marcha mañana, ¿verdad?

Harry asintió brevemente con la cabeza y se fue.

La suave brisa del anochecer no le alivió la jaqueca. Y su pesimismo no contribuyó a mejorar el panorama. Harry deambulaba sin rumbo por las calles. Una sombra cruzó la senda que atravesaba Hyde Park. Al principio pensó que se trataba de una rata, pero cuando se acercó se encontró a un animal peludo y pequeño observándole; en sus ojos de granuja brillaba la luz de las farolas del parque. Harry jamás lo había visto, pero supuso que se trataba de una zarigüeya. El animal no parecía tenerle miedo; al contrario, olfateaba curioso el aire mientras emitía unos sonidos extraños y quejumbrosos.

Harry se puso en cuclillas.

—¿Tú también te preguntas qué narices estás haciendo en esta gran ciudad? —le preguntó.

El animal ladeó la cabeza a modo de respuesta.

—¿Qué opinas? ¿Nos volvemos a casa mañana? Tú a tu bosque y yo al mío…

La zarigüeya echó a correr, no quería que nadie le convenciera para que se fuera a ninguna parte. Tenía su hogar en el parque, entre los coches, la gente y los contenedores de basura.

En la zona de Woolloomooloo pasó junto a un bar. Le habían llamado de la embajada y él había dicho que les devolvería la llamada. ¿Qué pensaba Birgitta? No decía mucho. Y él tampoco le había hecho demasiadas preguntas. Ella no le había dicho nada de su cumpleaños, tal vez porque presentía que él podía hacer alguna estupidez. Exagerar un poco. Comprarle un regalo demasiado caro o decir cosas innecesarias solo porque era su última noche y porque en el fondo tenía mala conciencia por marcharse. «¿Qué sentido tiene?», habría pensado ella tal vez.

Como Kristin cuando volvió de Inglaterra.

Se encontraron en la terraza del Frogner y Kristin le contó que iba a quedarse en Oslo dos meses. Estaba bronceada y contenta y esbozaba su sonrisa de siempre por encima de la jarra de cerveza. Él tenía muy claro lo que iba a decir y hacer. Era como tocar al piano una vieja canción que creías haber olvidado: la cabeza estaba vacía, pero los dedos sabían lo que hacían. Ambos se emborracharon, pero como entonces la bebida aún no lo era todo, Harry recordaría también el resto. Cogieron el tranvía que se dirigía al centro y Kristin consiguió que se colaran en el club Sardines. De madrugada, después de bailar y sudar, cogieron un taxi de vuelta al Frogner, saltaron la valla de la piscina y, en el trampolín, a diez metros sobre el parque vacío, compartieron una botella de vino que Kristin llevaba en su bolso mientras miraban la ciudad y se decían lo que querían ser, siempre algo diferente a lo anterior. A continuación se cogieron de las manos y, tomando impulso, se tiraron a la piscina. Mientras caían él oyó el estridente grito de Kristin, como si se tratara de una maravillosa alarma contra incendios. Él se hallaba tumbado al borde de la piscina riéndose a carcajadas cuando ella salió del agua y se dirigió hacia él con el vestido pegado al cuerpo.

A la mañana siguiente se despertaron abrazados en la cama de él, sudados, resacosos y excitados. Él abrió la puerta del balcón y regresó a la cama con una erección posborrachera que ella recibió con gran júbilo. Se la folló de una forma descabellada, sabia e intensa. El ruido de los niños que jugaban en el patio trasero se acalló cuando volvió a saltar la alarma contra incendios.

Después, Kristin formuló aquella pregunta enigmática.

—¿Qué sentido tiene?

¿Qué sentido tenía aquello dado que ya no podía existir una relación entre ellos? ¿Dado que ella iba a volver a Inglaterra, él era tan egoísta y los dos eran tan diferentes que nunca llegarían a casarse, tener hijos y construir un hogar juntos? ¿Si aquello no llevaba a ninguna parte?

—¿Estas últimas veinticuatro horas no son razón suficiente por sí solas? —preguntó Harry—. ¿Qué pasa si te descubren un bulto en el pecho mañana? ¿Qué sentido tiene entonces? Si estás en tu casa, con tus hijos y un ojo morado, esperando que tu marido se haya quedado dormido antes de acostarte, ¿qué sentido tiene entonces? ¿De verdad estás segura de que alcanzarás la felicidad con tu plan genial?

Ella le dijo que era un hedonista amoral y superficial y le recordó que en la vida había más cosas que follar.

—Entiendo que quieras también tener todo lo demás —dijo Harry—. Pero ¿cualquier cosa que hagas tiene que suponer un paso en el camino de tu nirvana marital? Cuando estés en la residencia de ancianos se te habrá olvidado el color de la vajilla que te regalaron por tu boda, pero te juro que te acordarás del trampolín y de cómo follamos después al borde de la piscina.

Se suponía que ella era la bohemia de los dos, pero lo último que dijo antes de marcharse dando un portazo fue que él no se enteraba de nada y que ya era hora de que madurara.

—¿Qué sentido tiene? —gritó Harry, y una pareja que pasaba por Harmer Street se dio la vuelta.

¿Tampoco Birgitta sabía qué sentido tenía? ¿Tendría miedo de que las cosas se complicaran porque él se iba mañana? ¿Por eso prefería celebrar su cumpleaños con una llamada telefónica desde Suecia? Evidentemente, él debería haberle hecho esas preguntas a ella directamente, pero ¿qué sentido tenía?

Harry estaba agotado, pero sabía que no sería capaz de conciliar el sueño. Se dio la vuelta y regresó al bar. Había luces de neón llenas de insectos muertos en el techo y tragaperras junto a las paredes. Encontró una mesa junto a la ventana, esperó al camarero y decidió no pedir nada si este no venía. Solo quería sentarse.

El camarero se acercó a su mesa y le preguntó qué quería. Harry echó una larga y dura mirada a las bebidas de la carta y pidió una Coca-Cola. Vio su reflejo borroso en la ventana y pensó que si Andrew estuviera allí tendría con quien hablar sobre el caso.

¿Había intentado contarle Andrew que Otto Rechtnagel había asesinado a Inger Holter? Y, en ese caso, ¿por qué? ¿Cómo Harry no había sido capaz de comprender lo que Andrew quería que comprendiese? Presentárselo, los informes intrigantes, la evidente mentira del testigo de Nimbin que había visto a White. ¿No habría sido todo una forma de apartar su atención de White y hacerle ver?

Andrew se había asegurado de que le encargaran la investigación junto con un extranjero al que tenía pensado controlar. Pero ¿por qué Andrew no había detenido a Otto Rechtnagel? ¿Habían sido amantes Otto y Andrew? ¿Era por eso? ¿El desengaño amoroso de Otto lo había provocado Andrew? En ese caso, ¿por qué iba a matar a Otto justo cuando estaban a punto de detenerlo? Harry rechazó a una borracha que acababa de acercarse haciendo eses y pretendía sentarse a su mesa.

¿Y por qué se suicidó después del asesinato? Andrew habría salido impune del asunto. ¿O no? El técnico de iluminación le había visto, Harry conocía su amistad con Otto y no tenía coartada para el momento del asesinato.

En fin, quizá había llegado la hora de los créditos finales. Mierda.

Harry sentía rugir su estómago.

Andrew había corrido unos riesgos tremendos para cargarse a Otto antes de que Harry y los demás le atrapasen. La intensa jaqueca de Harry había empeorado y ahora era como si alguien estuviera usando su cabeza de yunque. En la lluvia de chispas de detrás de sus ojos intentaba asir un solo pensamiento a la vez, pero no paraban de llegar nuevos que alejaban al último. Tal vez tuviera razón McCormack, tal vez simplemente fuera un día demasiado caluroso para un alma rendida. Harry no soportaba la idea de que hubiera otra alternativa, de que hubiera algo más. Que Andrew Kensington ocultara cosas peores, que hubiera algo distinto a su ocasional gusto por los hombres.

Una sombra cayó sobre Harry, que alzó la mirada. La cabeza del camarero tapaba la luz y en su silueta a Harry le pareció ver que asomaba la azulada lengua de Andrew.

—¿Algo más, señor?

—Veo que tienen una bebida llamada Black Snake…

—Jim Beam con Coca-Cola.

En su estómago los rugidos aumentaron de intensidad.

—Bien. Póngame un doble Black Snake sin Coca-Cola.

35

El despertar de un viejo enemigo

Harry se había perdido. Frente a él había unas escaleras y por detrás agua y más escaleras. El nivel de caos iba en aumento, los postes de la bahía viraban a un lado y a otro y él no tenía la menor idea de cómo había acabado en aquellas escaleras. Decidió subir. Adelante y hacia arriba, decía su padre.

No fue fácil, pero apoyándose en las paredes logró subir. Un cartel indicaba Challis Avenue, pero no le sonaba de nada, así que continuó recto. Intentó mirarse el reloj, pero no lo encontró. Estaba oscuro y las calles estaban casi vacías, así que Harry supuso que era tarde. Cuando subió otros peldaños pensó que había llegado al final de las escaleras y giró a la izquierda por Macleay Street. Debía de haber andado mucho porque le ardían las plantas de los pies. ¿O había corrido? Un rasgón en el pantalón a la altura de la rodilla izquierda delataba una posible caída.

Pasó por delante de bares y restaurantes, pero todos estaban cerrados. Aunque ya era tarde, debía de ser posible tomarse una copa en una metrópoli como Sidney. Bajó de la acera y llamó a un taxi amarillo con el techo iluminado. El taxista frenó, pero cambió de idea y siguió su camino.

Coño, ¿tan mala pinta tengo?, pensó Harry riéndose entre dientes.

A medida que avanzaba por la calle, empezó a encontrarse con gente. Oía un creciente ruido de voces, coches y música, y al doblar la esquina reconoció el lugar. ¡Vaya suerte la suya! ¡Había llegado a King's Cross! Darlinghurst Road se desplegaba frente a él, centelleante y ruidosa. Ahora se habían abierto todas las posibilidades. En el primer bar al que se aproximó no le admitieron, pero le dejaron entrar en un pequeño antro chino, donde le sirvieron un whisky en un vaso grande de plástico. Había poco espacio y estaba oscuro, y el ruido de las máquinas tragaperras era insoportable, así que se bebió de un trago el contenido del vaso y salió a la calle. Se agarró a un poste mientras miraba los coches pasar, intentando no pensar en el vago recuerdo de haber vomitado en el suelo de un bar esa misma noche.

De pronto sintió que le daban golpecitos en la espalda. Se dio la vuelta y vio una enorme boca roja abierta con un hueco donde faltaba un colmillo.

—Ya me enteré de lo de Andrew. Lo siento mucho —dijo.

Masticaba chicle. Era Sandra.

Harry intentó decir algo, pero su dicción debía de ser horrible, porque Sandra puso cara de no haberle entendido.

—¿Estás libre? —le preguntó finalmente.

Sandra se rió.

—Sí, pero no creo que tú estés para muchos trotes.

—¿Hace falta? —consiguió formular Harry con alguna dificultad.

Sandra miró alrededor. A Harry le pareció vislumbrar un traje impecable entre las sombras. Teddy Mongabi no andaría muy lejos.

—Escucha, ahora estoy trabajando. Quizá sea mejor que te vayas a casa a dormir un poco y ya hablamos mañana.

—Puedo pagarte —dijo Harry sacando su cartera.

—Deja eso —dijo Sandra apartando la cartera—. Iré un rato contigo y me pagas algo, pero aquí no, ¿de acuerdo?

—Vayamos a mi hotel, está justo a la vuelta de la esquina, hotel Crescent —dijo Harry.

Sandra se encogió de hombros.

—Como quieras.

De camino pasaron por una licorería, donde Harry compró dos botellas de Jim Beam.

El recepcionista de noche del Crescent examinó a Sandra de arriba abajo cuando entraron en el hotel. Parecía que estaba a punto de decir algo, pero Harry se le adelantó.

—¿Nunca ha visto una mujer policía de incógnito?

El recepcionista de noche, un joven asiático trajeado, sonrió con cierta inseguridad.

—Bueno, olvide que la ha visto y deme las llaves de mi habitación. Tenemos trabajo.

Harry dudó que el recepcionista se tragara sus balbuceantes evasivas, pero acabó dándole la llave sin protestar.

En la habitación, Harry abrió el minibar y sacó todas las bebidas alcohólicas que había.

—Yo me tomaré este —dijo Harry sacando un botellín de Jim Beam—. Tómate el resto si quieres.

—Te tiene que gustar mucho el whisky —dijo Sandra abriendo una cerveza.

Harry le miró un poco perplejo.

—¿Ah, sí? —dijo él.

—A la mayoría le gusta cambiar de veneno. Para variar, ¿no?

—No me digas. ¿Tú no bebes?

Sandra vaciló.

—En realidad, no. Intento beber lo mínimo. Estoy a régimen.

—En realidad, no —repitió Harry—. O sea, que no sabes de lo que estás hablando. ¿Has visto *Leaving Las Vegas*, con Nicolas Cage?

—¿Cómo?

—Olvídalo. Va sobre un alcohólico que decidió beber hasta matarse. Hasta ahí resultaba creíble. El problema era que el tipo bebía cualquier cosa. Ginebra, vodka, whisky, bourbon, brandy… toda la gama. Está bien si uno no tiene alternativas. Pero ese tipo se encontraba en una tienda de Las Vegas con el mayor surtido del mundo, contaba con un montón de pasta y no tenía ninguna preferencia. ¡Ninguna jodida preferencia! Jamás he conocido a un borracho a quien le importe una mierda lo que bebe. Si has encontrado tu veneno, te quedas con él, ¿verdad? Hasta ganó un Oscar.

Harry reclinó la cabeza hacia atrás, vaciando el botellín, y fue a abrir la puerta del balcón.

—Saca una de las botellas de la bolsa y ven aquí. Me apetece tomar algo en el balcón contemplando la ciudad. Acabo de tener un *déjà vu*.

Sandra llevó dos vasos y la botella y se sentó a su lado apoyando la espalda contra la pared.

—Olvidemos por un momento qué hizo el cabronazo ese cuando estaba vivo. Propongo un brindis por Andrew Kensington.

Harry sirvió los vasos.

Se quedaron bebiendo en silencio. Harry empezó a reírse.

—Pongamos, por ejemplo, el músico de The Band, Richard Manuel. Tenía graves problemas, no solo con la bebida, sino con... bueno, con la vida en sí. Finalmente pasó de todo y se ahorcó en una habitación de hotel. En su casa encontraron dos mil botellas, todas de la misma marca, Grand Marnier. Solo eso. ¿Entiendes? ¡Puto licor de naranja! Él sí que había encontrado su veneno. Nicolas Cage, ¡bah! Vivimos en un universo extraño...

Señaló con la mano al cielo estrellado de Sidney y continuaron bebiendo. Harry había empezado a bostezar cuando Sandra puso una mano sobre su mejilla.

—Escúchame, Harry, tengo que volver al curro. Creo que estás listo para irte a la cama.

—¿Cuánto cobras por una noche entera?

Harry volvió a llenar su vaso de whisky.

—No creo que...

—Quédate. Terminamos la bebida y lo hacemos. Te prometo que me voy a correr muy pronto.

Harry se rió entre dientes.

—No, Harry. Me voy ya.

Sandra se levantó y se quedó de pie con los brazos cruzados.

Harry se puso en pie, pero perdió el equilibrio y dio dos pasos hacia la barandilla del balcón antes de que Sandra lo agarrara. Él abrazó sus hombros delgados, apoyándose pesadamente en ella y susurrando:

—Sandra, ¿no puedes vigilarme un poquito? Solo esta noche. Hazlo por Andrew. ¿Qué estoy diciendo? Hazlo por mí.

—Teddy se preguntará dónde estoy…

—Teddy tendrá su dinero y se callará. Por favor.

Sandra vaciló, pero suspiró y dijo:

—Vale. Pero primero vamos a quitarte estos harapos, señor Holy.

Lo arrastró hasta la cama, le quitó los zapatos y le bajó los pantalones. Él mismo fue capaz de desabrocharse milagrosamente la camisa. El minivestido de Sandra desapareció por encima de su cabeza en un santiamén. Sin la ropa era aún más delgada: sobresalían sus hombros y caderas y sus costillas formaban una especie de tablilla de lavandera bajo sus pequeños pechos. Cuando la mujer se levantó para apagar la luz, Harry vio que tenía grandes moratones en la espalda y en la parte trasera de los muslos. Sandra se tumbó junto a él y le acarició el pecho desprovisto de pelos y el vientre.

Sandra despedía un leve olor a sudor y ajo. Harry miró al techo. Le sorprendió ser capaz de tener olfato en el estado en que se encontraba.

—El olor —preguntó él—, ¿es tuyo o de los otros hombres con que has estado esta noche?

—De ambos, imagino —contestó Sandra—. ¿Te molesta?

—No —respondió Harry sin saber muy bien si se refería al olor o a los otros hombres.

—Estás bastante borracho, Harry. No hace falta…

—Toca —dijo Harry colocando la mano húmeda y caliente de ella entre sus piernas.

Sandra se rió.

—Vaya. Y mi madre que siempre me decía que los hombres que beben lo único grande que tienen es la boca.

—En mi caso es todo lo contrario —dijo Harry—. El alcohol paraliza mi lengua, pero me infla la polla. Es verdad. No sé por qué, pero siempre ha sido así.

Sandra se sentó encima de él, apartó la fina braguita y se la metió sin preámbulos.

Él la miraba mientras ella se movía arriba y abajo. Sandra captó la mirada de él, sonrió brevemente y luego desvió la vista. Fue la clase de sonrisa que uno obtiene cuando se queda mirando sin darse cuenta a otra persona demasiado tiempo en el tranvía.

Harry cerró los ojos, oyó los crujidos rítmicos de la cama y pensó que no era cierto del todo: el alcohol le paralizaba todo. Había desaparecido la sensibilidad que podía provocar que se corriera rápido, tal y como le había prometido. Sandra seguía trabajando sin inmutarse, mientras los pensamientos de Harry se escapaban por debajo de las sábanas, fuera de la cama, y salían por la ventana. Viajó bajo un cielo estrellado invertido y cruzó el océano hasta llegar a una costa con una franja de arena blanca.

A medida que descendía vio que las olas rompían contra la playa y, al acercarse aún más, vio una ciudad que reconoció, y en la arena estaba tumbada una chica que conocía. Dormía, y él aterrizó sigilosamente a su lado para no despertarla. Entonces se tumbó y cerró los ojos. Cuando se despertó, el sol estaba a punto de ponerse y él se había quedado solo. En el paseo marítimo reconoció a ciertas personas. ¿No salían en películas que había visto? Algunos de ellos llevaban gafas de sol y paseaban con perros pequeños y delgadísimos por delante de altas fachadas de hotel que se alzaban al otro lado de la calle.

Harry se acercó a la orilla y estuvo a punto de meterse en el agua cuando vio que estaba llena de medusas melena de león. Flotaban en la superficie extendiendo unos alargados hilos rojos, y en el fondo de aquel espejo blanco y gelatinoso él percibió el contorno de una serie de rostros. Un barco pasó por delante. Se acercaba cada vez más y, de repente, Harry se despertó. Sandra le estaba sacudiendo.

—¡Ha venido alguien! —susurró ella.

Harry oyó que alguien llamaba a la puerta.

—Recepcionista de mierda… —dijo él levantándose de la cama de un salto.

Se colocó una almohada sobre el bajo vientre antes de abrir la puerta.

Era Birgitta.

—¡Hola! —dijo ella, pero su sonrisa se congeló cuando vio el gesto atormentado de Harry.

—¿Qué pasa? ¿Te sucede algo, Harry?

—Sí, algo me pasa. —Le dolía tanto la cabeza que estaba a punto de desmayarse—. ¿Qué haces aquí?

—No me llamaron. Me quedé esperando y luego llamé a casa, pero nadie contestó. Debieron de entender mal la hora y seguramente llamaron cuando yo estaba en el trabajo. El horario de verano y esas cosas. Probablemente se han liado con la diferencia horaria. Típico de mi padre.

Hablaba deprisa intentando aparentar que el hecho de encontrarse en el pasillo de un hotel a medianoche hablando de cosas cotidianas con un tipo que, al parecer, no tenía ninguna intención de dejarla entrar era lo más natural del mundo.

Se quedaron mirándose.

—¿Estás con alguien? —preguntó ella.

—Sí —dijo Harry; su voz sonaba como una rama seca rompiéndose.

—¡Estás borracho! —dijo ella, y sus ojos se llenaron de lágrimas.

—Escúchame, Birgitta…

Ella le empujó con tanta fuerza que Harry se tambaleó hacia atrás y Birgitta entró en la habitación tras él. Sandra se había puesto la minifalda y estaba sentada sobre la cama intentando calzarse. Birgitta se agachó como si de repente le hubiera entrado un fuerte dolor de estómago.

—¡Puta! —gritó.

—Lo has adivinado —contestó Sandra en tono seco.

Estaba llevando la escena con bastante más calma que los otros dos, si bien se proponía salir de allí pitando.

—Coge tus cosas y lárgate —gritó Birgitta con voz llorosa mientras le arrojaba a Sandra el bolso que había encima de la silla.

El bolso chocó contra la cama y dejó escapar todo su contenido. Harry, que estaba desnudo tambaleándose levemente en medio de la habitación, vio con asombro que sobre la cama había un perro pequinés. Junto al animalito había un cepillo, un paquete de cigarrillos, unas llaves, un trozo de criptonita verde y reluciente y el mayor surtido de preservativos que había visto jamás. Sandra puso los ojos en blanco, agarró al pequinés por la nuca y lo metió en el bolso.

—Y ahora la pasta, majo —dijo.

Harry no se movió, así que ella cogió los pantalones y sacó la cartera. Birgitta se había desplomado sobre una silla y, durante un momento, solo se oyeron el recuento concentrado y en voz baja de Sandra y los sollozos suaves de Birgitta.

—Me largo —dijo Sandra cuando se dio por satisfecha, y desapareció por la puerta.

—¡Espera! —dijo Harry.

Pero ya era tarde. Se oyó un portazo.

—¡¿Espera!? —dijo Birgitta—. ¿Has dicho «espera»? —gritó levantándose de la silla—. Cabronazo de mierda, jodido borracho. No tienes ningún derecho…

Harry intentó abrazarla, pero ella lo rechazó a golpes. Se quedaron el uno frente al otro como dos combatientes. Birgitta parecía hallarse en una especie de trance; sus ojos estaban brillantes y ciegos de odio y su boca temblaba de rabia. Harry pensó que si en ese momento ella tuviera la posibilidad de matarle, lo haría sin vacilar.

—Birgitta, yo…

—¡Bebe hasta que te mueras y sal de mi vida!

Giró sobre sus talones y se marchó furiosa.

Toda la habitación tembló del portazo que dio.

Sonó el teléfono. Llamaban de recepción.

—¿Qué está ocurriendo, señor Holy? La mujer de la habitación de al lado nos ha llamado y…

Harry colgó el teléfono. Sintió una repentina rabia incontrolada y miró alrededor buscando algo que destrozar. Cogió la botella de whisky de la mesa y se dispuso a arrojarla contra la pared, pero cambió de idea en el último momento.

Llevaba toda la vida intentando controlarse, pensó mientras abría la botella y se la llevaba a la boca.

36

Servicio de habitaciones

Se oyó un ruido de llaves y Harry se despertó cuando abrieron la puerta.

—No quiero servicio de habitaciones ahora. ¡Vuelva más tarde, por favor! —gritó Harry a la almohada.

—Señor Holy, represento a la dirección del hotel.

Harry se dio la vuelta. Dos hombres trajeados habían entrado en la habitación. Se detuvieron a una prudente distancia de la cama, pero parecían muy decididos. Harry se percató de que uno de ellos era el recepcionista de la noche anterior.

El otro continuó:

—Usted ha violado el reglamento de la casa y lamento comunicarle que debe liquidar la cuenta y abandonar el hotel cuanto antes, señor Holy.

—¿El reglamento de la casa? —Harry notó que estaba a punto de vomitar.

El del traje carraspeó.

—Usted se trajo a una mujer que sospechamos que es… bueno, una prostituta. Además despertó a la mitad de los huéspedes de la planta con el escándalo que montó. Somos un hotel respetable y no podemos tolerar ese tipo de actos. Estoy seguro de que lo entenderá, señor Holy.

Como respuesta Harry emitió un gruñido y les dio la espalda.

—Está bien, señor representante de la dirección del hotel. En cualquier caso me marcho hoy. Déjenme dormir tranquilamente hasta abandonar la habitación.

—Ya debería haber abandonado la habitación, señor Holy —dijo el recepcionista.

Harry miró la hora. Eran las dos y cuarto.

—Hemos intentado despertarle.

—Mi vuelo… —dijo Harry intentando sacar las piernas de la cama.

Después de un segundo intento pisó tierra firme y se levantó. Había olvidado que estaba desnudo y el recepcionista y el conserje retrocedieron asustados. Harry sintió vértigo: el techo dio un par de vueltas y tuvo que sentarse de nuevo sobre la cama. Entonces vomitó.

BUBBUR

37

Dos gorilas

El camarero de Bourbon & Beef retiró el plato de huevos Benedict intactos mientras miraba a su cliente con compasión. Había estado viniendo todas las mañanas durante algo más de una semana, leía el periódico y se tomaba su desayuno. Ciertamente, algunos días parecía cansado, pero el camarero jamás le había visto en ese estado. Además, había llegado casi a las dos y media de la tarde.

—¿Una noche dura, señor?

El cliente, que iba sin afeitar y miraba al vacío con ojos enrojecidos, se sentó a una mesa y dejó la maleta a un lado.

—Sí. Sí, ha sido una noche dura. Hice un montón de… cosas.

—¡Bien por usted! Para eso está King's Cross. ¿Quiere algo más, señor?

—No, gracias. Tengo que coger un avión…

El camarero lamentó oír que se marchaba. Le caía bien aquel noruego tranquilo que parecía un poco solitario, pero que era amable y generoso con las propinas.

—Si eso significa que tardaré en volver a verle por aquí, hoy invito yo. ¿Está seguro de que no le apetece un bourbon, un Jack Daniels? ¿Uno para el camino, por así decirlo?

El noruego le miró extrañado. Como si el camarero acabara de sugerir algo que a él, el cliente, no se le habría ocurrido por sí solo y que ahora comprendía que era lo más obvio desde el principio.

—Por favor, que sea doble.

Unos años más tarde, Kristin volvió a instalarse en Oslo. Harry había oído por unos amigos que tenía una niña de dos años, pero que el inglés se había quedado en Londres. Una noche se encontró con ella en Sardines. Cuando la tuvo cerca, se dio cuenta de lo cambiada que estaba. Tenía la piel pálida y el pelo le colgaba sin vida. Cuando Kristin lo vio, se le congeló la sonrisa. Él saludó a Kjartan, un «amigo músico» que estaba junto a ella y que le resultaba familiar. Kristin se puso a hablar rápido y de modo incongruente sobre cosas banales para que Harry no pudiera hacerle las preguntas que ella no quería contestar. Luego empezó a hablar de sus planes de futuro, pero sus ojos carecían de chispa y los gestos llenos de entusiasmo de la Kristin que él recordaba se habían convertido en una sucesión de movimientos lentos y apáticos.

En cierto momento a Harry le pareció que lloraba, pero se hallaba tan borracho que no estaba del todo seguro.

Kjartan se había ido, había vuelto para decirle algo al oído a ella, y a continuación se zafó de su abrazo con una sonrisa condescendiente dirigida a Harry. Luego el bar se vació, y Harry y Kristin se quedaron solos rodeados de paquetes de tabaco vacíos y cristales rotos hasta que les echaron. Cuando salieron por la puerta no se sabía bien quién sujetaba a quién ni cuál de los dos había propuesto ir a un hotel, pero acabaron en el Savoy, donde consumieron rápidamente todo el contenido del minibar antes de irse a la cama. Diligente, Harry hizo un intento fallido de penetrarla, pero era demasiado tarde. Por supuesto que era demasiado tarde. Kristin lloraba a lágrima viva con la cara hundida en la almohada. Cuando Harry se despertó, se marchó sigilosamente y cogió un taxi en dirección al Postkafé, que abría una hora antes que los demás bares. Allí permaneció reflexionado sobre lo tarde que era.

El propietario de Springfield Lodge se llamaba Joe y era un tipo obeso y amable que había dirigido su pequeño y ligeramente desvencijado negocio en King's Cross con austeridad y sensatez durante casi veinte años. El hotel no era ni mejor ni peor que los demás hoteles baratos de la zona, pero casi nadie se había quejado. Uno de los motivos era que Joe, como ya se ha dicho, era un tipo amable. Otro era que él siempre insistía en que los clientes vieran primero la habitación, además de su costumbre de hacer un descuento del cinco por ciento si pagaban por adelantado más de una noche. El tercer motivo, y tal vez el más importante, era que conseguía mantener el establecimiento prácticamente libre de mochileros, borrachos, drogadictos y prostitutas.

Joe ni siquiera les caía mal a los huéspedes rechazados, ya que en Springfield Lodge nadie recibía miradas o palabras desagradables, sino una sonrisa de disculpa por tener el hotel completo; Joe siempre les animaba a que pasaran la semana siguiente, por si se producía una cancelación. Dado que Joe poseía una gran habilidad para leer caras y era rápido y eficaz a la hora de clasificar a sus posibles clientes, en ningún momento mostraba vacilación, así que pocas veces tenía problemas con los tipos con ganas de bronca. En muy pocas ocasiones se había equivocado al juzgar a la persona que tenía enfrente, y las recordaba amargamente.

Le vinieron a la memoria dos de esos casos cuando analizó rápidamente las impresiones contradictorias que le causaba el hombre alto y rubio que tenía delante. Llevaba ropa sencilla de calidad, lo cual indicaba que tenía dinero, pero no le urgía gastarlo. El hecho de que fuera extranjero era un punto a su favor; en la mayoría de los casos eran los australianos los que causaban problemas. Los mochileros con sus sacos de dormir solían ser sinónimo de fiestas desenfrenadas y toallas desaparecidas, pero este hombre llevaba una maleta en buen estado, por lo que era poco probable que su dueño se trasladara constantemente. Cierto, no se había afeitado, pero no hacía mucho que su pelo había visitado alguna peluquería. También llevaba las uñas limpias y cuidadas y las pupilas de los ojos tenían un tamaño más o menos normal.

Como resultado de todas esas impresiones, y del hecho de que el hombre acabara de poner sobre la mesa un visado y su identificación como policía noruego, su frase «Lo siento mucho, pero…» se le quedó atascada en la garganta.

Porque no cabía ninguna duda de que aquel hombre estaba borracho. Borracho como una cuba.

—Sé que usted se ha percatado de que he tomado unas copas —dijo el hombre arrastrando las palabras pero en un inglés sorprendentemente bueno, cuando percibió las dudas de Joe—. Supongamos que se me vaya la olla en la habitación. Simplemente supongámoslo. Rompo el televisor y el espejo del cuarto de baño y vomito sobre la alfombra. Cosas así han sucedido antes. ¿Cree usted que un depósito de mil dólares cubriría la mayoría de los gastos? Además mi intención es mantenerme tan borracho que no seré capaz de hacer mucho ruido ni de molestar a los demás huéspedes ni de aparecer por los pasillos o por recepción.

—Lo siento mucho, pero esta semana está todo lleno. Tal vez…

—Greg, de Bourbon & Beef, me recomendó este lugar y me pidió que saludara a Joe de su parte. ¿Es usted?

Joe lo observó un momento.

—No haga que me arrepienta de esto —dijo, y le dio la llave de la habitación número 73.

—¿Diga?

—Hola, Birgitta, soy Harry. Yo…

—Harry, tengo una visita. Ahora no es un buen momento.

—Solo quería decir que no era mi intención…

—Escúchame, Harry. No estoy enfadada y aquí no ha pasado nada. Afortunadamente, el daño es limitado cuando solo hace una semana que conoces a un tío, pero prefiero que no me llames más. ¿De acuerdo?

—Bueno, no, en realidad no…

—Como ya he dicho, tengo visita. Te deseo suerte con el resto de tu estancia y espero que vuelvas sano y salvo a Noruega. Adiós.

—…

—Adiós.

A Teddy Mongabi no le gustó que Sandra pasara la noche con el policía escandinavo. Se olía problemas. Y cuando vio al hombre acercarse por Darlinghurst Road con las rodillas flexionadas y los brazos colgando, su primer impulso fue retroceder y desaparecer entre la multitud. No obstante, le pudo la curiosidad y se plantó delante del noruego loco con los brazos cruzados. El hombre intentó esquivarle, pero Teddy le agarró del hombro y le dio la vuelta.

—¿No saluda usted a los amigos, colega?

El colega le dirigió una mirada turbia.

—El chulo…

—Espero que Sandra respondiera a sus expectativas, agente.

—¿Sandra? Veamos… Sandra estuvo bien. ¿Dónde está?

—Tiene la noche libre. Pero tal vez pueda tentar al agente con otra cosa, ¿no?

Harry trataba de mantener el equilibrio.

—Sí, claro, claro… Venga, chulo. Tiénteme.

Teddy se rió.

—Venga por aquí, agente.

Sujetó al ebrio agente mientras bajaban por las escaleras del club y lo sentó a una mesa de cara al escenario.

Teddy chasqueó los dedos y una mujer escasamente vestida acudió de inmediato.

—Ponnos dos cervezas, Amy. Y dile a Peri que baile para nosotros.

—La próxima función no es hasta las ocho, señor Mongabi.

—Considéralo una función extraordinaria. ¡Ahora mismo, Amy!

—Vale, señor Mongabi.

El policía lucía una sonrisa tonta en los labios.

—Sé quién viene —dijo él—. Es el asesino. Viene el asesino.

—¿Quién?

—Nick Cave.

—¿Nick qué?

—Y la cantante rubia. Ella también lleva peluca. Escuche…

El chumba-chumba de la música disco se apagó, y el policía levantó los dedos índices como si fuera a dirigir una orquesta sinfónica, pero la sala siguió en silencio.

—Ya me enteré de lo de Andrew —dijo Teddy—. Qué chungo. Demasiado chungo. Me dijeron que se había ahorcado. ¿Qué diablos lleva a un hombre con tanta vitalidad a…?

—Sandra utiliza peluca —dijo el policía—. Se le cayó del bolso. Por eso no la reconocí cuando la conocí. ¡Fue aquí! Andrew y yo estábamos en aquella mesa. Antes yo la había visto un par de veces en Darlinghurst, pero entonces ella llevaba peluca. Una peluca rubia. ¿Por qué no la lleva ya?

—Ajá, el agente las prefiere rubias. Pues tengo algo que creo que le va a gustar…

—¿Por qué no la lleva?

Teddy se encogió de hombros.

—¿Sandra? Qué sé yo. Un tipo la sacudió un poco fuerte el otro día. Sandra cree que fue por la peluca y decidió dejarla por una temporada. Por si vuelve a aparecer, ya sabe.

—¿Quién?

—No lo sé, agente. Y si lo supiera, no se lo diría. En nuestro trabajo la discreción es una virtud. Algo que estoy seguro de que usted también aprecia. Soy malísimo con los nombres… ¿Usted se llamaba Ronny?

—Harry. Tengo que hablar con Sandra. —Intentó ponerse de pie y casi tiró la bandeja con las cervezas que traía Amy. Se apoyó pesadamente sobre la mesa—. ¿Tiene su número de teléfono, chulo?

Teddy indicó a Amy con un gesto que se fuera.

—Uno de nuestros principios es no proporcionar jamás a los clientes la dirección o el número de teléfono de las chicas. Por razones de seguridad, ¿sabe? Lo entiende, ¿no?

Teddy empezaba a arrepentirse de no haber seguido su primer impulso de alejarse del borracho y problemático noruego.

—Lo entiendo. Deme el número.

Teddy sonrió.

—Como ya le he dicho, no proporcionamos…

—¡Ahora mismo!

Harry agarró a Teddy por las solapas de su americana plateada y le echó el aliento, una mezcla de whisky y vómito, a la cara.

Una insinuante composición para cuerdas sonaba por los altavoces.

—Contaré hasta tres, agente. Si no me ha soltado, llamaré a Ivan y a Geoff, y usted saldrá a tomar el aire por la puerta trasera. En el exterior de la puerta trasera hay escaleras, ¿sabe? Unas escaleras empinadas con unos veinte peldaños de cemento.

Harry se echó a reír y le agarró más fuerte.

—¿Y pretende asustarme con eso, chulo de mierda? Míreme. Estoy tan mamado que no siento nada. Soy jodidamente indestructible, tío. ¡Geoff! ¡Ivan!

Detrás de la barra se movían unas sombras. Cuando giró la cabeza para echar un vistazo, Teddy se zafó de él. Empujó a Harry y este se tambaleó hacia atrás arrastrando la silla y la mesa antes de caer al suelo con un gran estruendo. En vez de levantarse, permaneció allí tumbado muerto de risa hasta que Geoff e Ivan acudieron y le lanzaron una mirada interrogativa a Teddy.

—Sáquenle por la puerta trasera —dijo Teddy viendo cómo recogían al policía cual muñeco de trapo y uno de los matones vestido de esmoquin se lo ponía al hombro—. No entiendo qué coño le pasa a la gente hoy día —añadió mientras se recolocaba su aún impecable americana.

Ivan iba delante y abrió la puerta.

—¿Qué coño se ha metido el tío este? —dijo Geoff—. Se está tronchando de risa.

—Vamos a ver cuánto tiempo sigue riéndose —dijo Ivan—. Déjalo aquí.

Geoff soltó a Harry, que se quedó tambaleándose ligeramente delante de los dos.

—¿Sabe guardar un secreto, señor? —dijo Ivan mirando al suelo con una sonrisa tímida—. Sé que es un tópico de los gángsters, pero le confieso que odio la violencia.

Geoff se rió entre dientes.

—No te rías, Geoff, es verdad. Pregunta a cualquiera que me conozca. No la soporta, te dirán. Luego Ivan no puede dormir, le deprime. El mundo ya es un lugar lo bastante duro para cualquier pobre diablo como para empeorar las cosas rompiéndole los brazos y las piernas, ¿no? Así que váyase a casa y lo dejaremos estar. ¿De acuerdo?

Harry asintió con la cabeza mientras buscaba algo en sus bolsillos.

—Aunque esta noche el gángster es usted —dijo Ivan—. ¡Usted! —Presionó el pecho de Harry con el dedo índice—. ¡Usted! —repitió Ivan, y le empujó un poco más fuerte. El rubio policía se tambaleó peligrosamente—. ¡Usted!

Harry se balanceó sobre los talones y agitó los brazos. No se giró para ver lo que había detrás, parecía saberlo. Esbozó una amplia sonrisa cuando su mirada turbia se cruzó con la de Ivan. Cayó hacia atrás y gimió cuando su espalda impactó contra los primeros escalones. El resto del descenso no emitió ningún sonido.

38

Un tío llamado Speedy

Joe oyó que alguien arañaba la puerta, y cuando vio a su nuevo huésped por el cristal supo que había cometido uno de sus infrecuentes errores. Al abrir la puerta el huésped cayó en sus brazos. Si no fuera por el centro de gravedad tan bajo de Joe, los dos probablemente habrían acabado en el suelo. Joe consiguió colocar el brazo de Harry sobre su hombro y lo arrastró hasta una silla de recepción, donde pudo examinarle más detenidamente. Aquel borracho rubio no tenía muy buen aspecto cuando vino a pedir habitación, pero ahora estaba hecho polvo. Tenía el codo en carne viva; Joe podía verle el hueso; también tenía una mejilla hinchada y la nariz le sangraba y le manchaba los ya sucios pantalones. Llevaba la camisa rota y al respirar emitía estertores. Pero al menos respiraba.

—¿Qué ha pasado? —preguntó Joe.

—Me he caído por unas escaleras. No pasa nada, solo necesito tumbarme un rato.

Joe no era médico, pero al oír los estertores en su respiración, supuso que se había lastimado un par de costillas. Encontró una pomada antiséptica y unos esparadrapos y curó las peores heridas del huésped lo mejor que pudo, y al final le introdujo un algodón en una fosa nasal. El huésped sacudió la cabeza cuando Joe le quiso dar un analgésico.

—Tengo analgésicos en mi habitación —balbució.

—Necesita que le vea un médico —dijo Joe—. Voy a…

—Nada de médicos. En un par de horas estaré bien.

—Su respiración no suena nada bien.

—Siempre suena así. Es el asma. Solo déjeme descansar dos horitas en la cama y luego me iré.

Joe suspiró. Sabía que estaba a punto de cometer el segundo error.

—Olvídelo —dijo—. Necesita más de un par de horas. Además no es culpa suya que las escaleras de Sidney sean tan jodidas. Subiré a verle por la mañana.

Ayudó a su huésped a llegar a la habitación, le tumbó sobre la cama y le quitó los zapatos. En la mesa había tres botellas de Jim Beam vacías y dos sin abrir. Joe era abstemio, pero había vivido lo suficiente para saber que no tenía sentido discutir con un alcohólico. Abrió una de las botellas y la puso sobre la mesilla de noche. De cualquier modo el tipo se sentiría fatal cuando se despertase.

—Crystal Castle, dígame.

—Hola, ¿podría hablar con Margaret Dawson?

—Yo misma.

—Puedo ayudar a su hijo si usted me dice que él mató a Inger Holter.

—¿Cómo? ¿Quién es usted?

—Un amigo. Tiene que confiar en mí, señora Dawson, si no su hijo está perdido. ¿Me entiende? ¿Mató él a Inger Holter?

—¿De qué va esto? ¿Es una broma? ¿Quién es Inger Holter?

—Usted es la madre de Evans, señora Dawson. Inger Holter también tenía madre. Usted y yo somos los únicos que podemos ayudar a su hijo. Dígame que él mató a Inger Holter. ¿Me oye?

—Se nota que ha bebido. Voy a llamar a la policía.

—¡Dígalo!

—Voy a colgar.

—Dígalo… ¡Imbécil!

Alex Tomaros colocó los brazos detrás de la cabeza y se reclinó en la silla cuando Birgitta entró en su despacho.

—Siéntate, Birgitta.

Ella se sentó en la silla que había frente al modesto escritorio de Tomaros. Alex aprovechó la ocasión para examinarla más detenidamente. Se la veía cansada. Tenía oscuras ojeras, parecía enfadada y estaba aún más pálida que de costumbre.

—Hace unos días me interrogó un policía, Birgitta. Un tal señor Holy, un extranjero. Durante la conversación salió a relucir que había hablado con uno o más miembros de nuestro personal y que había obtenido información de… hum, una naturaleza indiscreta. Naturalmente, a todos nos interesa encontrar a la persona que asesinó a Inger. No obstante, quiero advertirte que las declaraciones de esa clase serán interpretadas como, hum… desleales. Y no hace falta que te cuente que, tal y como está el negocio en estos momentos, no podemos permitirnos pagar a gente en la que no podemos confiar.

Birgitta no dijo nada.

—Esta mañana llamó un hombre y, casualmente, fui yo quien cogió el teléfono. Aunque intentó distorsionar la voz con balbuceos, reconocí su acento. Era otra vez el señor Holy y preguntó por ti, Birgitta.

Birgitta se sobresaltó.

—¿Harry? ¿Hoy?

Alex se quitó las gafas.

—Birgitta, sabes que tengo especial debilidad por ti, y he de admitir que me he tomado esta, hum… filtración como algo personal. Imaginaba que con el tiempo tú y yo seríamos muy buenos amigos. Así que, por favor, no lo estropees.

—¿Llamó desde Noruega?

—Me gustaría poder confirmarte eso, pero lamentablemente sonaba a línea local. Sabes que no tengo nada que esconder, Birgitta; por lo menos nada que tenga alguna relevancia en este caso. Y eso es lo que están buscando, ¿verdad? No ayudará nada a Inger que te vayas de la lengua sobre otras cosas. Entonces ¿puedo confiar en ti, querida Birgitta?

—¿A qué te refieres con otras cosas, Alex?

Él la miró sorprendido.

—Creía que Inger tal vez te lo habría contado. Lo de nuestro paseo en coche.

—¿Qué paseo en coche?

—Después del trabajo. Pensé que Inger estaba muy receptiva y las cosas se desmadraron un poco. Solo la iba a llevar a casa. No era mi intención asustarla, pero me temo que se tomó mi bromita de un modo muy literal.

—Alex, no sé de qué me estás hablando y tampoco estoy muy segura de querer saberlo. ¿Harry dijo algo sobre dónde estaba? ¿Iba a volver a llamar?

—Oye, oye, espera un poco. Llamas a ese tipo por su nombre de pila y se te suben los colores cada vez que lo menciono. ¿Qué está pasando aquí realmente? ¿Hay algo entre vosotros dos o qué?

Birgitta se frotaba las manos, desesperada.

Él se inclinó sobre el escritorio y extendió una mano para acariciarle el pelo, pero ella la apartó con un movimiento irritado.

—Déjalo, Alex. Eres un gilipollas y eso ya te lo he dicho antes. La próxima vez que él llame, sé un poco menos gilipollas, por favor. Y pregunta dónde le puedo localizar, ¿de acuerdo?

Se levantó y salió del despacho con paso airado.

Speedy apenas pudo dar crédito a sus ojos cuando entró en el Cricket. Borroughs se encogió de hombros detrás de la barra.

—Lleva aquí dos horas —dijo él—. Está como una cuba.

Al lado de su habitual mesa del rincón estaba sentado el hombre que había sido la causa indirecta de que dos de sus colegas acabaran en el hospital. Speedy comprobó que llevaba su recién adquirido HK.45 ACP en la funda de la pierna y luego se dirigió a la mesa. El tipo tenía la barbilla apoyada en el pecho y parecía estar dormido. En la mesa frente a él había una botella de whisky medio vacía.

—¡Hola! —dijo Speedy en voz alta.

El tipo levantó lentamente la cabeza y le dirigió una sonrisa idiota.

—Le estaba esperando —balbuceó.

—Está usted en la mesa equivocada —dijo Speedy mientras permanecía de pie.

Esa noche tenía mucho trabajo y no podía permitir que ese imbécil le retrasara. En cualquier momento podían aparecer clientes.

—Primero quiero que me cuente algo —dijo el tipo.

—¿Y por qué iba a hacerlo?

Speedy sintió la presión de la pistola contra la tela del pantalón.

—Porque aquí es donde usted trapichea, porque acaba de entrar por esa puerta y, por consiguiente, es el momento del día en que es más vulnerable dado que lleva la mercancía encima y no querrá que le registre delante de las narices de todos estos testigos. Quédese de pie.

Hasta ese momento, Speedy no había visto la boca del Hi-Power que el tipo tenía sobre el regazo y con el que le estaba apuntando tranquilamente.

—¿Qué quiere saber?

—Quiero saber con qué frecuencia compraba Andrew Kensington y cuándo fue la última vez que compró.

—¿Lleva usted una grabadora, poli?

El poli sonrió.

—Tranquilo. Los testimonios realizados bajo amenaza de pistola no cuentan. Lo peor que puede pasar es que le pegue un tiro.

—Vale, vale.

Speedy notó que había empezado a sudar. Midió la distancia que había entre su mano y la funda de la pierna.

—Si no me han dicho una mentira, Kensington está muerto. Por tanto, ¿qué daño puede hacerle? Iba con cuidado, nunca quería demasiado. Compraba dos veces por semana, una bolsita cada vez. Siempre lo mismo.

—Antes de que viniera a jugar al críquet aquí, ¿cuánto hacía que no comproba?

—Tres días. Tenía que comprar al día siguiente.

—¿Alguna vez compró a otros?

—Jamás. Que yo sepa. Esas cosas son personales, es un tema de confianza, por así decirlo. Además era policía y no podía exponer su reputación.

—Entonces cuando vino ya casi se le había acabado el jaco. No obstante, varios días más tarde tenía suficiente para una sobredosis que probablemente le hubiera matado si no fuera porque el cable lo hizo antes. ¿Cómo se entiende?

—Acabó en el hospital. Sin duda se escapó de allí por el mono. ¿Quién sabe? Quizá tenía algo guardado.

El poli suspiró, cansado.

—Tiene razón —dijo metiéndose la pistola en el bolsillo interior de la chaqueta y cogiendo el vaso que tenía delante—. Todo lo que hay en este mundo está contaminado por los «quizá». ¿Por qué no puede nadie llegar y zanjar las cosas diciendo que son así y punto, que dos y dos son lo que sea y eso es todo? Haría la vida más fácil a mucha gente, créame.

Speedy empezó a tirar de su pantalón, pero cambió de idea.

—¿Y qué pasó con la jeringuilla? —murmuró el poli casi para sí.

—¿Qué? —dijo Speedy.

—No encontramos ninguna jeringuilla en la escena del crimen. Tal vez la tirara por el váter. Era un hombre cauteloso, como ha dicho usted. Incluso cuando estaba a punto de morir.

—¿Me invita a una copa? —dijo Speedy tomando asiento.

—Usted sabrá, es su hígado —dijo el poli pasándole la botella.

39

El país con suerte

Harry corría por el callejón a través del humo. El grupo de música tocaba tan alto que todo vibraba a su alrededor. Había un olor agrio a azufre y las nubes planeaban tan bajas que casi podía tocarlas con la cabeza. Sin embargo, a través de aquel barullo se oía un ruido, un estruendo que lograba abrirse paso a través de una frecuencia libre. Era el crujido de dientes que castañeteaban y cadenas que se arrastraban por el asfalto. Una jauría de perros lo perseguía.

El callejón se hacía cada vez más estrecho y al final tuvo que correr con las manos delante para no atascarse entre las altas y rojas paredes. Miró hacia arriba. De las ventanas, en lo alto de las paredes de ladrillo, asomaban unas cabezas pequeñas. Saludaban con banderas azules y verdes y cantaban aquella música ensordecedora.

—Este es el país con suerte, este es el país con suerte, vivimos en el país con suerte.

Harry oyó rechinar de dientes a su espalda. Pegó un grito y se cayó. Para su sorpresa, la oscuridad lo invadió todo, y en vez de aterrizar de forma desagradable en el asfalto, siguió cayendo. Debía de haber caído dentro de un agujero en la tierra. Harry debía de moverse muy lentamente o quizá el agujero era muy profundo, ya que seguía descendiendo más y más. La música de arriba se oía cada vez menos y, a medida que sus ojos se acostumbraban a la oscuridad, se percató de que a los lados del agujero había ventanas donde podía ver el interior de las casas de gente desconocida.

Dios mío, ¿voy a atravesar la tierra?, pensó Harry.

—Usted es sueco —dijo una voz femenina.

Harry miró alrededor y mientras lo hacía regresó la luz y la música. Se hallaba en medio de una plaza, era de noche y un grupo de música estaba tocando en un escenario situado detrás de él. Estaba junto al escaparate de una tienda de electrodomésticos donde había una docena de televisores con diferentes canales encendidos.

—¿Usted también está celebrando el día de Australia? —dijo otra voz, una voz de hombre que hablaba en un idioma que le resultaba familiar.

Harry se giró. Una pareja le sonrió para animarle. Él ordenó a las comisuras de sus labios que les devolvieran la sonrisa con la esperanza de que le hicieran caso. Cierta tensión muscular en su cara indicaba que todavía dominaba aquella función corporal. Había tenido que renunciar a algunas otras. Su subconsciente se había sublevado, y en ese momento disputaba una batalla por la vista y el oído. El cerebro funcionaba a toda máquina para averiguar qué estaba sucediendo, pero no era fácil porque estaba siendo bombardeado incesantemente por información distorsionada y a veces absurda.

—Somos daneses, por cierto. Yo me llamo Poul y esta es mi esposa, Gina.

—¿Qué les hace pensar que soy sueco? —se oyó decir Harry.

La pareja de daneses se miraron.

—Hombre, estaba usted hablando solo, ¿no se ha dado cuenta? Estaba mirando la tele preguntándose si Alicia iba a atravesar la tierra. Y lo hizo, ¿no? ¡Ja ja!

—Ajá, lo hizo —dijo Harry desconcertado.

—No es exactamente como la fiesta del solsticio de verano, ¿verdad? Esto es de risa. Se puede oír el ruido de los cohetes, pero nadie ve nada a causa del humo que hay. A lo mejor los cohetes han incendiado algunos de los rascacielos y nosotros sin enterarnos. ¡Ja, ja! ¿No huele usted la pólvora? La humedad hace que se cuele a ras del suelo. ¿Usted también es turista?

Harry se quedó pensando. Debió de pensar durante bastante rato porque cuando iba a contestar los daneses ya se habían marchado.

Volvió a fijarse en las pantallas de televisión. En una de ellas había unas colinas en llamas y en otra un partido de tenis. En un informativo se mostraron imágenes de unos windsurfistas, una mujer llorando y partes de un traje de neopreno amarillo con grandes marcas de mordiscos. En el televisor más cercano unas cintas naranjas de la policía ondeaban al viento en el lindero de un bosque mientras unos policías uniformados iban y venían con unas bolsas. A continuación, un gran rostro pálido ocupó toda la pantalla. Era una instantánea de mala calidad de una chica joven, rubia y no demasiado agraciada. Tenía una expresión melancólica en los ojos, como si le apenara no ser más guapa.

—Guapa —dijo Harry—. Son cosas extrañas. ¿Sabías que…?

En la pantalla Lebie pasó por detrás de un policía que estaba siendo entrevistado.

—¡Joder! —exclamó Harry—. ¡Coño! —Dio un golpe con la mano contra el escaparate—. ¡Subid el volumen! ¡Que alguien ahí dentro suba el volumen! Alguien…

La imagen dio paso al mapa meteorológico de la costa este de Australia. Harry presionó la nariz contra el cristal hasta aplastarla y en el reflejo de una pantalla apagada vio la cara de John Belushi.

—¿Era algo que he imaginado, John? Recuerda que en este momento estoy bajo la influencia de un alucinógeno muy potente.

—¡Déjeme entrar! Tengo que hablar con ella…

—Váyase a casa a dormir la mona. Los borrachos no… ¡Eh!

—¡Suélteme! Ya le he dicho que soy amigo de Birgitta. Ella trabaja en el bar.

—Lo sabemos, pero nuestro trabajo consiste en mantener a gente como usted lejos de aquí, ¿lo entiende, rubito?

—¡Ay!

–Váyase sin armar jaleo. Si no me veré en la obligación de romperle el braz… ¡Auuu! ¡Bob! ¡Bob!

–Lo siento, pero estoy harto de que todo el mundo me maltrate. ¡Hasta la vista!

–¿Qué pasa, Nickie? ¿Ha sido el tío ese?

–¡Mierda! Deja que se vaya corriendo. Se soltó y me dio un puñetazo en la barriga. Dame la mano.

–Esta ciudad está viniéndose abajo. ¿Has visto las noticias? Otra joven ha sido violada y estrangulada. La han encontrado esta tarde en Centennial Park.

40

Paracaidismo

Harry se despertó con una jaqueca tremenda. La luz le molestaba y solo advirtió que se hallaba bajo una manta de lana cuando tuvo que echarse a un lado. De pronto sobrevino el vómito en rápidas arcadas y el contenido de sus tripas se esparció por el suelo embaldosado. Volvió a tumbarse en el banco y sintió cómo la bilis le quemaba las fosas nasales al tiempo que se hacía la clásica pregunta: ¿Dónde diablos estoy?

Lo último que recordaba era su entrada en Green Park y la mirada recriminadora de una cigüeña. Ahora parecía hallarse en un cuarto circular con unos bancos pegados a las paredes y unas enormes mesas de madera. De las paredes colgaban herramientas: palas, rastrillos y una manguera. En medio del cuarto había un desagüe.

—Buenos días, hermano blanco —dijo una voz profunda que reconoció—. Hermano muy blanco —dijo cuando se acercó más—. No se levante.

Era Joseph, el aborigen gris del pueblo de los cuervos.

Abrió un grifo que había junto a la pared, cogió la manguera y empezó a regar el suelo para limpiar el vómito.

—¿Dónde estoy? —preguntó Harry por decir algo.

—En Green Park.

—Pero…

—Tranquilo. Tengo las llaves. Este es mi segundo hogar. —Miró por una ventana—. Fuera hace muy buen día. Lo que queda del día.

Harry miró a Joseph. Estaba de demasiado buen humor para ser un vagabundo.

—Conozco al guarda desde hace tiempo y tenemos una especie de acuerdo especial —explicó Joseph—. A veces se toma el día libre y yo me ocupo de las tareas que hay que hacer: recoger la basura, vaciar las papeleras, cortar el césped y cosas así. A cambio puedo echarme un sueño aquí de vez en cuando. A veces incluso me deja algún tentempié, pero me temo que hoy no.

Harry intentó decir algo distinto a «pero»... pero desistió. Joseph, en cambio, estaba de lo más parlanchín.

—Si le soy sincero, a mí lo que más me gusta de nuestro acuerdo es que de vez en cuando tengo algo que hacer. Le llena a uno el día y, de alguna manera, le hace pensar en otras cosas. Incluso hay veces en que me siento hasta útil.

Joseph sonreía ampliamente y movía la cabeza de un lado a otro. A Harry le parecía imposible que fuera la misma persona que poco tiempo atrás se hallaba sentado en un banco en estado comatoso y con quien había intentado comunicarse en vano.

—Cuando le vi anoche no daba crédito a mis ojos —dijo Joseph—. Que usted fuera la misma persona sobria y recta a la que yo gorreaba un cigarrillo tras otro hace solo unos días. En cambio ayer no había manera de hablar con usted. ¡Ja, ja!

—*Touché* —dijo Harry.

Joseph se marchó y regresó con una bolsa de patatas fritas calientes y una Coca-Cola. Se quedó mirando a Harry mientras ingería con cuidado aquel desayuno sencillo pero sorprendentemente eficaz.

—La bebida precursora de la Coca-Cola la inventó un farmacéutico americano que quería fabricar un remedio contra la resaca —le contó Joseph—. Pero pensó que había fracasado y vendió la receta por ocho dólares. Si quiere saber mi opinión, todavía no se ha inventado nada mejor.

—El Jim Beam —dijo Harry entre bocado y bocado.

—Sí, excepto el Jim Beam. Y Jack y Johnnie y un par de tipos más. Ja, ja. ¿Cómo se siente?

—Mejor.

Joseph colocó dos botellas sobre la mesa.

—El vino tinto más barato de Hunter Valley —dijo él—. ¿Se toma una copita conmigo, paliducho?

—Se lo agradezco, Joseph, pero el vino tinto no es mi... ¿No tiene otra cosa? ¿Un café, por ejemplo?

—¿Se cree que dispongo de un almacén o qué?

Joseph parecía haberse ofendido porque Harry había rechazado su generosa oferta.

Harry se incorporó con dificultad. Intentó reconstruir la laguna entre el momento en que apuntó a Rod Stewart con una pistola y el momento en que los dos se fundieron literalmente en un abrazo y compartieron una papelina de ácido. No conseguía recordar qué les había llevado a tal completa felicidad y simpatía recíproca, excepto lo evidente, el Jim Beam. En cambio, era capaz de recordar que había golpeado al portero del Albury.

—Harry Hole, eres un borracho patético —murmuró.

Salieron y se sentaron sobre la hierba del exterior de la caseta. El sol le quemaba los ojos y el alcohol de la noche anterior le abrasaba la piel, pero aparte de eso no se estaba nada mal allí. Corría una brisa ligera y se tumbaron boca arriba mirando unas nubes blancas como algodón que se deslizaban lentamente por el cielo.

—Hoy hace buen tiempo para saltar —dijo Joseph.

—Pues no tengo intención de saltar —dijo Harry—. Voy a permanecer completamente quieto; como mucho, me moveré de puntillas.

Joseph frunció los ojos por la luz.

—No me refería a esa clase de saltos. Me refería a saltar desde el cielo. Skydiving, salto en paracaídas.

—¡Caramba! ¿Es usted paracaidista?

Joseph asintió.

Harry se cubrió los ojos y miró al cielo.

—¿Y qué pasa con las nubes aquellas? ¿No molestan?

—En absoluto. Son cirros, nubes pluma. Están a una altura de quince mil pies.

—Me sorprende usted, Joseph. No es que sepa qué aspecto tiene un paracaidista, pero no me lo había imaginado como…

—¿Un borrachuzo?

—Por ejemplo.

—Ja, ja. Son los dos lados de la misma moneda.

—¿En serio?

—¿Alguna vez ha estado solo en el aire, Harry? ¿Ha volado? ¿Ha saltado desde una gran altura y ha sentido cómo el aire intenta sostener, acoger y acariciar su cuerpo?

Joseph ya se había bebido gran parte de la primera botella de vino y su voz había adquirido un timbre más cálido. Los ojos le brillaban cuando empezó a hablar a Harry sobre la belleza de la caída libre:

—Se abren todos los sentidos. Todo el cuerpo te grita que puedes volar. «¡Y no tengo alas!», te grita intentando ahogar el ruido del aire que silba en tus oídos. El cuerpo está convencido de que va a morir y se le activan todas las alarmas; se abren todos los sentidos de par en par para ver si alguno de ellos es capaz de hallar una salida. El cerebro se convierte en la mayor computadora del mundo, lo registra todo; la piel siente cómo sube la temperatura a medida que caes, tus oídos notan el aumento de la presión y percibes todos los surcos y colores del mapa de abajo. Incluso eres capaz de oler el planeta que se te va acercando. Y si puedes apartar de tu mente el miedo a la muerte, Harry, por un instante eres un ángel. Vives una vida en cuarenta segundos.

—¿Y si no puedes apartar el miedo a la muerte?

—No lo apartas del todo, simplemente intentas no pensar en ello. Porque tiene que estar ahí, como una nota nítida y clara, como el agua fría contra la piel. No es la caída, sino el miedo a la muerte el que te abre los sentidos. Empieza como una descarga, una inyección de adrenalina que corre por tus venas en el momento en que abandonas el avión. Es como meterse un chute. Luego se mezcla con la sangre y te sientes dichoso y fuerte. Si cierras los ojos lo puedes ver como una serpiente bella y venenosa que te contempla con su mirada de reptil.

—Joseph, usted hace que suene como la droga.

—¡Es una droga! —Joseph gesticulaba con entusiasmo—. Eso es exactamente lo que es. Quieres que la caída dure para siempre y si llevas saltando un tiempo notas que cada vez te cuesta más tirar de la anilla. Finalmente temes que un día te metas una sobredosis, que no tires de la anilla y así dejes de saltar. Y entonces es cuando te das cuenta de que estás enganchado. La abstinencia te consume, la vida es una trivialidad sin sentido y al final acabas encajonado detrás del piloto en una vieja avioneta Cessna que tarda una eternidad en alcanzar los diez mil pies y que se come todos tus ahorros.

Joseph inspiró aire y cerró los ojos.

—En resumen, Harry: son las dos caras de la misma moneda. La vida se convierte en un infierno, pero la alternativa es todavía peor. Ja, ja.

Joseph se incorporó apoyándose en un codo y tomó un largo trago de vino.

—Soy un pájaro no volador. ¿Sabe lo que es un emú, Harry?

—Un avestruz australiano.

—Chico listo.

Cuando Harry cerró los ojos, oyó la voz de Andrew. Porque, por supuesto, era Andrew quien estaba tumbado a su lado en la hierba charlando sin cesar sobre cosas trascendentes e intrascendentes.

—¿Conoce usted la historia de por qué no vuela el emú?

Harry negó con la cabeza.

—De acuerdo, escúchela, Harry. En la edad del sueño, el emú tenía alas y sabía volar. Él y su mujer vivían junto al lago donde su hija se había casado con Jabiru, la cigüeña. Un día, Jabiru y su esposa fueron a pescar y tuvieron mucha suerte. Se lo comieron casi todo y, en pleno entusiasmo, se les olvidó guardar los mejores trozos para los padres, como de costumbre. Cuando la hija llevó el resto del pescado a su padre, Emú, se puso furioso. «¿Acaso no os doy siempre los mejores trozos cuando voy a cazar?», dijo. Cogió su maza y una lanza y se fue volando a la casa de Jabiru a fin de propinarle una merecida paliza.

»Jabiru no tenía intención de que le dieran una paliza sin ofrecer resistencia. Por tanto, cogió una gran rama y golpeó la maza, que cayó al suelo. Luego pegó a su suegro en el costado izquierdo y en el derecho con tal fuerza que le rompió las dos alas. El emú se levantó a rastras y arrojó la lanza hacia el marido de su hija. La lanza le atravesó la espalda y le salió por la boca. Ciego del dolor, la cigüeña se fue volando a los pantanos, donde resultó que la lanza le vino muy bien para pescar. Emú regresó a las secas llanuras, donde todavía le vemos andar corriendo con sus destrozadas alas cortas, incapaz de volar.

Joseph fue a beber, pero solo quedaban unas gotas. Miró indignado la botella y le puso el tapón. Luego abrió la siguiente.

—¿Su historia es más o menos igual, Joseph?

—Bueno…

La botella gorgoteó, y se sintió preparado.

—Trabajé de instructor de paracaidismo en Cessnok durante ocho años. Éramos una buena pandilla, muy unida. Ninguno nos hicimos ricos: ni nosotros ni los propietarios del club, que se mantenía por amor al arte. El dinero que ganábamos los instructores lo gastábamos en nuestros propios saltos en paracaídas. Yo fui un buen instructor. Hubo quien opinaba que era el mejor. Aun así, me quitaron la licencia a raíz de un desgraciado episodio. Dijeron que estaba borracho cuando salté con el participante de un curso. ¡Jamás se me hubiera ocurrido estropear un salto bebiendo!

—¿Qué pasó?

—¿A qué se refiere? ¿Quiere los detalles?

—¿No tiene tiempo?

—Ja, ja. Vale, se lo contaré.

La botella brillaba al sol.

—Ocurrió de la siguiente manera. Lo causó una infrecuente convergencia de circunstancias desafortunadas, no un par de tragos para mitigar la resaca. En primer lugar, el tiempo. En el momento de despegar había una capa de nubes a unos ocho mil pies. No es un problema que las nubes se encuentren a esa altitud porque uno no tira de la anilla hasta los cuatro mil pies. Lo importante es que el alumno vea tierra una vez que se haya desplegado el paracaídas, a fin de que no se vaya a tomar por saco hasta Newcastle. Tiene que poder ver las señales del suelo que indican cómo hay que moverse en relación al viento y el terreno para así llegar de modo seguro a la zona de aterrizaje, ¿entiende? La verdad es que cuando despegamos se estaban acercando otras nubes, pero aún parecían estar a cierta distancia. El problema fue que el club usaba una vieja avioneta Cessna cuyas partes se mantenían unidas gracias a cinta americana, oraciones y buena voluntad. Tardó más de veinte minutos en alcanzar los diez mil pies, altura desde la que íbamos a saltar. Después de despegar se levantó viento, y cuando rebasamos las nubes que había a unos ocho mil pies, el viento trajo una segunda capa de nubes por debajo de estas sin que nosotros nos diésemos cuenta, ¿entiende?

—¿No tenían contacto con tierra? ¿No pudieron informarles sobre las nubes bajas?

—Radio, sí… Ja, ja. Posteriormente también se corrió un tupido velo sobre esto. El piloto siempre ponía a los Stones a todo volumen en la cabina de mando cuando nos acercábamos a los diez mil pies con el fin de excitar a los estudiantes y hacerles más agresivos en vez de estar cagados de miedo. Si nos avisaron por la radio, le aseguro que ni nos enteramos.

—¿No hicieron una última comprobación con el personal de tierra antes de saltar?

—Harry, no complique la historia más aún, ¿vale?

—Vale.

—En segundo lugar, se produjo algún fallo en el altímetro. Se ha de poner a cero antes de que la avioneta despegue para que muestre la altitud en relación con la tierra. Justo antes de saltar me di cuenta de que me había dejado mi altímetro, pero dado que el piloto siempre llevaba el equipo completo para saltar, me prestó el suyo. Compartía con todos nosotros el temor de que un buen día aquel avión se desintegrara. Estábamos ya a diez mil pies y teníamos que darnos prisa. Tuve que correr hacia el ala y no me dio tiempo a comprobar mi altímetro en relación con el del estudiante, que yo obviamente había puesto a cero antes de despegar. Supuse que el altímetro del piloto estaba más o menos bien, aunque él no lo ponía a cero cada vez que despegábamos. No obstante, el tema no me preocupaba mucho. Cuando uno lleva más de cinco mil saltos, como era mi caso, es capaz de determinar a ojo la altitud con bastante exactitud con solo mirar a tierra.

»Estábamos sobre el ala, el estudiante había realizado anteriormente tres saltos muy buenos, así que no me preocupaba en absoluto. No hubo ningún problema al salir, saltamos con los brazos y las piernas extendidos, y él caía bien, de forma estable, cuando atravesamos la primera capa de nubes. Me llevé un susto cuando apareció una segunda capa de nubes por debajo de nosotros, pero pensé que solo había que realizar los ejercicios apropiados y ver a qué altura estábamos al acercarnos. El estudiante hizo unos giros de noventa grados y una serie de movimientos horizontales antes de volver a la posición en X. Mi altímetro mostraba seis mil pies cuando vi que el estudiante empezaba a buscar la anilla del paracaídas, así que le indiqué que debía esperar. Él me miró, pero no es fácil leer en la cara de un tipo cuyas mejillas y labios ondean entre las orejas como ropa tendida y azotada por un vendaval.

Joseph se detuvo y asintió satisfecho con la cabeza.

—Ropa tendida y azotada por un vendaval… —repitió—. No está mal. Salud.

Se llevó la botella a los labios.

—Cuando alcanzamos aquellas nubes, leí cinco mil pies en mi altímetro —continuó tras recuperar el aliento—. Nos quedaban mil pies antes de tirar de la anilla. Agarré al estudiante y eché un vistazo al altímetro por si la capa de nubes era gruesa y teníamos que introducirnos en ella. Sin embargo, la atravesamos enseguida. Mi corazón se paralizó cuando vi cómo la tierra se acercaba a nosotros a toda velocidad… los árboles, la hierba, el asfalto. Era como hacer zoom con una cámara. Enseguida tiré por los dos de la anilla. Si, por alguna razón, los paracaídas principales hubiesen fallado, no hubiésemos tenido tiempo de activar el de reserva. Resultó que las nubes bajas estaban a más o menos dos mil pies. El personal de tierra se quedó bastante perplejo cuando nos vio atravesar las nubes sin paracaídas. Encima, al imbécil del estudiante le entró un ataque de pánico después de desplegársele el paracaídas y fue a parar a un árbol. No hubo ningún problema, pero se quedó colgando a cuatro metros sobre el suelo. En vez de esperar a que acudieran a ayudarle, se soltó del paracaídas y cayó al suelo; se fracturó una pierna. Presentó una queja, en la que decía que mi aliento olía a alcohol, y la junta del club tomó una decisión. Me suspendieron de por vida.

Joseph acabó la segunda botella.

—¿Luego qué pasó, Joseph?

—Esto. —Tiró la botella—. Una pensión, malas compañías y mal vino. —Había empezado a arrastrar las palabras—. Me rompieron las alas, Harry. Soy del pueblo de los cuervos, no estoy hecho para vivir como un emú.

Las sombras del parque habían menguado, pero en ese momento empezaban a alargarse otra vez. Harry se despertó y vio a Joseph de pie a su lado.

—Me largo a casa, Harry. ¿Tal vez quiera recoger un par de cosas de la caseta antes de que me vaya?

—¡Anda, coño! La pistola. Y la chaqueta.

Harry se levantó. Ya era hora de tomarse una copa. Cuando Joseph hubo cerrado la caseta, los dos permanecieron fuera balanceándose y pasándose la lengua por los dientes.

—¿Tiene previsto volver a Noruega pronto? —dijo Joseph.

—Un día de estos, sí.

—Espero que la próxima vez no pierda el avión.

—Tenía previsto llamar esta tarde a la compañía aérea. Y al trabajo. Se preguntarán dónde me he metido.

—Joder —dijo Joseph dándose un golpe en la frente. Volvió a sacar las llaves—. Creo que el vino tinto que estoy tomando lleva demasiados taninos. Corroe las células cerebrales. Nunca recuerdo si he apagado la luz y el guarda se cabrea un montón si llega y se encuentra la luz encendida.

Abrió la puerta. La luz estaba apagada.

—Ja, ja. Supongo que ya lo sabe; cuando conoces un lugar tan bien, apagas la luz de forma automática, sin pensar. Y luego no recuerdas si lo has hecho o no, joder… ¿Le ocurre algo, Harry?

Harry se había quedado paralizado y miraba a Joseph con los ojos de par en par.

41

Un sofá rococó

El conserje del teatro St. George sacudía la cabeza con incredulidad y volvió a servir café a Harry.

–Jamás he visto nada p-parecido. Tenemos lleno todas las noches. Cuando toca el número de la guillotina, la gente enloquece, gritan y g-gimen. Ahora en el cartel pone: «La guillotina de la muerte, que ha salido en la televisión y la prensa. Ha matado antes…». Se ha vuelto la estrella del espectáculo, caray. Qué cosa más e-extraña.

–Una cosa muy extraña. ¿Eso quiere decir que han encontrado un sustituto para Otto Rechtnagel y que siguen con el mismo espectáculo?

–Más o menos, sí. Jamás han tenido tanto éxito, ni por asomo.

–¿Qué pasó con el número del gato al que disparan?

–Lo dejaron. No acababa de gustar.

Harry se estremeció. Tenía la camisa empapada de sudor.

–Pues yo tampoco entendía qué pintaba ese número…

–Fue una idea del propio Rechtnagel. En mi juventud hice mis pinitos como payaso, así que cuando viene el circo me gusta estar enterado de lo que ocurre en el e-escenario, y recuerdo que no incluyeron ese número en el espectáculo hasta los ensayos del día anterior.

–La verdad es que me imaginaba que era Otto quien estaba detrás de ello.

Harry se rascó su barbilla recién afeitada.

—Hay una cosa que me reconcome. Me pregunto si usted podría ayudarme. Quizá meta la pata, pero le ruego que escuche la siguiente teoría y me dé su opinión. Otto sabe que yo estoy en la sala, él sabe algo que yo no sé y me lo tiene que dar a entender. Sin embargo, no me lo puede decir directamente a la cara. Por varios motivos. Tal vez porque él mismo está involucrado. Por tanto, el número en cuestión está dirigido a mí. Pretende decirme que la persona que quiero cazar también es cazador, que es alguien como yo, un colega. Entiendo que suena un tanto extraño, pero usted ya sabe lo excéntrico que podía ser Otto. ¿Qué le parece? ¿Le suena a algo típico de él?

El conserje se quedó mirando a Harry durante un buen rato.

—Agente, creo que debe tomarse otro c-café. Ese número no tenía intención de transmitirle a usted ningún mensaje. Es un número c-clásico de Jandy Jandaschewsky. Cualquier persona relacionada con el circo se lo puede corroborar. Ni más ni m-menos. Lamento defraudarle, pero…

—Todo lo contrario —dijo Harry aliviado—. En realidad tenía esperanzas de que fuera algo así. Entonces puedo descartar esa teoría sin problemas. ¿Ha dicho que tenía más café?

Solicitó ver la guillotina y el conserje le llevó al cuarto de atrezos.

—Cada vez que entro aquí se me ponen los pelos de punta, pero al menos ya he logrado poder dormir por la n-noche —dijo el conserje mientras abría la puerta con llave—. La habitación se ha limpiado de arriba abajo.

Un golpe de aire frío salió del cuarto en cuanto abrieron la puerta.

—A vestirse —dijo el conserje encendiendo la luz.

La guillotina se erguía en medio del cuarto cubierta por una manta cual diva en reposo.

—¿A vestirse?

—Es una broma. En St. George, cuando entramos en un cuarto oscuro, decimos esto.

—¿Por qué?

Harry levantó la manta y tocó el filo de la cuchilla.

—Ah, es una vieja historia que se remonta a los años setenta. En aquella época el jefe era un belga llamado Albert Mosceau, un hombre muy temperamental, aunque nos caía bien a los que trabajamos bajo su mando. Era un verdadero hombre de teatro, Dios lo tenga en su gloria. Se cree que la gente del teatro son unos golfos de cuidado y unos l-libertinos… y tal vez sea cierto. Vamos, las cosas como son. En cualquier caso en esa época teníamos a un guapo y famoso actor en la compañía, no daré nombres, que era un conquistador. Las mujeres se derretían a su paso y los hombres le tenían envidia. Solíamos recibir a la gente que quería visitar el teatro y un día el guía entró al cuarto de atrezos con un grupo de a-alumnos de un colegio. Encendió la luz… y allí se lo encontró, en el sofá rococó que utilizábamos en *El zoo de cristal* de Tennessee Williams, dale que te pego con una de las m-mujeres de la cafetería.

»Evidentemente, el guía pudo haber salvado la situación porque el conocido actor, no daré nombres, estaba de espaldas. Sin embargo, el guía era un jovenzuelo novato que tenía esperanzas de convertirse en actor algún día y era, como la mayoría de la gente del teatro, un bobo vanidoso. Por tanto, el tipo no utilizaba gafas aunque era muy miope. En resumidas cuentas, no vio nada de lo que estaba ocurriendo en el sofá rococó y pensaría que la repentina aglomeración de gente en la puerta se debía a sus excelentes dotes narrativas o algo por el estilo. Cuando el guía prosiguió hablando de Tennessee Williams, el donjuán comenzó a soltar palabrotas en voz alta asegurándose de que nadie pudiera ver su rostro, tan solo su culo peludo. No obstante, el guía reconoció su voz y exclamó: "Vaya, pero ¿está usted aquí, Bruce Lieslington?".

El conserje se mordió el labio inferior.

—Uuups.

Harry se rió a carcajadas y levantó las manos.

—No se preocupe, ya se me ha olvidado el nombre.

—En todo caso, a-al día siguiente Mosceau convocó a todos a una reunión. Explicó brevemente lo que había ocurrido y dijo que lo consideraba un incidente muy grave. «No podemos permitirnos ese tipo de publicidad», dijo. «Me veo, por tanto, en la obligación de p-prohibir ese tipo de v-visitas guiadas.»

La risa del conserje retumbaba en las paredes del cuarto de atrezos. Harry tuvo que sonreír. Tan solo la diva de acero y madera permanecía silenciosa e inaccesible.

—Ya entiendo lo de «A vestirse». ¿Qué ocurrió con el desafortunado guía? ¿Llegó a ser actor?

—Por desgracia para él y por suerte para el teatro, n-no. Sin embargo, sigue trabajando en el sector y actualmente es el técnico de iluminación del St. George. Claro, se me había olvidado, usted le conoce…

Harry inspiró lentamente. Le dolían las articulaciones. ¡Y qué calor hacía, joder!

—Sí, sí, es cierto. Actualmente debe de usar lentes de contacto, ¿no?

—No. Dice que trabaja mejor cuando v-ve el escenario de forma borrosa. Según él, así se puede concentrar mejor en el conjunto en vez de fijarse en los detalles. Es un tipo realmente extraño.

—Un tipo extraño —repitió Harry.

—¿Diga?

—Siento llamar tan tarde, Lebie. Soy Harry Holy.

—¿Holy? ¡Caramba! ¿Qué hora es en Noruega en este momento?

—No tengo ni idea. Escuche, no estoy en Noruega. Hubo un problema con el vuelo.

—¿Qué problema?

—Salió demasiado temprano, por decirlo de alguna manera, y no ha sido fácil conseguir otro vuelo. Necesito ayuda.

—Dispare.

—Tiene que encontrarse conmigo en el piso de Otto Rechtnagel. Lleve una palanqueta si no tiene maña con las ganzúas.

—De acuerdo. ¿Ahora mismo?

—Estaría bien. Se lo agradecería, colega.

—De todas formas estaba durmiendo fatal.

—¿Oiga?

—¿Doctor Engelsohn? Me gustaría preguntarle algo sobre un cadáver. Me llamo…

—Me importa un bledo cómo se llama usted, son las… tres de la madrugada. Puede contactar con el doctor Hansson, que está de guardia. Buenas noches.

—¿Está usted sordo? He dicho bue…

—Soy Holy. No me cuelgue otra vez, por favor.

—…

—¿El mismo Holy?

—Me alegro de que al fin recuerde mi nombre, doctor. Es que he encontrado algo muy interesante en el piso donde fue hallado muerto Andrew Kensington. Tengo que examinarle, quiero decir, tengo que examinar la ropa que llevaba en el momento en que murió. Ustedes la conservan todavía, ¿verdad?

—Sí, pero…

—Nos encontraremos a las puertas del depósito de cadáveres dentro de media hora.

—Mi querido señor Holy, realmente no veo que…

—No me haga repetírselo, doctor. ¿Qué le parecerían la exclusión del colegio de médicos, la demanda de indemnización de los familiares, las noticias en la prensa…? ¿Quiere que siga?

—Bueno, pero no podré llegar en media hora.

—En este momento del día hay poco tráfico, doctor. Tengo la sensación de que llegará puntual.

42

Un visitante

McCormack entró a su despacho, cerró la puerta y se acercó a la ventana. El tiempo estival de Sidney sin duda era variable; llevaba toda la noche lloviendo. McCormack tenía más de sesenta años, había pasado la edad de jubilación de la policía y, como es frecuente entre los jubilados, había empezado a hablar solo.

Normalmente se trataba de pequeñas observaciones cotidianas que dudaba que los demás supieran apreciar de la misma manera que él. Como, por ejemplo: «Vaya, parece que vamos a tener un día despejado hoy también». No cesaba de impulsarse sobre sus talones mientras contemplaba la ciudad. O: «Vaya, resulta que hoy también soy el primero en llegar».

Cuando se disponía a colgar su chaqueta en el armario se percató de unos sonidos que provenían del sofá. Un hombre intentaba incorporarse.

—¿Holy? —dijo McCormack sorprendido.

—Lo lamento, señor. Espero que no le importe que le haya tomado prestado el sofá…

—¿Cómo ha entrado aquí?

—No tuve tiempo de devolver mi identificación. Así que, el vigilante nocturno me dejó pasar. La puerta de su despacho estaba abierta y, dado que es usted con quien deseo hablar, me eché un sueñecito en el sofá.

—Usted debería estar en Noruega. Su jefe ha llamado. Tiene un aspecto muy lamentable, Holy.

—¿Usted qué le dijo, señor?

—Que se quedaría para asistir al funeral de Kensington. En calidad de representante de Noruega.

—Pero ¿cómo…?

—Usted facilitó a la compañía aérea el número que tenía aquí, así que cuando llamaron media hora antes de la salida del vuelo diciendo que no había aparecido, me percaté de la situación. Una llamada al Crescent y una conversación privada con el director del hotel explicó el resto. Hemos intentado en vano localizarle. Sé cómo funcionan estas cosas, Holy, y sugiero que no montemos ningún follón más. Todos saben que después de acontecimientos semejantes hay una reacción. Lo importante es que se haya recuperado y que le encontremos un vuelo.

—Gracias, señor.

—No hay de qué. Le pediré a mi secretaria que contacte con la compañía aérea.

—Antes de hacerlo, solo quisiera comentarle un par de asuntos, señor. Hemos trabajado un poco esta noche y no tendremos los resultados definitivos hasta que el equipo forense llegue al trabajo y los comprueben, pero estoy totalmente seguro de ellos, señor.

Al final, el viejo ventilador, pese a haberlo engrasado, se había acabado de estropear y había sido reemplazado por uno nuevo, más grande y silencioso. Harry constató que el mundo no dejaba de avanzar, incluso en su ausencia.

De los presentes, los únicos que no conocían los detalles eran Watkins y Yong, pero de todas formas Harry empezó por el final.

—No caímos en ello cuando encontramos a Andrew, porque era pleno día. Tampoco lo pensé cuando supe la hora de la muerte. No me di cuenta hasta más tarde de que la luz estaba apagada cuando llegamos al piso de Rechtnagel. Si los sucesos tuvieron lugar del modo que supusimos, habría ocurrido lo siguiente: Andrew habría apagado el interruptor contiguo a la puerta del salón, habría andado a tientas hasta la silla totalmente colocado de heroína y, en una habitación oscura como boca de lobo a las dos de la madrugada, habría hecho equilibrios sobre la tambaleante silla y habría colgado la cuerda por encima de su cabeza.

Durante el silencio que siguió se hizo patente que incluso con tecnología punta era difícil fabricar un ventilador que no hiciera un ruido irritante, por muy débil que fuera.

—La verdad es que suena extraño —dijo Watkins—. Tal vez no estuviera oscuro del todo. Tal vez hubiera una farola u otra luz exterior que iluminase la habitación por la noche.

—Lebie y yo fuimos a las dos anoche para comprobarlo. El salón estaba oscuro como una tumba.

—¿No es posible que la luz estuviera encendida cuando llegaron ustedes sin que se dieran cuenta? —preguntó Yong—. Llegaron en pleno día. Puede que algún policía la apagara más tarde.

—Cortamos el cable con un cuchillo para descolgar a Andrew —dijo Lebie—. No quería que me diera un calambre, así que comprobé que el interruptor estuviera apagado.

—De acuerdo —dijo Watkins—. Supongamos que prefirió ahorcarse a oscuras. Kensington era un tipo algo particular. Eso no es ninguna novedad.

—Pero no se ahorcó a oscuras —dijo Harry.

McCormack carraspeó desde la parte trasera de la sala.

—Esto es lo que encontramos en el piso de Rechtnagel —dijo Harry sosteniendo una bombilla—. ¿Ven esta mancha marrón? Es rayón quemado y chamuscado. —Mostró una prenda blanca—. Y esta es la camisa que Andrew llevaba cuando le encontramos. De lavar y poner. Sesenta por cien de rayón. El rayón se derrite a doscientos sesenta grados centígrados. Una bombilla alcanza unos cuatrocientos cincuenta grados en la superficie. ¿Ven la mancha negra que hay sobre el bolsillo del pecho? Era el sitio donde la bombilla tocaba la camisa cuando le encontramos.

—Sus conocimientos de física son impresionantes, Holy —dijo Watkins—. Díganos entonces qué ocurrió en su opinión.

—Una de dos —dijo Harry—. Alguien entró antes que nosotros, vio a Andrew colgado del cable, apagó la luz y se marchó. El problema es que las dos únicas llaves registradas del piso de Otto las llevaban encima Otto y Andrew.

—Hay un pestillo, ¿verdad? —dijo Watkins—. Tal vez la persona en cuestión abriera la puerta con la llave y la dejara en el bolsillo de An… No, entonces Andrew no hubiera podido entrar.

Watkins se sonrojó levemente.

—Puede que tenga parte de razón —dijo Harry—. Mi teoría es que Andrew no tenía la llave del piso, sino que le dejó entrar otra persona que ya se encontraba allí o que llegó al mismo tiempo que Andrew, alguien que tenía la otra llave. Esta persona estuvo presente cuando Andrew murió. Luego dejó la llave en el bolsillo de Andrew para que pareciera que él había entrado por su cuenta. El hecho de que la llave no se encuentre en el manojo de llaves junto con las demás es prueba de ello. Luego, al marcharse, apagó la luz y cerró la puerta tras de sí.

Hubo un silencio.

—¿Nos está diciendo que Andrew Kensington fue asesinado? —preguntó Watkins—. En ese caso, ¿cómo?

—Creo que primero obligaron a Andrew a chutarse una inyección de heroína, una sobredosis, mientras le apuntaban con una pistola.

—¿Por qué no se la podría haber inyectado él mismo antes de llegar? —preguntó Yong.

—En primer lugar, no creo que un adicto tan controlado y experimentado como Andrew vaya y se meta una sobredosis por accidente. En segundo lugar, a Andrew no le quedaba suficiente droga para una sobredosis.

—¿Por qué le ahorcaron?

—El efecto de la sobredosis no es una ciencia exacta. No siempre resulta fácil prever cómo va a reaccionar un cuerpo ya habituado. Tal vez hubiera sobrevivido lo suficiente hasta que llegara alguien y le encontrara vivo. El objetivo sería más bien adormecerle para que no ofreciera resistencia cuando le colocaran en la silla y le pusieran el cable alrededor del cuello. A propósito del cable. ¿Lebie?

Lebie maniobró habilidosamente con los labios y la lengua para desplazar el palillo de dientes hasta una comisura de la boca.

—Hicimos que el equipo forense comprobara el cable. Los cables que cuelgan del techo rara vez se limpian, ¿verdad? Pensamos que sería fácil encontrar huellas. Pero el cable estaba tan limpio como… eh… —Lebie agitó una mano.

—¿Como algo muy limpio? —sugirió Yong para ayudarle.

—Exactamente. Las únicas huellas que encontramos fueron las nuestras.

—O sea, que a menos que Andrew limpiara el cable antes de ahorcarse —pensó Watkins en voz alta— y metiera la cabeza dentro del lazo sin utilizar los dedos, alguien se encargó de hacerlo por él. ¿Es eso lo que están insinuando?

—Eso parece, jefe.

—Pero si ese tipo es tan listo como sugieren ustedes, ¿por qué apaga la luz al irse? —Watkins extendió los brazos y escrutó las caras alrededor de la mesa.

—Porque —dijo Harry— lo hizo de modo automático, sin pensarlo. Tal y como suele hacer la gente cuando sale de su propio piso. O de un piso del que tienen llave y de donde acostumbran a entrar y salir como les place.

Harry se reclinó en la silla. Sudaba como un cerdo y no sabía cuánto tiempo aguantaría sin tomarse una copa.

—Yo creo que el hombre que buscamos es el amante secreto de Otto Rechtnagel.

Lebie se situó al lado de Harry en el ascensor.

—¿Sale a almorzar?

—Sí, pensaba comer algo —dijo Harry.

—¿Le importa que le acompañe?

—Claro que no.

Lebie era una buena compañía si uno no tenía demasiadas ganas de conversación.

Encontraron una mesa en el Southern's, en Market Street. Harry pidió un Jim Beam. Lebie alzó la vista del menú.

—Tráiganos dos ensaladas con barramundi, café solo y pan.

Harry miró sorprendido a Lebie.

—Gracias, pero yo esperaré un poco —dijo al camarero.

—Haga lo que le he dicho —dijo Lebie sonriente—. Mi compañero cambiará de idea en cuanto pruebe la barramundi que tienen ustedes.

El camarero desapareció y Harry miró a Lebie. Este había colocado las manos sobre la mesa con los dedos separados y los observaba uno tras otro como si los comparase.

—Cuando era joven hice autostop por la costa hasta Cairns, a lo largo de la Gran Barrera de Coral —dijo dirigiéndose a las lisas palmas de sus manos—. En una pensión para mochileros conocí a dos chicas alemanas que daban la vuelta al mundo. Habían alquilado un coche y habían conducido desde Sidney. Me hablaron con detalle de todos los lugares en los que habían estado, por cuánto tiempo y por qué habían visitado cada uno de esos lugares, y cómo habían planificado el resto del viaje. Resultaba evidente que apenas habían dejado nada al azar. Tal vez sea algo característico de la idiosincrasia alemana. De modo que cuando les pregunté si habían visto canguros durante su viaje, se rieron de un modo condescendiente y me aseguraron que sí. Se sobreentendía que ello formaba parte de su «lista de cosas que hay que ver». «¿Os detuvisteis a darles de comer?», les pregunté, y entonces cruzaron una mirada de confusión y me respondieron: «¡No, no lo hicimos!». «¿Y por qué no, si son muy simpáticos?» Y me respondieron en alemán: «Pero si estaban muertos».

Harry estaba tan sorprendido por el monólogo de Lebie que se olvidó de sonreír.

El camarero volvió y dejó el Jim Beam delante de Harry. Lebie miró el vaso.

—Anteayer vi a una chica tan mona que me entraron ganas de acariciarle la mejilla y decirle algo bonito. Tenía veintipocos, llevaba un vestido azul e iba descalza. Pero estaba muerta. Como sabes, era rubia, la habían violado y tenía moratones en el cuello por el estrangulamiento.

»Y la noche pasada soñé que los cadáveres de esas chicas tan absurdamente jóvenes y bellas llenaban los arcenes de toda Australia, de Sidney a Cairns, de Adelaida a Perth, de Darwin a Melbourne. Y todo por un único motivo: habíamos cerrado los ojos porque no soportábamos conocer la verdad. No habíamos hecho lo suficiente. Nos habíamos permitido ser débiles y humanos.

Harry entendió a qué se refería Lebie. El camarero trajo el pescado.

—Harry, usted es quien más se ha acercado a él. Ha puesto la oreja en tierra y tal vez reconozca las vibraciones de sus pasos si se acerca de nuevo. Siempre habrá motivos para emborracharse, pero si se queda en el hotel vomitando, ya no ayudará a nadie. Él no es humano. Así que no podemos ser humanos. Tenemos que aguantarlo todo, resistirlo todo. —Lebie desplegó su servilleta—. Pero también tenemos que comer.

Harry se llevó la copa de whisky a los labios y miró a Lebie mientras la vaciaba lentamente. A continuación colocó el vaso vacío sobre la mesa, hizo una mueca y cogió los cubiertos. El resto de la comida transcurrió en silencio.

43

Un pez gordo

Sandra se encontraba en su esquina habitual. Ella no le reconoció hasta que él estuvo cerca.

—Me alegro de verte —dijo ella con la mirada distante y unas pupilas muy pequeñas.

Se fueron al Bourbon & Beef, donde el camarero acudió de inmediato para acercarle una silla a Sandra.

Harry preguntó a Sandra qué quería tomar y luego pidió una Coca-Cola y un whisky doble.

—Caramba, he pensado que el camarero venía a echarme de aquí —dijo ella aliviada.

—Soy una especie de parroquiano —explicó Harry.

—¿Cómo está tu amiga?

—¿Birgitta? —Harry tardó en contestar—. No sé. No quiere hablar conmigo. Espero que esté jodida.

—¿Por qué deseas que esté jodida?

—Porque espero que me quiera, claro.

Sandra soltó una risa ronca.

—¿Y cómo estás tú, Harry Holy?

—Estoy jodido. —Harry sonrió, triste—. Pero es posible que me sienta algo mejor si consigo pillar a un asesino.

—¿Y crees que yo te puedo ayudar en eso? —dijo ella encendiendo un cigarrillo.

Tenía el rostro todavía más pálido y cansado que la última vez y los ojos enrojecidos.

—Tú y yo nos parecemos —dijo Harry señalando sus reflejos en la ventana oscurecida que había junto a su mesa.

Sandra no dijo nada.

—Recuerdo, de un modo más o menos borroso, que Birgitta tiró tu bolso y que todo el contenido se desparramó por la cama. Al principio pensé que llevabas un perro pequinés en el bolso. —Harry se detuvo un momento—. Dime: ¿para qué llevas una peluca rubia?

Sandra miró por la ventana. Mejor dicho, miró la ventana, probablemente su reflejo.

—Me la compró un cliente. Quiere que me la ponga cuando viene a verme.

—¿Quién…?

Sandra negó con la cabeza.

—Olvídalo, Harry. No te lo voy a decir. En mi profesión no hay muchas normas, pero mantener silencio sobre tus clientes es, de hecho, una de ellas. Y es una buena norma.

Harry suspiró.

—Tienes miedo.

Los ojos de Sandra centelleaban.

—Harry, no me vengas con esas. No te puedo ayudar, ¿de acuerdo?

—No tienes que contarme quién es, Sandra. Yo lo sé. Solo quería comprobar si tenías miedo de contármelo.

—«Lo sé» —dijo Sandra en tono burlón y visiblemente furiosa—. ¿Y cómo es que lo sabes?

—Vi la piedra que se te cayó del bolso, Sandra. La piedra de cristal verde. La reconocí por el signo del zodíaco que llevaba pintada. Él te la regaló. Procede de la tienda de su madre, el Crystal Castle.

Ella le miró con sus ojos grandes y negros. Su boca roja se había congelado formando una fea mueca. Harry colocó cuidadosamente una mano sobre el brazo de ella.

—¿Por qué tienes tanto miedo a Evans White, Sandra? ¿Por qué no nos lo entregas?

Sandra retiró el brazo bruscamente. Se volvió hacia la ventana. Harry esperaba. Ella sollozaba y Harry le tendió un pañuelo que, inexplicablemente, llevaba en el bolsillo.

—Hay mucha gente jodida, ¿sabes? —susurró tras un rato. Sus ojos estaban todavía más enrojecidos cuando se giró hacia él—. ¿Sabes qué es esto?

Se subió la manga del vestido y le mostró un antebrazo blanco con marcas rojas hinchadas, algunas con costra.

—¿Heroína? —preguntó Harry.

—Morfina —dijo Sandra—. No hay mucha gente en Sidney que la consiga, por eso la mayoría acaban con la heroína de todas formas. Pero yo tengo alergia a la heroína. Mi cuerpo no la tolera. La probé una vez y estuve a punto de morirme. Así que mi veneno es la morfina. Y el último año solo hubo una persona en King's Cross capaz de conseguir la cantidad suficiente. Y le pago participando en una especie de juego de rol. Me maquillo y me pongo una peluca blanca. Por mí no hay problema. ¡Me importa un bledo el placer que eso le proporcione mientras yo tenga lo que necesito! Además hay gente todavía más enferma que te pide que te disfraces de su madre.

—¿Su madre?

—Creo que él odia a su madre. O que la ama algo más de lo normal. Una cosa u otra, no estoy segura. Él no quiere hablar de ello y sabe Dios que a mí tampoco me apetece mucho.

Soltó una risotada.

—¿Por qué piensas que él la odia?

—Últimamente ha estado algo más agresivo de lo habitual —dijo Sandra—. Me ha hecho algunos moratones.

—¿En el cuello?

Sandra negó con la cabeza.

—Lo intentó una vez. Fue el día después de que el periódico diera la noticia de la chica noruega asesinada por estrangulamiento. Se limitó a poner las manos alrededor de mi cuello y a pedirme que me quedara quieta y no me asustara. No volví a pensar en ello.

—¿Por qué no?

Sandra se encogió de hombros.

—La gente está muy influenciada por lo que leen y ven por ahí. Les inspira. Por ejemplo, cuando echaron la película *Nueve semanas y media* en el cine. De repente había un montón de clientes que nos pedían que nos arrastráramos desnudas por el suelo mientras ellos se quedaban mirando desde una silla.

—Vaya mierda de película —dijo Harry—. ¿Qué ocurrió?

—Me puso las manos alrededor del cuello y deslizó los pulgares por mi laringe. Nada violento. Pero yo me quité la peluca y le dije que no quería jugar. Él recuperó el juicio y dijo que estaba bien. Que solo se le había ocurrido, que no tenía ninguna importancia.

—¿Y tú le creíste?

Sandra se encogió de hombros.

—No tiene ni idea de hasta qué punto una pequeña adicción puede determinar cómo se ven las cosas —dijo ella terminándose el whisky.

—¿Que no? —dijo Harry mirando con desprecio la botella de Coca-Cola que aún seguía intacta delante de él.

McCormack tamborileaba con los dedos, impaciente. Harry sudaba aunque el ventilador estaba al máximo. La vecina gorda de Otto Rechtnagel había tenido mucho que decir cuando Yong había ido a verla. Demasiado. Lamentablemente, nada de lo que había aportado la mujer tenía el más mínimo interés. Al parecer, incluso a Yong le había costado bastante prestarle atención a tan desagradable compañía.

—Una vacaburra —dijo él con una sonrisa cuando Watkins le preguntó qué impresión le había causado la mujer.

—¿Alguna novedad sobre la chica del Centennial Park? —preguntó McCormack.

—No muchas —dijo Lebie—. Pero al menos hemos averiguado que no era ninguna santa, que consumía speed y que hacía poco había empezado a trabajar en un club de striptease de King's Cross. Iba de camino a casa cuando la asesinaron. Tenemos dos testigos que afirman haberla visto entrar en el parque.

—¿Algo más?

—Nada más de momento, señor.

—Harry —dijo McCormack limpiándose el sudor—. ¿Cuál es su teoría?

—La más reciente… —murmuró Watkins en voz lo suficientemente alta para que todos le oyeran.

—Bueno —comenzó Harry—. Nunca encontramos al testigo que, según Andrew, había visto a Evans White en Nimbin el día en que fue asesinada Inger Holter. Lo que sabemos es que White tiene un interés más allá de lo normal por las rubias, que ha tenido una infancia tortuosa y que sería interesante analizar su relación con su madre. Jamás ha tenido trabajo ni residencia fija y, por consiguiente, ha sido difícil seguirle el rastro. No es para nada imposible que haya mantenido una relación secreta con Otto Rechtnagel ni tampoco resulta impensable que haya acompañado a Otto en sus giras, tal vez quedándose en los hoteles y buscando a sus víctimas en los lugares donde han actuado. No obstante, todo esto no es más que una teoría.

—Tal vez Otto Rechtnagel sea el asesino en serie —dijo Watkins—. Tal vez fuera otro quien mató a Rechtnagel y a Kensington, alguien que no tenga nada que ver con los otros asesinatos.

—Centennial Park —dijo Lebie—. Allí estuvo nuestro asesino en serie. Me apuesto todo lo que tengo a que fue él. Tampoco es que tenga mucho que perder…

—Lebie tiene razón —dijo Harry—. Él sigue ahí, en alguna parte.

—De acuerdo —dijo McCormack—. Tomo nota de que nuestro amigo Holy ha comenzado a emplear expresiones como «no es para nada imposible» y «no resulta impensable» cuando lanza sus teorías, lo cual puede ser muy sensato. No nos conviene afirmar nada categóricamente. Además debemos tener muy claro que se trata de un hombre muy inteligente. Y muy seguro de sí mismo. Él nos proporcionó las respuestas que buscábamos, nos sirvió al asesino en bandeja de plata y cuenta con que nos hayamos contentado con tales respuestas, que damos el caso por resuelto dado que el culpable murió por su propia mano. Lógicamente cuando señaló a

Kensington, sabía que preferiríamos minimizar el asunto, lo cual hay que admitir que estuvo muy bien pensado.

McCormack miró a Harry cuando dijo la última frase.

—Nuestra ventaja reside en el hecho de que piensa que está a salvo. Las personas que se creen a salvo a veces se descuidan. Sin embargo, ha llegado la hora de decidir cómo vamos a proseguir de aquí en adelante. Tenemos un nuevo sospechoso y no nos podemos permitir otro error. El problema es que, si chapoteamos demasiado en el agua, nos arriesgamos a asustar al pez gordo. Necesitamos mantener la calma y permanecer absolutamente quietos hasta ver con claridad al pez gordo bajo el agua, con tanta claridad que no podamos equivocarnos y tan de cerca que no podamos fallar. Entonces, y no antes, podremos lanzar el arpón.

Miró a sus hombres uno por uno. Todos asintieron con la cabeza ante la indiscutible sensatez de su jefe.

—Y para conseguirlo se requiere que trabajemos de modo defensivo, en silencio y sistemáticamente —dijo McCormack.

—No estoy de acuerdo —dijo Harry.

Todos le miraron.

—Existe una forma de capturar peces sin chapotear —dijo Harry—. Un sedal con un anzuelo que tenga un cebo que sabemos que morderá.

44

Una cubomedusa

El viento levantaba nubes de polvo que se arremolinaban por el camino de grava, por encima del muro de piedra que rodeaba el cementerio y en torno a la pequeña comitiva. Harry tuvo que cerrar los ojos para que no se le llenaran de tierra. El viento sacudía las camisas y los faldones de las chaquetas de tal manera que desde la distancia parecía que los asistentes al entierro estuvieran bailando sobre la tumba de Andrew Kensington.

—¡Viento de los demonios! —susurró Watkins mientras el cura recitaba.

Harry se quedó pensando en las palabras de Watkins, esperando que estuviera equivocado. Evidentemente, nunca resultaba fácil ver de dónde provenía el viento, pero era obvio que este tenía prisa. Y si estaba allí para llevarse el alma de Andrew, no podía decirse que se tomara su cometido a la ligera. Las hojas de los himnarios ondeaban, la verde lona junto a la tumba se sacudía y los que no llevaban sombreros que sujetar tenían el pelo completamente despeinado.

Harry no oía lo que decía el cura; miraba al otro lado de la tumba con los ojos entornados. El cabello de Birgitta volaba hacia atrás como una enorme lengua de llamas rojas. Su mirada se encontró inexpresivamente con la de él. Había una mujer anciana de pelo gris que temblaba sentada en una silla con un bastón en el regazo. Tenía la piel amarillenta y su avanzada edad no lograba ocultar su típica cara de caballo inglesa. El viento había torcido un poco su pamela. Harry comprendió que se trataba de la madre adoptiva de Andrew, pero estaba tan mayor y delicada que apenas había registrado sus palabras de pésame en el exterior de la iglesia; se había limitado a asentir con la cabeza mientras repetía una frase incomprensible una y otra vez. Detrás de ella había una mujer negra, pequeña y casi invisible, con una niña en cada mano.

El reverendo arrojó tierra sobre la tumba a la manera luterana. Harry sabía que Andrew pertenecía a la Iglesia anglicana, que era, junto a la Iglesia católica, la más importante de Australia con diferencia, pero Harry, que solo había asistido a dos entierros en toda su vida, no veía ninguna diferencia entre este y los de Noruega. Hasta el tiempo era igual. Cuando enterraron a su madre, unos nubarrones azul grisáceo se cernían sobre el cementerio Vestre Gravlund, pero por fortuna pasaron demasiado rápido como para dejar caer un chaparrón. El día que enterraron a Ronny hacía sol. Pero entonces Harry se encontraba en el hospital con las cortinas bajadas puesto que la luz le daba dolor de cabeza. Como ahora, entonces los policías debían de constituir la mayor parte de la comitiva fúnebre. Quizá hasta habían cantado el mismo salmo al final: «Más cerca, Señor, de Ti!».

La comitiva se disolvió y la gente comenzó a dirigirse a sus coches. Harry iba justo detrás de Birgitta. Ella se detuvo para que él pudiera alcanzarla.

—Pareces enfermo —dijo la joven sin levantar la mirada.

—Tú no sabes qué aspecto tengo cuando estoy enfermo.

—¿No pareces enfermo cuando estás enfermo? —preguntó Birgitta—. En cualquier caso, lo único que digo es que pareces enfermo. ¿Estás enfermo?

Una ráfaga de viento sacudió la corbata de Harry y le tapó la cara.

—Quizá esté un poco enfermo —dijo él—. No muy enfermo. Tú pareces una medusa melena de león con todo ese pelo ondeando en… mi cara.

Harry se quitó un pelo de la boca.

Birgitta sonrió.

—Tienes suerte de que no sea una cubomedusa.

—¿Una qué?

—Una cubomedusa —respondió Birgitta—. Es muy común en Australia. Su picadura es peor que la de la medusa melena de león, dicen…

—¿Una cubomedusa? —oyó decir Harry a una voz familiar a su espalda.

Se dio la vuelta. Era Toowoomba.

—¿Cómo está? —dijo Harry, y le explicó que el pelo de Birgitta azotándole la cara había causado aquella asociación de ideas.

—Bueno, si hubiera sido una cubomedusa, ya se te hubiesen empezado a dibujar unas rayas rojas en la cara y estarías gritando como alguien a quien le están pegando —dijo Toowoomba—. Y en pocos segundos te hubieras desplomado, el veneno paralizaría tus pulmones, te quedarías sin respiración y, si no fueras atendido de inmediato, fallecerías de una muerte tremendamente dolorosa.

Harry extendió las manos hacia delante a modo defensivo.

—Gracias, pero ya hemos tenido suficientes muertes por hoy.

Toowoomba asintió con la cabeza. Llevaba una chaqueta de esmoquin de seda negro con pajarita. Se percató de la mirada de Harry.

—Esto es lo único que tengo que recuerda remotamente un traje. Además lo heredé de él. —Meneó la cabeza mirando hacia la tumba—. Ahora no, claro, hace unos cuantos años. Andrew dijo que ya le quedaba pequeño. Mentira, claro. Él no lo quería admitir, pero yo sabía que lo había comprado para el banquete que se celebraría tras el campeonato de Australia. Supongo que tenía la esperanza de que el esmoquin viviría conmigo lo que nunca llegó a vivir con él.

Caminaban por el sendero de grava mientras los coches pasaban lentamente.

—¿Puedo hacerle una pregunta personal, Toowoomba? —dijo Harry.

—Supongo que sí.

—¿Dónde piensa que acabará Andrew?

—¿A qué se refiere?

—¿Usted cree que su alma irá arriba o abajo?

Toowoomba adoptó un gesto serio.

—Harry, yo soy un hombre sencillo. No sé mucho de esas cosas ni tampoco sé mucho de almas. Sin embargo, sé un par de cosas sobre Andrew Kensington y si arriba hay algo y quieren almas bellas, ahí tiene que ir la suya. —La cara de Toowoomba se iluminó—. Pero si hay algo abajo, supongo que es allí donde él preferiría estar. Odiaba los lugares aburridos.

Se echaron a reír.

—Puesto que me ha hecho una pregunta personal, le voy a dar una respuesta personal. Yo creo que los antepasados de Andrew y los míos tenían algo de razón. Poseían una concepción muy objetiva de la muerte. Es cierto que había muchas tribus que creían en una vida después de la muerte. Algunos creían en la reencarnación, que el alma pasaba de una vida humana a otra y otros creían que las almas podían regresar como espíritus. Determinadas tribus creían que las almas de los muertos podían verse en el firmamento como estrellas, etcétera. Compartían la creencia de que, antes o después, el ser humano, tras pasar por todos sus diferentes estados, se moría de verdad, una muerte final, definitiva. Y entonces ya estaba: uno se convertía en un montón de piedras y desaparecía. En cierto modo, me gusta pensar eso. La perspectiva de la eternidad le marea a uno un poco, ¿no le parece?

—Lo que me parece es que Andrew le ha dejado algo más que su esmoquin, eso es lo que me parece —dijo Harry.

Toowoomba se echó a reír.

—¿Tanto se nota? —dijo él.

—La voz de su amo —dijo Harry—. El hombre debería haber sido cura.

Se detuvieron ante un coche pequeño y lleno de polvo que aparentemente pertenecía a Toowoomba.

—Escúcheme, Toowoomba —dijo Harry obedeciendo a un impulso—. Es posible que necesite a alguien que conocía a Andrew, la forma en que pensaba, por qué actuaba como actuaba… —Se enderezó e intercambió una mirada con el hombre—. Creo que Andrew fue asesinado —dijo Harry.

—¡Chorradas! —le espetó Toowoomba con vehemencia—. No lo cree, ¡lo sabe! Cualquiera que conociese a Andrew sabe que él jamás abandonaría una fiesta voluntariamente. Y la vida era la mayor fiesta para él. No conozco a nadie que amara más la vida que él. Pese a todo lo que la vida le hizo. Si hubiera querido irse al otro barrio, habría tenido bastantes ocasiones, y motivos, para hacerlo antes.

—Entonces estamos de acuerdo —dijo Harry.

—Casi siempre me podrá localizar en este número —dijo Toowoomba apuntándolo en una cajetilla de cerillas—. Es un móvil.

Toowoomba iba dirección norte y finalmente se alejó a trompicones en su viejo y blanco Holden. Harry y Birgitta se quedaron en silencio hasta que Harry sugirió que se subieran al coche de uno de sus compañeros para regresar a la ciudad. Parecía que se habían marchado casi todos. En ese momento se detuvo ante ellos un viejo y elegante Buick. El conductor bajó la ventanilla y asomó su cara enrojecida de nariz prominente; aún más roja que el resto de la cara, y con una red de venas finas, parecía una excrecencia creciendo en una patata.

—¿Les llevo a la ciudad, amigos? —preguntó la nariz invitándoles a subir al coche—. Me llamo Jim Connolly. Esta es mi esposa, Claudia —añadió cuando se hubieron acomodado en el amplio asiento trasero.

Un minúsculo rostro negro con una brillante sonrisa se giró hacia ellos desde el asiento delantero. Parecía india y era tan pequeña que su cabeza apenas sobresalía del respaldo.

Jim miró a Harry y a Birgitta por el retrovisor.

—¿Son amigos de Andrew? ¿Compañeros?

Conducía el vehículo con cuidado por el camino de grava mientras Harry le explicaba su relación con el fallecido.

—Así que son de Noruega y Suecia. Pues eso está muy lejos de aquí. Bueno, casi todos los que habitamos este país hemos venido de algún lugar lejano. Claudia, por ejemplo, es de Venezuela, el país de las misses Universo, ya saben. ¿Cuántos títulos tenéis, Claudia? Cuenta los tuyos también. Ja, ja, ja. —Se reía hasta el punto de que sus ojos desaparecían en el interior de las arrugas que se formaban junto a la nariz. Claudia se reía con él—. Yo soy australiano —continuó—. Mi trastatarabuelo vino aquí desde Irlanda. Fue un asesino y un ladrón. Ja, ja, ja. ¿Sabían que antiguamente a la gente no le gustaba admitir que descendía de reclusos, aunque eso hubiese ocurrido doscientos años atrás? En cambio yo siempre me he sentido orgulloso de ello. Fueron ellos, además de una panda de marineros y soldados, quienes fundaron este país. Y un buen país que es. Aquí lo llamamos «el país con suerte». Bueno, pero las cosas cambian. Me han dicho que ahora está de moda tener convictos en tu genealogía. Ja, ja, ja. Qué putada lo de Andrew, ¿no?

Jim era una ametralladora de palabras y Harry y Birgitta no fueron capaces de decir nada antes de que él volviera a la carga. Cuanto más rápido hablaba, más despacio conducía. Igual que David Bowie en el radiocasete a pilas de Harry. Cuando era pequeño su padre le regaló un reproductor de casetes a pilas en el que la cinta iba más y más despacio a medida que uno subía el volumen.

—Andrew y yo boxeábamos juntos en los torneos de Jim Chivers. ¿Sabían ustedes que a Andrew jamás le rompieron la nariz? No, señor, nadie consiguió jamás arrebatarle su virginidad nasal. Los aborígenes ya tienen de por sí unas narices bastante aplastadas, así que imagino que nadie se paró a pensar en ello. Pero en su interior Andrew estaba entero y bien. Tenía un corazón entero y un tabique nasal entero. Bueno, en la medida en que uno puede conservar un corazón entero tras ser secuestrado al nacer por las autoridades. Quiero decir, su corazón no estaba tan entero después de todos los problemas que hubo en el campeonato de Australia en Melbourne. Ya habrán oído esa historia, ¿verdad? Ahí perdió mucho, vaya.

Iban a menos de cuarenta kilómetros por hora.

—La novia del campeón, Campbell, babeaba con Andrew, pero seguramente había sido tan guapa toda su vida que nunca había experimentado el rechazo. Si lo hubiera vivido, las cosas habrían sido bien diferentes. Sin embargo, cuando llamó a la puerta de la habitación del hotel de Andrew aquella noche y él le pidió de modo educado que se fuera, ella no lo pudo soportar. Fue a ver directamente a su novio y le dijo que Andrew la había agredido. Los dos telefonearon a su habitación y le pidieron que bajara a la cocina. Todavía se habla de la pelea que tuvo lugar allí. Tras aquel incidente, la vida de Andrew se descarriló. Pero jamás le tocaron las narices. Ja, ja, ja. ¿Ustedes son novios?

—No exactamente —logró decir Harry.

—Tienen pinta de serlo —les dijo Jim por el retrovisor—. Tal vez no sean conscientes de ello, pero aunque estén afligidos por la tristeza del momento, irradian algo especial. Corríjanme si me equivoco, pero se parecen a Claudia y a mí cuando éramos jóvenes y estábamos enamorados. Así estuvimos durante los primeros veinte o treinta años. Ja, ja, ja. Ahora solo estamos enamorados. Ja, ja, ja.

Claudia miró a su marido con ojos brillantes.

—Conocí a Claudia en una de nuestras giras. Ella era contorsionista. Incluso hoy día es capaz de doblarse como si fuera un sobre de papel. No entiendo para qué quiero este Buick tan enorme. Ja, ja, ja. La estuve cortejando todos los días durante más de un año hasta que me concedió el privilegio de besarla. Luego me contó que se había enamorado de mí la primera vez que me vio. El hecho en sí era milagroso considerando que ya entonces esta nariz había recibido un sinnúmero de golpes. Y ella va y se hace la mojigata durante un interminable y horrible año. Las mujeres a veces me aterran. ¿Qué opina usted, Harry?

—Sí —dijo Harry—. Sé a lo que se refiere.

Miró a Birgitta. Ella sonrió débilmente.

Después de cuarenta y cinco minutos de coche para cubrir una distancia que normalmente se recorre en veinte, llegaron al Town Hall, donde Harry y Birgitta les dieron las gracias y se apearon. También hacía viento en la ciudad y se quedaron de pie entre las ráfagas de aire sin saber muy bien qué decirse.

—Una pareja muy inusual —dijo Harry.

—Sí —dijo Birgitta—. Son felices.

Un remolino de viento sacudió un árbol del parque y a Harry le pareció ver un animalito de pelo grueso corriendo en busca de refugio.

—¿Qué hacemos ahora? —preguntó Harry.

—Te vienes a casa conmigo.

—Sí —dijo Harry.

45

Venganza

Birgitta le puso un cigarrillo entre los labios y lo encendió.

—Te lo mereces —dijo ella.

Harry pensaba en cómo se sentía. No se sentía mal en absoluto. Se tapó con la sábana.

—¿Tienes vergüenza? —dijo Birgitta riéndose.

—Simplemente no me gusta tu mirada de lujuria —dijo él esquivo—. Puede que no quieras creerlo, pero no soy una máquina.

—¿No? —Birgitta le mordió cariñosamente el labio inferior—. Me podrías haber engañado. Ese pistón que…

—Vaya, vaya. ¿Tenías que ponerte en plan vulgar ahora que la vida era tan bella, cariño?

Ella se acurrucó junto a él y apoyó la cabeza sobre su pecho.

—Prometiste que me contarías el resto de la historia —susurró ella.

—Claro que sí. —Harry inhaló profundamente—. Veamos. Empecemos por el principio, ¿vale? En octavo curso llegó una chica nueva a la clase de al lado. Se llamaba Kristin, y en solo tres semanas ella y mi mejor amigo, Terje, quien tenía los dientes más blancos del colegio y tocaba la guitarra en un grupo, se hicieron oficialmente novios. El único problema fue que ella era la chica que yo llevaba esperando toda mi vida.

Hizo una pausa.

—¿Y qué hiciste? —preguntó Birgitta.

—Nada. Me quedé esperando. Mientras tanto me convertí en el colega de Terje con quien a ella le encantaba hablar de cualquier cosa. Con quien ella podía compartir sus confidencias cuando las cosas entre la pareja no iban bien, sin saber que él se alegraba en su fuero interno y solo estaba esperando una oportunidad para atacar. —Se echó a reír—. ¡Dios mío, cuánto me odié a mí mismo!

—Estoy muy impresionada —murmuró Birgitta acariciándole con ternura el cabello.

—Un amigo invitó a toda la pandilla de amigos a la granja deshabitada de sus abuelos el mismo fin de semana que la banda de Terje tenía un bolo. Bebimos vino casero y en algún momento de la noche Kristin y yo nos quedamos en el sofá hablando. Un poco más tarde decidimos explorar aquella casa grande y subimos a la buhardilla. Había una puerta cerrada, pero Kristin encontró una llave colgada de un gancho y la abrió. Nos tumbamos juntos en una cama con dosel más pequeña de lo normal. Entre los huecos de las sábanas había algo negro y me asusté cuando descubrí que eran moscas muertas. Debía de haber miles. Vi su cara junto a la mía, rodeada de moscas muertas en aquella almohada blanca, bañada por la pálida luz azulada de la luna, que asomaba, grande y redonda, por la ventana y hacía que su piel pareciese transparente.

—¡Bu! —dijo Birgitta en voz alta arrojándose encima de él.

Él se quedó mirándola durante un rato.

—Hablamos de todo y de nada. Nos quedamos completamente quietos escuchando la nada. Durante la noche pasaba algún que otro coche por el camino y la luz de las farolas salpicaba el techo y todo tipo de extrañas sombras se paseaban furtivamente por la habitación. Kristin rompió con Terje dos días después.

Él se tumbó sobre un lado dando la espalda a Birgitta. Ella se pegó a él.

—¿Qué pasó luego, Valentino?

—Kristin y yo empezamos a vernos a escondidas. Hasta el momento en que no fue posible ocultarlo.

—¿Cómo se lo tomó Terje?

—Bueno. Los seres humanos a veces reaccionamos según el manual. Terje pidió a sus amigos que eligieran entre él o yo. Creo que podemos hablar de un triunfo aplastante… a favor del que tenía los dientes más blancos del colegio.

—Tuvo que ser terrible. ¿Te sentiste solo?

—No sé qué fue lo peor. Ni quién me dio más pena, si Terje o yo mismo.

—Por lo menos Kristin y tú os teníais el uno al otro.

—Claro. Pero en cierto modo había desaparecido parte de la magia. La mujer perfecta había muerto.

—¿Qué quieres decir?

—Había conseguido una mujer que había dejado a un hombre por su mejor amigo.

—Y tú para ella eras el tipo que, sin ningún escrúpulo, te habías aprovechado de tu mejor amigo para acercarte a ella.

—Exactamente. Y eso siempre quedó ahí. A cierta distancia de la superficie, desde luego, pero aun así hubo una especie de desprecio latente entre nosotros. Como si fuéramos cómplices de un asesinato infame.

—Vale, te tuviste que conformar con una relación donde todo no era perfecto. ¡Bienvenido a la realidad!

—No me malinterpretes. De hecho, creo que nuestros pecados comunes contribuían a unirnos más de muchas formas. Y creo que realmente nos quisimos durante una temporada. Algunos días fueron… perfectos. Como las gotas de agua. Como una pintura preciosa.

Birgitta se rió.

—Me gusta oírte hablar, Harry. Cuando dices cosas así, tus ojos brillan como si volvieras allí. ¿La añoras a veces?

—¿A Kristin? —Harry reflexionó—. A veces añoro el tiempo que estuvimos juntos, pero ¿a Kristin? La gente cambia. La persona que uno añora tal vez ya no exista. Joder, ¡si uno mismo también cambia! Si has vivido una cosa, ya es tarde: jamás puedes recuperar la sensación de vivir exactamente lo mismo por primera vez. Es triste, pero así son las cosas.

—¿Como estar enamorado por primera vez? —dijo Birgitta en voz baja.

—Como estar enamorado… por primera vez —dijo Harry acariciándole la mejilla. Él volvió a respirar hondo—. Tengo que pedirte algo, Birgitta. Un favor.

La música era ensordecedora y Harry tuvo que inclinarse hacia él para oír lo que decía. Teddy hablaba sin parar de su último fichaje, Melissa, que tenía solo diecinueve años y estaba revolucionando el lugar. Harry tuvo que admitir que no exageraba.

—Que corra la voz. Eso es lo más importante, ¿sabes? —dijo Teddy—. Puedes hacer cuanta publicidad y marketing quieras, pero al final solo hay una cosa que vende: que corra la voz.

Y era evidente que la voz había corrido por todas partes porque, por primera vez en mucho tiempo, el club estaba casi al completo. Tras el número de la vaquera y el lazo de Melissa, los hombres se subieron a las sillas e incluso la minoría femenina aplaudió educadamente.

—Mire —dijo Teddy—. No es porque no sea un número de striptease clásico, sabe Dios que sí lo es. Hemos tenido una docena de chicas aquí que han hecho el mismo número sin que el público haya levantado ni un párpado. La razón por la que esto es distinto se basa en dos cosas: inocencia y emoción.

Por experiencia, Teddy sabía también que estas ráfagas de popularidad, lamentablemente, eran pasajeras. Por un lado el público siempre buscaba algo nuevo y, por otro, ese negocio tenía la desagradable costumbre de comerse a sus propios hijos.

—Un buen striptease requiere mucho entusiasmo, ¿sabe? —gritó Teddy por encima del estruendo de la música disco—. No hay muchas chicas que consiguen mantener ese entusiasmo debido a lo duro que tienen que trabajar. Cuatro espectáculos todos los putos días. Se aburren y se olvidan del público. Lo he visto demasiadas veces. Independientemente de lo populares que lleguen a ser, un ojo entrenado se da cuenta enseguida de cuándo se está extinguiendo una estrella.

—¿Cómo?

—Bueno. Son bailarinas, ¿no? Tienen que escuchar la música, meterse en el papel, ¿entiende? Cuando empiezan a «agobiarse» y a ir un pelín por delante del ritmo no es, como puede imaginarse, una señal de mucho entusiasmo. Por el contrario, es una señal de que están cansadas y quieren acabar cuanto antes. Además abrevian inconscientemente los gestos de tal modo que se vuelven más insinuantes que otra cosa. Es como la gente que cuenta el mismo chiste demasiadas veces; empiezan a excluir los pequeños, pero importantes, detalles que te hacen reír al final. Son cosas complicadas de cambiar; el lenguaje corporal no miente, y eso se contagia al público, ¿sabe? La chica se da cuenta del problema y para animar el espectáculo, para que despegue, se toma un par de copas antes de volver a subirse al escenario. A veces se pasa. Y entonces…

—Teddy se tapó una de las fosas nasales con el dedo y esnifó.

Harry asintió con la cabeza. La historia le resultaba familiar.

—Ella descubre el polvo que, al contrario que el alcohol, la espabila y que además ha oído que tiene un efecto adelgazante. Con el tiempo tiene que aumentar la dosis para alcanzar el subidón que necesita para darlo todo cada noche. Más tarde tiene que tomarlo para poder salir al escenario. Y pronto los efectos son visibles: la chica pierde la capacidad de concentración y empieza a odiar al público compuesto por gente ruidosa y borracha. Hasta que una noche abandona el escenario. Furiosa, con lágrimas en los ojos. Se pelea con su manager, se toma una semana de vacaciones y después regresa. Pero ya no siente el ambiente de la misma forma que antes; y es incapaz de medir los tiempos de manera correcta. Cada vez tiene menos público y finalmente llega el momento de irse a la calle y seguir con su vida.

Sí, Teddy sabía de qué hablaba. Pero todo eso pertenecía al futuro. Ahora se trataba de ordeñar a la vaca que, en ese preciso instante, se encontraba sobre el escenario con sus ojos enormes y sus ubres a punto de estallar, y era, al parecer, una vaca muy feliz.

—Si le dijera quién viene a ver a nuestros nuevos talentos no me creería —balbuceó Teddy mientras se sacudía la solapa de la chaqueta—. Algunos pertenecen a su sector, por así decirlo. Y tampoco son los del escalafón más bajo.

—Un poco de striptease no hace daño a nadie.

—Lo que se dice daño… —dijo Teddy—. En fin. Mientras salden sus deudas por las lesiones ocasionadas, unos rasguños más o menos no tienen importancia, supongo.

—¿A qué se refiere?

—A nada en especial —contestó Teddy—. Bueno, ¿qué le trae de nuevo por estos pagos, agente?

—Dos cosas. La chica que encontraron en Centennial Park resultó ser menos pura e inocente de lo que parecía a primera vista. Los análisis de sangre mostraron que estaba hasta arriba de anfetas y, tras algunas comprobaciones, la pista nos trajo hasta aquí. De hecho, hemos averiguado que la noche en que desapareció había actuado en este mismo escenario.

—Barbara, sí. Muy trágico, ¿verdad? —Teddy intentó adoptar una expresión melancólica—. No tenía talento de stripper, pero era una chica muy maja. ¿Han averiguado algo?

—Teníamos la esperanza de que usted nos pudiera ayudar, Mongabi.

Teddy pasó nervioso una mano sobre su pelo engominado.

—Lo siento, agente. Ella no formaba parte de mi equipo. Hable con Sammy, supongo que luego aparecerá por aquí.

Un par de tetas enormes cubiertas de raso se interpusieron durante un momento entre ellos; cuando desaparecieron había una bebida colorida sobre la mesa delante de Harry.

—Ha dicho que estaba aquí por dos cosas, agente, ¿cuál es la segunda?

—Ah, eso. Es un asunto de índole personal, Mongabi. Me preguntaba si usted ha visto antes a aquel colega mío. —Harry señaló la barra.

Una figura alta y negra vestida de esmoquin les saludó. Teddy meneó la cabeza.

—¿Está usted completamente seguro, Mongabi? Es bastante conocido. Dentro de poco será el campeón de Australia de boxeo.

Hubo una pausa. La mirada de Teddy Mongabi se tornó huidiza.

—¿Qué es lo que quiere…?

—De peso pesado, no hace falta decirlo.

Harry encontró una pajita entre las sombrillas de adorno y unas rodajas de limón en su copa de zumo de frutas y comenzó a sorber frenéticamente.

Teddy forzó una sonrisa.

—Escúcheme, agente, no sé si me equivoco, pero ¿no estábamos aquí conversando agradablemente?

—Claro que sí —dijo Harry con una sonrisa—. Pero no todo es agradable en esta vida, ¿verdad? Y el rato agradable ya ha terminado.

—Escúcheme, agente Holy. Lo que sucedió la otra noche me disgustó tanto como a usted. Lo siento. Aunque usted tuvo su parte de culpa, ¿sabe? Cuando ha venido esta noche, he pensado que ambos entendíamos que lo pasado, pasado. Creo que podemos ponernos de acuerdo en muchas cosas. Usted y yo hablamos el mismo lenguaje, agente.

Se hizo un segundo de silencio cuando la música disco cesó de repente. Teddy vaciló. Se oyó un fuerte gorgoteo cuando Harry sorbió los últimos trozos de fruta de su copa con la pajita.

Teddy tragó saliva.

—Por ejemplo, sé que Melissa no tiene ningún plan en particular el resto de la noche. —Lanzó una mirada suplicante a Harry.

—Gracias, Mongabi, aprecio el gesto. Pero en este momento no tengo tiempo. Primero debo terminar con este asunto y luego tengo que marcharme. —Harry sacó de su chaqueta una porra de policía de goma con empuñadura—. Tenemos tanta prisa que ni siquiera sé si tendré tiempo para matarle del todo.

—¿Qué coñ…?

Harry se levantó.

—Espero que Geoff e Ivan estén de guardia esta noche. Mi colega tenía tantas ganas de conocerles, ¿sabe?

Teddy intentó levantarse de la silla.

—Cierre los ojos —dijo Harry, y le asestó un golpe.

46

El cebo

—¿Sí?

—Hola, ¿está Evans?

—Tal vez. ¿Quién pregunta?

—Hola. Soy Birgitta. La amiga sueca de Inger, ya sabes. Nos hemos visto en el Albury un par de veces. Tengo una melena rubia tirando a pelirroja. ¿Te acuerdas de mí?

—Claro que me acuerdo de ti. ¿Cómo te va? ¿Cómo has conseguido mi número?

—Estoy bien. Con algunos altibajos. Ya sabes. Un poco deprimida por lo de Inger y eso, pero no te quiero molestar con eso. Inger me dio este número por si necesitábamos contactar con ella cuando estaba en Nimbin.

—Ya veo.

—Verás, resulta que sé que tienes algo que necesito, Evans.

—¿En serio?

—Una cosa.

—Entiendo. Siento decepcionarte, pero dudo que sea yo la persona a quien buscas. Escucha, eh… Birgitta…

—No lo entiendes, ¡tengo que verte!

—Tranquila. Lo que necesitas te lo pueden proporcionar cientos de personas. Esta es una línea telefónica abierta y, por tanto, te sugiero que no digas nada que no debas. Siento no poder ayudarte.

—Lo que yo necesito empieza por «m», no por «h». Y eres el único que lo tienes.

—Tonterías.

—Sé que hay unos cuantos más, pero no me fío de ellos. Compro para otras personas. Necesito una cantidad importante y te pagaré bien.

—Estoy un poco ocupado ahora, Birgitta. No me llames más aquí, por favor.

—¡Espera! Puedo… sé algunas cosas. Sé lo que te gusta.

—¿Lo que me gusta?

—Lo que te… gusta realmente. Lo que te pone.

—…

—…

—Lo siento, tenía que echar a alguien de la habitación. Es un verdadero coñazo. Veamos. ¿Qué es lo que crees que me gusta, Birgitta?

—No te lo puedo decir por teléfono, pero… Pero soy rubia y a mí… a mí también me gusta.

—Caramba. ¡Cómo sois las amigas! Nunca dejáis de sorprenderme. Sinceramente, pensé que Inger se callaría esas cosas.

—¿Cuándo puedo verte, Evans? Es urgente.

—Iré a Sidney pasado mañana, pero quizá coja un vuelo antes…

—¡Sí!

—Hum…

—¿Cuándo podemos…?

—Cállate, Birgitta. Estoy pensando.

—…

—De acuerdo, Birgitta, escúchame con atención. Baja por Darlinghurst Road mañana a las ocho de la tarde. Detente a la izquierda del Hungry Jack. Busca un Holden negro con las lunas tintadas. Si no está allí antes de las ocho y media, te puedes ir. Y asegúrate de que pueda verte el pelo.

47

Datos

−¿La última vez? Veamos. Kristin me llamó de pronto una noche. Estaba un poco borracha, creo. Me echó una bronca por algo, no recuerdo bien por qué. Posiblemente por haberle destrozado la vida. Ella tenía cierta tendencia a pensar que los que la rodeaban siempre le estropeaban las cosas que había planeado al detalle.

−Eso les pasa a las niñas que han pasado demasiado tiempo solas jugando con sus muñecas, ya sabes.

−Quizá. Pero como te he dicho no lo recuerdo bien. Es probable que yo tampoco estuviera sobrio del todo.

Harry apoyó los codos en la arena y contempló el mar. Las olas se alzaban y durante un instante la espuma quedaba suspendida en el aire antes de caer, como vidrios rotos bañados por el sol, y chocar contra las rocas más allá de Bondi Beach.

−Sin embargo, solo volví a verla una vez después de eso. Vino a verme al hospital después del accidente. Al principio pensé que estaba soñando cuando abrí los ojos y la vi sentada junto a la cama, pálida, casi transparente. Estaba igual de guapa que la primera vez que la vi.

Birgitta le pellizcó en un costado.

−¿Me estoy yendo por las ramas? −preguntó Harry.

−No, qué va, sigue.

Ella estaba recostada boca abajo y se reía.

—Pero ¿qué te pasa? Se supone que debes ponerte un pelín celosa cuando hablo de un amor anterior. Pero cuantos más detalles te explico de mi pasado romántico, más parece gustarte.

Birgitta le escrutó por encima de las gafas de sol.

—Es que me gusta descubrir que mi poli machote ha tenido una vida sentimental. Aunque fuera en el pasado.

—¿En el pasado? ¿Y a esto cómo lo llamas?

Ella se rió.

—Esta es una aventura veraniega madura que intenta no volverse demasiado intensa pero que tiene la dosis adecuada de sexo para que merezca la pena.

Harry meneó la cabeza.

—Eso no es verdad, Birgitta, y tú lo sabes.

—Sí, bueno. Pero está bien, Harry. Ahora está bien. Continúa con el relato. Si los detalles me parecen demasiado íntimos, te lo diré. Además te pagaré con la misma moneda cuando me toque hablar de mi ex novio. —Ella se retorció en la arena caliente con cara de satisfacción—. Ex novios, quiero decir.

Harry le pasó la mano por la blanca espalda para quitarle la arena.

—¿Estás segura de que no te vas a quemar? Este sol y tu piel…

—¡Ha sido usted quien me ha untado crema, señor Hole!

—Solo me pregunto si usas un factor lo suficientemente alto. De acuerdo, olvídalo. Pero no quiero que te quemes.

Harry observó su delicada piel. Cuando él le había pedido un favor, ella había respondido que sí sin vacilar.

—Tranquilo, papi, y sigue contando.

El ventilador no funcionaba.

—Joder, ¡si es nuevo! —dijo Watkins dándole golpes en la parte trasera mientras lo encendía y apagaba.

Era inútil. Era simplemente un trozo de aluminio silencioso y electricidad muerta.

McCormack refunfuñó.

—Olvídalo, Larry. Dile a Laura que compre uno nuevo. Hoy es el día señalado y tenemos cosas más importantes de que ocuparnos. ¿Larry?

Watkins dejó el ventilador, irritado.

—Todo está preparado, señor. Tendremos tres coches en la zona. La señorita Enquist estará equipada con un transmisor de radio para que podamos saber dónde se encuentra en todo momento, así como un micrófono que nos permitirá escuchar y evaluar la situación. El plan es que ella le lleve a su propio apartamento, donde Holy, Lebie y yo mismo estaremos, respectivamente, en el armario del dormitorio, en el balcón y en el pasillo que hay fuera del apartamento. Si sucede algo en el coche o si van a otro lugar, los seguirán los tres coches.

—¿La táctica?

Yong se enderezó las gafas.

—El cometido de ella es conseguir que él diga algo sobre los homicidios, señor. Ella le presionará diciéndole que acudirá a la policía con lo que Inger Holter le contó acerca de sus inclinaciones sexuales. Cuando él se sienta seguro de que ella no puede escapar es probable que revele algo.

—¿Cuánto tiempo esperaremos antes de actuar?

—Hasta que tengamos grabadas pruebas contundentes. En el peor de los casos, hasta que él la agreda.

—¿Riesgo?

—Hay riesgos, claro, pero no se puede estrangular a una persona en un pispás. Estaremos constantemente a pocos segundos de ella.

—¿Y si va armado?

Yong se encogió de hombros.

—Por lo que sabemos, esa sería una conducta atípica, señor.

McCormack se levantó y comenzó su caminata de ida y vuelta por la pequeña habitación. A Harry le recordaba a un viejo y gordo leopardo que había visto de niño en el zoo. La jaula era tan pequeña que la parte delantera del cuerpo se daba la vuelta antes de que la trasera hubiera terminado el recorrido. Ida y vuelta. Ida y vuelta.

—¿Y qué pasa si él quiere tener relaciones sexuales antes de que se diga o suceda algo?

—Ella se negará. Dirá que ha cambiado de idea, que solo lo dijo para convencerle de que le trajera morfina.

—¿Y en ese caso le dejaremos marchar y ya está?

—No chapotearemos en el agua si no estamos completamente seguros de que le podemos pescar, señor.

McCormack apretó los labios.

—¿Por qué lo hace?

Silencio.

—Porque no le gustan los violadores y los asesinos —dijo Harry después de una larga pausa.

—¿Y aparte de eso?

La pausa se prolongó un poco más.

—Porque se lo he pedido yo —dijo Harry finalmente.

—¿Le puedo molestar un momento, Yong?

Yong Sue apartó la mirada del ordenador y le sonrió.

—Claro, colega.

Harry se dejó caer sobre una silla. El atareado agente tecleaba sin cesar mientras mantenía un ojo en la pantalla y el otro en él.

—Agradecería que esto quedara entre nosotros, Yong, pero tengo dudas.

Yong dejó de teclear.

—Creo que Evans White es una pista falsa —continuó Harry.

Yong parecía confuso.

—¿Y eso por qué?

—Es difícil de explicar, pero hay un par de cosas que no dejan de darme vueltas. Andrew intentó contarme algo en el hospital. Y también lo hizo en una ocasión anterior.

Harry se interrumpió. Yong le indicó por señas que continuara.

—Intentó explicarme que la solución estaba más cerca de lo que yo pensaba. Creo que el culpable es una persona a la que Andrew, por alguna razón, no podía arrestar. Necesitaba a alguien de fuera. A mí, por ejemplo, un noruego que llega de repente y que regresará en el próximo vuelo. Por eso supuse que Otto Rechtnagel era el asesino, y que, como era un íntimo amigo suyo, Andrew quería que lo detuviera otra persona. Sin embargo, aquello no cuadraba del todo. Ahora veo que Andrew no se refería a él, sino a otra persona.

Yong carraspeó.

—Siempre me lo he callado, Harry, pero la verdad es que me extrañó cuando Andrew se sacó de la manga a aquel testigo que aseguraba haber visto a Evans White en Nimbin el día del asesinato de Holter. Posteriormente me ha venido a la cabeza que Andrew podía tener otro motivo para desviar nuestra atención de Evans White. Me refiero al hecho de que este le tenía bien cogido. Él sabía que Andrew era heroinómano y que podía hacer que lo despidieran de la policía y lo metieran en la cárcel. No me gusta pensar en ello, pero ¿has considerado la posibilidad de que Andrew y White llegaran a un acuerdo? ¿Para que Andrew se asegurara de que descartábamos a White?

—Esto se está complicando, Yong, pero sí, en efecto, he considerado esa posibilidad. Y la he desechado. Recuerda que fue Andrew quien nos permitió identificar a White a partir de aquella foto.

—Bueno… —Yong se rascó la parte posterior de la cabeza con un lápiz—. Habríamos llegado a lo mismo sin él, pero hubiéramos tardado más tiempo. ¿Sabes la probabilidad de que la pareja de una víctima de asesinato sea el asesino? Un cincuenta y ocho por ciento. Andrew sabía que íbamos a hacer todo lo posible para encontrar al novio secreto de Inger Holter en cuanto acabaras de traducir su carta. Por tanto, si realmente quería proteger a White y ocultarlo al mismo tiempo, debía echar una mano. A fin de salvar las apariencias. ¿No le chocó que reconociera así, por las buenas, ciertas casas de un lugar en el que había estado una vez, y encima emporrado, hace cien años?

—Tal vez tenga razón, Yong. No lo sé. En cualquier caso creo que no es conveniente sembrar dudas ahora que los chicos saben lo que tienen que hacer. Quizá Evans White resulte ser nuestro hombre al fin y al cabo. Sin embargo, si lo hubiera creído realmente, jamás le habría pedido a Birgitta que se prestara a esto.

—Entonces ¿quién cree usted que es nuestro hombre?

—¿Quiere decir que quién creo que es *esta vez*?

Yong sonrió.

—Algo por el estilo.

Harry se frotó la barbilla.

—Ya he hecho saltar las alarmas dos veces, Yong. ¿No fue la tercera vez que el pastor avisó de que venía el lobo cuando todo el mundo pasó de correr a ayudarlo? Por eso tengo que estar completamente seguro esta vez.

—Harry, ¿y por qué me viene a mí con esto? ¿Por qué no se lo cuenta a uno de los jefes?

—Porque usted puede hacer algo por mí, unas consultas discretas y buscar unos datos que necesito sin que nadie más de la casa se entere.

—¿Nadie se debe enterar?

—Ya sé que parece arriesgado. Y sé que tengo bastante más que perder que los demás. Pero usted es el único que puede ayudarme, Yong. ¿Qué me dice?

Yong se quedó mirando a Harry un buen rato.

—¿Le ayudará eso a encontrar al asesino, Harry? –preguntó.

—Eso espero.

48

El plan

—Bravo, adelante.

La radio crepitaba.

—La radio funciona —dijo Lebie en voz alta—. ¿Cómo van por allí dentro?

—Bien —dijo Harry.

Estaba sentado en la cama hecha mirando la fotografía de Birgitta que había sobre la mesilla de noche. Era una fotografía de su confirmación. Tenía un aspecto juvenil, serio y desconocido con el pelo rizado y la ausencia de pecas, invisibles en la foto a causa de la sobreexposición. Birgitta le había contado que tenía la foto ahí para animarse en los días malos, como prueba de que las cosas, a pesar de todo, habían ido avanzando.

—¿Cuál es el horario? —dijo Lebie en voz alta desde la cocina.

—Ella sale del trabajo dentro de quince minutos. En estos momentos están en el Albury colocándole el micrófono y el transmisor.

—¿La llevarán en coche hasta Darlinghurst Road?

—No. No sabemos dónde se encuentra White. Podría verla bajar del coche por casualidad y empezar a sospechar. Irá andando desde el Albury.

Watkins entró desde el pasillo.

—Todo está en orden. Me quedaré detrás de la esquina sin que me vean y les seguiré hasta arriba. Tendremos contacto visual con su chica constantemente, Holy. ¿Dónde está, Holy?

—Aquí dentro, señor. Ya le he oído. Me tranquiliza saberlo, señor.

—¿La radio, Lebie?

—Hay contacto, señor. Todos están en sus puestos. Esperando.

Harry lo había analizado una y otra vez, desde todos los ángulos. Finalmente decidió que no le importaba que ella pudiera interpretarlo como un tópico espantoso, un gesto infantil o una salida fácil. Desenvolvió la rosa roja silvestre que había comprado y la puso en el vaso de agua que había junto a la fotografía de la mesilla de noche.

Vaciló un instante. ¿Tal vez la distrajera? ¿Tal vez Evans White comenzara a hacerle preguntas cuando viera una rosa junto a su cama? Acarició cuidadosamente una de las espinas con el dedo índice. No. Birgitta entendería que lo había hecho para alentarla, que ver la rosa la haría más fuerte.

Miró su reloj. Eran las ocho.

—Venga, acabemos de una vez —dijo en voz alta hacia el salón.

49

Un paseo por el parque

Algo iba mal. Harry no oía lo que decían, pero le llegaba la crepitación de la radio procedente del salón. Y hacía mucho ruido. Todos sabían de antemano lo que tenían que hacer. Por tanto, si todo iba según el plan, no sería necesario hablar tanto por radio como en ese momento.

—Mierda, mierda, mierda —dijo Watkins.

Lebie se quitó los auriculares y se giró hacia Harry.

—Birgitta no ha aparecido —dijo él.

—¿Qué?

—Salió del Albury a las ocho y cuarto en punto. Desde allí hasta King's Cross no debería tardar más de diez minutos. Han pasado veinticinco.

—¡Creía que estaría vigilada todo el tiempo!

—Desde el punto de encuentro, claro. ¿Por qué iba alguien…?

—¿Qué pasa con el micrófono? Cuando se fue estaba conectada.

—Han perdido el contacto. Tenían contacto con ella, pero de repente nada. Ni pío.

—¿Tenemos un mapa? ¿En qué dirección se ha ido? —Hablaba en voz baja y muy rápido.

Lebie sacó un plano de su bolsa y se lo pasó a Harry, quien buscó el itinerario entre Paddington y King's Cross.

—¿Qué camino iba a tomar? —preguntó Lebie por la radio.

—El camino más sencillo. Por Victoria Street.

—Aquí está —dijo Harry—. Hay que doblar la esquina de Oxford Street y bajar por Victoria Street, pasar por el hospital St. Vincent, cruzar Green Park y llegar hasta este cruce donde comienza Darlinghurst Road y proseguir unos doscientos metros, donde está el Hungry Jack. ¡Más fácil no puede ser, joder!

Watkins cogió el micrófono de la radio.

—Smith, mande dos coches por Victoria Street para buscar a la chica. Avisen a los chicos que estuvieron en el Albury para que echen una mano. Un coche debe quedarse esperando junto al Hungry Jack por si aparece por allí. Actúen con rapidez y sin mucho alboroto. Infórmenos en cuanto sepan algo. —Watkins tiró el micrófono—. ¡Joder, joder! ¿Qué coño está pasando? ¿La ha atropellado un coche? ¿La han atracado? ¿Violado? ¡Joder, joder!

Lebie y Harry se miraron.

—¿Es posible que White haya subido por Victoria Street, la haya visto y la haya recogido? —sugirió Lebie—. La conoce del Albury. Es posible que la haya reconocido.

—El transmisor —dijo Harry—. ¡Tiene que seguir funcionando!

—¡Bravo, bravo! Aquí Watkins. ¿Reciben señales del transmisor? ¿Sí? ¿En dirección al Albury? Entonces no debe de estar lejos. ¡Rápido, rápido, rápido! De acuerdo. Cambio.

Los tres hombres se quedaron sentados en silencio. Lebie miró de reojo a Harry.

—Pregunte si han visto el coche de Evans White —dijo Harry.

—Bravo, conteste. Lebie al habla. ¿Qué pasa con el Holden negro? ¿Alguien lo ha visto?

—Negativo.

Watkins se levantó de un salto y empezó a dar vueltas mientras soltaba tacos en voz baja. Harry había estado en cuclillas desde que entrara en el salón y hasta ese momento no había notado que le temblaban los muslos.

La radio crepitaba.

—Charlie, aquí Bravo, conteste.

Lebie apretó el botón de los altavoces.

—Aquí Charlie, Bravo. Hable.

—Aquí Stoltz. Hemos encontrado el bolso con el transmisor y el micrófono en Green Park. A la chica se la ha tragado la tierra.

—¿En el bolso? —dijo Harry—. ¿No los llevaba pegados al cuerpo?

Watkins se removió.

—Se me olvidó comentárselo, pero estuvimos hablando de qué pasaría en el caso de que se dieran un achuchón… esto… si la tocaba y, vamos, ya sabe. Para calentarse un poco. La señorita Enquist estuvo de acuerdo en que era más seguro llevar el equipo en el bolso.

Harry ya se había puesto la chaqueta.

—¿Adónde va? —dijo Watkins.

—La estaba esperando —dijo Harry—. Probablemente la siguió desde el Albury. Birgitta ni siquiera tuvo la posibilidad de gritar. Me apuesto lo que sea a que utilizó un pañuelo con éter dietílico. Como hizo con Otto Rechtnagel.

—¿En plena calle? —dijo Lebie incrédulo.

—No. En el parque. Voy para allí. Conozco a alguien.

Joseph parpadeaba sin cesar. Estaba totalmente borracho.

—Harry, yo pensaba que se estaban morreando.

—Ya lo ha repetido cuatro veces, Joseph. ¿Qué aspecto tenía él? ¿Adónde se fueron? ¿Tenía coche?

—Mikke y yo lo comentábamos cuando pasaron por aquí y él la sujetaba. Ella estaba aún más pedo que nosotros. Creo que a Mikke eso le dio un poco de envidia. Ji, ji. Saluda a Mikke. Es de Finlandia.

Mikke estaba tumbado en el otro banco y había dado por concluido el día hacía un buen rato.

—Míreme, Joseph. ¡Míreme! Tengo que encontrarla. ¿Me entiende? Ese tipo probablemente sea un asesino.

—Lo intento, Harry. De veras lo intento. ¡Coño, me encantaría poder ayudarle!

Joseph apretó los ojos y se golpeó la frente con el puño; gimió.

—Este parque es muy oscuro, maldita sea. Así que no pude ver mucho. Creo que él era bastante grande.

—¿Gordo? ¿Alto? ¿Rubio? ¿Cojo? ¿Gafas? ¿Barba? ¿Sombrero?

Joseph puso los ojos en blanco como respuesta.

—¿Tiene un pito, colega? Me ayuda a pensar mejor, ¿sabe?

Pero ni todos los cigarrillos del mundo podían despejar la nebulosa de alcohol que envolvía el cerebro de Joseph. Harry le regaló todo el paquete y le pidió que preguntara a Mikke qué recordaba cuando despertase. Tampoco creía que fuera gran cosa.

Cuando Harry regresó al apartamento de Birgitta eran las dos de la madrugada. Lebie permanecía junto a la radio y miró a Harry con compasión.

—Lo ha intentado, ¿no? Y nada.

Harry no entendió a qué se refería, pero asintió con la cabeza.

—Nada —dijo desplomándose en una silla.

—¿Cómo estaba el ambiente en jefatura? —preguntó Lebie.

Harry buscó un cigarrillo hasta que recordó que se los había dado todos a Joseph.

—A un paso del caos. Watkins está a punto de enloquecer y hay coches con las sirenas puestas dando vueltas como gallinas decapitadas por medio Sidney. Lo único que se sabe de White es que ha salido de su piso de Nimbin esta tarde y ha cogido el vuelo de las cuatro a Sidney. Desde entonces nadie lo ha visto.

Le pidió un cigarrillo a Lebie y fumaron en silencio.

—Váyase a casa a descansar unas horas, Sergey. Yo me quedaré aquí esta noche por si Birgitta aparece. Deje la radio conectada.

—Me puedo quedar a dormir aquí, Harry.

Harry negó con la cabeza.

—Váyase a su casa. Si ocurre algo le llamaré.

Lebie se puso la gorra de los Bears en su reluciente cráneo. Se detuvo un momento junto a la puerta.

—Vamos a encontrarla, Harry. Lo presiento. Así que aguante, colega.

Harry miró a Lebie. Era difícil saber si Lebie creía en lo que estaba diciendo.

En cuanto se quedó solo, abrió la ventana y miró los tejados. La temperatura había bajado, pero el aire todavía era suave y contenía el aroma de la ciudad, de la gente y de la comida de todos los rincones del mundo. Era una de las noches de verano más bellas del planeta en una de las ciudades más bellas del planeta. Miró las estrellas. Había una infinidad de luces pequeñas y centellantes que parecían palpitar con vida si se quedaba el suficiente tiempo contemplándolas. Toda esa absurda belleza…

Intentó sopesar sus sentimientos. Con cuidado, porque no podía permitirse sucumbir a ellos. Aún no, ahora no. Primero los buenos sentimientos. El rostro de Birgitta entre sus manos, los indicios de risa en sus ojos. Luego los malos sentimientos. Eran los que en estos momentos tenía que mantener alejados, pero los palpaba como para medir su fuerza.

Tenía la sensación de encontrarse en un submarino en el fondo de un océano demasiado profundo. El agua presionaba para entrar y ya habían empezado a oírse chirridos y estallidos a su alrededor. Su única esperanza era que el casco aguantara, que toda una vida de practicar el autocontrol finalmente sirviera de algo. Harry pensó en las almas que se convertían en estrellas cuando moría el cuerpo. Consiguió frenarse y no buscar una estrella en concreto.

50

El factor gallo

Tras el accidente, Harry se preguntó repetidas veces si se habría puesto en el lugar de su compañero en caso de haber podido. Por tanto habría doblado el poste de la valla en Sørkedalsveien, habría tenido un funeral con todos los honores de la policía y los parientes de luto, tendría una fotografía en el pasillo de la jefatura de Grønland y, con el tiempo, se habría convertido en un recuerdo difuso, pero querido, para compañeros y familiares. ¿No era una alternativa tentadora a aquella mentira que le había tocado vivir y que, en muchos sentidos, era incluso más humillante que asumir la culpa y la vergüenza?

Pero Harry sabía que no habría podido cambiar su destino. Se sentía feliz de estar vivo.

Cada mañana que se despertaba en el hospital, mareado por los medicamentos y con la cabeza vacía de pensamientos, tenía la sensación de que algo iba muy mal. Normalmente tardaba un par de segundos hasta que su amodorrada memoria reaccionaba y le comunicaba quién era y dónde estaba, y le reconstruía la situación con un horror implacable. El siguiente pensamiento era que, a pesar de todo, seguía vivo. Todavía seguía en el ruedo; aún no se había acabado todo.

Tras recibir el alta, le concertaron una cita con un psiquiatra.

—En realidad ha venido un poco tarde —dijo el psiquiatra—. Su inconsciente seguramente ya ha decidido cómo quiere procesar lo ocurrido y, por consiguiente, no podemos incidir en la primera decisión. Puede, por ejemplo, decidir reprimir los sucesos. Si ha tomado esa decisión equivocada podríamos tratar que cambie de idea.

Lo único que Harry sabía era que su subconsciente le decía que era bueno seguir vivo y que no estaba dispuesto a arriesgarse a que un psiquiatra le hiciera cambiar de opinión, así que aquella fue la primera y última vez que acudió a la cita.

Más tarde también aprendió que no era buena táctica luchar a la vez contra todo lo que sentía. Primero, porque no sabía qué sentía; al menos no tenía una visión general del asunto y era como desafiar a un monstruo al que ni siquiera había visto. En segundo lugar, sus posibilidades de ganar eran mayores si dividía la guerra en pequeñas batallas; así obtendría una mejor perspectiva del enemigo, hallaría sus puntos débiles y con el tiempo lo destruiría. Era como introducir papel en una trituradora. Si introducías demasiado papel a la vez, a la máquina le entraba el pánico, se ponía a toser y, finalmente, moría con una sacudida. Y entonces tenías que empezar el proceso desde cero.

Un amigo de un compañero, al que Harry había conocido en una de las cenas a las que rara vez le invitaban, era psicólogo municipal. Le miró extrañado cuando Harry expuso su método para trabajar los sentimientos.

—¿La guerra? —preguntó—. ¿Una máquina trituradora?

Parecía preocupado de verdad.

Harry abrió los ojos. La primera luz de la mañana se filtraba entre las cortinas. Miró la hora. Eran las seis de la madrugada. La radio crepitaba.

—Aquí Delta. Charlie, adelante.

Harry se levantó del sofá dando un salto y agarró el micrófono.

—Delta, soy Holy. ¿Qué ocurre?

—Hemos encontrado a Evans White. Recibimos un aviso anónimo de una mujer que le había visto en King's Cross y mandamos tres coches a recogerle. Está siendo interrogado en este momento.

—¿Qué ha dicho?

—Lo negó todo hasta que le pusimos la cinta de su conversación con la señorita Enquist. Entonces contó que se había pasado por el Hungry Jack tres veces después de las ocho en un Honda blanco. Y al no verla al final desistió y volvió a un piso que le habían dejado prestado. Más tarde fue a una discoteca y allí fue donde le encontramos. Por cierto, la mujer que dio el aviso preguntó por usted.

—Me lo imaginaba. Se llama Sandra. ¿Han inspeccionado su piso?

—Sí. Nada. Nada de nada. Y Smith afirma que vio el mismo Honda blanco pasar tres veces por el Hungry Jack.

—¿Por qué no conducía el Holden negro tal y como habían acordado?

—White afirma que mintió a la señorita Enquist sobre el coche por si le habían tendido una trampa, así podía dar un par de vueltas para comprobar que no había moros en la costa.

—Está bien. Voy ahora mismo para allá. Llame y despierte a los demás, por favor.

—Los demás se fueron a casa hace dos horas, Holy. Llevan levantados toda la noche y Watkins nos pidió…

—Me la suda lo que haya dicho Watkins. Llámeles.

Habían vuelto a poner en marcha el viejo ventilador. Era difícil saber si le había venido bien el descanso. Sea como fuere, chillaba como protesta por haber sido reclamado de nuevo tras su jubilación.

La reunión había acabado, pero Harry permaneció en la sala. Su camisa tenía unas grandes manchas de sudor en las axilas y había colocado un teléfono en la mesa delante de él. Cerró los ojos y murmuró un par de frases para sí. A continuación descolgó el teléfono y marcó el número.

—¿Diga?

—Soy Harry Holy.

—¡Harry! Me alegro de que esté levantado tan pronto un domingo por la mañana. Una buena costumbre. He estado esperando su llamada, Harry. ¿Está usted solo?

—Estoy solo.

La respiración a ambos lados del auricular sonaba muy pesada.

—Va a por mí, ¿no, colega?

—Sí, hace tiempo que lo sé.

—Buen trabajo, Harry. Y ahora me llama porque tengo algo que quiere que le devuelva, ¿verdad?

—Cierto.

Harry se secó el sudor.

—¿Entiende que tenía que capturarla, Harry?

—No. No, no lo entiendo.

—Venga, Harry, usted no es estúpido. Cuando me enteré de que alguien había retomado la investigación, supe que se trataba de usted. Solo espero por su propio bien que haya sido lo suficientemente listo como para no decir nada a nadie. ¿Qué me dice, Harry?

—He mantenido la boca cerrada.

—Entonces todavía hay esperanza de que vuelva a ver a su amiga pelirroja.

—¿Cómo lo hizo? ¿Cómo la capturó?

—Yo sabía cuándo terminaba su turno, por lo que la esperaba fuera del Albury. La seguí con el coche. Cuando entró en el parque, pensé que alguien debía avisarla de que no era recomendable pasar por allí de noche. Me bajé del coche y la seguí. Le dejé oler un poco un pañuelo que llevaba y después la ayudé a subirse al coche.

Harry comprendió que su interlocutor no había descubierto el transmisor que Birgitta llevaba en el bolso.

—¿Qué quiere que haga?

—Parece usted nervioso, Harry. Tranquilícese. No voy a pedir gran cosa. Su trabajo es atrapar a los asesinos y eso es exactamente lo que le voy a pedir. Que siga haciendo su trabajo. Birgitta me ha contado que el principal sospechoso es un camello, un tal señor Evans White. Inocente o no, todos los años él y la gente de su calaña matan a más personas que yo en toda mi vida. Que no son pocas. Ja, ja. Solo quiero que se asegure de que Evans White es condenado por sus delitos… además de por unos cuantos de los míos. ¿Tal vez la prueba definitiva sean los restos de sangre y piel de Inger Holter en el piso de White? Si usted conoce al médico forense, ¿es posible que le pueda proporcionar algunas muestras de las mencionadas pruebas, que usted luego puede colocar en el lugar de los hechos? Ja, ja. Estoy bromeando, Harry. Pero ¿tal vez se lo pueda conseguir yo? ¿Tal vez yo haya conservado en alguna parte sangre, muestras de la piel y algún que otro cabello de las diferentes víctimas en bolsas de plástico bien clasificadas? Solo por si acaso. Uno nunca sabe cuándo es necesario crear un poco de confusión. Ja, ja.

Harry sujetaba el húmedo auricular. Intentaba pensar. Al parecer, ese hombre no sabía que la policía estaba al tanto del secuestro de Birgitta y había cambiado de opinión sobre quién era el asesino. Lo que indicaba que Birgitta no le había contado que la policía había organizado su encuentro con White. Él simplemente se la había llevado delante de una docena de policías sin ni siquiera darse cuenta.

La voz le sacó de nuevo de sus pensamientos.

—Una posibilidad fascinante, Harry, ¿verdad? Que el asesino le ayude a poner entre rejas a otro enemigo de la sociedad. Bueno, bueno. Sigamos en contacto. Usted dispone de… digamos, cuarenta y ocho horas para tener preparada la imputación. Yo cuento con recibir las buenas nuevas a través de las noticias de la noche del jueves. Mientras tanto le prometo que voy a tratar a la pelirroja con todo el respeto que cabe esperar de un caballero. Si no tengo noticias, me temo que ella no sobrevivirá al sábado. Pero le prometo que el viernes vivirá un infierno.

Harry colgó. El ventilador chirriaba y crujía de un modo terrible. Se miró las manos. Temblaban.

—¿Qué le parece, señor? –preguntó Harry.

Su ancha espalda, que había permanecido inmóvil delante de la pizarra, comenzó a moverse.

—Opino que debemos pillar a ese cabrón –dijo McCormack–. Antes de que los demás vuelvan, dígame: ¿en qué momento exacto supo que era él?

—Si le soy sincero, no es que lo supiera a ciencia cierta, señor. Simplemente fue una de tantas teorías que se me ocurrieron y a la que al principio no di mucho crédito. Después del entierro me llevó en coche Jim Connolly, un viejo compañero de boxeo de Andrew. Iba con su esposa, que según dijo él era contorsionista de circo cuando se conocieron. Contó que estuvo cortejándola todos los días durante un año antes de que ella le dejara besarla. Al principio no lo pensé. Sin embargo luego se me ocurrió que posiblemente lo decía de un modo literal, en otras palabras, que los dos tuvieron la ocasión de verse todos los días durante un año entero. Me acordé de que cuando Andrew y yo los fuimos a ver a Lithgow el grupo de Jim Chivers boxeaba en una carpa grande y que allí también había una feria. Le pedí a Yong que llamara al agente de Jim Chivers para comprobarlo. Y tenía razón. Cuando Jim Chivers va de gira casi siempre lo hace como parte de un circo o una feria itinerante. A Yong le mandaron por fax las listas de giras antiguas esta mañana y resulta que la feria con la que ha viajado Jim Chivers los últimos años hasta hace poco también tenía una troupe circense. La troupe de Otto Rechtnagel.

—Exacto. Eso quiere decir que los boxeadores de Jim Chivers también estaban presentes en los lugares de los asesinatos en fechas relevantes. Pero ¿conocían muchos de ellos a Andrew?

—Andrew solo me presentó a uno de ellos y debería haberme dado cuenta de que no me llevó a rastras a Lithgow para investigar un caso de violación no resuelto. Andrew le consideraba su hijo. Habían vivido tantas cosas juntos y tenían tantos vínculos entre sí que quizá él fuera la única persona sobre la faz de la tierra con quien el huérfano Andrew Kensington sintiera algún tipo de parentesco. Aunque Andrew jamás admitiría que tenía sentimientos potentes hacia su pueblo, creo que quería a Toowoomba más que a nadie justo porque procedían del mismo pueblo. Por tanto, Andrew no podía arrestarle. Sus valores morales innatos estaban reñidos con la lealtad hacia su propio pueblo y el amor que profesaba a Toowoomba. Es difícil imaginar qué terrible conflicto debió de suponer para él. Por eso me necesitaba, una persona de fuera a la que dirigir hacia el objetivo.

—¿Toowoomba?

—Toowoomba. Andrew había averiguado que él estaba detrás de todos los asesinatos. Tal vez su amante despechado, Otto Rechtnagel, se lo contara a Andrew cuando Toowoomba le dejó. Tal vez Andrew le pidiera a Otto que no fuera a la policía y le prometiera que él resolvería el caso sin que ninguno de los dos se viera implicado. Sin embargo, creo que Otto estaba a punto de venirse abajo. Con razón había empezado a temer por su vida a medida que entendía que era poco probable que Toowoomba quisiera tener un ex amante por ahí que le pudiera denunciar. Toowoomba sabía que Otto había hablado conmigo y que el juego estaba a punto de acabar. Por consiguiente, planeó asesinar a Otto durante el espectáculo. Dado que habían ido antes de gira con un espectáculo prácticamente idéntico, Toowoomba sabía cuál era el momento exacto de la función en que debía atacar.

—¿Por qué no hacerlo en el piso de Otto? Tenía llaves, ¿no?

—También me lo pregunté.

Harry hizo una pausa.

McCormack agitaba la mano.

—Harry, lo que acaba de contarme hasta ahora no es fácil de digerir para un viejo policía. Por tanto, un par de nuevas teorías frescas no tienen ninguna importancia.

—El factor gallo.

—¿El factor gallo?

—Toowoomba no es un simple psicópata, también es un gallo. Y no se debe subestimar la vanidad de un gallo. Mientras sus asesinatos motivados sexualmente tienen un patrón que recuerda a una conducta compulsiva, el Asesinato del Payaso es otra cosa, a saber, un asesinato necesario desde un punto de vista racional. Ante ese asesinato se sentía liberado y desinhibido de las psicosis que habían determinado la trama de los anteriores asesinatos. Tenía la posibilidad de hacer algo realmente espectacular, de poner el broche de oro a su obra. Y se puede decir que tuvo éxito. El Asesinato del Payaso será recordado mucho tiempo después de que la humanidad se olvide de las chicas a las que asesinó.

—De acuerdo. ¿Y Andrew se largó del hospital para detener a la policía cuando comprendió que teníamos intención de arrestar a Otto?

—Mi hipótesis es que se fue directamente al piso de Otto para hablar con él a fin de prepararle para la detención y recalcar la importancia de mantener el silencio sobre Toowoomba para que Otto y él mismo no se implicaran más en el caso. Tranquilizarle diciendo que Toowoomba sería detenido de la forma que había planeado Andrew, que tan solo necesitaba algo más de tiempo. Que yo necesitaba algo más de tiempo. Pero algo salió mal. No tengo ni idea de qué pudo ser. Pero estoy convencido de que Toowoomba se deshizo de Andrew Kensington.

—¿Por qué?

—Intuición. Sentido común. Además de un pequeño detalle.

—¿Cuál?

—Cuando fui a visitar a Andrew al hospital, me dijo que Toowoomba iría a verle al día siguiente.

—¿Y…?

—En el hospital de St. Etienne las visitas tienen que registrarse en recepción. Le pedí a Yong que llamara al hospital para preguntar si Andrew había tenido visitas o llamadas después de que yo estuviera allí.

—No le sigo, Harry.

—Si hubiera ocurrido algún imprevisto, hemos de suponer que Toowoomba habría llamado a Andrew al hospital para avisar de que no podía ir. Dado que no lo hizo, era imposible que supiera que Andrew no seguía en el hospital hasta que se presentara en la recepción. Y firmara en el libro de visitas. A no ser que...

—A no ser que le matara la noche anterior.

Harry mostró las palmas de las manos.

—Uno no va a visitar a alguien cuando sabe que la persona en cuestión no se encuentra allí, señor.

Iba a ser un día largo. Mierda, ya había sido largo, pensó Harry. Estaban en la sala de reuniones con las camisas remangadas intentando ser geniales.

—Entonces usted le llama a un móvil —dijo Watkins—. ¿Y no cree que él esté en su dirección habitual?

Harry negó con la cabeza.

—Actúa con prudencia. Tiene a Birgitta en otro lugar.

—Quizá podamos encontrar alguna pista en su casa que nos diga dónde encontrarla.

—¡No! —dijo Harry con determinación—. Si averigua que hemos estado en su casa, sabrá que me he ido de la lengua y se acabó Birgitta.

—Bueno, para ello primero tiene que volver a casa, y podemos esperarlo allí —dijo Lebie.

—¿Y si ya ha pensado en esa posibilidad y puede quitarle la vida a Birgitta sin estar presente físicamente? —dijo Harry—. ¿Qué pasa si ella se encuentra atada en alguna parte y Toowoomba no nos quiere decir dónde está? —Miró a su alrededor—. ¿Y si ella está sentada sobre un artefacto explosivo que se activa si no se desconecta antes de determinado número de horas?

—¡Pare! —Watkins golpeó la mesa con la palma de la mano—. Parece que estemos en un cómic. Joder, ¿ahora resulta que el tío es un experto en artefactos explosivos solo porque se ha cargado a unas cuantas chicas? El tiempo pasa y no podemos seguir aquí esperando con los brazos cruzados. A mí me parece una buena idea echar un vistazo en casa de Toowoomba. Y vamos a poner una trampa que se active si se acerca a su casa, ¡confíe en mí!

—¡Ese tipo no es imbécil! —dijo Harry—. Pondremos en peligro la vida de Birgitta si intentamos hacer algo así, ¿no lo entienden?

Watkins negó con la cabeza.

—Lamento decirlo, Holy, pero me temo que su relación con la secuestrada le incapacita para tomar decisiones racionales en estos momentos. Se hará como yo digo.

51

Una cucaburra

El sol de la tarde refulgía entre los árboles de Victoria Street. Una pequeña cucaburra se posó sobre el respaldo de un banco vacío y comenzó a calentar su voz para el concierto de la noche.

—A usted seguramente le resultará extraño que la gente pueda pasear con una sonrisa en un día como hoy —dijo Joseph—. Es probable que tome como un insulto personal que el sol juguetee con las hojas de los árboles en un momento en que usted preferiría que el mundo se viniera abajo y la gente llorara por las esquinas. Bueno, Harry, amigo mío, ¿qué puedo decirle? Las cosas no son así.

Harry entornó los ojos por el sol.

—Quizá esté hambrienta, o dolorida. Pero lo peor de todo es saber el miedo que debe de tener.

—Si pasa la prueba será una buena esposa para usted —dijo Joseph, y se puso a silbar a la cucaburra.

Harry le miró sorprendido. Joseph estaba sobrio.

—Antiguamente, la mujer aborigen debía pasar tres pruebas antes de que pudiera casarse —explicó Joseph—. En primer lugar, debía controlar el hambre. Tenía que irse de caza durante dos días sin comida. Después tenía que sentarse junto a una hoguera ante un jugoso asado de canguro u otra comida suculenta. La prueba consistía en ver si podía controlarse y solo comer un poco para dejar algo a los demás.

—Cuando era niño teníamos algo parecido. Lo llamábamos tener modales en la mesa. Pero creo que ya no existen.

—La segunda prueba consistía en ver si era capaz de soportar el dolor. A la joven se le clavaban agujas en las mejillas y en la nariz y se le hacían marcas en el cuerpo.

—¿Y qué? Hoy día las chicas incluso pagan por eso.

—Cállese, Harry. Al final, cuando se extinguía la hoguera, ella tenía que tumbarse sobre la misma con unas ramas como única separación entre su cuerpo y las brasas. Sin embargo, el último reto era el más difícil.

—¿El miedo?

—Sí, Harry. Al ponerse el sol, los miembros de la tribu se reunían en torno a la hoguera y los ancianos se alternaban para narrarle a la joven mujer unas historias escalofriantes sobre fantasmas y Muldarpe, el espíritu del diablo. Algunas eran espantosas. Después la enviaban a dormir a un lugar desértico, o cerca de donde estuvieran enterrados sus antepasados. En la oscuridad de la noche, los ancianos se acercaban a ella con los rostros pintados con arcilla blanca y con máscaras hechas de la corteza de los árboles…

—¿No resultaba un poco redundante?

—… y hacían sonidos realmente macabros. Siento decirlo, Harry, pero usted no sabe escuchar. —Joseph parecía ofendido.

Harry se frotó la cara.

—Lo sé —dijo al cabo de un momento—. Discúlpeme, Joseph. He venido para pensar en voz alta y buscar alguna pista que me permita averiguar adónde se la ha podido llevar. Pero no parece que vaya a conseguir nada y usted es el único a quien puedo machacar. Le debo parecer un cabrón cínico e insensible.

—Solo parece alguien que cree que debe pelearse con el mundo entero —dijo Joseph—. Sin embargo, si no baja la guardia de vez en cuando, sus brazos estarán demasiado cansados para luchar.

Harry sonrió brevemente.

—¿Está usted completamente seguro de que no tiene un hermano mayor?

Joseph se rió.

—Como ya le he dicho, ya es tarde para preguntárselo a mi madre, pero creo que ella me lo hubiera dicho.

—Es que parecen hermanos.

—Ya me lo ha dicho unas cuantas veces, Harry. Quizá debería intentar dormir un poco.

La cara de Joe se iluminó cuando Harry entró por la puerta de Springfield Lodge.

—Una tarde maravillosa, ¿verdad, señor Holy? Por cierto, muestra usted muy buen aspecto. Y tengo un paquete para usted.

Entre las manos sujetaba un paquete de papel gris donde ponía «Harry Holy» en letras grandes.

—¿De quién es? —preguntó Harry extrañado.

—No lo sé. Lo ha traído un taxista hace un par de horas.

En la habitación, Harry quitó el papel y abrió la caja que había en su interior. Había deducido más o menos de quién era el paquete, pero su contenido despejó cualquier duda que le quedara: seis pequeños tubos de plástico con pegatinas blancas. Cogió uno de los recipientes y leyó una fecha que reconoció inmediatamente como el día en que fue asesinada Inger Holter; llevaba la inscripción «Vello púbico». No requería mucha imaginación adivinar que los demás recipientes contenían sangre, cabellos, fibras de ropa, etcétera. Y así era.

Media hora más tarde le despertó el teléfono.

—¿Ha recibido las cosas que le envié, Harry? Pensé que las querría cuanto antes.

—Toowoomba.

—A sus órdenes. Ja, ja.

—Las he recibido. Inger Holter, supongo. Tengo curiosidad, Toowoomba. ¿Cómo la asesinó?

—Muy fácil —respondió—. Demasiado fácil. Yo estaba en el piso de una amiga cuando ella llamó a la puerta a altas horas de la noche.

¿Así que que Otto era una «amiga»?, estuvo a punto de preguntar Harry, pero se contuvo.

—Inger traía comida para el perro de la propietaria del piso, o mejor dicho, la antigua propietaria del piso. Yo había entrado con mi llave, y había pasado la tarde solo mientras mi amiga estaba de marcha. Como de costumbre.

Harry notó que su voz era más aguda.

—¿No se arriesgó demasiado? —preguntó Harry—. ¿Alguien podría saber que ella iba al piso de, eh… su amiga?

—Se lo pregunté —dijo Toowoomba.

—¿Se lo preguntó? —contestó Harry incrédulo.

—Es increíble lo ingenua que puede llegar a ser la gente. Contestan antes de pensar porque se sienten seguros y creen que no es necesario pensar. Era una chica muy dulce e inocente. «No, nadie sabe que estoy aquí, ¿por qué lo preguntas?», dijo. Ja, ja. Yo me sentía como el lobo feroz en el cuento de «Caperucita Roja». Entonces le expliqué que había venido en un momento muy oportuno. ¿O tal vez debo decir inoportuno? Ja, ja. ¿Quiere oír el resto?

Harry quería oír el resto. Prefería saberlo todo, con todo detalle: cómo había sido Toowoomba de niño, cuándo había matado por primera vez, por qué no seguía un ritual fijo, por qué a veces se limitaba a violar a las mujeres, cómo se sentía después de cometer un asesinato, si se deprimía después del éxtasis como les ocurre a los asesinos en serie porque tampoco había salido perfecto esa vez, tampoco esa vez le había salido como él había soñado y planificado. Quería saber cuántas veces, cuándo y dónde; los métodos, las herramientas. Y quería comprender las emociones, la pasión, cuál era el motor de aquella locura.

Pero se sentía sin fuerzas. Ahora no podía. En ese instante le importaba un bledo si había violado a Inger antes o después de matarla, si el homicidio fue un castigo porque Otto le había dejado solo en casa, si la había matado en el piso o en el coche. Harry no quería saber si ella había suplicado, llorado, ni de qué manera había mirado a Toowoomba en el momento en que se encontraba en el umbral y sabía que iba a morir. No quería saberlo porque no sería capaz de impedir que el rostro de Inger se convirtiera en el de Birgitta, porque eso le haría débil.

—¿Cómo sabía dónde me alojo? —preguntó Harry por decir algo y no interrumpir la conversación.

—¿Qué le pasa, Harry? ¿Está cansado? ¡Si usted mismo me lo dijo la última vez que salimos juntos! Por cierto, se me había olvidado darle las gracias.

—Escúcheme, Toowoomba.

—De hecho, he estado cavilando un poco sobre por qué me llamó aquella noche para pedirme ayuda, Harry. Aparte de para sacudir un poco a aquellos dos gorilas cargados de anabolizantes del club nocturno. Bueno, me lo pasé bien, pero ¿realmente estuvimos allí para darle su merecido al chulo aquel? Puede que no sea un gran conocedor de la naturaleza humana, Harry, pero no acabé de creérmelo. Se encuentra en medio de una investigación de asesinato y pierde el tiempo y las energías en vengarse.

—Bueno…

—¿Bueno, Harry?

—No fue solo por eso. Resulta que la chica que encontramos en Centennial Park trabajaba en ese club. Por tanto, pensaba que el asesino quizá hubiera estado allí aquella noche, la hubiera esperado a la salida y la hubiera seguido mientras la chica volvía a casa. Quería saber cómo reaccionaría usted cuando descubriera adónde íbamos. Además, es un hombre imponente, así que quería que le viera Mongabi para comprobar si le recordaba de aquella noche.

—¿Y no hubo suerte?

—No. Supongo que usted no estuvo en el club.

Toowoomba se rió.

—Ni siquiera sabía que ella era stripper. La vi entrar al parque y pensé que alguien debería avisarla de que era peligroso andar por allí de noche. Y mostrarle lo que puede pasar.

—Bien, entonces ese asunto está resuelto —dijo Harry secamente.

—Qué pena que nadie más que usted tenga el gusto de saberlo —dijo Toowoomba.

Harry decidió arriesgarse.

—Dado que nadie más va a disfrutar, tal vez también pueda contarme qué pasó con Andrew en el piso de Otto Rechtnagel. Porque su «amiga» era Otto, ¿verdad?

Se hizo el silencio al otro lado del teléfono.

—¿No prefiere saber cómo está Birgitta?

—No —dijo Harry. No demasiado rápido, ni en voz demasiado alta—. Me ha dicho que la tratará como un caballero. Confío en su palabra.

—Espero que no intente crearme mala conciencia, Harry. Es inútil en todo caso. Soy un psicópata. Lo sé, ¿sabe? —Toowoomba se rió entre dientes—. Da miedo, ¿verdad? Se supone que los psicópatas no debemos saber que lo somos. Pero yo siempre lo he sabido. Y Otto también. Otto sabía que en ocasiones yo debía castigarlas. Pero Otto ya no era capaz de mantener la boca cerrada. Ya se lo había contado a Andrew y estaba a punto de derrumbarse por completo. Por tanto, tuve que actuar. La misma tarde que Otto iba a actuar en el St. George entré en su piso con mi llave cuando él se hubo marchado para eliminar todas aquellas cosas que pudieran relacionarme con él: fotos, regalos, cartas, cosas así. Entonces llamaron a la puerta. Eché un vistazo por la ventana de la habitación y, para mi asombro, vi a Andrew. Lo primero que se me ocurrió fue no abrir la puerta. Pero recordé que mi plan inicial estaba a punto de venirse abajo. Tenía previsto visitar a Andrew en el hospital al día siguiente con el fin de regalarle una cucharilla, un mechero, una jeringuilla de usar y tirar y una bolsita con su anhelado jaco, al que yo había añadido mi propia mezcla casera.

—¿Un cóctel mortal?

—Se le puede llamar así.

—¿Y cómo se aseguraría de que lo tomara? Él sabía que usted era un asesino.

—Él no sabía que yo sabía que él lo sabía. ¿Me sigue, Harry? Él no sabía que Otto me lo había dicho. Además, un yonqui con incipientes síntomas de abstinencia está dispuesto a correr algunos riesgos como, por ejemplo, confiar en alguien que él cree que le considera como un padre. Pero ya no tenía sentido seguir especulando sobre eso más tiempo. Se había escapado del hospital y estaba ante la entrada del edificio.

—Entonces ¿decidió dejarle entrar?

—¿Sabe a qué velocidad puede trabajar el cerebro humano, Harry? ¿Sabe que los sueños llenos de historias largas y complejas que creemos que hemos estado soñando durante toda la noche en realidad se han desarrollado en unos pocos segundos gracias a una actividad cerebral muy intensa? Aproximadamente así fue como concebí el plan: entendí que podía disponer las cosas para que pareciera que Andrew Kensington había estado detrás de todo desde el principio. ¡Juro que ni se me había pasado por la cabeza hasta ese instante! Así que pulsé el botón para abrirle la puerta y esperé a que subiera. Me coloqué detrás de la puerta con mi pañuelo milagroso…

—Éter dietílico.

—… y después até a Andrew a una silla, saqué la heroína y la junté con la poca que le quedaba a él y se la inyecté toda para asegurarme de que permanecería quieto hasta que yo regresase del teatro. Cuando volví pillé más jaco y Andrew y yo nos lo pasamos en grande. Bueno… al final la cosa se desmadró un poco y cuando me fui él colgaba de la lámpara del techo.

Volvió a reírse. Harry se concentró en respirar hondo y no perder la calma. En su vida había sentido tanto miedo.

—¿A qué se refiere cuando dice que debía castigarlas?

—¿Cómo?

—Antes ha dicho eso, que debía castigarlas.

—Ah, sí. Bueno, como seguramente sabe, los psicópatas a menudo somos paranoicos o sufrimos delirios. Mi particular idea delirante es que mi misión en la vida es vengar a mi pueblo.

—¿Violando a mujeres blancas?

—Mujeres blancas *sin hijos*.

—¿Sin hijos? —preguntó Harry, sorprendido.

Era un rasgo de las víctimas en el que no se habían fijado, ¿y por qué iban a hacerlo? No era nada raro que mujeres tan jóvenes no tuvieran hijos.

—Eso es. ¿Realmente no lo ha entendido? ¡Terra Nullius, Harry! Cuando ustedes llegaron aquí nos definieron como nómadas sin propiedades porque no cultivábamos la tierra. Ustedes nos quitaron la tierra, la violaron y la mataron delante de nosotros. —No era necesario que Toowoomba elevase la voz. Aquellas palabras eran ya lo suficientemente fuertes—. Bueno, ahora sus mujeres sin hijos son mi Terra Nullius, Harry. Nadie las ha fecundado y, por consiguiente, no son propiedad de nadie. Simplemente sigo la lógica del hombre blanco y actúo como él.

—¡Pero usted mismo dice que es una idea delirante, Toowoomba! ¡Si usted mismo se percata de lo enfermizo que es!

—Claro que es enfermizo. Pero la enfermedad es normal, Harry. Es la ausencia de enfermedad lo que es peligroso, porque el organismo deja de luchar y acto seguido se desintegra. En cuanto a las ideas delirantes, Harry... no debería subestimarlas. Son valiosas para cualquier cultura. Pongamos como ejemplo la suya. El cristianismo habla abiertamente de lo difícil que es creer, cómo la duda a veces carcome al sacerdote más sabio y piadoso. Sin embargo, ¿el reconocimiento de esa duda no es precisamente lo mismo que admitir que la fe que uno elige para guiar su vida es una idea delirante? Harry, uno no debe renunciar a sus ideas delirantes así por las buenas. Tal vez haya una recompensa en el otro extremo del arcoíris.

Harry se tumbó sobre la cama. Intentó dejar de pensar en Birgitta, en que ella no tenía hijos.

—¿Cómo sabía que ellas no tenían hijos? —se oyó a sí mismo preguntarle con voz ronca.

—Se lo preguntaba.

—¿Cómo...?

—Algunas de ellas me decían que tenían hijos porque creían que yo las iba a salvar si decían que cuidaban de un puñado de hijos. Les daba treinta segundos para probarlo. En mi opinión, una madre que no lleva ninguna foto de su hijo no es una madre.

Harry tragó saliva.

—¿Por qué rubias?

–No se trataba de una regla fija. Ello simplemente reduce la probabilidad de que lleven algo de la sangre de mi pueblo en sus venas.

Harry intentó no pensar en la lechosa piel de Birgitta.

Toowoomba se rió entre dientes.

–Entiendo que haya muchas cosas que quiere saber, Harry, pero las conversaciones por móvil son caras y los idealistas como yo no somos ricos. Usted sabe lo que tiene que hacer y lo que no.

A continuación ya no estaba. Mientras conversaban la penumbra de la habitación había dado paso rápidamente a la oscuridad. En la rendija de la puerta asomaban las antenas de una cucaracha que comprobaba si no había moros en la costa. Harry se tapó con la sábana y se acurrucó. En el tejado una solitaria cucaburra inició su concierto nocturno y King's Cross se preparó para comenzar otra larga noche.

Harry soñó con Kristin. Es posible que el sueño solo durara un par de segundos durante la fase REM, pero ante él se desplegó media vida, así que seguramente había durado más. Ella llevaba su bata verde, le acariciaba el pelo a Harry y le pedía que la acompañara al lugar donde iba. Él le preguntó adónde iban, pero Kristin estaba junto a la puerta de balcón abierta con las cortinas ondulando alrededor, y los niños del patio trasero hacían tanto ruido que él no oyó su respuesta. De vez en cuando, el sol le cegaba tanto que ella desaparecía por completo de su vista.

Se levantó de la cama y se acercó a ella para oír lo que decía, pero entonces Kristin se echó a reír, salió al balcón, se subió a la barandilla y salió flotando como un globo verde. Sobrevolaba lentamente los tejados mientras gritaba: «¡Venid todos! ¡Venid todos!». Más tarde, en ese mismo sueño, él se acercaba corriendo a la gente que conocía para preguntar dónde tendría lugar la fiesta, pero o no lo sabían o ya se habían marchado. Luego se fue a la piscina del Frogner, pero no tenía dinero para la entrada y tuvo que saltar la valla. Cuando estuvo en el otro lado descubrió que se había cortado y la sangre formaba una estela roja en la hierba, en los azulejos y en todos los escalones que ascendían hasta el trampolín de diez metros. No había nadie más, así que se tumbó boca arriba y se puso a mirar al cielo mientras oía el ruido de las pequeñas gotas de sangre que caían y se estrellaban contra el borde de la piscina. En lo alto, junto al sol, le pareció vislumbrar una vaga figura verde. Se colocó las manos delante de los ojos, como unos prismáticos, y entonces la vio nítidamente. Era muy bella y casi transparente.

De pronto se despertó a causa de una explosión que tal vez fuera un disparo y permaneció tumbado escuchando la lluvia y el bullicio de King's Cross. Al cabo de un rato volvió a dormirse. Entonces Harry soñó con Kristin el resto de la noche, o al menos así se lo pareció a él. Ella a veces era pelirroja y hablaba sueco.

52

Un ordenador

Lebie apoyó la frente en la puerta y cerró los ojos. Junto a él había dos policías que llevaban chalecos antibalas y le seguían con atención. Tenían las armas preparadas. Detrás de ellos, en la escalera, les seguían Watkins, Yong y Harry.

—¡Ya está! —dijo Lebie sacando la ganzúa con cuidado.

—Recuerden no tocar nada si el piso está vacío —susurró Watkins a los policías.

Lebie se colocó junto a la puerta y la abrió para los dos policías, que hicieron una entrada de manual, con las pistolas cogidas con ambas manos.

—¿Seguro que no hay ninguna alarma? —susurró Harry.

—Hemos llamado a todas las compañías de seguridad de la ciudad y ninguna de ellas tenía nada registrado en este piso —dijo Watkins.

—Chsss, ¿qué sonido es ese? —dijo Yong.

Los demás aguzaron el oído, pero no oyeron nada extraño.

—Aquí tenemos la teoría del experto en bombas —dijo Watkins en tono irónico.

Uno de los policías volvió.

—Todo bien —dijo.

Respiraron aliviados y entraron. Lebie intentó encender la luz del recibidor, pero no funcionaba.

—Qué raro —dijo, y lo intentó con la luz del pequeño aunque ordenado y limpio salón, pero tampoco funcionaba—. Tiene que haberse fundido un fusible.

—No importa —dijo Watkins—. Hay luz suficiente para realizar la búsqueda. Harry, vaya a la cocina. Lebie se encargará del baño. ¿Yong?

Yong estaba frente al ordenador que había sobre del escritorio situado junto a la ventana del salón.

—Tengo la impresión de que… —dijo—. Lebie, coge la linterna y mira la caja de fusibles del pasillo.

Lebie salió fuera y enseguida se encendió la luz del salón y el ordenador.

—Coño —dijo Lebie cuando volvió al salón—. Había un hilo alrededor del fusible que he tenido que quitar. Lo he seguido a lo largo de la pared y llegaba hasta la puerta.

—La cerradura es electrónica, ¿verdad? El fusible estaba conectado a la puerta para que se fuera la luz en el momento en que se abriera. El sonido que oímos era el ventilador del ordenador apagándose —dijo Yong pulsando el teclado—. Este ordenador tiene sistema de reanudación rápida, o sea que podemos ver los programas que tenía en curso antes de apagarse.

Una imagen azul del planeta Tierra apareció en la pantalla y se oyó una melodía alegre por los altavoces.

—¡Lo sabía! —dijo Yong—. ¡Qué astuto es el cabrón! ¿Ven eso?

Señaló un icono en la pantalla.

—Yong, por Dios, no perdamos el tiempo con esto ahora —dijo Watkins.

—Señor, ¿me deja su teléfono móvil un momento? —El diminuto agente agarró el teléfono Nokia de Watkins sin esperar respuesta—. ¿Cuál es el número de aquí?

Harry le leyó el número que figuraba en el teléfono fijo que había junto al ordenador y Yong lo marcó. Luego presionó el botón de llamada. Al mismo tiempo que sonaba el teléfono, el ordenador emitió un sonido y el icono apareció de pronto en la pantalla a tamaño completo.

—¡Silencio! —dijo Yong.

Unos segundos más tarde se oyó un tono corto. Colgó el móvil enseguida.

Watkins tenía una profunda arruga entre las cejas.

—¿Qué diablos está haciendo, Yong?

—Señor, me temo que Toowoomba ha instalado una alarma para nosotros… y ya ha saltado.

—¡Explíquese!

Estaba claro que la paciencia de Watkins tenía un límite.

—¿Ve el programa que acaba de iniciarse? Es un vulgar programa de contestador automático conectado al teléfono a través de un módem. Antes de salir, Toowoomba grabó su mensaje de bienvenida en el ordenador a través de este micrófono. Cuando la gente llama el programa se activa, se reproduce el mensaje de Toowoomba y, tras el pequeño bip que se oye, se puede dejar el mensaje directamente en el ordenador.

—Yong, sé lo que es un contestador automático. ¿Adónde quiere llegar?

—¿Ha oído algún mensaje de bienvenida antes del tono cuando he llamado yo, señor?

—No…

—Es porque el mensaje de bienvenida se grabó, pero no se guardó.

Watkins empezaba a entender.

—Lo que quiere decir es que cuando se ha ido la luz y se ha apagado el ordenador, el mensaje se ha borrado.

—Exactamente, señor. —En ocasiones Yong tenía unas reacciones inusuales. Como en aquel momento. Sonrió ampliamente—. Y que ese es su sistema de alarma, señor.

Harry no sonrió cuando constató la envergadura de la catástrofe.

—Eso quiere decir que con una simple llamada Toowoomba descubrirá que el mensaje de bienvenida se ha borrado y sabrá que alguien ha entrado en su piso.

Se hizo el silencio.

—Jamás vendrá aquí sin llamar antes —dijo Lebie.

—Mierda, mierda, mierda —dijo Watkins.

—Puede llamar en cualquier momento —dijo Harry—. Tenemos que ganar tiempo. ¿Alguna propuesta?

—Veamos —dijo Yong—. Podemos hablar con la compañía telefónica y hacer que bloqueen el número y pongan un mensaje de error.

—¿Y si llama a la compañía telefónica?

—Una avería del cable en la zona a causa de, eh… excavaciones.

—Suena sospechoso. Comprobará que el teléfono del vecino funciona —dijo Lebie.

—Tenemos que desconectar los teléfonos de toda la zona —dijo Harry—. ¿Podrá hacerlo, señor?

Watkins se rascó detrás de la oreja.

—¡Será el caos! ¿Por qué coño…?

—¡Es urgente, señor!

—¡Mierda! Deme el teléfono, Yong. McCormack debe encargarse de esto. En cualquier caso será imposible mantener bloqueados los teléfonos de todo un barrio durante mucho tiempo, Holy. Debemos pensar en nuestro próximo paso. ¡Mierda, mierda, mierda!

ONCE Y MEDIA

—Nada —dijo Watkins deseperado—. Ni una mierda.

—Bueno, tampoco podíamos esperar que dejara una nota informándonos de dónde la tiene —dijo Harry.

Lebie salió del dormitorio negando con la cabeza. Yong, que había registrado todo el edificio, tampoco tenía nada interesante que comunicar.

Se sentaron en el salón.

—Es un poco extraño —dijo Harry—. Si hubiésemos registrado el piso de cualquiera de nosotros, siempre habríamos encontrado algo. Una carta interesante, una revista porno cutre, la foto de un amor del pasado, una mancha en la sábana o cualquier cosa. Pero este tipo es un asesino en serie y no encontramos nada que nos indique algo sobre su vida.

—Nunca había visto un piso de soltero tan ordenado —comentó Lebie.

—Está demasiado ordenado —añadió Yong—. Es casi inverosímil.

—Hay algo que se nos ha pasado por alto —dijo Harry mirando al techo.

—Hemos buscado por todas partes —dijo Watkins—. Si ha dejado alguna pista, no ha sido aquí. Lo único que hace el individuo que vive aquí es comer, dormir, ver la tele, cagar y dejar mensajes en su ordenador.

—Tiene razón —le interrumpió Harry—. Aquí no vive Too-woomba el asesino. Aquí vive alguien anormalmente ordenado que no teme que le observen más de cerca. Pero ¿qué hay del otro? ¿Es posible que tenga otra casa? ¿Otro piso, una casa de veraneo?

—Al menos no hay nada registrado a su nombre —dijo Yong—. Lo he comprobado antes de venir aquí.

Sonó el teléfono móvil. Era McCormack. Había hablado con la compañía telefónica. Al argumentar que se trataba de una cuestión de vida o muerte, le habían respondido que si los vecinos intentaban llamar a una ambulancia también podía ser una cuestión de vida o muerte. Pero con la ayuda de la oficina del alcalde, McCormack había logrado bloquear los teléfonos hasta las siete de la tarde.

—Ya nada nos impide fumar aquí dentro —dijo Lebie mientras cogía un purito—. Podemos llenar las alfombras de ceniza y dejar huellas grasientas en el pasillo. ¿Alguien tiene fuego?

Harry sacó una caja de cerillas del bolsillo y encendió una. Se sentó y se quedó mirando la caja. Con mucho interés.

—¿Saben qué tiene de especial esta caja de cerillas? —preguntó.

Los demás negaron con la cabeza con aspecto dubitativo.

—Pone que es impermeable. Para usarla en las montañas y en el mar, dice. ¿Alguno de ustedes lleva encima cerillas impermeables?

Nuevas negaciones con la cabeza.

—¿Me equivoco si digo que hay que ir a tiendas especializadas para conseguirlas y que cuestan algo más que las cerillas normales?

Los demás se encogieron de hombros.

—Al menos no son las habituales, yo jamás las había visto antes —dijo Lebie.

Watkins examinó la caja con más atención.

—Creo que mi cuñado tenía cerillas así en su barco —comentó.

—Esta caja me la dio Toowoomba —dijo Harry—. En el funeral.

Se produjo una pausa. Yong carraspeó.

—Hay un cuadro de un velero en el recibidor —dijo con cautela.

UNA EN PUNTO

—Muchas gracias por la ayuda, Liz —dijo Yong, y colgó—. ¡Lo tenemos! Está en el puerto deportivo, junto a Lady Bay Beach, donde está registrado a nombre de Gert Van Hoos.

—De acuerdo —dijo Watkins—. Yong, usted se queda aquí por si apareciera Toowoomba. Lebie, Harry y yo salimos hacia allí ahora mismo.

Había poco tráfico y el Toyota nuevo de Lebie gruñía satisfecho a ciento veinte kilómetros por hora por la New South Head Road.

—¿No pedimos refuerzos, señor? —preguntó Lebie.

—Si está allí, tres hombres son más que suficiente —dijo Watkins—. Según Yong no tiene licencia de armas, y tengo la impresión de que las armas no le van.

Harry no pudo contenerse.

—¿A qué impresión se refiere, señor? ¿A la misma que le dijo que era una buena idea entrar en el piso? ¿A la misma que le sugirió que Birgitta debía llevar el transmisor en el bolso?

–Holy, yo…

–Solo pregunto, señor. Si vamos a utilizar su «impresión» como guía para todo, ello debe de querer decir, a la luz de lo sucedido hasta ahora, que tiene un arma. No es que…

Harry se percató de que había elevado la voz y se calló. Ahora no, se dijo en su fuero interno. Todavía no. Terminó la frase en voz baja.

–No es que me importe. Eso solo significaría que podría acribillarla a balazos.

Watkins decidió no contestarle. Se quedó mirando por la ventanilla enfurruñado mientras avanzaban en silencio. Por el retrovisor Harry vio la sonrisa cauta e indescifrable de Lebie.

UNA Y MEDIA

–Lady Bay Beach –dijo Lebie señalando con el dedo–. Un nombre adecuado. Es la playa gay número uno de Sidney.

Decidieron aparcar el coche junto a la valla que rodeaba el puerto deportivo y bajaron andando por una ladera cubierta de hierba en dirección al pequeño embarcadero donde los mástiles se apiñaban junto a estrechos muelles. En la entrada había un guarda somnoliento con una camisa azul de uniforme desteñida por el sol. Se despertó cuando Watkins mostró su placa policial y les explicó dónde se encontraba el yate de Gert Van Hoos.

–¿Hay alguien a bordo? –preguntó Harry.

–No que yo sepa –dijo el vigilante–. Es un poco difícil estar al tanto de todos los barcos en verano, pero no creo que nadie haya estado allí desde hace un par de días.

–¿Ha estado alguien allí últimamente?

–Sí, si no recuerdo mal el señor Van Hoos estuvo aquí el martes por la noche ya tarde. Suele aparcar cerca del agua. Se marchó más tarde esa misma noche.

–¿Y desde entonces nadie ha estado en el barco? –preguntó Watkins.

—En mis turnos no. Pero por suerte somos unos cuantos.

—¿Estaba solo?

—Si no recuerdo mal, sí.

—¿Llevaba algo cuando subió al barco?

—Seguramente. No lo recuerdo. La mayoría suele llevar algo.

—¿Nos puede describir al señor Van Hoos brevemente? —preguntó Harry.

El vigilante se rascó la cabeza.

—Bueno, en realidad no.

—¿Por qué no?

El vigilante pareció algo azorado.

—Para serle sincero, a mí todos los aborígenes me parecen iguales.

El sol brillaba en las tranquilas aguas del puerto, pero más allá las olas del océano retumbaban, enormes y pesadas. Harry notó que la brisa se volvía más fresca a medida que avanzaban cautelosamente por el muelle. Reconoció el barco por el nombre, *Adelaide*, y el número de matrícula pintados en un lado. El *Adelaide* no se hallaba entre los barcos más grandes del puerto, pero parecía bien cuidado. Yong les había dicho que solo los veleros con motor que excedían cierto tamaño tenían la obligación de matricularse, así que habían tenido mucha suerte. Hasta el punto que Harry tenía la desagradable sensación de que habían consumido su ración de suerte. Su corazón latía con fuerza ante la idea de que Birgitta se encontrara a bordo del barco.

Watkins indicó que Lebie debía subir a bordo en primer lugar. Harry quitó el seguro de la pistola y apuntó hacia la escotilla del salón mientras Lebie ponía los pies sigilosamente sobre la cubierta de popa. Watkins tropezó con la cuerda del ancla al subir a bordo y aterrizó en cubierta con un golpe sordo. Se detuvieron a escuchar, pero lo único que oyeron fue el viento y las olas que chocaban contra el casco. Tanto la escotilla del salón como la del camarote de popa estaban cerradas con candados. Lebie sacó las ganzúas y empezó a trabajar. Tras unos minutos había quitado ambos candados.

Lebie abrió la escotilla del salón y Harry bajó los escalones en primer lugar. Estaba oscuro y Harry se agachó con la pistola apuntando hacia delante hasta que Watkins bajó y descorrió las cortinillas. La decoración del barco era sencilla, aunque de buen gusto. El salón era de caoba, pero, por lo demás, no era nada ostentoso. Había un mapa naval desplegado en la mesa del salón, y sobre esta colgaba una fotografía de un joven boxeador.

—¡Birgitta! —gritó Harry—. ¡Birgitta!

Watkins le puso la mano en el hombro.

—Ella no está aquí —constató Lebie tras recorrer el barco de proa a popa.

Watkins se agachó y metió la cabeza dentro de uno de los bancos de la cubierta de popa.

—Tal vez haya estado aquí —dijo Harry contemplando el mar.

El viento había arreciado y las crestas de las olas se aproximaban con su espuma blanca.

—Pediremos al departamento forense que vengan aquí a ver qué encuentran —dijo Watkins enderezándose—. Esto solo significa que tiene otro lugar más que desconocemos.

—O… —dijo Harry.

—¡No fastidies! La tiene escondida en alguna parte, solo hace falta encontrarla.

Harry se sentó. El viento le sacudía el pelo. Lebie intentó encender otro purito, pero lo dejó por imposible tras un par de intentos.

—¿Y ahora qué hacemos? —preguntó.

—Largarnos de su barco cuanto antes —dijo Watkins—. Si se acerca en coche nos podrá ver desde la carretera.

Se levantaron, amarraron las lonas y Watkins saltó por encima de la cuerda del ancla para no volver a tropezarse.

Lebie permanecía inmóvil.

—¿Qué ocurre? —le preguntó Harry.

—Bueno —dijo Lebie—. Yo no sé mucho de barcos, pero ¿esto es normal?

—¿El qué?

—¿Echar el ancla cuando estás amarrado por la proa y la popa?

Se miraron.

—Ayúdeme a tirar del ancla —dijo Harry.

53

Los lagartos cantan

Iban a toda velocidad por la carretera. Las nubes cruzaban el cielo. Los árboles que flanqueaban la carretera se balanceaban y les saludaban al pasar. La hierba del arcén estaba aplastada y la radio crepitaba. El sol había palidecido y unas sombras fugaces surcaban el mar.

Harry estaba en el asiento trasero, pero no vio la tormenta que se avecinaba. Lo único que veía era la cuerda verde y resbaladiza de la que habían tirado varias veces hasta sacarla del mar. Las gotas de agua de la cuerda caían como trozos de cristal relucientes y más abajo habían vislumbrado algo blanco que emergía lentamente.

Unas vacaciones de verano, su padre le llevó en bote y capturaron un fletán. Era blanco e incomprensiblemente grande. En aquella ocasión a Harry también se le resecó la boca y le empezaron a temblar las manos. Su madre y su abuela aplaudieron entusiasmadas cuando entraron en la cocina con la pesca y de inmediato empezaron a cortar el pescado frío y sangrante con cuchillos grandes y relucientes. El resto del verano Harry soñó con aquel fletán en el bote, con sus ojos saltones y la mirada paralizada y en estado de shock, como si no se acabara de creer que estaba a punto de morir. Durante la Navidad siguiente Harry se encontró en su plato unos trozos de pescado gelatinosos y su padre contó a todos con orgullo cómo Harry y él habían capturado aquel gran fletán en el fiordo de Is. «Hemos pensado probar algo nuevo estas navidades», dijo su madre. Sabía a muerte y destrucción, y Harry abandonó la mesa con lágrimas en los ojos de pura rabia.

Y ahora Harry se encontraba en el asiento trasero de un coche que iba a toda velocidad. Cerró los ojos y se vio a sí mismo observando fijamente el agua donde lo que parecían los tentáculos rojos de una medusa melena de león se extendían alargados a un costado a cada tirón de la cuerda, se detenían y volvían a extenderse con cada nuevo golpe. Cuando se acercó a la superficie los tentáculos se abrieron a modo de abanico, como si intentara ocultar su cuerpo blanco y desnudo. Tenía la cuerda del ancla amarrada al cuello, y a Harry el cuerpo sin vida le pareció sorprendentemente ajeno y extraño.

Pero cuando le dieron la vuelta, Harry la reconoció. Era la mirada de aquel verano. Una mirada rota con una última pregunta asombrada y acusadora: ¿Esto es todo? ¿Realmente se supone que tiene que terminar así? ¿La vida y la muerte son realmente tan banales?

—¿Es ella? –preguntó Watkins, y Harry contestó negativamente.

Cuando repitió la pregunta, Harry vio cómo sobresalían los omóplatos del cuerpo y la piel roja que se extendía junto a una marca blanca de la parte superior del biquini.

—Se quemó –dijo él extrañado–. Ella me pidió que le untara crema en la espalda. Dijo que confiaba en mí. Sin embargo, se quemó.

Watkins se puso frente a él y le puso las manos en los hombros.

—No es culpa suya, Harry. ¿Me oye? Hubiese pasado de todas formas. No es culpa suya.

Ya era noche cerrada y un par de ráfagas de viento sacudieron los grandes eucaliptos y agitaron las ramas hasta tal punto que parecían ir a desprenderse del suelo para alejarse pesadamente como los trífidos de John Wyndham, resucitados por la tormenta que venía de camino.

—Los lagartos cantan —dijo Harry de repente desde el asiento trasero.

Fueron las primeras palabras que emitía desde que habían subido al coche. Watkins se giró y Lebie le miró por el retrovisor. Harry carraspeó.

—Andrew lo dijo en una ocasión. Que los lagartos y los humanos procedentes de la familia de los lagartos tenían el poder de provocar lluvia y tormenta con su canto. Me contó que el Gran Diluvio fue causado por la familia de lagartos que cantaban y se cortaban con cuchillas de piedra hasta sangrar a fin de ahogar a *platypus*, el ornitorrinco. —Sonrió débilmente—. Casi todos los ornitorrincos murieron, pero algunos sobrevivieron. ¿Y saben qué hicieron? Aprendieron a respirar bajo el agua.

Las primeras grandes gotas de lluvia cayeron temblorosas sobre la luna del coche.

—Tenemos poco tiempo —dijo Harry—. Toowoomba no tardará en percatarse de que le estamos buscando y, cuando lo haga, desaparecerá con la rapidez de una rata de agua. Yo soy la única conexión que tenemos con él y ahora se preguntan si seré capaz de afrontarlo. Bien, ¿qué puedo decirles? Creo que amaba a esa chica.

Watkins parecía incómodo. Lebie asintió lentamente con la cabeza.

—Pero respiraré bajo el agua —dijo Harry.

TRES Y MEDIA

Ninguno de los presentes en la sala de reuniones se fijó en los lamentos del ventilador.

—Bien, sabemos quién es nuestro hombre —dijo Harry—. Y sabemos que él cree que la policía no lo sabe. Probablemente piense que estoy intentando falsificar pruebas contra Evans White. Pero me temo que esta situación no se podrá sostener mucho tiempo. No podemos mantener a las demás viviendas sin conexión telefónica por mucho tiempo, y además, cuanto más se tarde en arreglar la supuesta «avería», más sospechas despertará.

»Tenemos a gente esperándole en su casa por si aparece por ahí. También en el velero. Personalmente estoy convencido de que es demasiado cauto para cometer alguna estupidez sin estar seguro al cien por cien de que no hay ningún peligro. Creo que es bastante realista suponer que a lo largo de esta noche se dará cuenta de que hemos estado en su piso. Ello nos deja con dos alternativas: podemos darle bombo al asunto a través de la televisión y comenzar su búsqueda con la esperanza de detenerle antes de que desaparezca. El argumento en contra es que un tipo que ha previsto el tema de la alarma en su casa también habrá previsto otras posibilidades. En cuanto vea su imagen en la televisión nos arriesgamos a que se lo trague la tierra. Por tanto, la segunda alternativa es aprovechar el poco tiempo que nos queda antes de que sienta nuestro aliento en la nuca y cogerle mientras todavía no sospeche mucho.

—Yo voto a favor de ir a por él —dijo Lebie quitándose un cabello del hombro.

—¿Cogerlo? —dijo Watkins—. Sidney tiene más de cuatro millones de habitantes y no tenemos la menor idea de dónde se encuentra. ¡Ni siquiera sabemos si está en Sidney, joder!

—No esté tan seguro —dijo Harry—. Por lo menos ha estado en Sidney la última hora y media.

—¿Cómo? ¿Me está diciendo que lo han visto?

—Yong. —Harry cedió la palabra al siempre sonriente agente.

—¡El teléfono móvil! —comenzó. Como si le hubieran pedido leer en voz alta una redacción para la clase—. Todas las conversaciones de teléfono móvil están conectadas por medio de lo que se conoce como estaciones base, las cuales reciben y emiten las señales. Una compañía telefónica puede ver a qué usuario pertenecen las señales que reciben las diferentes bases. Cada base cubre un radio de aproximadamente diez kilómetros. En los lugares donde hay buena cobertura, es decir, en las zonas más pobladas, tu teléfono está cubierto por una o dos estaciones base a la vez, casi como las emisoras de radio. Esto quiere decir que, cuando uno habla por el móvil, la compañía telefónica puede averiguar si la persona en cuestión se encuentra en un radio de diez kilómetros. Si la conversación entra en dos estaciones base simultáneamente, pueden acotarse al área donde se solapa la cobertura de las dos estaciones. Si la señal se registra en tres estaciones, el área se puede delimitar todavía más, etcétera. Los teléfonos móviles no se pueden localizar en una dirección concreta como un teléfono fijo, pero nos proporcionan pistas.

»En este momento estamos en contacto con tres personas de la compañía telefónica que siguen las señales del teléfono móvil de Toowoomba. Podemos conectar con ellos mediante una línea abierta desde esta sala de reuniones. De momento solo tenemos señales simultáneas de dos estaciones a la vez y el área se restringe a toda la ciudad, el puerto y la mitad de Woolloomooloo. Las buenas noticias son que nuestro hombre se está moviendo.

—Y esperamos tener un poco de suerte —añadió Harry.

—Esperemos que el tipo entre en alguno de los pequeños espacios cubiertos por tres o más estaciones base. Si lo conseguimos podremos sacar todos los coches de incógnito a la mayor brevedad posible y tener cierta esperanza de encontrarle.

Watkins no parecía muy convencido.

—O sea, que él ha hablado con alguien ahora y también hace una hora y media y ambas veces las señales han sido registradas por estaciones base en Sidney, ¿no? —preguntó—. ¿Y dependemos de que siga hablando por el maldito teléfono para encontrarle? ¿Qué pasa si no llama a nadie?

—Le podemos llamar nosotros, ¿no? —dijo Lebie.

—¡Magnífico! —dijo Watkins. Tenía las mejillas encendidas—. ¡Una idea estupenda! ¡Podemos llamarle cada quince minutos y fingir que somos el servicio de información horaria o su puta madre! Y así sabrá que no le conviene hablar por teléfono.

—No necesita hacerlo —dijo Yong—. No necesita hablar con nadie.

—¿Cómo…?

—Basta con que tenga el móvil encendido —dijo Harry—. Al parecer, Toowoomba no es consciente de ello, pero mientras no apague el móvil, este emitirá de forma automática un pequeño tono cada media hora solo para decir que sigue vivo. Este tono es registrado por las estaciones base al igual que las llamadas.

—¿Entonces…?

—Entonces solo nos queda mantener la línea abierta, servirnos un café y sentarnos a esperar.

54

Un buen oído

Una voz metálica sonó a través del altavoz conectado al teléfono.

—La señal se registra en las estaciones base tres y cuatro.

Yong señaló el mapa de Sidney que había desplegado sobre la pizarra. Habían dibujado unos círculos con un número que indicaban las áreas de cobertura de las diferentes estaciones base.

—Pyrmont, Glebe y una zona de Balmain.

—¡Joder! —dijo Watkins—. Es un área demasiado extensa. ¿Qué hora es? ¿Ha intentado llamar a casa?

—Son las seis —dijo Lebie—. Ha marcado el número de su casa dos veces durante esta última hora.

—Está a punto de olerse algo —dijo McCormack y volvió a levantarse.

—Pero todavía no —dijo Harry en voz baja.

Había permanecido las últimas dos horas callado e inmóvil en una silla situada en la parte de atrás, junto a la pared.

—¿Se sabe algo de la previsión meteorológica? —preguntó Watkins.

—Solo que va a empeorar —dijo Lebie—. Una fuerte tormenta que se convertirá en huracán cuando llegue la noche.

Los minutos pasaban. Yong fue a por más café.

—¿Oiga?

Era el altavoz conectado al teléfono.

Watkins dio un salto.

—¿Sí?

—El abonado acaba de tener una conversación telefónica. Le hemos registrado en las estaciones base tres, cuatro y siete.

—¡Espere! —Watkins miró el mapa—. Es parte de Pyrmont y Darling Harbour, ¿verdad?

—Correcto.

—¡Joder! ¡Si también hubiera entrado en la nueve o la diez le tendríamos!

—¿A quién ha llamado? —preguntó McCormack.

—A nuestra centralita —respondió la voz metálica—. Preguntó qué le pasaba a su teléfono fijo.

—¡Mierda, mierda, mierda! —Watkins estaba rojo como un tomate—. ¡Se nos escapa! ¡Demos el aviso ya!

—¡Cállese! —fue la respuesta a voz en grito. Se hizo un silencio completo en la sala—. Lamento hablarle así, señor —dijo Harry—. Pero sugiero que esperemos el siguiente tono antes de precipitarnos.

Watkins miró a Harry con ojos desorbitados.

—Holy tiene razón —dijo McCormack—. Siéntese, Watkins. En menos de una hora cesará el bloqueo telefónico. Eso quiere decir que nos queda uno, o como máximo dos bips, antes de que Toowoomba tenga ocasión de descubrir que únicamente sigue desconectado su teléfono. Pyrmont y Darling Harbour no tienen una gran extensión geográfica, pero se trata de dos de las áreas metropolitanas de Sidney más densamente pobladas de noche. Si enviáramos coches allí causaríamos un caos que Toowoomba aprovecharía para desaparecer. Esperemos.

A las siete menos veinte llegó el mensaje por el altavoz del teléfono:

—Se ha recibido el tono en las estaciones base números tres, cuatro y siete.

Watkins resopló.

—Gracias —dijo Harry, y desconectó el micrófono—. La misma área que antes. Puede significar que ya no se mueve. ¿Dónde puede estar?

Se apiñaron en torno al mapa.

—Tal vez esté entrenando —dijo Lebie.

—¡Buena sugerencia! —dijo McCormack—. ¿Hay algún club de boxeo en la zona? ¿Alguien sabe dónde entrena el tío ese?

—Voy a averiguarlo —dijo Yong, y se marchó.

—¿Más sugerencias?

—La zona está llena de atracciones turísticas abiertas por la noche —dijo Lebie—. Quizá esté en los Chinese Gardens.

—Con este tiempo lo más probable es que se encuentre en algún lugar cerrado —dijo McCormack.

Yong volvió negando con la cabeza.

—He llamado a su entrenador. No me quería contar nada y he tenido que decir que llamaba de parte de la policía. El gimnasio de Toowoomba está en Bondi Junction.

—¡Estupendo! —dijo Watkins—. ¿Cuánto tiempo cree que tardará el entrenador en marcar el número móvil de Toowoomba y preguntarle para qué coño le está buscando la policía?

—Es urgente —dijo Harry—. Yo llamaré a Toowoomba.

—¿Y le preguntará dónde está? —dijo Watkins.

—Y veremos qué sucede —dijo Harry descolgando el auricular—. Lebie, comprueba que la grabadora esté activada; callad todos.

Todos se quedaron paralizados. Lebie echó una mirada a la vieja grabadora y levantó el pulgar en dirección a Harry, que tragó saliva. Notó los dedos entumecidos cuando tocó el teclado. La señal sonó tres veces antes de que Toowoomba contestara.

—¿Diga?

La voz… Harry contuvo la respiración y presionó el auricular contra el oído. Se oía gente al fondo.

—¿Quién es? —dijo Toowoomba en voz baja.

Se oía un ruido al fondo seguido por gritos infantiles muy alegres. Entonces oyó la risa profunda y calmada de Toowoomba.

—Pero, bueno, ¿es usted, Harry? ¡Qué coincidencia que llame en este momento, precisamente estaba pensando en usted! Parece que algo va mal con el teléfono de mi casa y me preguntaba si usted tendría algo que ver al respecto. Espero que no sea así, Harry...

Se oía otro sonido. Harry se concentró, pero no consiguió identificar qué era.

—Me pone nervioso que no me conteste, Harry. Muy nervioso. No sé lo que quiere, pero tal vez debería apagar el móvil. ¿Es así, Harry? ¿Está intentando localizarme?

Aquel sonido...

—¡Mierda! —exclamó Harry—. Ha colgado. —Se dejó caer en una silla—. Toowoomba sabía que era yo. ¿Cómo diablos lo sabía?

—Rebobine la cinta —dijo McCormack—. Y busquen a Marguez.

Yong salió corriendo mientras reproducían la grabación.

Harry no lo pudo evitar; se le erizó el vello de la nuca cuando oyó de nuevo la voz de Toowoomba por los altavoces.

—Es obvio que está en un lugar con mucha gente —dijo Watkins—. ¿Qué es ese sonido? ¡Escuchen, hay niños! ¿Es una feria?

—Rebobine y vuelva a ponerlo —dijo McCormack.

—¿Quién es? —repitió Toowoomba seguido de un fuerte griterío de niños.

—¿Qué es...? —empezó Watkins.

—Es ruido de agua salpicando —dijo una voz desde la puerta.

Se giraron. Harry vio una pequeña cabeza morena con unos rizos negros, un pequeño bigote y unas minúsculas gafas gruesas coronando un enorme cuerpo que parecía haber sido hinchado por una bomba de bicicletas y podía explotar en cualquier momento.

—Jesús Marguez, los mejores oídos del cuerpo —dijo McCormack—. Y ni siquiera es ciego.

—Casi ciego —murmuró Marguez enderezándose las gafas—. ¿Qué tienen por aquí?

Lebie volvió a poner la grabación. Marguez escuchó con los ojos cerrados.

—Un lugar cerrado. Paredes de ladrillo, y vidrio. No hay ningún tipo de amortiguación, ni alfombras ni cortinas. Gente joven, gente joven de ambos sexos, probablemente unas cuantas familias con niños.

—¿Cómo puede saber todo eso tan solo escuchando el ruido? —preguntó Watkins con recelo.

Marguez suspiró. Aparentemente no era la primera vez que se había topado con escépticos.

—¿Saben ustedes qué instrumento tan maravilloso es el oído? —preguntó—. Tiene la capacidad de distinguir entre un millón de diferencias de presión. Un millón. Un único sonido puede estar compuesto por una decena de frecuencias y elementos parciales diferentes. Nos brinda diez millones de posibilidades. Una enciclopedia media solo contiene aproximadamente cien mil entradas. Diez millones de posibilidades. El resto es cuestión de práctica.

—¿Qué sonido es ese que se oye al fondo constantemente? —preguntó Harry.

—¿El que está entre los cien y ciento veinte hercios? No es fácil de decir. Podemos filtrar los demás sonidos en nuestro estudio y aislarlo, pero necesitaríamos tiempo.

—Y no lo tenemos —dijo McCormack.

—Pero ¿cómo pudo reconocer a Harry sin que este hablara? —preguntó Lebie—. ¿Intuición?

Marguez se quitó las gafas y las limpió con actitud ausente.

—Lo que llamamos tan elegantemente intuición, amigo mío, siempre se apoya en nuestras impresiones sensoriales. Pero cuando la impresión se vuelve tan pequeña y delicada que solo se percibe como sensación, una pluma bajo la nariz cuando estamos durmiendo, y somos incapaces de poner nombre a las asociaciones que el cerebro conecta, entonces lo llamamos intuición. ¿Tal vez fuera la manera de… respirar de Harry?

—Pero si aguanté la respiración —dijo Harry.

—¿Le ha llamado desde aquí anteriormente? ¿Tal vez la acústica? ¿El ruido de fondo? El ser humano tiene una asombrosa memoria en cuanto a los sonidos se refiere, en general mucho más de lo que pensamos.

—Le he llamado desde aquí en una ocasión… —Harry miró fijamente al viejo ventilador—. Claro. Por eso he reconocido el ruido de fondo. He estado allí antes. Ese borboteo… —Se volvió—. ¡Está en el acuario de Sidney!

—Hum… —dijo Marguez examinando el brillo de sus gafas—. Tiene sentido. Yo también he estado allí. Una salpicadura como esa puede haberla causado la cola de un gran cocodrilo de agua salada.

Cuando volvió a levantar la mirada se encontraba solo en la sala.

55

Un izquierdazo y tres disparos

Seguramente en el corto recorrido entre la comisaría de policía y Darling Harbour habrían puesto en peligro las vidas de muchos ciudadanos si no fuera porque la tormenta había vaciado las calles de gente y de coches. No obstante, Lebie hizo todo cuanto pudo, y probablemente gracias a la luz azul de la sirena algún peatón solitario dio un salto hacia atrás en el último momento y un par de coches que venían en sentido contrario dieron un volantazo para no chocar. Watkins estaba en el asiento trasero soltando tacos sin parar mientras que McCormack llamaba al acuario de Sidney a fin de prepararles para la inminente operación policial.

Cuando se detuvieron delante del acuario, las banderas de Darling Harbour estaban desplegadas y las olas sobrepasaban el borde del muelle. Ya habían acudido varios coches policiales y agentes uniformados bloqueaban las salidas.

McCormack dio las últimas órdenes.

—Yong, reparta las fotografías de Toowoomba entre nuestra gente. Watkins, se quedará conmigo en la sala de control; allí hay cámaras que vigilan todo el acuario. Lebie y Harry, empiecen a buscar. El acuario cerrará en pocos minutos. Aquí tienen las radios, pónganse el pinganillo en el oído y el micrófono en la solapa y comprueben que tienen conexión inmediata. Les dirigiremos desde la sala de control, ¿de acuerdo?

Cuando Harry se bajó del coche, una ráfaga de viento le envolvió y estuvo a punto de caerse. Echaron a correr para buscar refugio.

—Afortunadamente, no hay tanta gente como es habitual —constató McCormack, quien jadeaba a causa de la corta carrera—. Debe de ser por el tiempo. Si está aquí, le encontraremos.

El jefe de los vigilantes vino a su encuentro y llevó a McCormack y Watkins a la sala de control. Harry y Lebie comprobaron sus radios, pasaron por las taquillas y empezaron a adentrarse por los pasillos.

Harry comprobó que llevaba su pistola en la funda del hombro. El acuario era muy diferente ahora que estaba iluminado y lleno de gente. Además, le parecía que había transcurrido una eternidad desde que Birgitta y él habían estado allí, como si hubiera sucedido en otra era.

Intentó no pensar en ello.

—Estamos en nuestras posiciones. —La voz de McCormack sonaba segura y tranquilizadora en su oído—. Ahora estamos mirando las cámaras. Yong está con un par de agentes y están registrando los servicios y la cafetería. Por cierto, les estamos viendo. Sigan hacia el interior.

Los pasillos del acuario hacían caminar al público en un círculo que terminaba en el punto de partida. Harry y Lebie iban en dirección contraria a fin de poder ver todos los rostros que venían de frente. El corazón de Harry latía desbocado. Notó cómo se le resecaba la boca y se le humedecían las palmas de las manos. Numerosos idiomas extranjeros resonaban a su alrededor y Harry tuvo la sensación de estar nadando en un torbellino de gente de diversas nacionalidades, colores de piel y atuendos. Atravesaron el túnel subacuático donde Birgitta y él habían pasado la noche, y donde ahora los niños pegaban la nariz contra el cristal mientras miraban cómo aquel submundo marino seguía su curso tranquilamente.

—Este lugar me da escalofríos —susurró Lebie.

Andaba con la mano metida en la chaqueta.

—Prométame que no va a disparar aquí dentro —dijo Harry—. No me apetece tener medio puerto de Sidney y una docena de tiburones encima. ¿Vale?

—Tranquilo —dijo Lebie.

Llegaron al otro extremo del acuario, que prácticamente estaba vacío. Harry soltó una palabrota.

—Han cerrado las taquillas a las siete —dijo Lebie—. Ahora solo tiene que salir la gente que ya está dentro.

McCormack se dirigió a ellos:

—Lamentablemente, parece que el pájaro ha volado, señores. Vuelvan a la sala de control.

—Espere aquí —le dijo Harry a Lebie.

Junto a las taquillas había un rostro conocido. Llevaba uniforme y Harry le agarró.

—Hola, Ben, ¿se acuerda de mí? —dijo Harry—. Estuve aquí con Birgitta.

Ben se giró y miró a aquel rubio que parecía fuera de sí.

—Claro que me acuerdo —dijo él—. Usted es Harry, ¿no? Vaya, así que ha vuelto. La mayoría lo hace. ¿Qué tal está Birgitta?

Harry tragó saliva.

—Escúcheme, Ben. Soy policía. Como ya sabrá, estamos buscando a un hombre muy peligroso. Aún no lo hemos encontrado, pero tengo la sensación de que sigue aquí. Nadie conoce este lugar mejor que usted, Ben. ¿Puede haberse escondido en alguna parte?

Ben se quedó pensativo.

—Bueno. ¿Sabe dónde se encuentra Matilda, el cocodrilo de agua salada?

—Sí.

—Entre ese pillo al que llamamos raya violinista y la enorme tortuga de mar. Quiero decir que la hemos trasladado, pues estamos haciendo una laguna para poder tener a un par de cocodrilos de agua dul…

—Sé dónde está. Es urgente, Ben.

—Ya veo. Si está en forma y no se pone nervioso puede saltar por el plexiglás del rincón.

—¿Hacia dónde está el cocodrilo?

—Suele dormitar en el agua. Desde la esquina hay unos cinco o seis pasos hasta la puerta que empleamos cuando lavamos y alimentamos a Matilda. Pero debe ir a toda velocidad porque una *saltie* puede ser increíblemente rápida. En un abrir y cerrar de ojos le caerán dos toneladas encima. En una ocasión en que íbamos a...

—Gracias, Ben.

Harry salió corriendo mientras la gente se apartaba de su camino. Se remangó la chaqueta y se puso a hablar por el micrófono.

—McCormack, Holy al habla. Voy a buscar detrás del recinto del cocodrilo. —Agarró a Lebie por el brazo y tiró de él—. Última oportunidad.

Lebie abrió los ojos de par en par cuando Harry se detuvo delante del recinto del cocodrilo para coger impulso.

—Sígame —dijo Harry, y saltó la pared de plexiglás y se enderezó.

En el momento en que sus pies pisaron el suelo del otro lado, el agua empezó a burbujear. Una espuma blanca ascendió a la superficie y cuando Harry se dispuso a dar un paso hacia la puerta vio salir del agua un Fórmula Uno que se dirigía a toda velocidad hacia él con unos pequeños pies de lagarto a los lados que parecían batidoras. Cogió impulso y se resbaló en la arena. A su espalda oyó unos chillidos y por el rabillo del ojo vio que el capó del coche de carreras estaba abierto. Volvió a levantarse, corrió como un poseso los pocos metros que quedaban para llegar a la puerta y agarró el pomo. Durante una fracción de segundo Harry consideró la idea de que la puerta no estuviera abierta. Al siguiente instante ya estaba dentro. Una escena de *Parque Jurásico* apareció fugaz en su mente y le hizo cerrar la puerta con llave. Por si acaso.

Sacó la pistola. El olor de aquel cuarto húmedo era una mezcla nauseabunda de productos de limpieza y pescado podrido.

—¡Harry! —Era McCormack hablando por la radio—. En primer lugar, hay una manera más fácil de acceder al lugar donde está sin pasar por el plato de comida de esa bestia. En segundo lugar, le pido que se mantenga quieto donde está hasta que Lebie haya dado la vuelta.

—No le oí… mala co… exión, señor —dijo Harry rascando el micrófono con una uña—. Voy a… solo.

Abrió la puerta del otro extremo del cuarto y salió a una torre con forma de cilindro y una escalera de caracol en medio. Harry se imaginó que la escalera llevaba a los túneles subacuáticos y decidió subirla. En la siguiente plataforma había otra puerta. Miró hacia arriba, pero no parecía que hubiera más puertas.

Giró el pomo y con la mano izquierda empujó con cuidado la puerta mientras apuntaba con la pistola. Estaba completamente oscuro y el olor a pescado podrido era abrumador.

Harry halló un interruptor junto a la puerta y lo presionó con la mano izquierda, pero la luz no se encendió. Soltó la puerta y dio dos pasos cautelosos hacia delante. El suelo crujía bajo sus pies. Harry adivinó lo que era y retrocedió silenciosamente hacia la puerta. Alguien había roto la bombilla del techo. Contuvo la respiración y prestó atención. ¿Había alguien más en la habitación? Se oía un ventilador.

Harry retrocedió de nuevo a la plataforma.

—McCormack —susurró al micrófono—. Creo que está aquí dentro. Escuche, hágame un favor y marque su número del teléfono móvil.

—Harry Holy, ¿dónde está usted?

—Ahora, señor. Por favor, señor.

—Harry, no convierta esto en una venganza personal, es…

—Hace mucho calor hoy, señor. ¿Me va a ayudar o no?

Harry oía la respiración pesada de McCormack.

—De acuerdo, ahora lo marco.

Harry abrió con el pie y se colocó con las piernas separadas en el vano de la puerta cogiendo la pistola con las dos manos y esperando a que sonara el teléfono. El tiempo parecía una gota que no acababa de caer. Quizá transcurrieron dos segundos. Ni un ruido.

No está aquí, pensó Harry.

Entonces ocurrieron tres cosas a la vez.

La primera fue que McCormack dijo:

–Ha apagado…

La segunda fue que Harry vio la silueta del hombre recortada contra el vano de la puerta como una fiera en estampida.

La tercera fue que el mundo estalló formando una lluvia de estrellas y de puntos rojos en la retina de Harry.

Harry recordaba fragmentos de las lecciones de boxeo que Andrew le había impartido durante su viaje en coche a Nimbin. Como, por ejemplo, que un gancho asestado por un boxeador profesional normalmente es suficiente para dejar noqueado a un hombre corriente. Al mover la cadera todo el torso participa en el gancho y le imprime una fuerza tan grande que al golpear cortocircuita de inmediato el cerebro. Un gancho asestado en la barbilla te levanta del suelo y te envía directamente al país de los sueños. Seguro. Asimismo, un buen derechazo de un boxeador diestro te deja pocas posibilidades de seguir en pie. Y lo más importante de todo: si no ves venir el golpe, el cuerpo no será capaz de reaccionar y apartarse. Un mínimo movimiento de la cabeza bastaría para atenuar el efecto del puñetazo de modo considerable. Es muy raro que un boxeador vea venir el golpe que lo deja fuera de combate.

La única explicación de que Harry no estuviese inconsciente tenía que ser, por tanto, que el hombre que le había atacado en la oscuridad se hallaba a su lado izquierdo. Puesto que Harry estaba en el vano de la puerta no podía pegarle en la sien desde el lado, algo que, según Andrew, habría sido más que suficiente. Tampoco podía efectuar un gancho ni un uppercut dado que Harry tenía los brazos extendidos al frente y sostenía la pistola con las dos manos. Ni tampoco un derechazo, porque habría tenido que colocarse justo delante de la pistola. Por tanto, el único golpe que podía asestar era un izquierdazo, un puñetazo que Andrew consideraba «de mujer, más conveniente para irritar o, en el mejor de los casos, magullar al contrincante en una pelea callejera». Es posible que

Andrew tuviera razón en eso, pero ese izquierdazo había hecho retroceder a Harry hasta la escalera de caracol, donde dio con sus lumbares contra el borde de la barandilla y faltó poco para que cayera al otro lado.

No obstante, cuando abrió los ojos seguía en pie. Había una puerta abierta al otro extremo de la habitación; seguramente Toowoomba había escapado por allí. Oyó un traqueteo y pensó que se trataba de la pistola que caía por la escalera metálica. Decidió ir a buscar la pistola. Se lanzó escaleras abajo de un modo suicida, y tras despellejarse los antebrazos y las rodillas, consiguió coger la pistola justo en el momento en que esta rebotaba por el borde e iniciaba su descenso de veinte metros hasta el fondo del respiradero. Se puso de rodillas, tosió y constató que ya había perdido su segundo diente desde que aterrizara en aquel maldito país.

Al levantarse estuvo a punto de desmayarse.

—¡Harry! —le gritó una voz al oído.

También oyó una puerta que se abría violentamente en algún lugar situado por debajo de él y unos pasos a la carrera que hacían temblar la escalera. Harry se abalanzó hacia la puerta que tenía enfrente, vio la puerta en el otro lado de la habitación, y tras darse un golpe salió tambaleándose al anochecer con la sensación de que se había dislocado el hombro.

—¡Toowoomba! —gritó al viento.

Miró alrededor. Ante sus ojos se extendía la ciudad y por detrás se hallaba Pyrmont Bridge. Estaba en el tejado del acuario y las ráfagas de viento eran tan fuertes que tuvo que agarrarse a la parte superior de la escalera de incendios. El agua del puerto estaba agitada y formaba una espuma blanca; Harry notaba la sal en el aire. Más abajo en la escalera de incendios vio una figura oscura. La figura se detuvo un momento y miró alrededor. A su izquierda había un coche de policía con luces parpadeantes. Delante, tras una valla, los dos depósitos que sobresalían del acuario de Sidney.

—¡Toowoomba! —rugió Harry intentando levantar la pistola.

El hombro no le respondía, y Harry gritó de dolor y rabia. La figura logró bajar por la escalera, corrió hacia la valla y empezó a trepar por ella. Harry comprendió de inmediato lo que se proponía: introducirse en el edificio que albergaba el depósito, salir por la parte trasera y nadar la corta distancia que había hasta el muelle situado al otro lado. Desde allí precisaría tan solo unos segundos para esfumarse entre la multitud. Harry bajó a trompicones la escalera de incendios. Arremetió contra la valla como si tuviera intención de derribarla, apoyándose en un solo brazo saltó por encima y aterrizó en el suelo de cemento del otro lado con un ruido sordo.

–Harry, ¡responda!

Se quitó el auricular del oído y se dirigió tambaleándose hacia el edificio. La puerta estaba abierta. Harry entró y cayó de rodillas. Bajo el techo abovedado situado ante él y bañado por las luces que colgaban de un cable de acero tendido sobre el depósito, se extendía una parte del vallado puerto de Sidney. A mitad del depósito había un estrecho pontón y Toowoomba corría por él a cierta distancia. Llevaba un jersey negro de cuello vuelto y pantalones negros, y corría con toda la parsimonia y elegancia que permite un inestable y estrecho pontón.

–¡Toowoomba! –gritó Harry por tercera vez–. ¡Voy a disparar!

Se inclinó hacia delante, no porque no consiguiera mantenerse en pie, sino porque era incapaz de levantar el brazo. La figura negra estaba ante sus ojos y apretó el gatillo.

El primer disparo ocasionó un pequeño chapoteo en el agua justo delante de Toowoomba, que parecía correr con absoluta parsimonia. Harry apuntó un poco más a la derecha. El agua chapoteó justo detrás de Toowoomba. La distancia era de casi cien metros. A Harry le vino a la cabeza un pensamiento absurdo: aquello era como practicar en la galería de tiro de Økern, las luces del techo, el eco de las paredes, el pulso del dedo en el gatillo y la concentración, profunda y meditativa.

Es como practicar en la galería de tiro de Økern, pensó Harry, y disparó por tercera vez.

Toowoomba cayó de bruces.

Posteriormente, durante su declaración, Harry dijo que suponía que el disparo había alcanzado a Toowoomba en el muslo izquierdo y que, por tanto, era muy improbable que fuera mortal. Todos sabían, no obstante, que se trataba de una simple conjetura, habiendo disparado, como lo había hecho, desde una distancia de cien metros. Harry podría haber dicho lo que le diera la gana sin que nadie pudiera refutarlo... Pues no hubo ningún cadáver al que hacerle la autopsia.

Toowoomba yacía medio sumergido en el agua y gritaba mientras Harry se acercaba corriendo por los pontones. Harry estaba mareado, tenía náuseas y todo comenzaba a volverse borroso; el agua, las luces del techo y el pontón que se bamboleaba de un lado a otro. Mientras corría, Harry recordó las palabras de Andrew sobre que el amor es un misterio más grande que la muerte. Y recordó el antiguo relato.

La sangre corría por sus oídos, en oleadas, y Harry era el joven guerrero Walla, y Toowoomba era la serpiente Bubbur, que le había quitado la vida a su amada Moora. Y ahora había que matar a Bubbur. Por amor.

En su declaración posterior, McCormack fue incapaz de decir lo que había gritado Harry Holy a través del micrófono después de que se oyeran los disparos.

—Simplemente oímos que corría y que gritaba algo, probablemente en noruego.

Ni siquiera Harry era capaz de recordar lo que había gritado.

Harry emprendió una carrera a vida o muerte por el pontón. El cuerpo de Toowoomba se sacudía. Y las sacudidas hacían estremecer la pasarela. Al principio Harry pensó que algo había chocado contra el pontón, pero entonces comprendió que estaban a punto de arrebatarle su presa.

Era el gran tiburón blanco.

Sacó su enorme cabeza blanca del agua y abrió la boca. Todo parecía ocurrir a cámara lenta. Harry estaba seguro de que iba a llevarse a Toowoomba de un tirón, pero el animal no consiguió agarrarlo bien y solo logró arrastrar un poco más hacia el agua el cuerpo, que profería unos alaridos espantosos, antes de verse obligado a sumergirse de nuevo.

Sin brazos, pensó Harry recordando una fiesta de cumpleaños en casa de su abuela en Åndalsnes hacía mucho, mucho tiempo, en la que había que coger solo con la boca manzanas que flotaban en un recipiente lleno de agua. Su madre se rió tanto que tuvo que tumbarse después en el sofá.

Le quedaban treinta metros. Pensaba que iba a conseguirlo, pero el tiburón regresó. Estaba tan cerca que vio cómo ponía sus fríos ojos en blanco, como en éxtasis, mientras mostraba, triunfante, su doble hilera de dientes. Esta vez agarró un pie y sacudió la cabeza de un lado a otro levantando un chorro de agua. Toowoomba salió despedido por el aire como un muñeco sin articulaciones y sus gritos cesaron. Harry llegó.

—¡Maldito monstruo! ¡Es mío! —gritó a través de las lágrimas.

Alzó la pistola y vació el resto del tambor en el agua, que tenía tonos rojizos como un refresco de cola rojo. Por debajo de él, Harry vio la luz del túnel subacuático donde adultos y niños se apiñaban para presenciar el final de un auténtico drama con todo su horror; un festín que iba a competir con el Asesinato del Payaso como acontecimiento sensacionalista del año.

56

El tatuaje

Gene Binoche parecía, y sonaba, justo como lo que era: un tío que había vivido a tope una vida de rock and roll y que no tenía intención de parar hasta llegar al final de su destino. Y de momento iba bien encaminado.

—Imagino que por allí también necesitan un buen tatuador —dijo Gene mientras mojaba la aguja—. Satanás sabe apreciar un poco de tortura variada, ¿no cree, colega?

Pero el cliente estaba borracho como una cuba y se le caía la cabeza, así que era poco probable que se enterase de las observaciones filosóficas de Gene sobre la vida y la muerte o que sintiese la aguja que perforaba su hombro.

Al principio Gene no había querido saber nada de ese tipo que había entrado en su pequeña tienda y había pedido un tatuaje arrastrando las palabras y con un acento cantarín.

Gene había respondido que no solían tatuar a gente en su estado y le había pedido que volviera al día siguiente cuando estuviera sobrio. Pero el tipo había puesto quinientos dólares sobre la mesa para lo que él consideraba un tatuaje de ciento cincuenta. A decir verdad, los últimos meses habían sido muy tranquilos para el negocio, de modo que acabó por sacar su cuchilla de afeitar Lady y el desodorante de barra Mennen y empezó a trabajar. Cuando el cliente le ofreció un trago de su botella, lo rechazó. Gene Binoche había tatuado a gente durante veinte años, se sentía orgulloso de su trabajo y era de la opinión de que los profesionales serios no beben en el trabajo. Y menos whisky.

Cuando acabó, pegó un trozo de papel higiénico sobre la rosa tatuada.

—Procure que no le dé el sol y lávelo solo con agua durante la primera semana. La buena noticia es que el dolor remitirá esta noche y podrá quitarse esto mañana. La mala es que volverá para que le haga más tatuajes —añadió, y se echó a reír—. Siempre vuelven.

—Yo solo quiero este —dijo aquel individuo mientras salía tambaleándose por la puerta.

57

Cuatro mil pies y un final

Se abrió la puerta y el rumor del viento del exterior resultó ensordecedor. Harry se puso de cuclillas en el vano de la puerta.

—¿Preparado? —le gritó una voz en el oído—. Tire de la anilla a cuatro mil pies y no se olvide de contar. Si no nota el impacto del paracaídas al cabo de tres segundos, es que algo va mal.

Harry asintió con la cabeza.

—¡Me voy! —chilló la voz.

Harry vio cómo el viento zarandeaba el traje negro del hombre menudo que se colocaba sobre la barra situada bajo el ala. Los cabellos que le salían por debajo del casco ondeaban al viento. Harry echó un vistazo al altímetro que llevaba en el pecho. Indicaba algo más de diez mil pies.

—Gracias de nuevo —gritó al piloto.

El piloto se giró.

—¡No hay de qué, colega! ¡Esto es mucho más divertido que fotografiar los cultivos de marihuana!

Harry sacó fuera el pie derecho. Tenía la misma sensación que cuando era niño e iban en coche por el valle de Gudbrandsdalen para pasar otro verano en Åndalsnes y abría la ventanilla y sacaba la mano para «volar». Recordaba cómo el viento le zarandeaba la mano cuando la alzaba.

La fuerza del viento en el exterior era formidable, y Harry tuvo que hacer un esfuerzo para sacar el pie y colocarlo en la barra. Contaba en su interior, tal y como le había aconsejado Joseph, «pie derecho, mano izquierda, mano derecha, pie izquierdo». Estaba al lado de Joseph. Hacia ellos flotaban nubes pequeñas cada vez más rápido hasta que los rodearon y desaparecieron al instante. Abajo se desplegaba una alfombra en varios tonos de verde, amarillo y marrón.

–¡Comprobación! –le gritó Joseph al oído.

–¡Comprobación de entrada! –chilló Harry mirando al piloto, que alzó el pulgar para indicarle que podía saltar–. ¡Comprobación de salida!

Miró a Joseph, que llevaba casco y gafas, y sonreía.

Harry se reclinó en la barra y levantó el pie derecho.

–¡Horizonte! ¡Arriba! ¡Abajo! ¡Allá voy!

Estaba en el aire, y tenía la sensación de retroceder con el viento mientras el avión continuaba avanzando tranquilamente. Por el rabillo del ojo vio que la avioneta daba un giro, pero enseguida comprendió que era él quien se estaba girando. Miró hacia el horizonte, donde la tierra formaba un arco y el cielo se volvía gradualmente más azul hasta transformarse en el azul intenso del océano Pacífico por donde había navegado el capitán Cook para llegar allí.

Joseph lo agarró y Harry adoptó una postura más correcta para la caída. Comprobó su altímetro. Nueve mil pies. ¡Dios mío, tenían tiempo de sobra! Dobló la parte superior de su cuerpo mientras extendía los brazos para darse media vuelta. ¡Dios! ¡Era Superman!

Ante él, hacia el oeste, se extendían las Blue Mountains, que eran azules porque los singulares eucaliptos de la zona desprendían un vapor azulado que se podía divisar desde muy lejos. Se lo había contado Joseph. También le había contado que detrás de aquellas montañas estaba lo que sus antepasados seminómadas denominaban el hogar. Llanuras interminables y secas –el interior– que conformaban la mayor parte de aquel poderoso continente; un horno despiadado en el que parecía poco probable que pudiera haber vida, pero donde el pueblo de Joseph había vivido durante varios miles de años antes de que llegaran los blancos.

Harry miró abajo. Parecía tan tranquilo y desértico que por fuerza tenía que ser un planeta pacífico y amable. El altímetro mostraba siete mil pies. Joseph le soltó tal y como habían acordado. Era una grave infracción del reglamento de los instructores, pero en cualquier caso hacía mucho que habían infringido todas las reglas posibles por el simple hecho de venir hasta allí solos para saltar. Harry vio cómo Joseph colocaba los brazos junto a los costados para alcanzar velocidad horizontal y bajar en picado a la izquierda con una aceleración impresionante.

Harry se quedó solo. Como siempre lo estamos. Salvo que se nota mucho más cuando te encuentras en caída libre a seis mil pies del suelo.

Kristin había tomado su decisión en una habitación de hotel un gris lunes por la mañana. Tal vez se despertara, agotada ya por el nuevo día antes de que este hubiera comenzado, mirase por la ventana y decidiera que ya estaba bien. Harry no sabía cuáles habían sido sus pensamientos. El alma humana era un bosque profundo y oscuro en el que uno toma todas las decisiones solo.

Cinco mil pies.

Tal vez había tomado la decisión correcta. Al menos, el frasco de pastillas vacío indicaba que no había dudado. Y un día tenía que acabar, algún día tenía que llegar el momento. Sin duda, la necesidad de dejar este mundo con cierto estilo denotaba un toque de vanidad, una debilidad, que solo tenían algunas personas.

Cuatro mil quinientos pies.

Otras personas tenían como única debilidad seguir vivas. Así de simple. Bueno, tampoco tan simple, quizá, pero en aquel momento lo tenía todo allá abajo. A cuatro mil pies, para ser exactos. Cogió la manija naranja que tenía a la derecha del estómago, tiró de la anilla con decisión y empezó a contar: «Mil uno, mil…».

ÍNDICE

BUBBUR